美学的发明：
中国现代美学的学科制度与知识谱系

The Invention of Aesthetics in Modern China:
Origin, Disciplinarity and Genealogy of Knowledge

王宏超　著

復旦大學出版社

国家社科基金后期资助项目
出版说明

后期资助项目是国家社科基金设立的一类重要项目,旨在鼓励广大社科研究者潜心治学,支持基础研究多出优秀成果。它是经过严格评审,从接近完成的科研成果中遴选立项的。为扩大后期资助项目的影响,更好地推动学术发展,促进成果转化,全国哲学社会科学工作办公室按照"统一设计、统一标识、统一版式、形成系列"的总体要求,组织出版国家社科基金后期资助项目成果。

全国哲学社会科学工作办公室

目　录

绪论　概念、学科与思想：中国现代美学的起源 …………………… 1
　一、美学在中国：概念与名实 ………………………………………… 1
　二、学科制度与思想论域 ……………………………………………… 3
　三、现代：时间分期与价值判断 ……………………………………… 8
第一章　知情意范畴与中国现代美学的思想根基 ……………………… 12
　第一节　西方美学的形成与知情意分立范畴 ……………………… 12
　第二节　知情意分立范畴在中国的译介 …………………………… 15
　第三节　中国现代美学与知情意分立思想 ………………………… 19
第二章　明清来华传教士对西方美学类知识的译介 …………………… 29
　第一节　晚明来华耶稣会士的学术传教 …………………………… 29
　第二节　西学分科与美学类知识在华的最早传播 ………………… 33
　第三节　新教来华与美学类知识的东渐 …………………………… 43
第三章　"美学"的命名：学科术语的译介与传播 ……………………… 57
　第一节　1912年之前的"美学"译介 ……………………………… 58
　第二节　1912年至1927年间的"美学"命名 …………………… 64
　第三节　1927年至1949年学术语境中的"美学" ……………… 69
　附录：中国近现代（1815—1949）收录"美学"（aesthetics）词条的辞书
　　　　目录 ……………………………………………………………… 72
第四章　中国现代美学学科的制度化 …………………………………… 77
　第一节　壬寅—癸卯学制中的美学 ………………………………… 77
　第二节　体用之辩与美学学科：张之洞与王国维的论争 ………… 81
　第三节　学科确立：壬子—癸丑学制中的美学 …………………… 87
第五章　中国现代艺术观念之转型 ……………………………………… 94
　第一节　中西艺术观念之交融 ……………………………………… 94
　第二节　从"技术"到"美术"：中国现代美术概念的形成 ……… 103

第三节　从"礼乐"到"音乐"：中国现代音乐概念的形成 …………… 121
第六章　中国现代美育思想的演变 …………………………………………… 138
　　　第一节　从"三育"到"四育"：美育的确立 ……………………………… 138
　　　第二节　王国维：培育完全的人 ………………………………………… 142
　　　第三节　蔡元培：现代美育思想的奠基 ………………………………… 146
第七章　中国现代思想语境中的科学话语与美学话语 ……………………… 159
　　　第一节　科学主义和审美主义之争 ……………………………………… 159
　　　第二节　中国科学主义的起源 …………………………………………… 171
　　　第三节　科学话语与美学话语 …………………………………………… 190
第八章　重建斯文：中国现代思想中的美善之辩 …………………………… 207
　　　第一节　礼乐传统 ………………………………………………………… 207
　　　第二节　道德的美学 ……………………………………………………… 215
　　　第三节　现代新儒家的美学重建 ………………………………………… 226
第九章　宗教审美化批判："以美育代宗教"说再探讨 ……………………… 238
　　　第一节　智力的宗教：蔡元培的宗教观 ………………………………… 239
　　　第二节　教育、政治与文化："美育代宗教"说探析 …………………… 249
　　　第三节　阐释与误读：接受史的视野 …………………………………… 262

参考文献 …………………………………………………………………………… 272
后　记 ……………………………………………………………………………… 294

绪论　概念、学科与思想：中国现代美学的起源

一、美学在中国：概念与名实

若以罗存德（Wilhelm Lobscheid，1822—1893）所编的《英华字典》（*English and Chinese Dictionary, with Punti and Mandarin Pronunciation*）（1866—1869）①首次在中文语境中译介 Aesthetics（被译作"佳美之理、审美之理"）一词算起，"美学"在中国已有一百数十多年的历史了。即以1875年花之安（Ernst Faber，1839—1899）的《教化议》②最早使用中文的"美学"一词算起，迄今也已逾百年③。美学学科在中国虽说已历经两个甲子轮回，中国亦发生过数次的"美学热"，但"美学"在中国现代以来的思想和学术体系中的地位却难说牢靠。德国哲学家恩斯特·卡西尔（Ernst Cassirer，1874—1945）尝言：

> 美看来应当是最明明白白的人类现象之一。它没有沾染任何秘密和神秘的气息，它的品格和本性根本不需要任何复杂而难以捉摸的形而上学理论来解释。美就是人类经验的组成部分；它是明显可知而不

---

① Wilhelm Lobscheid（罗存德），*English and Chinese Dictionary, with Punti and Mandarin Pronunciation*（《英华字典》），Hong Kong：Daily Press Office，1866-1869. 并参见《订增英华字典》，罗布存德原著，井上哲次郎订增，东京：藤本次右衞门，明治十七年（1884）合本。其中收录了 Aesthetics、Esthetics，释作"Philosophy of taste，佳美之理，审美之理"。
② ［德］花之安：《德国学校论略》，《西政丛书》本，慎记书庄石印本，1897年。
③ 对于中文语境中"美学"一词起源的考察，参见黄兴涛的系列文章：黄兴涛：《清代西方美学观念和知识在华传播考论》，黄爱平、黄兴涛主编：《西学与清代文化》，北京：中华书局，2008年，第361—362页。另见拙文《中国现代辞书中的"美学"：美学术语的译介与传播》，《学术月刊》2010年第7期。

会弄错的。然而,在哲学思想的历史上,美的现象却一直被弄成最莫名其妙的事。①

"美的现象"如此,"美学"学科如此,"美学"在中国的情形尤是如此。如经常被学界拿来争吵的"中国美学"与"美学在中国"之争,以及"中国美学合法化"等问题,就直接触动到了"中国美学"存在的根基。西方学者更是径直质疑道:"中国美学真的是'美学'吗?""中国美学真的是'中国的'吗?"②且不说这些设问本身是否合理,以及其背后的理论预设是否存在偏见,单就质疑层出不穷的现象本身来说,中国美学就一直处于危机之中。

王国维在《论新学语之输入》中说:"近年文学上有一最著之现象,则新语之输入是已。"③新学语是思想变化的前奏,是学科形成的基础。要对中国美学进行研究,首要的工作就是要对"美学"核心术语进行探源式的考察,以明晰术语背后的名与实。其尤要者,就是"美学"一词。

"aesthetics"最早进入中文语境是在罗存德的《英华字典》中,被译作"佳美之理、审美之理"。而花之安的《教化议》则最早使用了"美学"一词。在日本,1870年西周已在《百学连环》中把"aesthetics"译作"佳趣论",1872年在《美妙学说》中改译作"美妙学"。之后,又在《百一新论》中改译作"善美学"④。从西周的做法,可以看出中西学者在翻译"aesthetics"时的审慎和艰难。除上述"美学""佳美之理、审美之理""佳趣论""善美学"外,"aesthetics"一词最初的译法还有"审辨美恶之法""审美学""艳丽之学""审美哲学""美术""感性论"等十数种,最终定名为"美学"。

以"美学"翻译"aesthetics",颇得其妙,但与其他诸多术语译介所产生的问题一样,"美学"一语也会引起相应的误解和混淆。典型例证之一是,研究中国古典美学,专注于搜集古典文献中有关"美"字的资料,以此展开对中国古代美学思想的阐释。那么试想,如果当初"aesthetics"被定名为"佳趣论""艳丽学"等,是否我们就要在文本中搜寻"佳趣""艳丽"等字眼了呢?

用"美学"来命名"aesthetics",亦会带来一些困扰,比如如何去理解古代

---

① [德]恩斯特·卡西尔:《人论》,甘阳译,上海:上海译文出版社,1985年,第175页。
② H. Gene Blocker 语, *Contemporary Chinese Aesthetics*, edited by Liyuan Zhu and H. Gene Blocker, Perter Lang, 1995.
③ 王国维:《论新学语之输入》,《教育世界》第96号,1905年4月,谢维扬、房鑫亮主编:《王国维全集》第一卷,杭州:浙江教育出版社,广州:广东教育出版社,2009年,第126页。
④ 见[日]大久保利谦编:《西周全集》,东京:宗高书房,昭和三十五年发行,昭和五十六年再版。

语境中的"美善"关系。真美善(知情意)分立思想,在西方起源虽早,但实际上却是一个现代思想范畴,科学追求真,艺术追求美,道德追求善。而在古典世界中,追求的乃是一种一体化的价值,虽有真和美的探究,但需以善或信为最终的价值。所以,如果着眼于"美"去研究古典美学,往往会走入以今度古的困境。德国学者卜松山就说:

> 在早期儒学典籍中,"美"是以(道德意义上)"善"的同义词出现的(如"美人","善人"),而不成为独立的范畴。除了这一涵义外,儒学关于文学艺术的话语似乎对形式上的美并不重视,认为它作为外表点缀无法与具有实质意义的道德内涵等量齐观。对道家而言,以美为美,乃是恶之始。……也就是说,"美"如果是一个艺术范畴的话,也会更多带有贬义而不是褒义。①

而李泽厚、刘纲纪合著的《中国美学史》,就把美善统一作为中国古典美学的根本问题:

> 从哲学上看,善历来是中国哲学所探讨的最高课题。……中国艺术历来强调艺术在伦理道德上的感染作用,表现在美学上,便是高度强调美与善的统一。这成为中国美学的一个十分显著的特征。通观整个中国美学史,美善统一始终是一个根本性的问题。②

荀子把战国后期的情形描述为"奇辞起,名实乱",而他期望"若有王者起,必将有循于旧名,有作于新名"(《荀子·正名》)。"美学"之"奇辞"起,遂造成"美学"之名与"中国美学"之实之间的混"乱"。对于中国美学的研究,要把握名、实之间,新名、旧名之间的关系,方能真正进入到学术探讨之中。

二、学科制度与思想论域

概言之,美学有广狭二义。其广义指古今中外一切与"美"相关的知识

---

① [德]卜松山:《与中国作跨文化对话》,刘慧儒、张国刚等译,北京:中华书局,2000年,第5—6页。
② 李泽厚、刘纲纪:《中国美学史》(先秦两汉编),合肥:安徽教育出版社,1999年,第22页。

与思想,其狭义则指肇始于鲍姆加登(Alexander Gottlieb Baumgarten,1714—1762)的一门西方现代学科。美学作为一门现代学科的兴起,与西方理性哲学传统的分裂、宗教彼岸价值的下降、艺术自律观念的完成,以及西方现代学术分科体系的形成等要素相关。而在中文古典语境中,可谓有"美"无"学"。现代中国美学的创生,乃是"援西入中"的结果。

西方现代学术体系,是对以"七艺"之学为核心的中世纪学术进行革新的结果。在13世纪之前,"文科七艺(seven liberal arts)涵盖了知识的划分,并藉着中世纪大学的课程结构一直持续不变"①。"七艺"本身虽有纯粹学理化因素的存在,但其背后都以神圣观念作为指归:

> 整个学院结构,尤其是北方的教会大学,皆建基于这文科七艺是所有更高级知识的基础的信念……即使很多这些科目的教学只属启蒙性质和敷衍了事,可是科目本身却被涂上了神圣的光环,是学习神圣——全部知识的高峰——的必要先修。②

而西方现代学科的形成之根源,在于:

> 人们试图针对能以某种方式获得经验确证的现实而发展出一种系统的、世俗的知识。这一努力自十六世纪以来逐渐地趋于成熟,并且成为近代世界建构过程中的一个基本方面。③

而这一进程则是科学与哲学相博弈,最终在19世纪初,科学"大获全胜",占据了对"社会思想上的合法性"的解释权④。西方现代学术形成之标志乃是学科化和专业化,其特点可归结为以下几个方面:

---

① [美]沙姆韦、[美]梅瑟-达维多:《学科规训制度导论》,载《学科·知识·权力》,[美]华勒斯坦(Wallerstein, I.)等著,刘健芝等编译,北京:生活·读书·新知三联书店,1999年,第14页。
② Kristeller, Paul Oskar, "The Modern System of the Arts: A Study in the History of Aesthetics (Ⅰ)", *Journal of the History of Ideas* 12(4): pp.496-527.转引自沙姆韦、梅瑟-达维多:《学科规训制度导论》,载《学科·知识·权力》,[美]华勒斯坦(Wallerstein, I.)等著,刘健芝等编译,第14页。
③ [美]华勒斯坦等:《开放社会科学:重建社会科学报告书》,刘锋译,北京:生活·读书·新知三联书店,1997年,第3页。
④ [美]华勒斯坦等:《开放社会科学:重建社会科学报告书》,刘锋译,第6—7页。

首先在主要大学里设立一些首席讲座职位,然后再建立一些系来开设有关课程,学生在完成课业后可以取得该学科的学位。训练的制度化伴随着研究的制度化——创办各学科的专业期刊,按学科建立各种学会(先是全国性的,然后是国际性的),建立按学科分类的图书收藏制度。①

中国现代学术体系的建立,与诸多要素相关,其要者如知识分类系统的更新、学术分科体系的创设、西学典籍的译介、学科术语的产生,以及相应的学术制度的确立等。对美学学科形成的研究,亦要把握这些基本要素。

关于中国现代学科史研究的具体研究方法和路向,以下的论说具有很强的借鉴作用:

> 大致说来,基于中国背景检讨中国现代学科的形成,则需要考虑到两类相互联系的问题:一是与"西学"传入相关的著作、文章,包括译作及独立文本;各学科专门术语的翻译及标准术语词汇的出现;新术语在中国思想发展新的历史阶段的应用。二是对"知识分科"发生的制度和社会背景进行详细分析。主要关注下列三个方面的问题:各层次教育中新课程的输入和介绍;相关研究机构的建立和发展;公众对新学科的反响及对这段历史的重构。大概包含着这样一些层面的问题:第一是各学科术语在中国的译介,以及形成规范性用语的过程;第二是有关某一学科论著的系统出版,包括翻译和编译的论著;第三是在教育体制中各学科在各级课程中的设置;第四是相关的研究机构在中国的建立;第五是各学科中国历史的书写;第六是社会舆论方面对各学科知识的反映。②

现代学术形成的标志是学科化和专业化,以及由此建立起的制度性基础。作为一门外来学科,美学在中国现代学术体制中的第一次出现是在晚清的壬寅—癸卯学制中。张之洞主持修订的《奏定学堂章程》,虽取法日本,但对在日本学制中占据重要地位的哲学美学类课程采取排斥的态度,美学只是在工科大学"建筑学门"的课程中出现。王国维对张之洞拒斥哲学的做

---

① [美] 华勒斯坦等:《开放社会科学:重建社会科学报告书》,刘锋译,第31—32页。
② 复旦大学历史学系、复旦大学中外现代化进程研究中心编:《中国现代学科的形成》(近代中国研究集刊3),上海:上海古籍出版社,2007年,第10页。

法进行了批评,并提出了一套文学科大学科目设置方案。

在蔡元培主持下的壬子—癸丑学制,废止经学科,使得中国现代学术体系得以确立。教育部公布的教育宗旨,把"美感教育"置于核心位置,也引发了民初的"美学热潮"。在民初学制颁布至"五四"运动之前这段时间,大学学科中出现了美学课程和美学教授,出现了美学类期刊以及专业学会,美学也进入中国现代学术分科体系之中。至此,美学作为一门学科,在中国现代学术体系中完成了制度化的过程。与制度化过程相伴随的是,"美学"学科术语的译介、西方美学著述的翻译、中国学者的美学著述等。这一切使得美学的学科地位得到了最终的确立。

所以,美学在现代中国的译介与传播过程是与中国现代学术体系的建立过程相伴随的。美学自进入中国之始,就与哲学、文学、艺术学、心理学、教育学、社会学和人类学等学科有着密切关联。对现代中国美学的研究,亦需要"将现有的学科界限置于不顾",扩大研究的视域。我们需要意识到,现代的学科概念,乃是一种后起之体系,在实际的研究中,要有通识的眼光,超越学科分类的藩篱,才能对某一"学"有切实之研究。

在思想论域中,美学与科学、道德、宗教等问题有密切关系。知情意是人类的精神结构的三大组成要素,真善美是人类的终极价值追求。所以美学天然地与求真的科学、求善的道德形成了一种思想上的张力。美的追求,在历史上常常表现为一种信仰的姿态,所以,美学也常与求信的宗教发生关联,这在现代性进程中体现得尤其明显。

文艺复兴以降,西方科学和理性主义的发展,逐渐衍化为科学主义思潮,而在启蒙运动中产生了审美主义思潮与之相对抗[①]。审美主义和科学主义的纷争可视为现代西方思想史中的核心话题之一。中国学习西方经历了器物、制度和文化三个阶段,最终的结果是,科学由技而道,作为西方文化的典型代表而被奉为"先生"("赛先生")。尽管科学逐渐被推崇至"科学主义"[②],但在一部分人看来,必须把科学作为西方文化的一个组成部分而非全部来把握。在蔡元培那里,科学与美学乃是西方国家富强的两大原因[③]。

---

① [德]E.卡西尔:《启蒙哲学》,顾伟铭、杨光仲、郑楚宣译,济南:山东人民出版社,2007年第2版。

② [美]郭颖颐:《中国现代思想中的唯科学主义(1900—1950)》,雷颐译,南京:江苏人民出版社,1990年。

③ 蔡元培:《我之欧战观——在北京政学会欢迎会上的演说词》(1917年1月1日),中国蔡元培研究会编:《蔡元培全集》第三卷,杭州:浙江教育出版社,1997年,第1—2页。

这一论点有两层含义,一是对西方科学独胜局面的反思,二是提倡美学以弥补科学主义发达所造成的精神虚空。真正对科学主义以及西方文化的反思,开始于梁启超的《欧游心影录》,而在其后的"科玄论战"中将这一问题尖锐化。如果说论战显示了科学派的强大,那么梁漱溟的《东西方文化及其哲学》,则改变了论战的战场,以文化阶段论取消了所谓"东西"文化之争。强调礼乐文化将代西方科学文化而兴,显示了其对科学主义和审美主义纷争的立场。

现代世界的兴起与古典世界的终结是一枚钱币的两面,审美现代性是现代性内涵中重要一维①。现代社会的形成标志着世俗价值的上升,基于"感性"特质的美学即是世俗价值的主要体现之一。在韦伯看来,审美本身就具有"拯救"功能。蔡元培提出"美育代宗教",虽没有直接从西方的审美现代性理论中汲取思想资源,但他吸收了西方的科学精神、教育思想以及美育理论。认可科学价值的同时其实就是否定了宗教的统治力,在科学和理性的世界观中,宗教-道德的古典世界无可挽回地衰落了。即便如此,谈及"美育代宗教",在现代中国的思想语境中仍旧显得突兀。中国传统思想常被视为"淡于宗教"的"人文主义",但是现代中国思想史中极力倡言"代宗教"的思想家们,其实大多承认"纯粹宗教"存在之必要。如此便能理解,蔡元培所谓"美育代宗教",实则是以"纯粹之美育"取代"宗教中美育"的教育功能,究其实质乃是教育权之争,同时也显示了蔡元培对现代中国"精神迷失"②状态的忧虑。

美善关系在中西古典思想语境中都是一个中心话题。美善在古典语境中常被视为同义,但"善"无疑具有更为重要的地位。现代性转型的标志之一是价值领域的分立以及各种价值(真善美)走向"自律"。中国现代美学尚属于现代性转型的"过渡时期",一方面在艺术领域追寻独立的价值,一方面把艺术的终极追求设定为道德的完善。特别是在东西方文化论战之后,东方价值多被看作是道德的、精神的,西方价值多被看作是科学的、现实的③。对西方文化持批评意见的中国知识分子,特别是现代新儒家,重新把

---

① 刘小枫:《现代性社会理论绪论》,上海:上海三联书店,1998年。
② 张灏说:"在现代中国,精神迷失的特色是道德迷失、存在迷失和形上迷失,三者是同时存在的,而不在于任一项的各别出现。位于现代中国之'意义危机'的底部,是此三种迷失的融合。"张灏:《新儒家与当代中国的思想危机》,见氏著:《幽暗意识与民主传统》,北京:新星出版社,2006年,第100页。
③ 李大钊:《东西文明根本之异点》,《言治》季刊,第3册,1918年7月1日。《李大钊全集》第二卷,中国李大钊研究会编注,北京:人民出版社,2006年,第211—212页。

道德设为文化建设的核心议题,"礼乐"自然也被视作实践文化理想的主要途径①。如果说新儒家的思想在某种程度上显示的是一种"守成主义"路向,那么他们把问题引向"生命"本身,则昭示了一种持久而有效的文化建设道路。在这一点上,或许和马克思的"实践"观以及海德格尔的"生存"论达成了某种契合。美学本具有"感性"的基质,其关涉的并非只是理论的推衍,更是人类的生存境遇本身。在此意义上,美学才可以说真正完成了在中国精神中的奠基。

三、现代:时间分期与价值判断

谈及中国现代美学,一个重要的问题便是历史分期,即如何对研究的时段进行界定。学界流行的以近代(1840—1919)、现代(1919—1949)和当代(1949年后)作为学术分期的依据,这是套用政治史的模式对人文历史进行的简单切分。已有越来越多的学者主张打破这一历史分期法②,转而以思想转变本身来界定研究时段。就像"没有晚清,何来五四"③的追问一样,思想文化的转型,自有其内外渊源,探求历史,需由源及流。

本书所用"现代"之含义,不同于上述政治史分期模式中的现代(1919—1949)。所谓"现代"(modern),具有时间范畴和概念范畴两种意蕴。前者常被称为"现代世界"(modern times),后者则常与现代性(modernity)、现代化(modernization)等概念相关;前者"作为时间尺度,在西方泛指从中世纪结束以来一直延续到今天的一个'长时段'",后者"作为价值尺度,它指区别于中世纪的新时代精神与特征"④。"现代",首先乃是基于西方历史和思想背景的术语,在中西交通之后,先由"中西历史之和合"把中国的历史纳

---

① 梁漱溟:《东西文化及其哲学》,《梁漱溟全集》第一卷,济南:山东人民出版社,2005年,第502页。
② 葛兆光说:"学术史或思想史是否也必须围绕着政治史的时间表?……是否'近代'的思想与学术可以另有一个符合自身思路的时间表?"葛兆光:《近代·学术·名著以及中国——读〈中国近代学术名著〉第一批十种》,见氏著:《西潮又东风——晚清民初思想、宗教与学术十讲》,上海:上海古籍出版社,2006年,第231—233页。
③ 王德威:《被压抑的现代性:没有晚清,何来五四?》,《学人》第10辑,南京:江苏文艺出版社,1996年。
④ 罗荣渠:《现代化新论:世界与中国的现代化进程》(增订版),北京:商务印书馆,2004年,第5—6页。

入"普遍历史"的叙述架构之中,继而"现代"意识被内化入中国人的思维世界之中,成为中国人新的历史和思想坐标。

如何确立中国"现代转向"的开端,学界有关"走出中世纪"的说法很有启示意义。"走出中世纪"过程的开端,"至少可以上溯到十六世纪晚期,即我们习惯地略称晚明的那个时代;过程的终端,则至少可以按照我们关于'半殖民地半封建社会'的定义,将下限定在中华人民共和国成立前夜,即本世纪的四十年代。就是说,这个过程,长达三个半世纪以上"①。将思想变迁的背景放置于一个"长时段"之中,才能把握问题之源流。

美学学科,乃是一门现代学问,其形成与西方现代化进程密切相关,自其诞生之初便带有现代特质。现代性,作为一种尚"未完成"②的历史进程,"大约17世纪出现在欧洲,并且在后来的岁月里,程度不同地在世界范围内产生着影响"③。现代性根源于启蒙运动之中,"要有勇气运用你自己的理智"④被看作是启蒙运动的口号,启蒙的理性主义精神、科学观念和自由思想成为人类思想史上的宝贵遗产而被继承了下来⑤。在韦伯看来,现代性的核心在于"理性化",传统的宗教-形而上学世界图景被瓦解,"理性化"包括经济行为、政治行为和文化行为的理性化,结果是经济、政治、文化等各领域逐渐获得自身的合法化⑥。"现代"一词"首先是在审美批判领域力求明确自己的"⑦,这个大门由鲍姆加登最先开启。"美学"的创立,具有多方面的背景:从价值领域来说,经由启蒙运动的洗礼,思想领域的真、善、美逐渐摆脱古代一体化的观念世界,开始走向分离;从哲学背景看,感性和理性在此走向合流;从艺术概念看,正是在这个时代,现代的艺术概念开始形成,艺术开始摆脱其他领域价值的影响而达到"自律"状态。由此可见,美学从其

---

① 朱维铮:《走出中世纪——从晚明至晚清的历史断想》,氏著:《走出中世纪》(增订本),上海:复旦大学出版社,2007年,第15页。汪晖的著作也是这种思想的显例,汪晖:《现代中国思想的兴起》,北京:生活·读书·新知三联书店,2004年。
② [德]于尔根·哈贝马斯:《现代性的哲学话语》,曹卫东等译,南京:译林出版社,2004年,"前言"第1页。
③ [英]安东尼·吉登斯:《现代性的后果》,田禾译,黄平校,南京:译林出版社,2007年,第1页。
④ [德]康德:《答复这个问题:"什么是启蒙运动?"》,见[德]康德:《历史理性批判文集》,何兆武译,北京:商务印书馆,1990年,第22页。
⑤ 陈嘉明:《现代性与后现代性十五讲》,北京:北京大学出版社,2006年,第7—21页。
⑥ [德]韦伯:《新教伦理与资本主义精神》,康乐、简惠美译,桂林:广西师范大学出版社,2007年。
⑦ [德]于尔根·哈贝马斯:《现代性的哲学话语》,曹卫东等译,"前言"第9页。

出生起，就印刻上了现代基质。

中国接受西方影响，自器物、制度以至文化逐步深入，总体目标乃是逐步实现向现代社会的转型。知情意分立思想，是西方现代思想的基础性范畴，所以引入西方现代思想，实现自身的现代转型，则必以此为根基。知情意分立思想在推重真善美各有自律性价值的同时，也为现代学科体系确立了根基。中国知识界自晚明接触西学以来，对西方知识分科系统及知情意分立思想多有译介，在经由日本传播西学的热潮中，知情意分立思想作为现代思想的基础范畴被中国知识界所接受。这一思想分别通过哲学、教育学、心理学等学科的介绍而被广泛认可。王国维、蔡元培等人是引介知情意分立思想最力的学者，他们也都是中国现代美学的奠基者。借此可以看出，知情意分立思想对中国现代美学的起源，具有奠基性的作用。中国现代美学的创立者，即是基于知情意分立思想，为现代中国美学确立了学科的合法性。

综上，本书的研究计划拟从以下四个层面展开：首先，返溯中西交流史的起点，即晚明清初耶稣会士来华，以确立此后讨论所必要的知识基础和思想背景；其次，尽力搜罗与现代中国美学形成有关的文本，注意考察学科关键术语和理论的起源和变化；再次，注意考察美学学科创生的制度性要素及其历史变化；最后，对与现代中国美学思想相关的重要论域（科学主义、宗教与道德等）进行比较性研究。

学界虽有多种标明中国"近代""现代"或"20世纪"美学史的著述[①]，但

---

① 其要者如：卢善庆：《中国近代美学思想史》，上海：华东师范大学出版社，1991年；聂振斌：《中国近代美学思想史》，北京：中国社会科学出版社，1991年；陈伟：《中国现代美学思想史纲》，上海：上海人民出版社，1993年；陈望衡：《20世纪中国美学本体论问题》，长沙：湖南教育出版社，2000年；汝信、王德胜主编：《美学的历史：20世纪中国美学学术进程》，合肥：安徽教育出版社，2000年；邹华：《20世纪中国美学研究》，上海：复旦大学出版社，2003年；章启群：《百年中国美学史略》，北京：北京大学出版社，2005年；汝信、王德胜主编：《20世纪中国美学史研究丛书》（北京：首都师范大学出版社，2006年），包括：戴阿宝、李世涛《问题与立场：20世纪中国美学论争辩》，袁济喜《承续与超越：20世纪中国美学与传统》，彭锋《引进与变异：西方美学在中国》，谭好哲、刘彦顺等《美育的意义：中国现代美育思想发展史论》，马驰《艰难的革命：马克思主义美学在中国》，王德胜等《创世之音：中国美学1900—1949》，薛富兴《分化与突围：中国美学1949—2000》等；阎国忠主编：《20世纪中国美学研究丛书》（安徽教育出版社，2001年），包括：阎国忠《美学建构中的尝试与问题》，牛宏宝、张法、吴琼、吴伟《汉语语境中的西方美学》，陈文忠《美学领域中的中国学人》，邢建昌、姜文振《文艺美学的现代性建构》，张博颖、徐恒醇《中国技术美学之诞生》，杨平《多维视野中的美育》等。

瑜不掩瑕的问题所在多有。如历史分期中的政治史模式、单纯以人物为中心的著述方式、忽视学科发生史的研究、史料利用的不充分与跨学科视域的缺失等。对现代中国美学的研究,需要对这些问题进行考源辨析。

对"现代中国美学"的探究,我们必须回到作为学科概念的美学传入中国之初的时期,追溯作为思想和学科的美学与现代中国思想观念和学术系统化合的过程,回到现代中国人的生存境遇和感性生命本身,在东西视域融合的背景下,梳理与建构中国独特的美学理论。化用法国学者朱利安的话说,这是一条"返回的迂回之路"①。卜松山说:"我有一种感觉,西方人仍然在等待一种具有强烈的中国文化特色的现代中国美学。这种美学不是顺从西方理论,而是能对其提出挑战。"②这同时也是中国美学研究的最终目标。但现状是,"反思性的体系建构以及从将近2 500年的美学思考中有系统地进行材料收集工作,才刚刚开始"③。

---

① [法]弗朗索瓦·朱利安、[法]蒂埃里·扎尔科内:《"作为哲学研究工具的中国"——弗朗索瓦·朱利安与蒂埃里·扎尔科内谈话》,李红霞译,《第欧根尼》(中文版)2005年第1期,北京:社会科学文献出版社,2005年,第101页。
② [德]卜松山:《与中国作跨文化对话》,刘慧儒、张国刚等译,第14页。
③ [德]沃尔夫冈·顾彬:《审美意识在中国的兴起》,王祖哲译,《中国美学》第二辑,北京:商务印书馆,2004年,第71页。

第一章　知情意范畴与中国现代美学的思想根基

洛夫乔伊说,每一个时代都会"有一些含蓄的或不完全清楚的设定,或者在个体或一代人的思想中起作用的或多或少未意识到的思想习惯。正是这些如此理所当然的信念,它们宁可心照不宣地被假定,也不要正式地被表述和加以论证,这些看似如此自然和不可避免的思想方法,不被逻辑的自我意识所细察,而常常对哲学家的学说的特征具有最为决定性的作用,更为经常地决定一个时代的理智的倾向"①。中国现代经过"语言的变化"②,思想与学术大异于传统,此类"隐性的信念"所在多有,只是人们"日用而不知",较少追问其形成的文脉和历程。本章将要探讨的"知情意分立思想"即是一例。

"知情意"分立思想,是西方哲学思想的核心论域之一,鲍姆加登、康德诸人以此为基础创立了美学学科,马克斯·韦伯、哈贝马斯等人的现代性理论亦建基于此。中国知识界自晚明接触西学以来,对西方知识分科及知情意分立思想多有译介,在经由日本传播西学的热潮中,知情意分立思想作为现代思想的基础范畴被中国知识者所接受。这一思想分别通过哲学、教育学、心理学等学科的介绍而被广泛认可。王国维、蔡元培等人即是以知情意分立思想为基础为中国现代美学学科确立了根基。

第一节　西方美学的形成与知情意分立范畴

学界一般将划分人类意识为知情意的首倡之功归于康德。知、情、意作

---

① [美]诺夫乔伊:《存在巨链——对一个观念的历史的研究》,张传有、高秉江译,南昌:江西教育出版社,2002年,第5页。
② [美]列文森:《儒教中国及其现代命运》,郑大华、伍菁译,北京:中国社会科学出版社,2000年,第141页。

为人类意识结构的基本要素,与人类最高的价值范畴——真、美、善相对应。把真善美并列的最早例证可追溯至苏格拉底①,但在古典世界中,"道德上和实用上的判断"是高于审美判断的②,尽管在古希腊哲学中,"美""善"范畴存在同义使用的情况③,但这种同义使用更多是在理念的层面,而非价值判断层面。所以,笼统说来,在希腊的思想世界中,"美"的价值是从属于"真"和"善"。中世纪也有三分之说,文献中常以 bonum、pulchrum、verum 表示三种最高的价值④,但它们都从属于更高的宗教超验价值。受普罗丁哲学影响的奥古斯丁作为中世纪基督哲学的奠基者,更是把上帝作为终极真理源泉的思想发展到了极致。"以上帝为真善美的本体和流出之源,可视为中世纪基督教美学的一个最基本的命题。"⑤在中世纪的思想中,美之依据不在美本身,而在于"终极幸福",即对上帝的观照和领悟,真、善、美三者都统一于此。

笛卡尔是"近代哲学真正的创始人",因为他重新奠定了"哲学的基础",即"以思维为原则"⑥,把人的理性作为真理的最终依据:"我思故我在。"近代哲学的另一位先驱是培根(Francis Bacon, 1561—1626),他否弃了彼岸徒具形式的世界,认为"知识的真正的基础乃是自然界以及人类通过感官而获得的它提供的信息"⑦,从而建立"基于对外在自然界或对人的精神本性(表现为人的爱好、欲望、理性特点、正义特点)的经验和观察的哲学体系"⑧。两人开启了近代哲学的两种传统——经验主义和理性主义。

理性主义哲学的核心在求"真",关注的是真理的根据、内容和范围,而对美的认识,亦从属于这一大的原则。从而,笛卡尔哲学在文学艺术领域演化为声势浩大的古典主义,笛卡尔关于艺术应当服从心智约束,应有明晰

---

① [古希腊]柏拉图:《斐德罗篇》,246E。[波]瓦迪斯瓦夫·塔塔尔凯维奇:《西方六大美学观念史》,刘文潭译,上海:上海译文出版社,2006年,第2页。
② [英]鲍桑葵:《美学史》,张今译,桂林:广西师范大学出版社,2001年,第16页。
③ 范明生在《古希腊罗马美学》中对于"美""善"两个范畴在古希腊哲学中的情况作了一个长注,对我们理解这两个范畴具有参考价值。范明生:《古希腊罗马美学》,蒋孔阳、朱立元主编:《西方美学通史》第一卷,上海:上海文艺出版社,1999年,第429页。
④ [波]瓦迪斯瓦夫·塔塔尔凯维奇:《西方六大美学观念史》,刘文潭译,第2页。
⑤ 陆扬:《中世纪文艺复兴美学》,蒋孔阳、朱立元主编:《西方美学通史》第二卷,上海:上海文艺出版社,1999年,第40页。
⑥ [德]黑格尔:《哲学史讲演录》(第四卷),贺麟、王太庆译,北京:商务印书馆,1978年,第63页。
⑦ [美]理查德·塔纳斯:《西方思想史》,吴象婴、晏可佳、张广勇译,上海:上海社会科学院出版社,2007年,第302页。
⑧ [德]黑格尔:《哲学史讲演录》(第四卷),贺麟、王太庆译,第16页。

性、准确性和鲜明性的要求,被古典主义理论家化入创作和批评之中①。这一倾向在布瓦洛那里得到充分体现,他追求诗歌中真、善、美的统一,但善与美是从属于真(理性)的②。笛卡尔的理性哲学虽然高扬了人类理智的旗帜,但其关于理性最终根据的"天赋观念",实由更高的上帝赋予权威③。也即是说,理性之源头还没有被根植进人之自身。在经验主义和文学艺术创作繁荣的共同影响中,启蒙运动对哲学和文学艺术——也即真和美——的问题,进行了反思。于是,鉴赏、想象、事实、现象、直觉、天才等问题成为艺术家们谈论的热门话题。对情感和经验极端推崇的是休谟(David Hume,1711—1776),他"改造了美学论战的整个战场"④,"想要证明那被看作是理性主义的骄傲和真正力量的东西,实际上是它的最大弱点。情感不必再在理性法庭前为自己辩护;相反,理性被传到了感觉即纯'印象'的法庭上来,它的权利也受到了质问"⑤。在这一思路中,"美"成为了"真"和"善"的依据。

其实,整个近代美学的主流毋宁说是理性和美学(真与美)的统一,如鲍桑葵所说,近代美学的产生是理性主义和经验主义综合的结果:

> 形而上学者所以对美发生兴趣,是因为美是理性和感性可以感触到的会合点。批评界所以对美发生兴趣,是因为美是人类生活在其变化不定的各个方面的表现。这两种兴趣在长期各自发展之后,又结合起来——这就是近代美学的真正起源。⑥

这一结合在康德那里达到了顶点。康德所要研究的是自然世界(科学事实)和自由世界(道德事实)的依据和关系问题,"哲学被划分为在原则上完全不同的两个部分,即作为自然哲学的理论部分和作为道德哲学的实践部分"⑦。但二者之间存在着鸿沟,需加以沟通。于是,康德发现了判断力

---

① [美]凯·埃·吉尔伯特、[联邦德国]赫·库恩:《美学史》,夏乾丰译,上海:上海译文出版社,1989年,第282页。
② [法]布瓦洛:《诗的艺术》,任典译,北京:人民文学出版社,1959年,第64页。
③ 详见王德峰:《哲学导论》,上海:上海人民出版社,2000年,第164—171页。
④ [德]E.卡西尔:《启蒙哲学》,顾伟铭、杨光仲、郑楚宣译,济南:山东人民出版社,2007年,第285页。
⑤ [德]E.卡西尔:《启蒙哲学》,顾伟铭、杨光仲、郑楚宣译,第285页。
⑥ [英]鲍桑葵:《美学史》,张今译,第151页。
⑦ [德]康德:《判断力批判》,邓晓芒译,杨祖陶校,北京:人民出版社,2002年,第5页。

是把哲学这两个部分结合为一个整体的手段,判断力亦成为"两个世界的会合点,充当理性在感官世界中的代表和感官在理性世界中的代表"①。康德根据人类的知、情、意,划分出了知性、判断力和理性三种认识能力,并分别为其寻求到了先验根据,从而为真、善、美确定了自律性。康德声称对纯粹哲学三分的结果其实是"根植于事物的本性中的"②,即是说,它非理论之建构,而是事理之必然。真、善、美在康德那里完成了从"他律"到"自律"的转变,他为美学的发展奠定了真正的基础。

美学作为一门学科得以确立,即与真善美三种价值范畴由分化走向自律的现代化进程相关。在韦伯看来,西方的现代化进程就是理性化的过程,在文化领域,即表现为文化合理化,具体包含"现代科学和技术,自律的艺术以及扎根在宗教当中的伦理"③。西方社会由"祛魅"导致的世俗化带来了生活领域的巨大变革,主要表现在三个领域:

> 随着现代经验科学、自律艺术和用一系列原理建立起来的道德理论和法律理论的出现,便形成了不同的文化价值领域,从而使我们能够根据理论问题、审美问题、或道德-实践问题的各自内在逻辑来完成学习过程。④

要言之,这三个领域其实就是知(经验科学、理论问题)、情(自律艺术、审美问题)和意(道德理论和法律理论、道德-实践问题)三个方面。价值领域遵守各自"内在逻辑",即是这些价值开始摆脱传统宗教-形而上学的整体世界观,并最终树立其自身的法则。知情意的分立成为现代世界的价值基础,而研究"情"(美)的美学,也确立了自身的合法性。

第二节 知情意分立范畴在中国的译介

在列文森看来,现代中国经历的是从"词汇"到"语言"的变化,前者只

---

① [英]鲍桑葵:《美学史》,张今译,第236页。
② [德]康德:《判断力批判》,邓晓芒译,第33页注释1。
③ [德]尤尔根·哈贝马斯:《交往行为理论:行为合理性与社会合理性》,曹卫东译,上海:上海人民出版社,2004年,第155页。
④ [德]尤尔根·哈贝马斯:《现代性的哲学话语》,曹卫东等译,南京:译林出版社,2004年,第1页。

是思想和文化受到一些外来的影响,后者则是本土文化的系统受到外来文化的强力影响而发生改变①。现代中国"语言变化"的主要结果,便是中国现代学术体系的建立。中国学术逐步摈弃以"六艺"为核心、以"四部"为基本框架的学术分类体系,"在'援西入中'的大潮下,中国社会有关现实世界及社会理念合法性论证的思想资源,渐次脱离传统中国的思想资源,转而采纳西方现代型的知识样式"②。与之相关的是,美学作为一门现代性学科,只有中国在思想和知识的基本结构中引入西方现代价值范畴分立思想(即知情意分立思想)之后,才能进入到中国现代学术分科体系之中,才能真正建立"自律"的学科基础。

西方学术思想对中国的影响,可追溯到晚明清初的来华耶稣会士。尽管耶稣会"对人的个性的注重与文艺复兴时期对现代人的理解一脉相承"③,十分重视以"七艺"(seven liberal arts)为核心的知识教育。在13世纪之前,"文科七艺涵盖了知识的划分,并藉着中世纪大学的课程结构一直持续不变"④。而西方现代学术体系,即是对以"七艺"之学为核心的中世纪学术进行革命的结果。而这一过程直到19世纪初才得以完成⑤。所以,尽管明清耶稣会士以及晚清的新教传教士对译介西学功效甚巨,但总体上,其传播的人文学术还从属于神学体系。至于本书中所论述的知情意分立思想,则要有待来日了。

中国学界对西方现代哲学思想的译介,由严复发其端。蔡元培说:"五十年来,介绍西洋哲学的,要推侯官严复为第一。"⑥贺麟亦曾说:"说到介绍西方哲学,大家都公认严几道是留学生与中国思想界发生关系的第一人。"⑦王国维把严复译介西学看作中国进入到"形上"之学的开端,但严复的兴趣

---

① [美]列文森:《儒教中国及其现代命运》,郑大华、伍菁译,第141页。
② 复旦大学历史学系、复旦大学中外现代化进程研究中心编:《中国现代学科的形成》(近代中国研究集刊3),上海:上海古籍出版社,2007年,第4页。
③ [德]彼得·克劳斯·哈特曼:《耶稣会简史》,谷裕译,北京:宗教文化出版社,2003年,第14页。
④ [美]沙姆韦、[美]梅瑟-达维多:《学科规训制度导论》,[美]华勒斯坦(Wallerstein, I.)等:《学科·知识·权力》,刘健芝等编译,北京:生活·读书·新知三联书店,1999年,第14页。
⑤ [美]华勒斯坦等:《开放社会科学:重建社会科学报告书》,刘锋译,北京:生活·读书·新知三联书店,1997年,第6—7页。
⑥ 蔡元培:《五十年来中国之哲学》(1923年12月),中国蔡元培研究会编:《蔡元培全集》第五卷,杭州:浙江教育出版社,1997年,第102页。
⑦ 贺麟:《五十年来的中国哲学》,北京:商务印书馆,2002年,第25页。

毋宁说是实用的和功利的,"严氏之学风,非哲学的,而宁科学的也,此其所以不能感动吾国之思想界者也"①。蔡元培因为严复的功利主义目的而认为其介绍西方哲学的旨趣"不很彻底"②。其后恰是王国维、蔡元培等人重点绍介以德国哲学为中心的欧洲学术,从而使得中国现代思想摆脱功利和实用的追求,"视学术为目的,而不视为手段",并逐渐确立学术的独立地位③。其间,一个重要的转折是"西学自东来",日本成为中国接受西学的通道。

需要指明的是,严复对知、情、意分立思想有所介绍。在《法意》的按语中,严复尝言:"东西古哲之言曰:人道之所贵,一曰诚,二曰善,三曰美。"直言真善美之重要,并认为中国缺乏对美术的重视:

> 吾国有最乏而宜讲求,然犹未暇讲求者,则美术是也。夫美术者何?凡可以娱官神耳目,而所接在感情,不必关于理者是已。④

严复早年侧重于译介西方之"实用"学术,或只是时代风潮所引致,《法意》译成于1909年,其间思想界所凭借的"知识资源"已经大变。

另一位较早介绍知、情、意分立思想的是颜永京。1889年,颜永京翻译了《心灵学》,此书为中国第一部汉译西方心理学著作,原作者为美国学者海文(Joseph Haven, 1816—1874),原书名为 Mental Philosophy: Including the Intellect, Sensibilities, and Will,即《心理哲学:知情意》。《心灵学》虽仅译"知"的部分,但已经将知情意分立思想传递至中国学术界。徐维则在《增版东西学书录》中评论此书时即曰:"西人论脑气作用之说愈出愈精,大凡知觉为一纲,情欲为一纲,志决为一纲。"⑤另外,以知情意分立思想为依托,此书亦提及美学,是中国人最早译介美学的文本⑥。

1898年之后,中日之间的知识流通关系发生根本变化,假道日本取法

---

① 王国维:《论近年之学术界》,《教育世界》第93号,1905年2月。谢维扬、房鑫亮主编:《王国维全集》第一卷,杭州:浙江教育出版社,广州:广东教育出版社,2009年,第122页。
② 蔡元培:《五十年来中国之哲学》(1923年12月),中国蔡元培研究会编:《蔡元培全集》第五卷,第104页。
③ 王国维:《论近年之学术界》,《教育世界》第93号,1905年2月。谢维扬、房鑫亮主编:《王国维全集》第一卷,第123页。
④ 《法意》卷十九,孟德斯鸠原著,严复译述,上海:商务印书馆,1931年,第5—6页。
⑤ 徐维则:《增版东西学书录》,熊月之主编:《晚清新学书目提要》,上海:上海书店出版社,2007年,第125页。
⑥ 黄兴涛:《"美学"一词及西方美学在中国的最早传播》,《文史知识》2000年第1期。

西学,成为知识界之共识。中国现代思想和学术的主要"思想资源"和"概念工具"①,即来自日本。作为"日本近代哲学之父",西周"奠定了明治时代哲学思想的基础"②。在其名作《百一新论》中,西周论述了美学的起源,并论及此一学科得以成立的根据在于人类性理上有知、情、意三种认识能力(对应知行思、善真美),"能使知成为真者要靠知学,能使行成为善者要靠名教,能使思成为美者要靠佳趣论"③。西周在别处亦常把知情意分立思想作为立论之基础,如在《生性札记》中说:"心理之分解,首别三大部,智、情、意是也。"④在《译利学说》中也有详细陈述:

> 人生之作用,区之为三:一曰智,是致知之学所以律之也;二曰意,是道德之学所以范之也;三曰情,是美妙之论所以悉之也。是以此三学,取源乎性理一学,而开流于人事诸学,所以成哲学之全躯也。⑤

西周以知、情、意分立思想解说精神和学术,并以"情"之独立性为美学(佳趣论、美妙之论)确立基础,实则已经完成了日本美学的"现代化"。继西周而起的日本哲学家,对知情意分立思想已经完全接受并加以运用。如中江兆民在《理学之旨》中提及"情智意"⑥,大西操山在《美术与宗教》中提及真善美之关系⑦,森欧外和大村西崖在译介哈特曼的《审美纲领》时对真善美信的分析⑧,高山樗牛在《艺术与道德》中论及真善美的关系⑨,等等。

---

① 王汎森:《"思想资源"与"概念工具"——戊戌前后的几种日本因素》,氏著:《中国近代思想与学术的系谱》,台北:联经出版公司,2003年。
② [日]山本正男:《东西方艺术精神的传统和交流》,牛枝惠译,北京:中国人民大学出版社,1992年,第11页。
③ [日]山本正男:《东西方艺术精神的传统和交流》,牛枝惠译,第17—18页。
④ [日]西周:《生性札记》,《西周哲学著作集》,第103页,转引自朱谦之:《日本哲学史》,北京:人民出版社,2002年,第179页。
⑤ [日]西周:《译利学说》,《西周哲学著作集》,第276页,转引自朱谦之:《日本哲学史》,第179页。
⑥ [日]中江兆民:《理学之旨》,《兆民选集》,第94—95页,转引自朱谦之:《日本哲学史》,第247页。
⑦ [日]山本正男:《东西方艺术精神的传统和交流》,牛枝惠译,第56页。
⑧ [日]山本正男:《东西方艺术精神的传统和交流》,牛枝惠译,第64—65页。
⑨ [日]山本正男:《东西方艺术精神的传统和交流》,牛枝惠译,第73页。

第三节　中国现代美学与知情意分立思想

前已述及,知、情、意分立是现代思想的基本结构,西方现代学术亦建基于此。故具体学科常以此为基础来论证本学科的存在之由。在中国现代学术体系中,对知、情、意分立思想引介较多的学科有哲学、心理学和教育学等。就哲学学科来说,知、情、意分立思想实即本学科的基础性范畴,在中国学界开始译介德国哲学之后,这一范畴亦逐渐被学界所接受。知、情、意分立思想在西方学术体系中,亦与心理学关系密切。所以,在中国现代心理学的创立过程中,这一思想常被作为学科基础范畴而被译介。中国现代教育宗旨,以培育"完全的人"为根本追求,所以提倡德、智、美三育的全面发展。以下就中国现代哲学、心理学和教育学等学科译介知、情、意分立思想的情况进行简要梳理。

一、哲学

1901年,蔡元培节译井上圆了的《佛教活论》而成《哲学总论》,其中就提及知(智)、情、意分立的思想。宇宙由物、心、神三者构成,分别形成理学(科学)、哲学和神学。哲学乃心性之学。心性有现象和实体之分,其现象即为知(智)、情、意三者。"智、情、意之三者,皆心性之现象,故谓之心象。"[①]在后来他翻译的井上圆了的《妖怪学讲义录》中,对这一思想亦曾涉及。作者提到妖怪学与心理学之关系:

> 妖怪学本心理学之应用,而心理学之应用,犹有论理学、伦理学、审美学、教育学。论理、伦理、审美为心性作用之智、情、意各种之作用,以真、善、美三者为目的;教育学者,智、情、意总体之应用,以人心之发达、知识之开发为目的。[②]

对知情意、真善美的关系论述颇为清晰。井上圆了此书在中日现代哲

---

① 蔡元培:《哲学总论》(1901年10—12月),中国蔡元培研究会编:《蔡元培全集》第一卷,第355页。
② [日]井上圆了:《妖怪学讲义录(总论)》(1906年9月),蔡元培译,中国蔡元培研究会编:《蔡元培全集》第九卷,第94页。

学史上,都具有重要价值,张东荪说:

> 我个人以为中国之有西洋哲学,由来已久,然从今天来看,至少可算有三个时代。第一个时代是用蔡元培先生所翻译的井上圆了的《妖怪学》为代表。……这部《妖怪学》……代表日本人初期接受西洋哲学的态度与反应。而蔡先生把他翻译到中国来却亦是代表那个时候中国对于哲学的态度。这乃是西方哲学初到东方来的应有的现象。①

鉴于蔡元培译作的重要地位,其中涉及的西方哲学思想,包括知、情、意分立思想在内,对中国现代思想的形成意义深远。就蔡元培本人来说,这似乎也奠定了他终生的思想基础。

1902年,王国维翻译日本哲学家桑木严翼的《哲学概论》,分"哲学之问题"为"知识哲学""自然哲学"和"人生哲学",其实就是知情意分立思想在学科分类上的对应表现。1903年,系统地阅读过大量西方学术著作的王国维已经可以自由地运用西方哲学思想发表自己的观点了,如他针对社会上废止哲学的声音,写了《哲学辨惑》一文,用知情意并行的观点为美学和美育张目:

> 今夫人之心意,有知力,有意志,有感情。此三者之理想,曰真,曰善,曰美。哲学实综合此三者而论其原理者也。教育之宗旨,亦不外造就真、善、美之人物,故谓教育学上之理想即哲学上之理想,无不可也。②

1904年,王国维发表《汗德之哲学说》,对康德的三大批判体系详加解说,其中心点即在知、情、意分立思想:

> 汗德于是就理性之作用,为系统的研究,以立其原则,而检其效力。即批评之方法先自知识论始,渐及其他。而当时心理学上之分类法,为彼之哲学问题分类之根据,即谓理性现于知、情、意三大形式中。而理性之批评亦必从此分类。故汗德之哲学分为三部:即理论的(论智

---

① 张东荪:《文哲月刊发刊词》,《文哲月刊》第1卷第1期,1935年10月。
② 王国维:《哲学辨惑》,《教育世界》第55号,1903年7月。谢维扬、房鑫亮主编:《王国维全集》第十四卷,第8页。

力)、实践的(论意志)、审美的(论感情)。其主要之著述亦分为三：即《纯粹理性批评》《实践理性批评》及《判断力批评》是也。①

从蔡元培、王国维等人对知、情、意分立思想的介绍看，在20世纪初的中国思想界已经经由日本把这一思想范畴引进中国，并被运用到中国人自己的著述之中。在使用外来术语解释中国思想时，"格义"的情形所在多有。用西方哲学观念来梳理中国思想，或出现中西思想范畴之间的冲突，如何在统合的基础上化生出新的思想，避免削足适履的窘境，是文化交往间的重要工作。蔡元培已经注意到了这一问题，在《中学修身教科书》中对中国传统思想中的重要范畴"良心"和知、情、意三者的关系给予了界说：

> 人心之作用，蕃变无方，而得括之以智、情、意三者。然则良心之作用，将何属乎？在昔学者，或以良心为智、情、意三者以外特别之作用，其说固不可通。有专属之于智者，有专属之于情者，有专属之于意者，亦皆一偏之见也。以余观之，良心者，该智、情、意而有之，而不可囿于一者也。凡人欲行一事，必先判决其是非，此良心作用之属于智者也。既判其是非矣，而后有当行不当行之决定，是良心作用之属于意者也。于其未行之先，善者爱之，否者恶之，既行之后，则乐之，否则悔之，此良心作用之属于情者也。②

宋儒讲"本体"与"工夫"，乃是指道德本性与成德途径言。可见"德"乃修而成者。故谓："德之本质：凡实行本务者，其始多出于勉强，勉之既久，则习与性成。安而行之，自能缀合于本务，是之谓德。是故德者，非必为人生固有之品性，大率以实行本务之功，涵养而成者也。"③道德之依据，不外"天命"与"心性"二端，西方社会宗教发达，故以"外在超越"作为道德之依据，而中国则以"心性"为"内在超越"之路。蔡元培以"良心"统摄人之精神世界取向，无疑具有深刻的传统痕迹，但是，他分"良心"为知、情、意，则又带有了西学的影响。随之，"工夫"亦由"格物致知"转变为知、情、意三者之求得：

---

① 王国维：《汗德之哲学说》，《教育世界》第74号，1904年5月。
② 蔡元培：《中学修身教科书》(1912年5月)，中国蔡元培研究会编：《蔡元培全集》第二卷，第153—154页。
③ 蔡元培：《中学修身教科书》(1912年5月)，中国蔡元培研究会编：《蔡元培全集》第二卷，第164页。

然德者,良心作用之成绩。良心作用,既赅智、情、意三者而有之,则以德之原质,为有其一而遗其二者,谬矣。人之成德也,必先有识别善恶之力,是智之作用也。既识别之矣,而无所好恶于其间,则必无实行之期,是情之作用,又不可少也。既识别其为善而笃好之矣,而或犹豫畏葸,不敢决行,则德又无自成,则意之作用,又大有造于德者也。故智、情、意三者,无一而可偏废也。①

　　由此,道德之"本务"与"工夫",有了全新的内涵。知、情、意三者中,"意"一方面是精神结构中的重要部分,另一方面,实则具有统御"智"和"情"的作用。

　　知、情、意分立的思想,转换了中国人思考问题的视角,但不能完全置换中国人思考的思想背景。不同思想间的接触应以求同存异为目标,不能陷入单纯的"话语"之争。对"良心"和知、情、意三者的关系,蔡元培给出了一种解释。他不认为"良心"处于知、情、意之外,而是认为,二者化而合一,良心中包含着知、情、意的三种因素。在教育中,三者不可偏废。这些观点,不但具有思想上的意义,亦有方法论上的意义。

二、教育学

　　知、情、意分立思想是中国现代教育学的基础性概念范畴,最早由王国维译介入中国,这一思想在促进中国现代教育学形成的同时,亦为美育以及美学学科的奠立打下了基础。

　　1901年,王国维翻译了日本学者立花铣三郎编著的《教育学》②。此书是"以德国教育家留额氏所著书为本"(本书小序)的。关于"留额氏",有学者认为乃是德国教育学家戚勒(T. Ziller),其所据的原本是戚勒的《普通教育学概论》。戚勒为赫尔巴特派的代表人物之一。故"赫尔巴特教育学传入中国,即以此(王国维译《教育学》一书,引者注)为最早"③。瞿葆奎先生发

---

① 蔡元培:《中学修身教科书》(1912年5月),中国蔡元培研究会编:《蔡元培全集》第二卷,第164—165页。
② 《教育学》,[日]立花铣三郎撰述,王国维译,《教育世界》第9、10、11号,1901年9—10月。收入上海"教育世界"社所印行的《教育丛书》初集第3册。谢维扬、房鑫亮主编:《王国维全集》第十六卷。
③ 肖朗:《王国维与西方教育学理论的导入》,《浙江大学学报》(人文社科版)2000年第6期。亦有其他学者持此说,张小丽:《赫尔巴特教育学在中国的传播(1901—1904)》,《教育学报》2006年第5期。

现,在日文原著中,"留额"旁加注为 Ruegg,据此认为上述观点错误①。尽管"留额氏"或非戚勒,但据《教育学》之内容看,较为接近于赫尔巴特派的观点,则无疑问。立花早年曾赴美留学,其时美国教育界赫尔巴特学说风行一时,立花深受影响,其译述的《教育学》乃是赫尔巴特派的著作,当在情理之中。有学者已经指明,立花乃是"日本赫尔巴特学派代表人物之一"②,此《教育学》为"赫尔巴特学派代表人物的著作"③。

在西方教育史上,德国教育学家赫尔巴特(Johann Friedrich Herbart,1776—1841)首次创立了完整的教育学体系,标志着教育学学科的诞生。赫尔巴特的思想以康德哲学为基础,很重要的一点便是继承和发挥了康德关于知、情、意划分的思想。王国维日后对康德、赫尔巴特的学说译介甚多,且对基于这一思想范畴的美育大加提倡,可能在此时已经奠定基础。已有学者指出:"日后王国维撰文提倡四育并成为近代中国美育的首倡者,应该说与他翻译……接受赫尔巴特的教育学理论不无关联。"④

1902年,王国维译述牧濑五一郎的《教育学教科书》一书已明确提出,"教育之目的,一言以蔽之曰:在养成完全之人物。"并且指出,根据知、情、意分立思想,教育包含德、智、体、美四育。有学者指出,本书明确提出了四育思想,而且"美育的提出在中国教育界是首次,尽管这还不是中国人自己的主张,但在中国教育史上有划时代的意义"⑤。本书关于教育的目的在于培育"完全之人物"的思想,也为王国维所吸取,并成为他日后教育思想的核心。在其后的《论教育之宗旨》(1903年8月)中,王国维指出:"教育之宗旨何在?在使人为完全之人物而已。"⑥且详述了知、情、意分立思想以及智育、德育和美育的关系:

> 精神之中,又分为三部:知力、感情及意志是也。对此三者,而有真、美、善之理想。真者,知力之理想;美者,感情之理想;善者,意志之理想也。完全之人物,不可不备真、美、善之三德。欲达此理想,于是

---

① 瞿葆奎:《两个第一:王国维译、编的〈教育学〉——编辑后记》,《教育学报》2008年第2期。
② 肖朗、叶志坚:《王国维与赫尔巴特教育学说的导入》,《华东师范大学学报》(教育科学版)2004年第4期。
③ 张小丽:《赫尔巴特教育学在中国的传播(1901—1904)》,《教育学报》2006年第5期。
④ 肖朗:《王国维与西方教育学理论的导入》,《浙江大学学报》(人文社科版)2000年第6期。
⑤ 肖朗:《王国维与西方教育学理论的导入》,《浙江大学学报》(人文社科版)2000年第6期。
⑥ 王国维:《论教育之宗旨》,《教育世界》第56号,1903年8月。谢维扬、房鑫亮主编:《王国维全集》第十四卷,第9页。

教育之事起。教育之事亦分为三部：智育、德育（即意志）、美育（即情育）是也。①

但智（知）、情、意三者又非绝然对立，在实际发生时存在交互关系，且教育需有意识地综合三者才能最终达致最高目的，即培养"完全之人物"：

> 然人心之智、情、意三者，非各自独立，而互相交错者。如人为一事时，知其当为者，知也。欲为之者，意也。而当其为之前后，又有苦乐之情伴之。此三者不可分离而论之也。故教育之时，亦不能加以区别，有一科而兼德育、智育者，有一科而兼德育、美育者，又有一科而兼此三者。三者并行，而得渐达真、善、美之理想，又加以身体之训练，斯得为完全之人物，而教育之能事毕矣。②

在蔡元培译述的《哲学总论》（1901 年）中，也提及了美育的地位和价值：

> 心理学虽心象之学，而心象有情感、智力、意志之三种。心理学者，考定此各种之性质、作用而已，故为理论学。其说此各种之应用者，为论理、伦理、审美之三学。伦理学说心象中意志之应用；论理学示智力之应用；审美学论情感之应用。故此三学者，为适合心理学之理论于实地，而称应用学也。其他有教育学之一科，则亦心理之应用，即教育学中，智育者教智力之应用，德育者教意志之应用，美育者教情感之应用是也。③

他后来终其一生倡导美育，与此时所奠定的思想基础不无关系。

梁启超《教育政策私议》中亦曾对"知""情""意"所关涉的教育内容有所强调。在此文中，他首论"教育次序"，此乃是不满于政府首先发展大学（创设京师大学堂）的举动，而提示说："求学譬如登楼，不经初级，而欲飞升绝顶，未有不中途挫跌者。"还列举日本人论教育次第言论集成一表

---

① 王国维：《论教育之宗旨》，《教育世界》第 56 号，1903 年 8 月。谢维扬、房鑫亮主编：《王国维全集》第十四卷，第 10 页。
② 王国维：《论教育之宗旨》，《教育世界》第 56 号，1903 年 8 月。谢维扬、房鑫亮主编：《王国维全集》第十四卷，第 11—12 页。
③ 蔡元培：《哲学总论》（1901 年 10—12 月），中国蔡元培研究会编：《蔡元培全集》第一卷，第 357 页。

格,针对学生的不同阶段,从"身体""知""情""意""自观力"等五个方面分析考察①。

作为中国现代美育思想的主倡者,王国维、蔡元培和梁启超等人对美育的论述,多以知、情、意分立思想为基础,在时人重视"知""意"的同时,还重视"情"的因素在教育中的作用。

三、心理学

解中苏在《心理学上知情意三分法的研究》一文中曾详细论述中国现代心理学对知、情、意分立思想的译介:

> 我国心理学,最初自日本传来,为组织派 Structuralism 的心理学,用智情意三分法。……三分法在中国独占二十多年的势力,影响自然很大;所以普通一班人以为研究心理学便是研究智情意,除去智情意,便算不得心理学!②

解中苏的用意在于驳斥知、情、意三分法不能成立,他分析中国心理学界接受此三分法,是受到了日本的影响,而"日本人受了欧洲将心理学附在哲学的影响,研究心理学者就是研究哲学者,而当时哲学自不得不首推康德派,所以心理学因哲学联带关系,也就大用其三分法了"③。晚清中国留日学生通过日本介绍西学,知、情、意分立思想亦大行于中国学界。

心理学的著述中对知、情、意分立思想的译介,最早的例子是前已述及的《心灵学》(1889)。中国现代心理学的创立,受日本影响甚大,中文学界早期的心理学著作,或为日本人创作,或译自日本,如解中苏所言,其中都把知、情、意分立思想作为基本理论构架。

1902年9月,日本学者服部宇之吉(1867—1939)到中国任教于京师大学堂师范馆,曾担任教育学、心理学、论理学和伦理学的课程。服部宇之吉在师范馆任教六年,于1909年回国。"服部宇之吉是清末由日本人任教习的第一人,他也是师范馆教授心理学课的第一位心理学教师。"④今日保留

---

① 梁启超:《教育政策私议》(1902年),《饮冰室合集》文集第四册,北京:中华书局,1989年。
② 解中苏:《心理学上知情意三分法的研究》,《教育杂志》第14卷第7号,1922年7月20日。
③ 解中苏:《心理学上知情意三分法的研究》,《教育杂志》第14卷第7号,1922年7月20日。
④ 杨鑫辉、赵莉如主编:《心理学通史》第二卷《中国近现代心理学史》,济南:山东教育出版社,1999年,第123页。

的服部宇之吉所著《心理学讲义》,即是以知、情、意分立思想为结构基础①。服部宇之吉因在京师大学堂师范馆任职,故其学说影响中国学界甚巨。宋教仁回忆服部宇之吉的心理学,印象最深的即是知、情、意三分思想,他说:"观服部宇之吉心理学讲义,服部博士现充北京大学堂教习者也,书中言心理分知、情、意三者,三者又分条析缕,甚为了明透彻,余始知心上之发动作用皆有理法,不容紊也。"②又说:

> 见美色而爱之,此为心理上自然的本能,即据服部氏心理学说言人之心理有知、情、意三者,见而辨其美,知的作用也。辨之为美而爱之,情之作用也。此二者皆为生物的本能,即生之谓,性之谓。若因爱之即欲得之,而遂动念,而遂决志,此属于意的作用,而善恶、是非、利害之别矣。故爱色而至于意(志念)的作用,则须审慎矣。③

另一位日本学者久保田贞则在《心理教育学》④的总义中,认为人由心、身两部分构成:"人者,由心身之两部而成,其心意作用,又分为知与行之二种,若以教育学论之,则画为三大部分,即德育、智育及体育是也。"以知、情、意三分思想定义心理学,认为心理学是"研究心意之现象,即知、情、意之三相是也。心意者即由知、情、意三种之官能所合而成者也"。"三分法为近世学者一般所公认,即知、情、意之分类是也。"知、情、意三者关系密切,"三相者有互相容合之趣,而复有互相亲密之关系者,故一相发时,每与他之二相无不交相发动"⑤。

还有其他日本学者的著述,如沈诵清翻译的井上圆了所著的《心理摘要》⑥,张云阁翻译的大濑甚太郎、立炳教梭合著的《心理学教科书》⑦等。1907年,王国维翻译丹麦学者海甫定所著的《心理学概论》⑧出版,其中也含

---

① 顾燮光:《译书经眼录》,熊月之主编:《晚清新学书目提要》,上海:上海书店出版社,2007年,第316页。
② 宋教仁:《宋教仁集》,陈旭麓主编,北京:中华书局,1981年,第585页。
③ 宋教仁:《宋教仁集》,陈旭麓主编,第588页。
④ [日]久保田贞则:《心理教育学》,上海:广智书局,1902年。
⑤ 转引自杨鑫辉、赵莉如主编:《心理学通史》第二卷《中国近现代心理学史》,第128—129页。
⑥ [日]井上圆了:《心理摘要》,沈诵清译,上海:广智书局,1902年。
⑦ [日]大濑甚太郎、立炳教梭:《心理学教科书》,张云阁译,李景濂校修,直隶学校司编译局印行,1903年。
⑧ [丹麦]海甫定(Harald Hoffding):《心理学概论》,王国维译,上海:商务印书馆,1907年。此本据英国人龙特氏英译本译出。谢维扬、房鑫亮主编:《王国维全集》第十八卷。

有知、情、意分立的思想。

亦有学者如解中苏那样,认为三分法于学理上并不妥帖。如上海时中书局编译所编译的《心界文明灯》,论析了知、情、意三分法和知、意二分法,认为二分法更为科学。认为心理学"所行之三分法既属陈套,其不可者虽被一般学者认出,然代此不可之定说,尚未发见。又彼三分法之可者以及其方法,虽说明于前,然心理学者全体,尚不能一定其方向,故心理学之前途犹有所望"①。留日学生陈榥所编的《心理易解》,被誉为"可以反映20世纪初我国接受和传播西方心理学的水平,也是我国第一部汉文写的西方心理学书"②。其中称:"心理书中,以知识、情感、意志分三大门类,实则驳论甚多,有谓不应如此分类者,而三大门类中之分类,亦各人不同。今惟采取最普通之分类而已。"③

解中苏说:

> 自三分法产生以后,心理学家攻击他的很多;除去了一班讲康德哲学者以外,都不相信;所以他在心理学界从没有占过大势力。在中国所以通行的原故,是因为中国研究心理学的人太少,只有这一种学说介绍进来,所以盛行;并不是因为知道他有什么价值。④

此话未免说得有些偏激,考诸中国现代心理学及中国现代学术史,知、情、意分立思想实际上发挥了更为深刻且长久的影响。萨义德曾指出文化间存在的观念和理论的"旅行",且指出理论旅行需要三四个步骤:

> 第一,需要有一个源点或者类似源点的东西,即观念赖以在其中生发并进入话语的一系列发轫的境况。第二,当观念从以前某一点移向它将在其中重新凸显的另一时空时,需要有一段横向距离(distance transversed),一条穿过形形色色语境压力的途径。第三,需要具备一系列条件——姑且可以把它们称之为接受(acceptance)条件,或者,作为接受的必然部分,把它们称之为各种抵抗条件——然后,这一系列条件再去面对这种移植过来的理论或观念,使之可能引进或者得到容忍,而

---

① 上海时中书局编译所编译:《心界文明灯》,上海:时中书局,1903年。
② 杨鑫辉、赵莉如主编:《心理学通史》第二卷《中国近现代心理学史》,第136页。
③ 杨鑫辉、赵莉如主编:《心理学通史》第二卷《中国近现代心理学史》,第135页。
④ 解中苏:《心理学上知情意三分法的研究》,《教育杂志》第14卷第7号,1922年7月20日。

无论它看起来可能多么地不相容。第四,现在全部(或者部分)得到容纳(或者融合)的观念,就在一个新的时空里由它的新用途、新位置使之发生某种程度的改变了。①

尽管有学者以知、情、意分立思想来梳理中国传统思想范畴②,但这一思想无疑乃是以欧洲哲学为"源点"的。甲午之后,经由日本学习西方成为时代风潮,知、情、意分立思想亦是在"西学自东来"的时空转移中进入中国的,这一"横向距离",跨度巨大,路径曲折,堪称人类文化传播史上的典型例证。中国接受西方影响,自器物至文化,层次逐步深入,总体目标乃是逐步实现现代之转化。知、情、意分立思想为西方现代思想的基础性范畴,所以,引入西方现代思想,实现自身的现代转型,则必以此为根基。知、情、意分立思想在"新的时空"中被接受和再阐释,中国知识界以此作为梳理传统思想的工具,其自身"发生某种程度的改变",自是跨文化阐释的后果之一。

知、情、意分立思想在推重真、善、美各领域之自律性价值的同时,也为现代学科体系确立了根基。就知、情、意三者所对应的学科来说,科学(知)和伦理学(意)在20世纪初的中国学术界已提倡有年,而对美学(意)的倡导则刚刚开始。所以,上述哲学、心理学、教育学等学科对知、情、意分立思想的绍介,对美学的提倡,具有直接或间接的促进作用。王国维、蔡元培等人是译介知、情、意分立思想最为重要的学者,他们亦都是中国现代美学的开创者,藉此可以看出,知、情、意分立思想对中国现代美学的起源,具有奠基性的作用。中国现代美学的创立者即是基于知、情、意分立思想,为美学确立了学科的合法性。

---

① [美]爱德华·W·萨义德:《世界·文本·批评家》,李自修译,北京:生活·读书·新知三联书店,2009年,第400—401页。
② 如劳思光分"我"为"形躯我""认知我""情意我"和"德性我"等,见劳思光:《新编中国哲学史》(一卷),桂林:广西师范大学出版社,2005年,第109页;汤一介:《中国传统哲学中的真善美问题》《再论中国传统哲学中的真善美问题》,均收入氏著:《新轴心时代与中国文化的建构》,南昌:江西人民出版社,2007年。

第二章　明清来华传教士对西方美学类知识的译介

美学(aesthetics)作为西方现代学术体系中的一门学科,其在中国的传播是与整个西方学术体系进入中国的过程相一致的。学界对西方美学在中国译介过程的研究,多重视晚清民国时期的资料,但在此前的明清时期,来华的传教士已对西方学术分科体系和哲学、美学类知识有所介绍。尽管这类知识还属于基督教神学知识系统,和西方现代知识系统不同,但西方现代的学术分科体系也是脱胎于中世纪知识分科系统的。了解这一段美学的"前史"在中国的传播过程,对研究中国现代美学的形成,亦具有十分重要的参照意义。

第一节　晚明来华耶稣会士的学术传教

梁启超(1873—1929)把明末传教士带来的历算学看作是可与晋唐佛教传入相比肩的"中国智识线和外国智识线"的第二次重要接触,也是中国学术史上"应该大笔特书者"①。尽管耶稣会的学术背景尚属于中世纪范围之内,但他们对学术持有的开明态度,对自然科学研究的巨大成就,以及以亚里士多德和托马斯·阿奎那学说为基础的学术思想,对中国晚明以降的思想界影响甚远。

对中国现代学术的形成研究来说,晚明耶稣会来华,无疑是个自然的起点。不仅因为后来的新教传教士自觉地把自己的工作看作是耶稣会事业的延续②,而且后来关于中国现代学术的诸多讨论都可以在这里找到源头,如

---

① 梁启超:《中国近三百年学术史》,朱维铮校注,上海:复旦大学出版社,2016年,第8页。
② "新教传教士们继承了17和18世纪耶稣会传教士的传统,在19世纪激起了一些比较勤奋和目光敏锐的文人对现代科学基础知识的兴趣,这些基础知识曾对西方的发展〔转下页〕

有学者指出:"西学东渐是自成系统的过程,明清之际西学与晚清西学有内在联系,在内容上本属一体,在传播过程上,前者是后者的源头,后者是前者的继续。有尾无头,无以窥全豹。"①

正如识者所言:"近代以前,沟通中国与欧洲大陆的除了战争因素以外,媒体主要是探险家和传教士,其中又以传教士扮演的角色最为重要。"②通观历史,基督教在中国的传播经历了四个阶段:(1)唐代的景教;(2)元代的也里可温教;(3)明代的天主教;(4)近代的新教。唐、元两代多因政治、文化因素而中断。明代天主教的传播尽管最终也归于失败,但是其历史价值却远在前两次之上。

孔汉思(Hans Kung)总结了"不同宗教间交流的可能性和方法的模式",共有七种:外表的同化;信仰的混乱;不同层次的互补;传教士间的冲突;"文化帝国主义";反传教;外来宗教的本土化。在他看来,基督教(广义)在中国经历种种挫折后,终于被利玛窦(Matteo Ricci,1552—1610)引上了正途,即使用第七种方式——外来宗教的本土化③。本土化的工作使他改变了前辈们执着于直接传教的做法(与中国相隔阂而始终摆脱不了外来宗教印象),而专注于"间接传教"或"学术传教"④。

耶稣会士"学术传教"的思想源于"适应"(accommodation)的传教策略,而这一思想源自耶稣会(Jesuits)的创始人依纳爵·罗耀拉(Ignacio de Loyola,约1491—1556)。在1556年的一封奉依纳爵之命写给各耶稣会会长的信中,关于"适应"的思想被如此表达:

> 我们的神父已授权,任何一个耶稣会士都说他们所在国家的语言:若在西班牙就说西班牙语;若在法国就说法语;若在德国就说德语;若在意大利就说意大利语……我们的神父还授权,同一会规必须记下,并在耶稣会所在之地遵守,耶稣会应尽其所能地考虑它们所在之地的人

〔接上页〕做出过贡献。"〔意〕白佐良、〔意〕马西尼:《意大利与中国》,萧晓玲、白玉崑译,北京:商务印书馆,2002年,第245—246页。较为详细的论述亦可参考章清:《"中体西用"论与中西学术交流》,复旦大学历史学系、复旦大学中外现代化进程研究中心编:《中国现代学科的形成》(近代中国研究集刊3),上海:上海古籍出版社,2007年,第211页。

① 熊月之:《西学东渐与晚清社会》,上海:上海人民出版社,1994年,第27页。
② 孙尚杨:《基督教与明末儒学》,北京:东方出版社,1994年,第7页。
③ 秦家懿、孔汉思:《中国宗教与基督教》,吴华译,北京:生活·读书·新知三联书店,1997年,第197—220页。
④ 秦家懿、孔汉思:《中国宗教与基督教》,吴华译,第202页。

民的性情。①

依纳爵·罗耀拉把这一设想纳入到耶稣会的培养计划和生活方式中。他也提出明确的指导,使这一方法能适用于传教,他提出:"不是要他们必须像我们而是相反。"这句话成了早期耶稣会士遵奉的格言②。

在16—17世纪的传教史中,依据"适应"思想传教的耶稣会士是传教方法最为革新的传教士,如在印度的诺比利(Roberto De Nobili,1577—1658)、在日本的沙勿略(St. Francis of Xavier,1506—1552)和范礼安(Alexandre Valignani,1538—1606)、在中国的利玛窦等。在"适应"传教思想的指导下,利玛窦区分了"直接传教"(direct apostolate)和"间接传教"(indirect apostolate),其分类基于非基督徒和基督徒、慕道者的区别。与此相应,依据直接传教或间接传教的相同模式,根据不同文风,学者把耶稣会士的作品分成两种:一是天主教要理问答(catechism);二是天主教教理(Christian doctrine)③。根据对中国的敏锐了解,利玛窦把传教重点放在"间接传教"上。尽管龙华民(Nicholas Longobardi,1559—1654)、高一志(Alfonso Vagnoni,1566—1640)等耶稣会士在此问题上持不同意见,但利玛窦知道,根据中国的特点,影响整个社会要比在社会边缘建立小小的宗教团体有用得多④。利玛窦所遵照的是保罗所说的"在什么样人中成什么人"的教训,以此作为其在中国传教的根本依据。

柳诒徵(1880—1956)总结道:"利玛窦等之来也,一以传西方之宗教,一以传西方之学术。"⑤利玛窦的学识与其对中国文化尊重的态度,使他的本地化工作对中国文化带来了异常突出的影响。但毋庸置疑的是,作为宗教团体,耶稣会士的"学术传教"是其传播宗教的幌子。学术是掩护,传教是实质。而且,"利玛窦走上'学术传教'的独特路径,未必可说早就主动作出的选择,倒不如说很晚才采取的被动措施"⑥。但是实际上,中国人对基督教的教义并没有足够的兴趣,反倒是传教士带来的西方学术思想更能激发

---

① [日]柯毅霖:《晚明基督论》,王志成、思竹、汪建达译,成都:四川人民出版社,1999年,第55页。
② [日]柯毅霖:《晚明基督论》,王志成、思竹、汪建达译,第46页。
③ [日]柯毅霖:《晚明基督论》,王志成、思竹、汪建达译,第52页。
④ [日]柯毅霖:《晚明基督论》,王志成、思竹、汪建达译,第51页。
⑤ 柳诒徵:《中国文化史》,上海:上海古籍出版社,2001年,第753页。
⑥ 朱维铮:《利玛窦中文著译集·导言》,见朱维铮主编:《利玛窦中文著译集》,上海:复旦大学出版社,2001年,第27页。

起中国士人参与探讨的热情。如马若安(Jean-Claude Martzloff)所提及的那样:"中国人热情而又不带任何保留地接受了西方的数学知识,该学科在中国的影响相当大。但中国人同时也在由耶稣会士们传入的内容中,拒绝了与神学、宇宙论和逻辑推理有关的一切知识。"①

这真是历史的有趣一幕,"目的"被"手段"所取代,按照后来科学主义者的逻辑,科学每前进一步,宗教就会倒退一步,耶稣会士在带来教义的同时,也带来了自己的"掘墓人"。其实,在传教士内心,传教的使命是丝毫不会放松的,如谢和耐(Jacques Gernet,1921—2018)所言:

> 传教士的主要关心之处,始终都是宗教领域。他们的目的是归化不信基督者和定居于北京,这些人在为能引起中国人的好奇心,并证明自己的天文学计算具有先进性的时候,才从事科学工作。当他们一旦获得这样的结果,并感到在康熙宫中的地位比较稳定时,就不再需要下同样的功夫了。②

且不论"目的"和"手段"的有趣关系③,传教士带来的西学对中国思想界的影响则是有目共睹的。如徐宗泽(1886—1947)所说:"夫明末清初西士所施于吾国学术界上之影响,不在某种学问而在于治学之精神,即以科学之方法研究学问,故其所讨论者皆切实有用之学,裨益国计民生,而在明末之学界上兴起一反动之势力、革新之兴味。"④

关于耶稣会传教士所传播宗教教义与科学的关系,所传播的自然科学知识是否属于近代学术范畴,以及这类知识对中国现代化进程的影响是否相关,学界一直存在着争论⑤。评述传教士所传播西学中自然科学的性质

---

① [法]谢和耐:《中欧交流中的时空、科学和宗教》,见氏著:《中国与基督教》(增补本),耿昇译,上海:上海古籍出版社,2003年,第294页。
② [法]谢和耐:《中国与基督教》(增补本),耿昇译,第240页。
③ 朱维铮称之为"目的与手段的倒错"。见朱维铮:《利玛窦中文著译集·导言》,见朱维铮主编:《利玛窦中文著译集》,第23页。
④ 徐宗泽:《明清间耶稣会士译著提要》,上海:上海书店出版社,2006年,第5—6页。
⑤ 一种观点认为传教士传播的自然科学属于中世纪范畴,对中国现代化进程起了阻碍的作用;另一种观点则相反。前者以席文、何兆武等人为代表,后者以朱维铮等人的观点为代表。可参见何兆武:《明末清初西学之再评价》,见氏著:《历史理性的重建》,北京:北京大学出版社,2005年。朱维铮:《十八世纪的汉学与西学》,见氏著《走出中世纪》,上海:上海人民出版社,1987年。综述性文字可见[日]山田庆儿:《近代科学的形成与东渐》,《科学史译丛》1984年第2期;徐海松:《清初士人与西学》,北京:东方出版社,2000年,第8—12页。

非此处分析的重点之所在。对本书所探讨的主题来说,需要关注的内容有两个方面:一是耶稣会传教士对西方早期学术分科制度、教育制度的介绍,以及对哲学知识的译介,因为美学是从属于哲学的一门学科;二是传教士所直接译介的西方哲学美学类知识。这些内容无疑属于中国现代美学之"前史",但对研究中国现代美学问题来说,却是不可忽视的背景。

第二节 西学分科与美学类知识在华的最早传播

一、学分六科:《西学凡》与西学分科知识

中世纪的哲学观概要说来有三种:"一是奥古斯丁提出的哲学与基督教一体化的概念:基督教就是'真正的哲学';二是达米安提出的神学概念:哲学是神学的婢女;三是托马斯提出的综合性概念:哲学和神学分属两个独立学科,阐明同一真理。"[1]但与古希腊、罗马哲学立足于"超拔流行宗教而对宇宙予以唯理的解释"[2]的立场不同,经院哲学的出发点为宗教信仰,哲学是为神学服务的。即使背负着促使"哲学和启示的决定性分离"[3]名声的托马斯·阿奎那,也只是把哲学看作"一个阐明各种问题的工具"[4]。就耶稣会士的"人文科学"思想方面来说,尽管与其他宗教团体相比,他们能很好地顺应时代发展,也吸收了文艺复兴的人文精神[5],但这类知识从基本性质来说,无疑还属于中世纪学术的范畴。作为神父的中国学者徐宗泽曾说:

> 神学是最尊贵之学,以其论天主故。神学令人知天主、爱天主、事天主,所以为人不可不知之学。……哲学西文曰 Philosophia,慕智之谓

---

[1] 赵敦华:《基督教哲学1500年》,北京:人民出版社,1994年,第16页。
[2] 《西方哲学史》(增补修订版),[美]梯利著,[美]伍德增补,葛力译,北京:商务印书馆,1995年,第150页。
[3] [美]科林·布朗:《基督教与西方思想》(卷一),查常平译,北京:北京大学出版社,2005年,第94页。
[4] [美]科林·布朗:《基督教与西方思想》(卷一),查常平译,第98页。
[5] [法]爱弥尔·涂尔干:《教育思想的演进》,李康译,渠东校,上海:上海人民出版社,2006年,第269页;[德]彼得·克劳斯·哈特曼:《耶稣会简史》,谷裕译,北京:宗教文化出版社,2003年,第14页。

也。知谓学问至于成全之境,学问为事物原因之智识,故哲学可一言以蔽之曰研究事物最终理由之学。除神学外,哲学为最超越,其他科学皆当朝宗于哲学。然哲学之本身为神学之婢女,以其当侍奉神学故,即谓研究神学非先明哲学不为功。①

西方哲学的最初传播就是这样以神学的名义进入中土,尽管这样的"哲学"尚不是纯粹之哲学。同时,对西方学术、思想的传播,不可避免地涉及西方的学科建制和教育体制的介绍,这些后来都成为中国现代学术萌发的重要知识资源。

天主教西来,始于圣方济各(Franciso Javier 1506—1552),继之者有罗明坚(Michele Ruggieri,1543—1607)和利玛窦。罗明坚的《天主圣教实录》(1584)是"天主教教士到中国后之第一刊物"②,是书以文字传教为指归,故内容多偏于"圣教道理"。对西方学术尤其是哲学的最早介绍,要追溯到利玛窦的《天学实义》(后改名《天主实义》)。1600 年前后刊刻③的《天学实义》,乃是"大西国利子及其乡会友,与吾中国人问答之词也"④。是书最早介绍了亚里士多德关于十范畴("物宗类")、四因("四所以然")、三魂("生魂""觉魂""灵魂")等学说,以及托马斯关于上帝存在的几种证明⑤。

1623 年,意大利传教士艾儒略(Julius Aleni,1582—1648)用中文所作的《西学凡》在杭州刊刻。此书第一次向中国人介绍了西学的分科系统和教育体系。文称:

> 极西诸国总名欧罗巴者,隔于中华九万里。文字语言经传书集,自有本国圣贤所纪。其科目考取虽国各有法,小异大同。要之,尽于六科:一为文科,谓之勒铎理加;一谓理科,谓之斐录所费亚;一为医科,

---

① 徐宗泽:《明清间耶稣会士译著提要》,第 143 页。
② 徐宗泽:《明清间耶稣会士译著提要》,第 2 页。
③ 关于《天学实义》的刊刻时间,存在不同说法。费赖之《在华耶稣会士列传及书目》称此书"一五九五年初刻于南昌,一六〇一年校正重刻于北京"。见[法]费赖之:《在华耶稣会士列传及书目》上册,冯承钧译,北京:中华书局,1995 年,第 41 页。徐宗泽《明清间耶稣会士译著提要》亦认为是书初版于 1595 年,并于 1601 年、1603 年再版。见徐宗泽:《明清间耶稣会士译著提要》,第 110 页。《四库全书总目》称此书"成于万历癸卯",即 1603 年。另有对于此书成书时间的多种说法,朱维铮对此有详细考证,并称此书"由编撰到刊印,是个很长的过程"。见朱维铮主编:《利玛窦中文著译集》,第 4—5 页。
④ 冯应京:《天主实义序》,朱维铮主编:《利玛窦中文著译集》,第 97 页。
⑤ 参考陈启伟:《"哲学"译名考》,《哲学译丛》2001 年第 1 期。

谓之默第济纳；一为法科，谓之勒义斯；一为教科，谓之加诺搦斯；一为道科，谓之陡禄日亚。①

其中对各个学科，更是条分缕析地进行了详细介绍。尤可注意者有三：

1. 最早出现了"哲学"（philosophia）的中文翻译，译作"斐录所费亚"。以"理科"名之，释之曰："理学者，义理之大学也。"②并分述其包括落日加（logica，即逻辑学）、费西加（physica，即物理学）、默达费西加（metaphysica，即形而上学）、马得马第加（mathematica，即数学）、厄第加（ethica，即伦理学）等。也有对形而上学的介绍："所谓默达费西加者，译言察性以上之理也。"③

2. 对"文科"（勒铎理加）的介绍。包括：（1）古贤名训；（2）各国史书；（3）各种诗文；（4）自撰文章议论。《西学凡》又称"文科"（勒铎理加）为"文学""文艺之学"④。这或许也是最早使用"文科""文学""文艺之学"等术语的文本之一。

3. 提示哲学之中有专论"真与美"者。其谓"理科"（斐录所费亚）课程三年而成：第一年学"落日加"；（"夫落日加者，译言明辨之道，以立诸学之根基，辨其是与非，虚与实，表与衷之诸法，即法家教家必所借经者也。"⑤）第二年学"费西加"；（"费西加，译言察性理之道，以剖判万物之理，而为之辩其本末，原其性情。"⑥）第三年学"默达费西加"。（"所谓默达费西加者，译言察性以上之理也。"）其学分为五："其一豫论此学与此学之界；二总论万物所有超形之理与分合之理；三总论物之真与美；四总论物之理与性、与体、与其有之之由；五论天神谵若终论万物之主，与其为独一、为至纯、为无

---

① 关于各科之本义，可见徐宗泽的介绍。《明清间耶稣会士译著提要》称：艾儒略的《西学凡》，"是一本欧西大学所授各科之课程纲要也，其科目大要分六科：一为文科，谓之勒铎理加，即拉丁 Rethorica 之译音；一为理科，谓之斐录所费亚，即 Philosophia 之译音，哲学也；一医科，谓之默第济纳，即 Medcina 之译音；一为法科，谓之勒义斯，即 Leges 之译音；一为教科，谓之加诺搦斯，即 Canones（即教会法典学，引者注）之译音；一为道科，谓之陡禄日亚，即 Cheologia（为 Theologia 之误，即天学、神学。引者注）之译音"。见徐宗泽：《明清间耶稣会士译著提要》，第 226 页。
② ［意］艾儒略：《西学凡》，《天学初函》（一），台北：学生书局，1965 年，第 31 页。
③ ［意］艾儒略：《西学凡》，《天学初函》（一），第 36 页。
④ ［意］艾儒略：《西学凡》，《天学初函》（一），第 28、30 页。
⑤ ［意］艾儒略：《西学凡》，《天学初函》（一），第 31 页。
⑥ ［意］艾儒略：《西学凡》，《天学初函》（一），第 34 页。

尽、为无终始、为万物之原等种种义理。"①

尽管源于中世纪传统的"美"学观念与现代美学思想意趣迥异,但"美"作为上帝的属性,在中世纪的思想传统中具有很重要的地位。正如论者所述:

> 当中世纪以神学代替哲学、以奥古斯丁的权威高驾于一切古代哲人之上的时候,美因其作为上帝的一个属性,进而作为神学本体论中一个不可或缺的组成部分,相比古代希腊和罗马,一个意味深长的事实是,它反而成了一个被人谈得更多的话题。②

尽管《西学凡》前后也有以"西学"为名的著作出版,如高一志的《修身西学》(一名《西学修身》,崇祯三年即 1630 年初刻)、《西学齐家》(天启四年即 1624 年初刻)、《西学治平》(一名《民治西学》,内容实为不同二书③。民国二十四年即 1935 年始付印)以及《童幼教育》中"西学"专章等,但其实质或为伦理学著作,或为政治学著作,或为教育学著作,所取乃"西学"之狭义,即具体学科知识。而《西学凡》则是第一次全面、系统地对西方学术进行了介绍,对中国现代学术思想起源影响深远。许胥臣《西学凡引》曾曰:

> 读其凡,其分有门,其修有渐,其诣有归,恍然悟吾儒格物原非汗漫,致知必不空疏,而格致果跻治平,治平必肇端于格物也。④

学分六科的思想也是中国人对西学最初的认识⑤。徐维则《增版东西学书录》称:"所述皆其国建学育才之法,凡分六科,与近时彼土学校之制不相上下,读之足以知学制源流。"⑥

---

① [意]艾儒略:《西学凡》,《天学初函》(一),第 36—37 页。
② 陆扬:《中世纪文艺复兴美学》,蒋孔阳、朱立元主编:《西方美学通史》第二卷,上海:上海文艺出版社,1999 年,第 2 页。
③ 见方豪:《中国天主教史人物传》,北京:宗教文化出版社,2007 年,第 110 页;徐宗泽:《明清间耶稣会士译著提要》,第 164—165 页。
④ 许胥臣:《西学凡引》,《天学初函》(一),第 21—22 页。
⑤ 学分六科的说法在当时传教士著述中时有出现,更是加深了中国学人的印象。如利类思《〈超性学要〉自序》曰:"大西之学凡六科,惟道科为最贵且要。"[意]利类思:《〈超性学要〉自序》,徐宗泽:《明清间耶稣会士译著提要》,第 145 页。
⑥ 徐维则:《增版东西学书录》,熊月之主编:《晚清新学书目提要》,上海:上海书店出版社,2007 年,第 161 页。

艾儒略的另一本书《职方外纪》曾对西方的教育体系有过详细论述。其中介绍的西方学术、教育制度在后来的中国人著述中经常被当作基本常识进行转述。《职方外纪》对西方教育制度有如此介绍：

> 欧罗巴诸国皆尚文学。国王广设学校，一国一郡有大学、中学，一乡一邑有小学。小学选学行之士为师，中学、大学又选学行最优之士为师，生徒多者至数万人。其小学曰文科，有四种：一古贤名训，一各国史书，一各种诗文，一文章议论。学者自七八岁学，至十七八学成，而本学之师儒试之。优者进于中学，曰理科，有三家。初年学落日加①，译言辨是非之法；二年学费西加②，译言察性理之道；三年学默达费西加③，译言察性理。以上之学总名斐录所费亚④。学成，而本学师儒又试之。优者进于大学，乃分为四科，而听人自择。一曰医科，主疗疾病；一曰治科，主习政事；一曰教科，主守教法；一曰道科，主兴教化，皆学数年而后成。⑤

晚明时期传教士对西学分科知识的介绍，对晚清之后中国知识分子理解西学，起到了先导作用。1845 年，梁廷枏(1796—1861)在《兰仑偶说》⑥中讲述英国教育体制说：

> 乡有小学，所学曰文科。一古贤名训，二各国史书，三各种诗文，四文章议论。自七岁至十七八学成，本学师试其优者，进于国之中学，所学曰理科。初年，辨是非，察性理。二年，察性理以上之学。学成则又试之。优者进于大学。所学亦四科，听人之自择。曰医科，主疗疾病。凡病死医不得其故者，则剖其骸，以验其病端所在，著书示人。曰治科，主习吏事。曰教科，主守教法。曰道科，主兴教化。⑦

---

① 拉丁语 Lagica 音译，即逻辑学。
② 拉丁语 Physica 音译，即自然科学。
③ 拉丁语 Metaphysica 音译，即形而上学。
④ 拉丁语 Philosophia 音译，即哲学。
⑤ ［意］艾儒略：《职方外纪》，《天学初函》（一），第 1360—1361 页；亦见于《职方外纪校释》，［意］艾儒略原著，谢方校释，北京：中华书局，1996 年，第 69 页。
⑥ 兰仑，指伦敦。
⑦ ［清］梁廷枏：《海国四说》，骆驿、刘骁点校，北京：中华书局，1993 年，第 159 页。

对比二者，后者基本上就是前者的转述。自罗明坚的《天主圣教实录》（1584）出版到康熙禁教及耶稣会解散的二百余年间，耶稣会士的中文译述西书约 437 种，其中宗教类（包括圣经、神学、仪式、史传、杂录等）251 种，占 57%；人文科学类（包括哲学、心理学、伦理、政府、教育、语言和字典、文学、音乐、地理和舆图、杂录等）55 种，占 13%；科学类（包括数学、天文、物理、地质、生物和医学、军事科学、杂录等）131 种，占 30%①。从中可见人文科学类书籍的比重并不高，涉及哲学学科的书籍则更少。除上述《西学凡》《职方外纪》外，关涉哲学学科的书籍较重要者还有《灵言蠡勺》（1624）、《寰有诠》（1628）、《名理探》（1631）、《斐禄汇答》（1635）、《穷理学》（1683）等。《灵言蠡勺》《斐禄汇答》以"格物穷理"释"哲学"②，《名理探》则意译"哲学"为"爱知学"，释义曰"穷理诸学之总名"③。尽管"哲学"有多种译名，但"其含意大都不出艾儒略所用'理学'一名表达的中世纪经院哲学家的哲学观"④。

二、"至美好"与"他美好"：《灵言蠡勺》与西方哲学美学类知识

在徐宗泽《明清间耶稣会士译著提要》所列 215 种著述中，圣书类有 66 种，占 30%⑤。尽管有当时天主教限制翻译《圣经》的原因⑥，上述"学术传教"的策略也当是重要因素。大量关于世俗、科学、学术的著述中，除了关于科学、知识（如上述学科建制内容）外，关于哲学思想的介绍也引人注目。尽管这时的"哲学"尚属中世纪经院哲学系统，与现代意义的哲学含义有殊。徐宗泽称之为"神哲学"⑦，可谓精当。在这些著述中，《灵言蠡勺》很具有代

---

① 钱存训：《近世译书对中国现代化的影响》，戴文伯译，《文献》1986 年第 2 期，第 178—179 页。

② 《灵言蠡勺》，见于《天学初函》。《斐禄汇答》，转引自陈启伟：《"哲学"译名考》，《哲学译丛》2001 年第 1 期。

③ 《名理探》，[葡萄牙] 傅汎际译义，[明] 李之藻达辞，上海：商务印书馆，1935 年，第 1 页。

④ 陈启伟：《"哲学"译名考》，《哲学译丛》2001 年第 1 期。陈文对"哲学"诸译名有详细讨论，可参见。

⑤ 《明清间耶稣会士译著提要》共收录著述 215 种，其中圣书类 66 种，真教辩护类 66 种，神哲学类 18 种，教史类 19 种，历算类 18 种，科学类 19 种，格言类 9 种。

⑥ 李天纲指出："17、18 世纪的天主教有严格规定，不准随便翻译《圣经》。当时欧洲各地反对天主教正统的活动，都是从弃置权威的拉丁文本《圣经》，自己解释《圣经》开始的。因此，在罗马天主教内，本民族语言版本的《圣经》翻译受到严格控制。照教会统一规定，中国的天主教徒也不能直接阅读《圣经》，应该由神父辅导才能接触。"李天纲：《从〈名理探〉看明末的西书中译》，见氏著：《跨文化的诠释：经学与神学的相遇》，北京：新星出版社，2007 年，第 164—165 页。

⑦ 徐宗泽：《明清间耶稣会士译著提要》，第 143 页。

表性,且其对中国现代哲学、美学的发生所具有的意义尚未被充分意识到①。

1624 年,意大利传教士毕方济(Francois Sambiasi,1582—1649)口授、徐光启(1562—1633)笔录的《灵言蠡勺》一书出版。这本被纪昀(1724—1805)等人诬为以"释氏觉性之说而巧为敷衍"②的著作,在中国的教徒与学者看来极其重要。陈垣(1880—1971)称誉此书曰:在《天学初函》"诸编中《灵言蠡勺》说理最精"③。马相伯(1840—1939)更是赞誉道:"人生大学问、真究竟则已具本书。"④

毕方济在《〈灵言蠡勺〉引》中,简要述说了作此书之旨趣和亚尼玛之学的意义。亚尼玛(灵魂、灵性⑤)之学乃哲学(斐禄苏非亚,格物穷理之学)之基,古希腊之名言"认识你自己",更是把"认己"学说看作是学问之本。世间万物落花逝水,不可长存,人之意义体现于要追寻永恒之价值:"世间万事如流水花谢,难可久恋,惟当罄心努力,以求天上永永常在之事。"⑥此为亚尼玛之学的目标所在。亚尼玛之学虽以"认己"为要,意在"修身",但以此出发亦能推而达致"齐家治国平天下"。这本是灵魂学说本有之意,也是耶稣会士迎合中国传统儒学的例证之一。"理"(亦即天主)居高处,通过亚尼玛统御"诸情"之"欲能""怒能",使之"节制"。亚尼玛下可御"情",上可通"理","通达天神无质者之情状","溯及于诸美好之源"⑦。故或曰亚尼玛为"世时与永时两时间之地平",意谓"世时者有始有终,永时者无始无终,天下万物皆有始有终,天主无始无终,亚尼玛有始无终,在天主与万物之间,若周天十二宫,六宫恒在地上,六宫恒在地下,而地平在其中间,为上与下分别之界限也"⑧。或谓亚尼玛为"有形之性与无形之性两性之缔结","宇宙

---

① 黄兴涛已提示了《灵言蠡勺》"在此期西方神学笼罩下的美学观念传播过程中,较具代表性"。见黄兴涛:《清代西方美学观念和知识在华传播考论》,黄爱平、黄兴涛主编:《西学与清代文化》,北京:中华书局,2008 年,第 359 页。
② 《四库全书总目》子部杂家类存目二"灵言蠡勺"提要。
③ 陈垣:《重刊〈灵言蠡勺〉序》,徐宗泽:《明清间耶稣会士译著提要》,第 156 页。
④ 马良:《重刊〈灵言蠡勺〉序》,徐宗泽:《明清间耶稣会士译著提要》,第 157 页。
⑤ 《四库全书总目》亦言:"亚尼玛者,华言灵性也。"见子部杂家类存目二。"是书论亚尼玛之学,亚尼玛者,拉丁文 Anima 之译音,其译义为灵魂。"徐宗泽:《明清间耶稣会士译著提要》,第 153 页。
⑥ [意]毕方济:《〈灵言蠡勺〉引》,见《灵言蠡勺》,毕方济口授,徐光启笔录,《天学初函》(一),第 1127 页。
⑦ [意]毕方济:《〈灵言蠡勺〉引》,见《灵言蠡勺》,毕方济口授,徐光启笔录,《天学初函》(一),第 1127 页。
⑧ [意]毕方济:《〈灵言蠡勺〉引》,见《灵言蠡勺》,毕方济口授,徐光启笔录,《天学初函》(一),第 1129—1130 页。

之纽约"等。因此,哲学(费禄苏菲亚)大略可分两类:一以亚尼玛为对象,一以陡斯(天主)为对象。前者教人"认己",后者让人认源。[奥吾斯丁曰:"费禄苏菲亚总归两大端,其一论亚尼玛,其一论陡斯(译言天主)①。论亚尼玛者令人认己,论陡斯者令人认其源;论亚尼玛者使人可受福;论陡斯者使人享福。"②]最终之目的是希望人人可以认主归宗,到达幸福的境地。("总归于令人认己而认陡斯,以享其福焉。"③)

在论述亚尼玛学说大要之后,毕方济展开了具体论述。亚尼玛,即灵魂,与之相对的范畴为肉身。人皆迷恋于肉身,也即世俗欢乐而忘却精神之妙,多从外物觅欢愉而不知内心之灵魂乃是外在美好之源泉。然人内心之美好,也只是"至美好之形像","至美好者"乃是天主。人在自我内省之中通过灵魂可识之、向之、望之、爱之、得之、享之,不必外求。人之内省依靠灵魂,而灵魂则要分而言之。世间之魂分为三:"生魂、觉魂、灵魂。草木之魂,有生无觉无灵。禽兽之魂,有生有觉无灵。人之魂,有生有觉有灵。"④亚尼玛为"三位一体",即亦生亦觉亦灵。生魂、觉魂和灵魂,分别对应于草木、禽兽和人类。灵魂是人类超轶草木禽兽的标志。灵魂亦有三:记含者、明悟者和爱欲者。记含者是记忆理解之法,明悟者近于今日之"理性"。如1631年(崇祯四年)刊刻的傅汎际(Franciscus Furtado, 1587—1653)译义、李之藻(1565—1630)达辞的《名理探》,也采用"明悟""爱欲"诸说。如谓"凡明悟、爱欲、内司诸德皆有习熟"⑤,其中"明悟"指"理性","爱欲"指"感性","内司"指"道德"⑥。

爱欲亦有三:性欲、司欲和灵欲。性欲为万物共有,"生觉灵之类皆有之"⑦。司欲为生物所无,人类所有。但在人之欲中属于"下欲","偏于形乐

---

① "陡斯",即 Deus,译为"神""天主"。在天主教东传过程中,围绕如何翻译 Deus,曾引发"译名之争"(Term Question)。具体可参见戚印平:《"Deus"的汉语译词以及相关问题的考察》,见氏著:《远东耶稣会史研究》,北京:中华书局,2007年。
② [意]毕方济:《〈灵言蠡勺〉引》,见《灵言蠡勺》,毕方济口授,徐光启笔录,《天学初函》(一),第1130页。
③ [意]毕方济:《〈灵言蠡勺〉引》,见《灵言蠡勺》,毕方济口授,徐光启笔录,《天学初函》(一),第1130—1131页。
④ 《灵言蠡勺》,毕方济口授,徐光启笔录,《天学初函》(一),第1136页。
⑤ 《名理探》,傅汎际译义,李之藻达辞,第3页。
⑥ 详见李天纲的分析。李天纲:《从〈名理探〉看明末的西书中译》,见氏著:《跨文化的诠释:经学与神学的相遇》,第164—172页。
⑦ 《灵言蠡勺》,毕方济口授,徐光启笔录,《天学初函》(一),第1190页。

之美好,其在人为下欲。下欲者,令人屈下,近于禽兽之情"①。灵欲属"上欲""爱欲",生、觉物所无,"惟灵才之天神与人则有之"②。司欲与灵欲之不同是因为:一是灵欲受"理义"引导,而司欲"思司"所招;二是灵欲在于"自制",而司欲在于他律。("一者灵欲随理义所引,司欲随思司所引,随思者不论义否,惟所乐从也。二者灵欲所行,皆得自制,司欲所行不由自制,惟外物所使,随性不随义。"③)性欲本向"利美好",司欲本向"形乐之美好",而灵欲则本向"义美好"。但三者最终归于"总美好"("至美好""真美好")④。三种美好乃是"总美好""之一微分",只有天主才是"总美好"本身。("天主则为完全之美好。"⑤)

《灵言蠡勺》中多次引述亚里士多德(亚利斯多)、圣奥古斯丁(奥吾斯丁)、圣伯尔纳(Bernard of Clairvaux,1091—1153)的著作。其中关于灵魂的观点来源于亚里士多德。在《论灵魂》中,亚里士多德把有生命的实体分为植物、动物和人三类,相应地具有植物灵魂、动物灵魂和人类灵魂,即如《灵言蠡勺》中所谓生魂、觉魂和灵魂。其中,植物灵魂之功能主要是营养功能(消化、繁殖);动物灵魂除去营养功能外,增加了感性功能(感觉、生理欲望、行动);人类灵魂除去前二者之外,独具理性功能(理论理性:想象、抽象;实践理性:思虑、选择)⑥。正是因为灵魂为人类独具,所以亚里士多德称人为"有理性的动物"。三种灵魂在层次上被认为是存在等级关系,这样,被现代美学家和艺术家所推重的感性功能(鲍姆加登即以"感性学"命名"美学"),在理性的名义下被否弃掉了。

虽然亚里士多德对着眼于纯粹理性的柏拉图有所批判,并开始注重感性的因素:

> 理智是形式的形式,感觉是可感事物的形式。只有可感的、有形的物体才能独立地存在,可知形式包含在可感形式之中,两者都是从可感事物中抽象出来的不同状态和性质。因此,没有感觉的印象,人们不能知道或理解任何东西。⑦

---

① 《灵言蠡勺》,毕方济口授,徐光启笔录,《天学初函》(一),第 1191 页。
② 《灵言蠡勺》,毕方济口授,徐光启笔录,《天学初函》(一),第 1191 页。
③ 《灵言蠡勺》,毕方济口授,徐光启笔录,《天学初函》(一),第 1191—1192 页。
④ 《灵言蠡勺》,毕方济口授,徐光启笔录,《天学初函》(一),第 1193 页。
⑤ 《灵言蠡勺》,毕方济口授,徐光启笔录,《天学初函》(一),第 1203 页。
⑥ 参考赵敦华:《西方哲学简史》,北京:北京大学出版社,2001 年,第 73—74 页。
⑦ 《论灵魂》,432a2—8。

但他还是在理性主义框架内接受了柏拉图留下的遗产:

> 宇宙是一个理想的世界,一个相互关联的有机的整体,一个永恒不变的理念或形式的体系。这是事物终极的本质和原因,是使事物所以成为现在那种样子的指导力量或目的。①

亚里士多德的纯形式概念,被中世纪的经院哲学家改造为纯精神的上帝,古希腊哲学和希伯来宗教在这里实现了合流:

> 神或被等同于纯粹的精神(如亚里士多德所说的"纯形式"、"思想的思想",普罗提诺所说的"太一")、最高的理念、原则(如柏拉图所说的"善"),或者被看作自然的本原和运动的终极原因(如"逻各斯"、"第一推动者"),或是高踞天上、与自然和人事无关的虚设(如伊壁鸠鲁所说的"神")。②

上帝摆脱了原初人格神的形象,成为最高的美、善和真。"基督教的上帝代替了至善和理式,上帝就是智慧、仁爱和最高的美,就是位于造物主静观阶梯之上的自然美的诸事物的源泉。"③

所以,在《灵言蠡勺》中,三魂中的灵魂由于和上帝的接近而处于最高位置,而灵魂中记含、明悟和爱欲三者,爱欲又分为性欲、司欲和灵欲,由于爱欲之中的灵欲能在直觉观照中体验上帝光辉而处于整个灵魂的最高位置。世间的价值和灵魂的俗世部分,均因远离上帝而处于低级层次。

同时,《灵言蠡勺》中到处可见"流溢说"的思想。此说根源于柏拉图的理念论,万物因分有理念而成其为自身:"在我看来,绝对的美之外的任何美的事物之所以是美的,那是因为它们分有绝对的美,而不是因为别的原因。"④此说被普罗提诺结合亚里士多德的形式概念加以融通,成为"流溢说"。太一作为不动的本原,却造就了万物,这一生成过程被称为"流溢"。"太一降生美,并使美变得更美,由于这种美是由于美的过度而自太一中流

---

① 《西方哲学史》(增补修订版),[美]梯利著,[美]伍德增补,葛力译,第82页。
② 赵敦华:《基督教哲学1500年》,第63页。
③ [意]贝尼季托·克罗齐:《作为表现的科学和一般语言学的美学的历史》,王天清译,袁华清校,北京:中国社会科学出版社,1984年,第19页。
④ 《斐多篇》,100C-D,[古希腊]柏拉图:《柏拉图全集》第一卷,王晓朝译,北京:人民出版社,2003年,第109—110页。

溢出来的,太一是美的源泉和顶点。太一作为美的源泉,使无论什么样的美都产生自太一。"①奥古斯丁作为中世纪美学传统的奠基者,更是把上帝作为真善美之本原的思想发展了极致:

> 是你,主,创造了天地;你是美,因为它们是美丽的;你是善,因为它们是好的;你实在,因为它们存在,但它们的美、善、存在,并不和创造者一样;相形之下,它们并不美,并不善,并不存在。②

在《灵言蠡勺》之最后,以"论至美好之情"题集中论述"至美好",集中表达了经院哲学的美学思想。首先概言"至美好"与"他美好"之别,前者"至纯至一""自然而然"③,是后者之根据。后者作为有限者,须以作为无限者的"至美好"为根基。达于"至美好",不可以目见、耳闻得之,"惟当信之,惟当望之,惟当存想之"④。非个人所能达,"惟依额辣祭亚(译言圣宠)而可得之"⑤。人能达致"至美好"是由于人有"二光":"自然之本光"和"超于自然者之真光"⑥。以自然之本光识世间之"他美好",以"真光"能观照天主之真美好。总之,"至美好是亚尼玛之造者,是万物之造者,是亚尼玛之终向"⑦。

要之,《灵言蠡勺》较早向国朝学人介绍了西方的经院神学、哲学、美学思想,其体系之完整、论述之精当、翻译之圆熟,都足以代表晚明中译西书的最高水平。

第三节　新教来华与美学类知识的东渐

一、自西徂东:马礼逊之后的新教来华与西学东渐

有两个重要事件影响了耶稣会士的在华活动:一是在1721年,因为

---

① 《九章集》第6集第7章第32节,转引自范明生:《古希腊罗马美学》,蒋孔阳、朱立元主编:《西方美学通史》第一卷,上海:上海文艺出版社,1999年,第924页。
② [古罗马]奥古斯丁:《忏悔录》,周士良译,北京:商务印书馆,1981年,第235页。
③ 《灵言蠡勺》,毕方济口授,徐光启笔录,《天学初函》(一),第1235页。
④ 《灵言蠡勺》,毕方济口授,徐光启笔录,《天学初函》(一),第1238页。
⑤ 《灵言蠡勺》,毕方济口授,徐光启笔录,《天学初函》(一),第1239页。
⑥ 《灵言蠡勺》,毕方济口授,徐光启笔录,《天学初函》(一),第1245页。
⑦ 《灵言蠡勺》,毕方济口授,徐光启笔录,《天学初函》(一),第1266页。

"礼仪之争"①,康熙最终下令禁止天主教在华传播:"以后不必西洋人在中国传教,禁止可也,免得多事。"②此后,耶稣会在华的命运无可挽回地衰落了。二是1773年7月21日,罗马教宗克莱门十四世(Clement XIV,1705—1774)颁布敕谕,宣布解散耶稣会。尽管欧洲诸强们"在国际性的耶稣会的毁灭中,看到了启蒙运动和国家教会主义的胜利"③,但对中国来说,这一时期中西文化交通的通道被关闭了。尽管教宗庇护七世(Pius VII,1740—1823)于1814年8月7日又发表谕旨重建耶稣会,但这时的中国,已是新教的"领地"了。

1807年9月8日,在海上颠簸四个多月的马礼逊(Robert Morrison,1782—1834)到达广州,成为第一位来华的新教传教士。在途中的日记中,马礼逊写道:

> 我自问,上帝能把门打开,把荣耀的福音传入中国大地吗?我是否应该完全相信并依靠上帝,他就会支持我呢?工具是必须要运用的,只要恰当地使用中文和数学知识,就可为在中国传扬福音获得更多的成就。④

把学术作为传教之"工具"——这也是利玛窦的信念——也成为此后新教的传教策略。新教传教士来华时,尚处于清廷严守闭关锁国政策时期。1787年乾隆给英王乔治三世(George III,1738—1820)的"上谕"称:"天朝物产丰富,无所不有,原不借外夷货物以通有无。"⑤此时清廷对外人印书、传教严令禁止:

> 如有洋人秘密印刷书籍,或设立传教机关,希图惑众,及有满汉人等受洋人委派传扬其教,及改称名字,扰乱治安者,应严为防范,为首者立斩。⑥

---

① 关于中西礼仪之争的研究,参见李天纲:《中国礼仪之争:历史、文献和意义》,上海:上海古籍出版社,1998年。
② 陈垣编:《康熙与罗马使节关系文书》,故宫博物院,1932年。转自顾卫民:《中国天主教编年史》,上海:上海书店出版社,2003年,第260页。
③ [德]彼得·克劳斯·哈特曼(Peter C. Hartmann):《耶稣会简史》,谷裕译,北京:宗教文化出版社,2003年,第86页。
④ [英]马礼逊夫人编:《马礼逊回忆录》,顾长声译,桂林:广西师范大学出版社,2004年,第32—33页。
⑤ 《熙朝纪政》卷六"纪英夷入贡"条。
⑥ [新西兰]麦沾恩:《中华最早的布道者梁发》,《近代史资料》1979年第2期。

1811 年,马礼逊曾在广州秘密出版《神道论赎救世总说真本》,是新教传教士来华后出版的第一种中文书。1812 年也曾在广州出版一本《问答浅注耶稣教法》。由于形势紧张,此后便把据点搬到海外。传教士既然不能在中国领土上自由传教,于是就把办报刊以文字渗透作为重要手段之一。

1842 年前,传教士出版中文书刊的地方凡七处,即广州、马六甲、巴达维亚(今译雅加达)、新加坡、槟榔屿、曼谷和澳门。共出版书刊 138 种。其中,马六甲 43 种,巴达维亚 31 种,新加坡 42 种,广州 7 种,澳门 6 种,槟榔屿和曼谷各 1 种。以 1834 年马礼逊去世为界,之前出版中心在马六甲和巴达维亚,之后中心在新加坡①。

1815 年 8 月 5 日(嘉庆乙亥年七月初一),《察世俗每月统记传》创刊于马六甲,署名"博爱者纂",实则为米怜(William Milne,1785—1822)主编,这是第一种近代中文报刊,也是传教士创办的第一份以华人为对象的刊物。1821 年停刊,共出版 7 卷 80 多期。印刷量在最初三年里每月 500 份左右,到 1819 年,每月印刷 1 000 份,总印量达 37 860 多份。合订本的印量共有 1 840 份之多。其中连载的《张远两友相论》一文,后被印成单行本,发行数达 5 万册,遍及中国并传播至蒙古、琉球和日本等地②。

传教士办的报刊较著者还有 1823 年麦都思(Walter Henry Medhurst, 1796—1857)在巴达维亚创办的《特选撮要每月纪传》、1827 年纪德(Samual Kidd,1799—1843)在马六甲创办的《天下新闻》和 1833 年 8 月 1 日署名"爱汉者纂"(实则郭实腊,Karl Friedrich Auqust Gutzlaff,1803—1851)创办的《东西洋考每月统记传》。其中,以《东西洋考每月统记传》的影响最大。对我们探讨哲学、美学在中国的早期传播和中国现代学科的形成,这一类报刊也很有代表意义。

二、灵魂与诗教:《东西洋考每月统记传》对西方"文艺之学"的译介

《东西洋考每月统记传》是在中国境内出版的第一份近代中文期刊③。

---

① 熊月之据伟烈亚力《基督教在华传教士回忆录》统计整理。详见熊月之:《西学东渐与晚清社会》,第 102 页。书目见该书第 134—141 页。
② 参见[新加坡]卓南生:《中国近代报业发展史(1815—1874)》(增订版),北京:中国社会科学出版社,2002 年,第 29 页。
③ 戈公振说:"此报发行于中国境内,故我国言现代报者,或推此为第一种。"见戈公振:《中国报学史》,上海:上海古籍出版社,2003 年,第 79 页。蔡武说:"《东西洋考每月统记传》之能在中国境内发行,不但在中国报学史上是一件大事,而且在中国近代史上,也像鸦片战争一样是件大事。这份刊物发行的目的虽在传教,但方法上是由传播西方知识〔转下页〕

较之以前几种刊物,虽仍以传播宗教为指归,但科学文化知识的内容已经占据大部分篇幅①,"推德行,广知识"②堪称其口号③。《东西洋考每月统记传》对西方的学术分科知识以及西方的"文艺之学"进行了较细致的介绍。

(一) 对西方学术、分科知识的介绍

对西方学科制度的介绍,已见于耶稣会士艾儒略的《西学凡》《职方外纪》以及其他著作。但新教传教士中对西方学科体制的介绍可能以本刊为最早。癸巳年九月号"序论"中曾有一段纵谈中西学术的话:

> 士为四民之首,学问文艺,万务之至贵。故隆学校,广正学,是所以成人材,而厚风俗,表率仪型,令异端曲学息也。且学校不独在教士,兼所以教民。学问不独在一国之知,倒也包普天下焉。莫说礼乐射御书数艺等,就是天之道,算法天文,天地海理,医学草木万物之知识,各样技艺之长,所当务心思索。④

这段话表面意在说明学术并不在一国之内,实际上是说明学术并非中国一家,西方也有极为广博的知识传统,对各国知识都要报以平等心态去学习。其中提到了西方的学科分类系统。

另一处对西方(法兰西)的学术分科情况进行了更为详细的介绍。《儒外寄朋友书》是一位在欧洲的中国士人写给国内朋友的一封信,其中有大量篇幅描述法兰西的学术分科情况,值得注意:

> (法兰西)百姓推广文艺,遍设学院,掌教万民焉。公学院内,所传

〔接上页〕入手,其中新闻报导占极重要的地位。此后中文定期刊物的发行,多少模仿《东西洋考》的格式和内容,诸如香港的《遐迩贯珍》,宁波的《中外新闻》,上海的《六合丛谈》和《格致汇编》,以及北京的《中西见闻》,等等,均受此影响。"见蔡武:《谈谈〈东西洋考每月统记传〉》,《国立中央图书馆馆刊》第2卷第4期。

① "宗教仍然是《东西洋考》的必备内容,上帝在这里仍然有无上权威,但是,宗教内容已退居次位,解释教义的专文没有了,阐发基督教义已不是刊物的基本要务。……科学文化知识成了刊物的主要内容,包括相当广泛的社会科学知识和自然科学知识。"方汉奇主编:《中国新闻事业通史》第一卷,第268—269页。
② 《东西洋考每月统记传》癸巳年六月号。
③ 出版目的可以在郭实腊的一篇文章中更为清晰地看出:"其出版是为了使中国人获知我们的技艺,科学与准则。"见黄时鉴:《东西交流史论稿》,上海:上海古籍出版社,1998年,第291页。
④ 《东西洋考每月统记传》癸巳年九月号"论"。

之学理,有五六样。学校各样有本教师、学政、教授,先念过书,多见识广。一者训示正教之道。……二者例律学士。三者教训医学。四者传国政之事。……五者杂学。①

在介绍"杂学"时也提及"论万物性情之学":"(杂学包括)古者所传经书、天文、地理、算学、树草花之总理、禽兽鱼虫之学、金石之论、论万物性情之学。"②尽管此处"性情之学"不同于今日美学类科目。

《东西洋考每月统记传》曾对希腊学术有过较为详尽的论述,丁酉年二月号刊有《经书》一文,称希腊时代:

> 超群卓异之史者,系希啰多都、都基帝底、洗那奉;开谕民卓异者,帝磨士体呢兼伊所嘉帝;博物君子超群,裨拉多兼亚哩士多帝利。希腊列国衰,罗马国兴,作诗超群者,为谓之味耳治兼和喇士;纂史者,利味兼大西多;有口才者,西细啰;穷理超群者,乃西呢嘉③、彼利呢④二人。⑤

其中提及十四位希腊文化名人。此处以塞涅卡、普林尼二人为治"穷理"之学者。此"穷理"之学,近乎西方古典哲学之义。这也是"哲学"的早期中文对译词之一。而柏拉图(裨拉多)和亚里士多德(亚哩士多帝利)被看作是"博物君子超群"者。

(二) 关于"文艺""美"的知识

《东西洋考每月统记传》多次提及"文艺""艺文""学问文艺"诸语。举要如次:"表率以孝弟为先,以文艺为后。"⑥"鼎兴正道,黜斥异端,阐发艺文,是君子之专务矣。"⑦"夫诚恐因远人以汉话,阐发文艺,人多怀疑以为奇巧。"⑧"士为四民之首,学问文艺,万务之至贵。"⑨"竭力尽心明示各样文艺

---

① 《儒外寄朋友书》,《东西洋考每月统记传》丁酉年四月号。
② 《儒外寄朋友书》,《东西洋考每月统记传》丁酉年四月号。
③ 今译"塞涅卡",即 Lucius Annaeus Seneca,前4?—公元65年。罗马斯多葛派哲学家、戏剧家。曾任尼禄帝大臣,后被迫自尽。宣扬宗教神秘主义、宿命论。
④ 今译"普林尼""普里尼",即 Plinius,公元23—79年。
⑤ 《经书》,《东西洋考每月统记传》丁酉年二月号。
⑥ 《东西洋考每月统记传》癸巳年六月号"序"。
⑦ 《东西洋考每月统记传》癸巳年六月号"序"。
⑧ 《东西洋考每月统记传》癸巳年六月号"序"。
⑨ 《东西洋考每月统记传》,癸巳年九月号"论"。

可读之无厌焉。"①"(西方)文艺日盛。"②

其中的"文艺""艺文"诸说,概与儒家经典中的含义相近,两篇序言及正文中,作者多次引述儒家经典,如"行有余力,则以学文","志于道,据于德,依于仁,游于艺"等。

引述儒家经书,是传教士的自觉行为,如主持编纂《察世俗每月统记传》的米怜就说:"对于那些对我们的主旨尚不能很好理解的人们,让中国哲学家们出来讲话,是会收到好的效果的。"③但词义相近的另一因素,可能来自传教士中国合作者的润色。如在癸巳年十二月号"叙话"中,就提到英吉利人陈某请汉人王发法修正文章的事。虽然汉人王某以"清新俊逸,无以加矣"④的话赞誉杂志,但还是答应指陈其中的问题。中外人士合作也是早期传教士中文著述的主要方式。所以,中国现代新词的产生,有不少都是与中国人的理解视角有关,这似乎便是列文森所谓"迫使外国思想本土化"的努力⑤。

另值得注意的是《经书》曾提到"文艺复兴"一词。文曰:"匈奴、土耳其、蒙古各蛮族侵欧罗巴诸国,以后文书消亡磨灭。又千有余年,文艺复兴掇拾之。"⑥有论者指出,这可能是中文文献中关于"文艺复兴"一词的最早记录⑦。

《东西洋考每月统记传》也曾提到过"美",但仅为引儒典释天学的行为,无甚可观处:

> 孟子曰:"牛山之木尝美矣,以其交(郊)于大国也。斧斤伐之,可以为美乎?"人者一然。始不识恶行,渐入作恶,绝神天所赐之愿心,迷惑忽然蹈罪之网,其性之美安在哉?全身全心极丑,甚可恶的情,不需视不用听,就可扶之也。⑧

此段话引述孟子的话,"美"本意作"茂盛""美好"讲。作者用来论说人

---

① 《东西洋考每月统记传》癸巳年十二月号"叙话"。
② 《论欧罗巴事情》,《东西洋考每月统记传》道光乙未年。
③ 《中国丛报》1835年第4卷,转引自方汉奇主编:《中国新闻事业通史》第一卷,第258页。
④ 《东西洋考每月统记传》癸巳年十二月号"叙话"。
⑤ [美]列文森:《儒教中国及其现代命运》,郑大华、伍菁译,北京:中国社会科学出版社,2000年,第141页。
⑥ 《经书》,《东西洋考每月统记传》丁酉年二月号。
⑦ 黄时鉴:《东西洋考每月统记传·导言》,见《东西洋考每月统记传》(影印本),黄时鉴整理,北京:中华书局,1997年,正文前第23页。
⑧ 《东西洋考每月统记传》癸巳年十一月号"论"。

若"不识恶行",逐渐为恶,则会蹈入迷途,人性之"美"则会被湮没。所引述"美",与"恶""丑"相对,道德和宗教色彩很浓。

(三)关于灵魂与诗教之说

耶稣会士引亚里士多德灵魂分类说应用于传教的做法上文已有所论述。在《东西洋考每月统记传》中亦有这样的陈述:"天下之门有三矣,有禽门焉,有人门焉,有圣门焉是也。由于情欲者,入自禽门者也;由于礼义者,入自人门者也,由于独知者,入自圣门者也。"①"先贤之著作,皆所以淑情缄欲正心修身矣。制欲如马带嚼环。"②精神独宠,情欲受黜,人必须多加涵养修炼方能达致宗教境界。修炼教化之法,诗歌乃是重要之一种,故倡言"诗教"之说:"人怀魂报神,二者若不以文诗养之,虽有粟衣,岂得补灵魂之阙?是则诗之所以为教者。"③

《东西洋考每月统记传》倡言"东西和合",力求"合四海为一家,联万姓为一体,中外无异视"④。"君子者居天下之广居,立天下之正处,行天下之大道,视诸国如一家,即上帝之子矣。"⑤最著者是其连载的《东西史记和合》,把中西史事相参照,并行列出,以说明中西并无差异。虽然其意在引导中华归主,阐述"上帝之统辖包普天下,犹太阳发光宇宙一然"⑥,但对学术也抱有如此态度,不啻给未来的中西文化交流奠定了一个良好的心理基础。诚如斯言:

> 盖学问渺茫,普天下以各样百艺文满,虽话殊异,其体一而矣。人之才不同,国之知分别,合诸人之知识,致知在格物,此之谓也。⑦

三、"极美至良":《六合丛谈》与《遐迩贯珍》中的美学知识

1840 至 1842 年的鸦片战争以《江宁条约》收尾,最要者是割香港,开放广州、福州、厦门、宁波和上海五处为通商口岸。中西文化交流随之进入新阶段,

---

① 《东西洋考每月统记传》癸巳年八月号"论"。
② 《东西洋考每月统记传》甲午年四月号"煞语"。
③ 《诗》,《东西洋考每月统记传》丁酉年正月号。
④ 《东西洋考每月统记传》癸巳年六月号"序"。
⑤ 《东西洋考每月统记传》癸巳年八月号"煞语"。
⑥ 《东西洋考每月统记传》癸巳年六月号。
⑦ 《东西洋考每月统记传》癸巳年六月号"序"。

较之以前出现了以下几个新特征:(1)基督教开始与西方军事、商业势力结盟,此后关于中西文化的种种讨论,似乎都不能再回到原来"纯文化"的层面上来①;(2)由于割让和开放六座城市,传教士得以顺利进入中国,其传教活动,以及作为"工具"和"手段"的文化传播活动也在中国多个城市全面展开;(3)由于中西双方知识分子对彼此文化了解的加深,文化交流也较之以前更加深入。这可以从开埠后传教士译著西书的数量和质量中得窥一斑。

1843—1860年间香港及五通商口岸译书状况

城市	割让/开埠时间	宗教类书刊		科学文化类书刊		总计
香港	1842年	37	61.7%	23	38.3%	60
广州	1843年7月27日	29	69%	13	31%	42
福州	1844年7月3日	26	61.9%	16	38.1%	42
厦门	1843年11月2日	12	92.3%	1	7.7%	13
宁波	1844年1月1日	86	81%	20	19%	106
上海	1843年11月17日	138	80.7%	33	19.3%	171
总计		328	75.6%	106	24.4%	434

(资料来源:熊月之:《西学东渐与晚清社会》)

这一时期传教士译著的西书中,尚无专门的哲学类书籍,而对哲学、美学传播的线索,可以在传教士所创办的报刊中找寻。此一时期最为重要的报刊无疑是《遐迩贯珍》和《六合丛谈》。

《遐迩贯珍》,英文名 Chinese Serial,1853年8月1日在香港创刊,先后由麦都思、奚礼尔、理雅各主编,1856年5月1日停刊,共出三十二期。《六合丛谈》,1857年1月在中国上海创刊,由伦敦传道会(London Missionary Society)的上海印刷所——墨海书馆(London Missionary Society Press)刊行,为月刊。该刊物由伦敦传道会的传教士伟烈亚力(Alexander Wylie,1815—1887)主编,从1857年(咸丰七年)1月到1858年6月(咸丰八年五月),共

---

① 李天纲称:"'中国礼仪之争'是近代中西关系上首次高级别的冲突。另外,它是中西双方的第一次,也是最后一次单纯的文化冲突。"李天纲:《中国礼仪之争:历史、文献和意义》,第107页。

出版十五期。内容涵盖人文科学、自然科学、宗教及各国近况等,向亚洲读者介绍了19世纪西方各国及其近代文明的详尽情况,影响甚大。出版后传入日本,对当时的日本知识分子产生了巨大影响,与《遐迩贯珍》(1853—1856)、《中外新报》(1854—1861)等一起被称为"日本报刊之嚆矢"①。

伟烈亚力在《六合丛谈》创刊号的《小引》中谈到创办此刊物的目的:"欲通中外之情,载远近之事,尽古今之变。"②可以看出传教士希望以报刊作为沟通中西文化媒介。《六合丛谈》中非宗教的世俗内容占有很大比例,十五期杂志共有238页,其中宗教类内容只有59.5页(25%),非宗教类内容则达170.5页(71.6%)③。

其实,关于刊物的主旨和内容,传教士之间有不同意见。伟烈亚力主张多发布科学内容,认为科学知识和传教如同车子的两个轮子一样,"格致之学有与圣道相符"。这种思路深受当时英国自然神学的影响:

> 发行《六合丛谈》的伦敦传道会的传教士们受着自然神学的影响。在英国,自然神学认为从自然的形状与构造中能看出神的睿智,基督教信仰鼓励探究自然,因此自然神学成为一种社会思潮广泛普及。④

而慕维廉(William Muirhead,1822—1900)则认为传播科学知识会影响传教的主要目标:

> 扶植或教授科学的各种知识,从某种意义上来说是一件愉快而且有益的事情。不过,这并不是推进福音传播的直接工作。而且对信仰坚定、能力优异的传教士来说,这并不是必不可缺的东西。⑤

矛盾的直接后果就是《六合丛谈》的最终停刊,以及随后墨海书馆的没落⑥。

---

① 参考沈国威编著:《六合丛谈》(附解题·索引),上海:上海辞书出版社,2006年,第3页。
② 《六合丛谈》第1卷第1号。
③ 沈国威编著:《六合丛谈》(附解题·索引),第24页。
④ [日]八耳俊文:《在自然神学与自然科学之间——〈六合丛谈〉的科学传道》,季仲平译,沈国威编著:《六合丛谈》(附解题·索引),第123页。
⑤ 《教务杂志》1858年11月,转引自沈国威编著:《六合丛谈》(附解题·索引),第35页。
⑥ 沈国威持此论,见《〈六合丛谈〉解题》,沈国威编著:《六合丛谈》(附解题·索引),第34—35页。但王扬宗认为"《六合丛谈》的停刊也非其办刊方向不为教会所容而致"。见王扬宗:《〈六合丛谈〉所介绍的西方科学知识及其在清末的影响》,沈国威编著:《六合丛谈》(附解题·索引),第141页。

这已是后话。

虽然都是传播西学,《六合丛谈》与此前报刊的不同在于,其开始自觉而系统地介绍西方学术,尤其是西方古典学。如有学者指出:"《六合丛谈》之前传教士主编的中文报刊,在宣扬基督教的同时多少都带有一些介绍西洋文化的目的。但是对西洋古典作系统的介绍则是从《六合丛谈》开始的。"①艾约瑟(Joseph Edkins,1823—1905)、伟烈亚力等人在英国接受教育时期,英国的学校对古典教育十分重视,推行教育改革的托马斯·阿诺德(Thomas Arnold,1795—1842)曾说:"希腊罗马的精神是我们自身建立的精神基础。""亚里士多德、柏拉图、修昔底德、西塞罗、塔西佗最不合适被称为古代作家,他们本质上是我们国家的朋友,是同时代的人。"②

两个杂志中关于哲学、美学方面最为重要的文章莫过于艾约瑟在《六合丛谈》上刊载介绍西方学术的专栏——《西学说》。此专栏共刊出十篇文章,其中第二篇《海外异人传·该撒》,署名蒋敦复,但此文应该也属于艾约瑟的系列文章之一,至少是两人合作的结果③。这十篇文章为:《希腊为西国文学之祖》(第1号)、《海外异人传·该撒》(第2号)、《希腊诗人略说》(第3号)、《西学说·古罗马风俗礼教、罗马诗人略说》(第4号)、《西学说·西国文具》(第7号)、《西学说·基改罗传》(第8号)、《西学说·百拉多传》(第11号)、《西学说·和马传、士居提代传》(第12号)、《西学说·阿他挪修遗札、叙利亚文圣教古书》(第13号)、《西学说·黑陆独都传、伯里尼传》(第15号)。艾约瑟因为大力传播西学,被誉为近代中国系统介绍西学的第一人④。

《西学说》关于西方学科思想和学术制度的译介有以下三个方面值得注意。

1. 对西方学术分科制度的介绍。

《西学说》较为详细地列举了西方的学术分科体制。在伟烈亚力为创刊号写的《小引》中,他曾提到多种西方科学,如化学、察地之学(地质学)、鸟兽草木之学(动植物学)、测天之学(天文学)、电气之学、重学(力学)、流质

---

① [日]八耳俊文:《在自然神学与自然科学之间——〈六合丛谈〉的科学传道》,季仲平译,沈国威编著:《六合丛谈》(附解题·索引),上海:上海辞书出版社,2006年,第121页。
② 转引自[日]八耳俊文:《在自然神学与自然科学之间——〈六合丛谈〉的科学传道》,季仲平译,沈国威编著:《六合丛谈》(附解题·索引),第120页。
③ 沈国威编著:《六合丛谈》(附解题·索引),第27页。
④ 沈国威编著:《六合丛谈》(附解题·索引),第27页。

(流体力学)、听视诸学(声学、光学)等①。这些虽然仅是对"自然科学"的分类,但其分科而治的思想,恐怕还是会给中国人留下深刻印象。

《希腊为西国文学之祖》曾提出雅典当时学分为七:"一文章,一辞令,一义理,一算数,一音乐,一几何,一仪象。"②希腊曾有"自由的艺术"的概念,后来被中世纪承袭,成为著名的学科制度:七艺(seven arts),即文法、修辞、逻辑、算术、几何、天文和音乐。《希腊为西国文学之祖》之中所提及的七种学问,即是与"七艺"相对应者。其中,"义理"对应逻辑,其实从文中其他处的用法看,"义理"亦有"哲学"之含意。另一处提到雅典学校分科:"雅典太学中,训以性理、文章、律法、医学、上帝道"③,与前述七科稍有不同。

另外,该文还提到"近人作古希腊人物表",列出十三种八百六十三家希腊名人,这种分类虽不是专对学术的划分,但也值得重视。("经济博物者""辞令义理者""工文章能校订古书者""天文算法者""明医者""治农田水利、多识鸟兽草木者""考地理、习海道者""奇器重学者""制造五金器物者""刻画金石者""建宫室者""造金石象者"和"诗人画工乐师"等十三类④。)

2. 哲学术语的译介。

在《遐迩贯珍》和《六合丛谈》中,"哲学"较为集中地被译作"性理"之学和"穷理"之学,有时也被译作"理学""格物穷理"之学。略举数例如下。

译作"性理"者。"有卢各类的乌斯者,以天地万物之理,并性理,及宇宙初辟源流,作长歌诗十二卷。有数处模仿诗体,甚为合法,间亦平妥,因性理之言,难成篇什也。"⑤"基改罗有辩才,为罗马第一,尤好希腊性理。"⑥"基改罗著书甚多,分五类:一曰性理:性理又分五支,一议论辩驳之法……二论国政……三论五伦七情……四论天地原理;五论天地鬼神占卜。二曰辩……三曰书启……四曰诗……五曰记传……其论性理,论辩驳,为罗马第一名家。"⑦"(柏拉图)少时颇喜吟咏,稍长,乃究性理之学。年二十,师事娑格拉底斯,后自成性理一大家。……泰西历代性理之书多本于此。"⑧"百拉

---

① 《六合丛谈》第1卷第1号。
② 《希腊为西国文学之祖》,《六合丛谈》第1号。
③ 《泰西近事述略》,《六合丛谈》第1号。
④ 《希腊为西国文学之祖》,《六合丛谈》第1号。
⑤ 《罗马诗人略说》,《六合丛谈》第4号。
⑥ 《基改罗传》,《六合丛谈》第8号。
⑦ 《基改罗传》,《六合丛谈》第8号。
⑧ 《百拉多传》,《六合丛谈》第11号。

多分诸家之学为三:一性理,一格致,一语言思虑相为表里之学。"①

译作"穷理"者。"作史记者曰萨卢斯底,与希腊史体例略异,不特纪事,兼之穷理。西人史中穷理之学自此始也。"②《东西洋考每月统记传》就有"穷理"一词:"穷理超群者,乃西呢嘉、彼利呢二人。"③

译作"理学"者。"利未乌斯,著史数十卷,甲于罗马史家……论理学与国家政度,无不一一精确。"④"理学",兼有数用,有时即指传统之程朱理学,("考中国传奇曲本,盛于元代,然人皆以为无足重轻,理学名儒,且屏而不谈。"⑤)有时用来指涉西方的哲学,也有时用来翻译西方的科学。此处"理学",近于西方的哲学概念。在中西文化交涉初期,中国士人可能就是利用传统的"理学"去理解西方的哲学概念的,而西方传教士为了向中土介绍哲学,也只能借助于中文传统概念来加以解说,"理学""格物穷理之学"等用法,即是此类。

译作"格物穷理"者。韦廉臣《格物穷理论》:"国之强盛由于民,民之强盛由于心,心之强盛由于格物穷理。"此处"格物穷理"指的是现代意义的哲学和科学(在希腊思想中,哲学和科学并无严格界限),而与中国传统内涵不同⑥。"格物穷理",很早即用来翻译"哲学",毕方济在《〈灵言蠡勺〉引》中即说:"亚尼玛(译言灵魂,亦言灵性)之学,于斐禄苏非亚(译言格物穷理之学)中为最益,为最尊。"⑦又如陆希言的《澳门记》有言:"读书谈道,习格物穷理而学超性者。"⑧在《六合丛谈》中,也用来翻译"科学""物理学"等。"欲修德者,必先明理,而明理莫先于格物致知,故自正心修身以至于平天下,功效莫不由是而来也。"⑨此处"格物致知",遂取宋明儒学之言,但意义大殊,实则指涉西方之科学。

3. 对"诗学"、"美"学之介绍。

《六合丛谈》中出现过"诗学"一语:"希腊虽为声明文物之邦,而当其时

---

① 《百拉多传》,《六合丛谈》第 11 号。
② 《罗马诗人略说》,《六合丛谈》第 4 号。
③ 《经书》,《东西洋考每月统记传》丁酉年二月号。
④ 《罗马诗人略说》,《六合丛谈》第 4 号。
⑤ 《希腊诗人略说》,《六合丛谈》第 3 号。
⑥ 王扬宗也提到了这一点,见王扬宗:《〈六合丛谈〉所介绍的西方科学知识及其在清末的影响》,沈国威编著:《六合丛谈》(附解题·索引),第 141 页。
⑦ [意]毕方济:《〈灵言蠡勺〉引》,见《灵言蠡勺》,毕方济口授,徐光启笔录,《天学初函》(一),第 1127 页。
⑧ 周振鹤:《〈六合丛谈〉的编纂及其词汇》,沈国威编著:《六合丛谈》(附解题·索引),第 171 页。
⑨ 《新年叩贺》,《遐迩贯珍》1855 年第 3 号。

耶稣尚未降世,各国人情,未免昧于真理,不知归真返璞,全其天性,然其诗学,已可见一斑矣。"①西方之"诗学"概指一般文学理论研究,传统悠远,自古希腊即始。比较来说,"中国向来只有诗话而无诗学"②,"诗学"概念,源于西方。上引"诗学"概念,应该是"诗学"一语早期翻译的例证之一。

《遐迩贯珍》中曾有论"美"的文字:

> 余思上帝秉造物之权,覆育之下,生成万物,无一非极美至良者,但合用与不合用,及用之多与寡,则听之于人。今有见其合于用,则称之为美物,不合于用,则谓之非美物。且因其不合于人之用也,并用之过多,遂欲禁而绝之,此岂理之平哉。③

其言说,上帝造物,皆精良至美,有用与否,取决于人之判断。人们以是否合用作为评判是否为"美物"之准则,实在大谬。这对以苏格拉底为代表的"美在实用"之说,是一大反驳,且其言论以上帝为依托,又与纯粹之哲学探讨异途。

鸦片战争后这段时期传教士的著述,把科学文化知识作为传教的手段和工具,对西方的自然科学进行了大量的介绍,顺及也提到西方学术分科、哲学、文学等方面的内容。此类著述借助于报刊的传播而影响很大,这些内容对中国人认识现代学术影响深远。但需指出的是,虽然此时西方现代学术体制已经渐次形成,但传教士的学术系统(尤其是人文学科)尚属于神学体系范围,他们对学术的看法,如伟烈亚力所说:"凡此地球中生成之庶汇,由于上帝所造,而考察之名理,亦由于上帝所畀,故当敬事上帝,知其聪明权力,无限无量,盖明其末,必探其本,穷其流,必溯其源也。"④

所以,尽管这些学术和学制思想在小范围内对中国知识分子有所影响,但尚不足以对中国传统思想学术形成根本性冲击,也无法促成中国现代学术之创生。

概言之,谈及中国古典美学的现代转型问题,一个关键性的因素就是西方美学在中国的传播。美学作为西方学术体系中的一门学科,其在中国的传播是与整个西方学术体系进入中国的过程相一致的。学界对西方美学在

---

① 《希腊诗人略说》,《六合丛谈》第 3 号。
② 朱光潜:《诗论》,见《朱光潜全集》第三卷,合肥:安徽教育出版社,1987 年,第 3 页。
③ 《近日杂报》,《遐迩贯珍》1853 年第 5 号。
④ 《六合丛谈小引》,《六合丛谈》第 1 号。

中国译介过程的研究,多重视晚清以降的阶段,但在此前明清时期的来华耶稣会士,已对西方学术分科体系和哲学、美学以及文艺之学有所介绍。耶稣会士来华是中西文化交通的起点。他们遵从"适应"的传教策略而选择了"学术传教"的手段。在耶稣会士所译介的西方著述中,对西方学术分科制度和教育制度有所介绍(以艾儒略的《西学凡》为代表),同时对西方的神学、哲学也进行了系统的译介(以毕方济的《灵言蠡勺》为代表),其中包含了美学、文艺之学的知识。"中国礼仪之争"造成了基督宗教在华传播的中断,19世纪初期重启这一进程的是新教传教士,他们重新重视"学术传教"的策略,通过现代印刷技术传播宗教和西学知识,创办了许多报刊,尤其是以《东西洋考每月统记传》《六合丛谈》《遐迩贯珍》等为代表,其中介绍了许多西方哲学美学类知识。尽管传教士所译介的哲学美学类知识还属于中世纪基督教神学的知识系统,但却是中国知识分子了解西学的开始。这些知识对我们研究中国现代美学学科的形成,探讨中国传统美学的现代转型问题,都能提供十分重要的知识背景和思想背景。

第三章 "美学"的命名：学科术语的译介与传播

对于美学相关的译名研究，学界已经有所关注，本章将通过中国近现代辞书中所收录的aesthetics来梳理其翻译和定名的过程，以增进对学科术语的译介问题的理解。

辞书在人类思想史和学术史上具有的重大意义，已通过法国启蒙运动时期出版的《百科全书》而被世人所认知，《百科全书》"试图在理性并只在理性的支配下勾勒出知识世界新图景的新边界……用理性的标准衡量一切人类活动，并以此为思考世界提供一个基本原则"①。辞书的最大作用是将人类已经更新的知识系统"以有条理、有秩序的方式简练地呈现出来"，在知识"分科的时代"建立起完备而有关联性的知识体系②。中国古代虽已经有了"类书"，但真正现代意义上的辞书，要等到在由西学东渐所引起的中国现代学术转型过程中才出现。列文森（Joseph R. Levenson，1920—1969）认为，现代中国所经历的并非只是"词汇的丰富"，而是"语言的变化"③，其典型的表现便是中国现代学术话语体系的"更新"。辞书作为知识产生和传播的重要载体，在中国现代学术演进的进程中，发挥着极其重要的作用。陆尔奎在为《辞源》所作的序言中引"友人"之语曰："一国之文化，常与其辞书相比例，吾国博物院图书馆未能遍设，所以充补知识者莫急于此。且言人之智力因蓄疑而不得其解，则必疲钝萎缩，甚至穿凿附会，养成似是而非之学术。古以好问为美德，安得好学之士，有疑必问？又安得宏雅之儒，有问必答？

---

① ［美］罗伯特·达恩顿：《启蒙运动的生意：〈百科全书〉出版史（1775—1800）》，叶桐、顾杭译，北京：生活·读书·新知三联书店，2005年，第9页。
② 参阅梅嘉乐（Barbara Mittler）：《"为人人所必需的有用新知"？——商务印书馆及其〈新文化辞书〉》，见陈平原、米列娜主编：《近代中国的百科辞书》，北京：北京大学出版社，2007年，第194—200页。
③ ［美］列文森：《儒教中国及其现代命运》，郑大华、伍菁译，北京：中国社会科学出版社，2000年，第141页。

国无辞书,无文化之可言也。"①井上哲次郎在增订罗存德所编《英华字典》的序言中,也表述了以辞典传播作为振兴学术,进而提升国力,以至与欧西强国相抗衡的希望②。"国无辞书,无文化之可言也",辞书在新文化倡导者眼中的地位可见一斑。有学者将学校、辞书和教科书认作另一个"传播文明三利器"③,不可谓没有道理。

将中国现代辞书置于思想史和学术史的背景中加以探讨,近年来已为学界所注意,并有一些重要的成果出现④。关于中国现代辞书中的"美学",也在一些学者的研究中有所涉及⑤。基于辞书文本的学科史探讨,涉及术语译介、思想资源、知识分类、学科制度、学术承续等方面的问题。结合这些问题,可以把中国现代辞书中的"美学"这一论题划分为三个时段加以梳理:1912年之前为第一阶段;1912年至1927年为第二阶段;1927年至1949年为第三阶段。

第一节　1912年之前的"美学"译介

学界一般把鲍姆加登(Alexander Gottlieb Baumgarten,1714—1762)在1750年出版的《美学》(*Aesthetica*)作为美学学科创立的标志。1721年康熙因"礼仪之争"而下令禁止西洋人在中国传教,1773年罗马教宗解散耶稣会,这两个事件标志着晚明以来耶稣会士来华而带来的中西思想文化交流的"蜜月期"结束,中国暂时失去了译介西学的主要通道。对西方现代学术

---

① 陆尔奎:《辞典说略》,见《辞源》,上海:商务印书馆,1915年。
② 见《订增英华字典》,罗布存德原著,井上哲次郎订增,东京:藤本次右衞门,明治十七年(1884)合本。
③ 陈平原:《作为"文化工程"与"启蒙生意"的百科全书》,见陈平原、米列娜主编:《近代中国的百科辞书》,第1—2页。
④ 主要的成果有:Federico Masini, *The Formation of Modern Chinese Lexicon and its Evolution toward a National Language: the Period from 1840 to 1898*, Berkeley: California University Press, 1993; Michael Lackner, Iwo Amelung and Joachim Kurtz (eds.), *New Terms for New Ideas: Western Knowledge and Lexical Change in Late Imperial China*, Leiden: Brill, 2001; Michael Lackner and Natascha Vittinghoff (eds.), *Mapping Meanings: The Field of New Learning in Late Qing China*, Leiden: Brill, 2004;钟少华:《人类知识的新工具——中日近代百科全书研究》,北京:北京图书馆出版社,1996年;陈平原、米列娜:《近代中国的百科辞书》。
⑤ 见黄兴涛的系列论文,最新的成果见黄兴涛:《清代西方美学观念和知识在华传播考论》,见黄爱平、黄兴涛主编:《西学与清代文化》,北京:中华书局,2008年。

的传播,只能是新教来华之后的事情了。

作为第一位来华的新教传教士,马礼逊(Robert Morrison,1782—1834)所遵从的传教策略近似于利玛窦开创的"学术传教"方式,特别重视对"工具"的运用①。马礼逊后来编纂世界上第一本英汉-汉英对照字典②,自是其传教主张的体现。在马礼逊的字典中,没有"美学"类的内容,但其中对汉字"美"的解释颇可注意。《字典》和《五车韵府》对"美"的解释相同:"From large and sheep. sweet; good; excellent, in its kind; elegant; beautiful; to be fond of pleasure; to delight in."其中"从羊从大"的说法,直接采自许慎的《说文解字》。汉英辞典中的英文解释完全采用中国传统说法,以中化西,足见中国文化在当时的中西交往中占据着主动和优势的地位③。

在中文辞书中,最早出现"aesthetics"一词应是在罗存德(Wilhelm Lobscheid,1822—1893)所编的《英华字典》(English and Chinese Dictionary, with Punti and Mandarin Pronunciation)(1866)中④,其中收录了 aesthetics 和 esthetics 两个同义异体词,释作"philosophy of taste,佳美之理,审美之理"。井上哲次郎在订增本序言中称赞此字典曰:"世之修英学者据此书以求意义,则无字不解,无文不晓,左右逢原,何所不通之有。"⑤虽稍显夸张,但诉诸其对"美学"之首译之功,则不算虚词。尤其难得的是,《英华字典》对 aesthetics 的翻译,虽列出"philosophy of taste"这一英文语义,但中文译词没有直译为"趣味哲学"之类,而是"意译"作"佳美之理,审美之理",这一译法可谓意义深远。而 1875 年传教士花之安所著的《教化议》,已将"丹青音乐"归于"美学",可谓中文语境中"美学"一词的最早出现⑥。

学界多以"美学"为日本译词引入中国的典型例证。其实,现代汉语译

---

① [英]马礼逊夫人编:《马礼逊回忆录》,顾长声译,桂林:广西师范大学出版社,2004 年,第 32—33 页。
② Robert Morrison(马礼逊), A Dictionary of the Chinese Language(《华英字典》), Macao: Honorable East India Company's Press, 1815-1823.分三卷: Part Ⅰ: Containing Chinese and English, Arranged According to the Radicals(《字典》,1815); Part Ⅱ: Chinese and English, Arranged Alphabetically(《五车韵府》,1819—1820); Part Ⅲ: English and Chinese(《英华字典》,1822).郑州:大象出版社,2008 年影印版。
③ [美]孟德卫:《1500—1800:中西方的伟大相遇》,江文君、姚霏等译,北京:新星出版社,2007 年,第 12—13 页。
④ Wilhelm Lobscheid(罗存德), English and Chinese Dictionary, with Punti and Mandarin Pronunciation(《英华字典》), Hong Kong: Daily Press Office, 1866-1869.
⑤ 参见《订增英华字典》,罗布存德原著,井上哲次郎订增。
⑥ 黄兴涛:《清代西方美学观念和知识在华传播考论》,见黄爱平、黄兴涛主编:《西学与清代文化》,第 361—362 页。

名的产生有多种途径,其中之一是先在中国形成汉语译名,后传至日本,在中国没有流行,反在日本通行起来,之后再由日本回传至中国。在有关学者的研究中,可以发现的例证有望远镜、细胞①、神学、哲学、社会、银行等词②。罗存德、花之安等人把 aesthetics 联结"美"之意蕴,并揭出"审美之理""美学"之义,应是首创。此译名是否为"中—日—中"模式的例证,尚待进一步考论,但就目前的资料看,日本对 aesthetics 的译介和定名,则晚于中国。

在日本,最早译介"美学"的是西周。1870 年,他在《百学连环》中把美学译作"佳趣论",将美定义为"外形完美无缺者",强调美"不重理而重意趣"。1872 年,西周著《美妙学说》一书,把"佳趣论"改称为"美妙学",此书乃为日本最早的美学专著。之后在《百一新论》(1874)中,西周又将美学译成"善美学"。1881 年,井上哲次郎所编的日本第一部哲学词典《哲学字汇》,采用了西周对西方哲学的许多译名,就包括了译 aesthetics 为"美妙学",此译名之后逐渐通用③。虽然西周多次尝试新的译名,但包括"美妙学"在内的多个译名都没有取得独尊的地位。

"美学"在日本的定名其实较晚。自 1882 年开始,以森欧外、高山樗牛等为主的教师在东京大学就以"审美学"的名称来教授美学,同时也使用过"美学"这个译法④。这是"美学"和"审美"最早出现的场合之一。1883—1884 年,中江兆民翻译维隆(E. Véron)的美学著作,定名为《维氏美学》(*Esthétique*)。因这本著作传播甚广,所以许多学者即认为"美学"一词即是中江兆民在此最早定名。如中国的学者吕澂、日本的学者今道有信等均持此论。现在看来,就算这不是最早的定名,但也可视作日本"美学"译名确立之标志。因此,"美学"在日本大概是在 19 世纪 80 年代才最终确定下来的,晚于罗存德、花之安等人。

罗存德之后,1875 年,谭宴昌在《英华字典汇集》中收录了"aesthetics"

---

① 见谷口知子和沈国威的相关研究,参见沈国威:《前后期汉译西书译词的传承与发展——以〈智环启蒙塾课初步〉(1856 年)中的五带名词为例》,《中华文史论丛》2009 年第 2 期,第 248—249 页。

② 王尔敏先生曾转述周佳荣教授的观点,说一些"由日本传入的新名词,原来是日本学者在十九世纪中叶,将西洋传教士在香港所印行的中西词字对照,抄回日本,先在日本推广使用,如神学、哲学、社会、银行等词,早为在香港教士使用。若西洋文法的八大词类,亦并早行于教会学校,为时俱在晚清自日本大量输入新名词之前"。王尔敏:《晚清政治思想史论·自序》,桂林:广西师范大学出版社,2005 年,第 5 页。

③ 黄兴涛:《清代西方美学观念和知识在华传播考论》,见黄爱平、黄兴涛主编:《西学与清代文化》。

④ 刘悦笛:《美学的传入与本土创建的历史》,《文艺研究》2006 年第 2 期。

一词,译作"审辨美恶之法"①。美国传教士狄考文所编的 *Technical Term*,把 aesthetics 译作"艳丽之学"②。1902 年,王国维译《哲学小辞典》,其中介绍了"美学"的简单定义:"美学者,论事物之美之原理也。"并译 aesthetics 为"美学""审美学"③。王国维作为中国现代译介美学最重要的学者之一,其著述中出现的美学词汇甚多,译介西方美学理论亦颇有系统,自他之后,美学在中国正式确立根基。

稍后在汪荣宝、叶澜编纂的《新尔雅》(1903)中,解释了"审美学""美感"和"审美的教育"等词。释"审美学":"研究美之性质,及美之要素,不拘在主观客观,引起其感觉者,名曰审美学。"释"美感":"离去欲望利害之念,而自然感愉快者,谓之美感。"释"审美的教育":"以养成人间优美情操高雅品格为目的者,是为审美的教育。"④值得一提的是,《新尔雅》对"美学"的介绍开始注意其学理背景,如对"心意三分法"的分析:"以心意分析为知情意三者,谓之心意三分法。"⑤知、情、意分立思想,是康德以降哲学思想的中心范畴,也是现代美学学科确立的思想根基,王国维、蔡元培等人也正是在此基础上,为中国现代美学确立了学理依据。《新尔雅》对知、情、意分立思想的介绍,与王国维、蔡元培等人的译介几乎同时,可见该书对学界新知的吸纳颇为及时。

1908 年 2 月,颜惠庆主编的《英华大辞典》由商务印书馆出版⑥。严复赞誉是书曰:"蒐辑侈富,无美不收,持较旧作,犹海视河。"⑦其收录的"美学"类词汇也较诸此前的辞书有明显增多。其收录的相关词汇有:

> Aesthete:One who makes much of aesthetics,重视美学者,考究艳丽学者。
>
> Aesthetic:Pertaining to aesthetics,属于美学的。

---

① 谭宴昌:《英华字典汇集》,香港:申盛印字馆,1875 年。
② Calvin W. Mateer(狄考文),*Technical Terms, English and Chinese*, Shanghai: Presbyterian Mission Press, 1904, p.6.
③ 转引自黄兴涛:《"美学"一词及西方美学在中国的最早传播》,载《文史知识》2000 年第 1 期。
④ 汪荣宝、叶澜:《新尔雅》,东京:文明书局,1903 年。
⑤ 汪荣宝、叶澜:《新尔雅》,第 57 页。
⑥ 颜惠庆:《英华大辞典》,上海:商务印书馆,1908 年。该辞典"采用《纳特尔的字典大全》(*Nuttle's Complete Dictionary*)为蓝本,而以韦伯斯特(Webster)及其他著名大字典作参考,分别加以中文注释"。辞典全名为《英华标准双解大辞典》,后出版缩本《英华双解字典》,多次再版,畅行多年。《颜惠庆自传》,台北:传记文学出版社,1970 年,第 39—40 页。
⑦ 严复《〈英华大辞典〉序》,见王栻主编:《严复集》第二册,北京:中华书局,1986 年,第 253 页。

Aesthetician：One versed in aesthetics,精于美学之人。

Aestheticism：The doctrine of aesthetics,考求佳美学之法,研究天然艺术之艳丽。

Aesthetics：Philosophy of taste,美学、美术、艳丽学。①

《英华大辞典》还沿用了一些原有译法,如"艳丽学""佳美学""美术"等。这是外来术语译介的常见现象,多种译法并行,某一个译名最终胜出。"美学"一词在最初的译介过程中,就有"佳美之理""审美之理""佳趣论""美妙学""入妙之法""课论美形""善美学""审辨美恶之法""审美学""艳丽之学""审美哲学""美术"等十数种译法,而最终以"美学""审美学"为定名。

一个显要的例证是,1907 年出版的《商务印书馆英华新字典》(*Commercial Press English and Chinese Pronouncing Condensed Dictionary*),收录"esthetic"一词,释为"雅的,美的,属美术的"②。而在郁德基增订的《增广商务印书馆英华新字典》中,"aesthetics"被译作"美学,艳丽学","aesthetic"被译作"aesthetical,属于美学的"③。可以看出,译 aesthetics 为"美学",已逐渐为学界所接受。

在当时知识界很有影响的黄摩西编的《普通百科新大词典》,收录了"美学"一词,并对其进行了学术史上的解说:"审美学。有哲学的科学的二派。前者美其物之研究,后者则为艺术之心理学的——社会学的研究。"④

此处需要指明的是,亦有中国学人将 aesthetics 直译为"感性学"。如 1920 年新中国印书馆出版的《最新增订汉英大辞典》(张鹏云主编),将 asthetik 译作"感性论"⑤,这一译法遵从 aesthetics 的本意,但与当时学界通行的"美学"译法相异。从后来的学术史来看,尽管"美学"与 aesthetics 的感性基质有所偏离,但"感性论"这一译法却没有流行起来。已有学者指出,使

---

① 颜惠庆:《英华大辞典》,第 33 页。
② 《商务印书馆英华新字典》(*Commercial Press English and Chinese Pronouncing Condensed Dictionary*),上海:商务印书馆,1907 年,第 182 页。
③ 《增广商务印书馆英华新字典》,商务印书馆编译所编校,郁德基增订,上海:商务印书馆,1907 年 9 月初版,1922 年增广 30 版。
④ 黄摩西编:《普通百科新大词典》,上海:国学扶轮社,1911 年。此文本承蒙章可博士提供查阅,在此致以谢意。
⑤ 张鹏云主编:《最新增订汉英大辞典》,上海:新中国印书馆,1920 年初版,1930 年增订初版,1937 年 9 月第 13 版。

用"美学"(而不是"感性学")来译 aesthetics,倒是颇合于西方的主流美学思想,尽管会造成"名实不符"的后果:"当我们检查美学这一学科的英文和中文名称时,我们便会发现,不管是西文名称,还是其中文名称都是容易误解的。这是十分具有讽刺意义的。西文中的'aesthetics'希腊词源是指一种关于与理性相对的感性观知(sensual perception)的理论。但在实际上它却是一种关于'美'的理论。中文的'美学'这一字眼是合乎将美学看作是一种关于美的理论的西方主流美学的意思的,但是如果我们将这一字眼运用到中国传统的艺术思想中时,事情就不是这样了。'美'这一范畴在这儿并不重要。在早期儒学典籍中,'美'是以(道德意义上)'善'的同义词出现的(如'美人','善人'),而不成为独立的范畴。"①或许,aesthetics 引发的是中国学人对传统资源中的关于"美"的(或"善"的)思想追求,而"感性-理性"之类的哲学思辨,本来距离中国人的思维就很远。

《新文化辞书》中"感性论"这一译法并非孤例。如在日本学者伊藤吉之助编辑的《岩波哲学小辞典》中,就列出了"美学"的法语、德语、英语三种形式:Esthétique:[佛]美学;感性论。Ästhetik:[独]美学;感性论。Aesthetics:[英]美学;感性论。②而在唐敬杲编纂的《新文化辞书》中,也收录了"感性论"一词。在论及 Karl Leonhard Reinhold(今译莱因霍尔德)的哲学时,该辞书写道:"他底感觉论(Theorie der Sinnlichkeit)大体上是承袭康德底感性论(Asthetik),但是用语有多少变更的地方。"③同时,《新文化辞书》也多处使用了"美学""审美学"的译法,特别是在"Baumgarten"(该辞典译作"庞伽尔丹")条中,还专门论述了"美学"一词的语源:"'美'是完全的事物形相之现于吾人感觉者——换句话说,是五官所感得的事物之调和。因而研究'美'之学叫做'Aesthetica'。这语在希腊语是'感觉'之义,在中世论道德的情操之学也有称以这名的,而用之为美学之义是始于庞伽尔丹。"④辞书在论及莱因霍尔德的"感觉论"时,把 asthetik 译作"感性学",而在其他地方,则使用当时学界已经流行的"美学"。可见,该辞书已经深刻地体会到了 aesthetics 一词的含义,并能灵活加以运用。

---

① [德]卜松山:《与中国作跨文化对话》,刘慧儒、张国刚等译,北京:中华书局,2000 年,第 5—6 页。
② [日]伊藤吉之助:《岩波哲学小辞典》,东京:岩波书店,1930 年,第 41、326 页。
③ 唐敬杲:《新文化辞书》,上海:商务印书馆,1923 年 10 月初版,1939 年 6 月国难后第 5 版,第 281—282 页。
④ 唐敬杲编:《新文化辞书》,第 38—39 页。

第二节　1912年至1927年间的"美学"命名

西方现代学术体系是在19世纪初才最终确立的,其重要的标志在于"知识的学科化和专业化"①。在中国,现代学科体系是随着民初学制的颁布而最终建立的。对美学学科更具意味的是,在蔡元培主导下颁布的教育宗旨,明确把"美感教育"作为国家教育方针的重要组成部分②。在此背景下,民国初年美学研究也渐成热潮。

辞书乃一个时代学术的体现。民初学制初造,黎锦熙在1917年提出《国语研究调查之进行计划书》,其中即有"国语辞典之编辑"一项,1919年刘复也提出《编纂国语词典案》,后教育部采纳这些建议,成立"国语词典编纂处"。其立意在于:"要对于中国文字作一番根本的大改革,因而不能不给四千年来语言文字和他所表现的一切文化学术等等结算一个详密的总帐,以资保障而便因革,则具体化的工作惟在辞典。"③

在《辞源》(1915年)出版前后,商务印书馆已经注意到要区分语文辞书和专业辞书(包括百科辞书),前者注重以"普通应用为原则","不涉专门范围",后者则注重学科知识及其系统性④。以下就这两大类辞书中收录的"美学"词汇加以梳理。

一、语文辞书

(一) 中文类辞书

《辞源》是中国现代第一部综合性新型大辞典,始编于1908年,1915年

---

① [美] 华勒斯坦等:《开放社会科学:重建社会科学报告书》,刘锋译,北京:生活·读书·新知三联书店,1997年,第6—8页;[美] 华勒斯坦:《超越年鉴学派?》,见[美] 华勒斯坦(Wallerstein, I.)等:《学科·知识·权力》,刘健芝等编译,北京:生活·读书·新知三联书店,1999年,第213—214页。
② 《教育部公布教育宗旨》(1912年9月2日):"注重道德教育,以实利教育、军国民教育辅之,更以美感教育完成其道德。"见教育部总务厅文书科:《教育法规汇编》,1919年,第87页。
③ 黎锦熙:《国语辞典序》,见中国大辞典编纂处编:《国语辞典》,上海:商务印书馆,1937年3月初版,1948年4月再版,第14—15页。
④ 方毅:《辞源续编说例》,见陆尔奎、方毅等:《辞源续编》,上海:商务印书馆,1931年。关于辞典类型的分析,另见陈平原:《作为"文化工程"与"启蒙生意"的百科全书》,见陈平原、米列娜主编:《近代中国的百科辞书》,第5页;杨文全:《近百年的中国汉语语文辞书》,成都:巴蜀书社,2000年,第4页。

出版。其中收录了"美学",另外还收录"美感""美术""美育""美情"等词汇①。对于"美学"的解说,结合理论与学术史,颇为完善:"美学:就普通心理上所认为美好之事物,而说明其原理及作用之学也。以美术为主,而自然美、历史美等,皆包括其中。萌芽于古代之希腊,十八世纪中,德国哲学家薄姆哥登(Alexander Gottlieb Baumgarten)出,始成为独立之学科。亦称审美学。"《辞源》之编纂,颇"注重古言",被称为"研究旧学之渊薮"②,故其中亦收录了"美""美大"等词,完全以古意释之。

后来编纂的《国语辞典》,收录了"美学""美感""美育""美术"等词汇③。辞书乃是对文化学术的"总帐",这些词汇进入到中文辞书,标志着其已经转化为"中文词汇"的一部分。王云五曾编辑《王云五大辞典》,针对中等学生之需求,又编《王云五小辞典》,"以供小学生的参考","凡小学生读物中一切常见的词语,莫不搜罗在内"④。其中收录"美育""美术""美感"等词,虽未收录"美学"一词,但以上几个词都是美学学科的核心词汇,这些词出现于小学生读物之中,足见美学在社会上的传播范围之广。当然,因为语文辞书侧重于正音、定词、释义、查阅等大众化的实用功能,一些语文辞典则未收录这些"专业"词汇。

(二) 中外语文类辞书

自1866年罗存德的《英华字典》以后,多数的英汉辞典都收录"aesthetics"一词,可见19世纪末之后,"aesthetics"一词已经成为英文中的基本词汇。除上文所提到的英汉辞书外,如黄士复、江铁主编的《综合英汉大辞典》⑤,严恩椿、沈宇主编的《世界英汉汉英两用辞典》⑥,任充四主编的《精撰英汉辞典》⑦、李儒勉主编的《实用英汉汉英词典》⑧等,均收录了"aesthetics"

---

① 《辞源》,上海:商务印书馆,1915年。
② 方毅:《辞源续编说例》,见陆尔奎、方毅等:《辞源续编》。
③ 中国大辞典编纂处:《国语辞典》,上海:商务印书馆,1937年3月初版,1948年4月再版。
④ 王云五:《王云五小辞典》"自序",上海:商务印书馆,1935年初版,1948年第二次增订本,第2页。
⑤ 黄士复、江铁主编:《综合英汉大辞典》(合订本),上海:商务印书馆,1928年1月初版,1939年6月合订本第6版。
⑥ 严恩椿、沈宇主编:《世界英汉汉英两用辞典》(*The English-Chinese and Chinese-English Dictionary*),上海:世界书局,1933年10月初版,1933年12月第3版。
⑦ 任充四主编:《精撰英汉辞典》,上海:商务印书馆,1937年9月初版,1947年8月第5版。
⑧ 李儒勉主编:《实用英汉汉英词典》(*A Practical English-Chinese, Chinese-English Pocket Dictionary*),上海:中华书局,1929年10月初版,1948年5月第10版。

一词。

在汉英辞典中,如赵克新编辑的《模范汉英小字典》①、何宪清等人主编的《标准汉英新辞典》②等收录了"美学"。但还有一些汉英辞典没有收录"美学",如李玉汶编的《汉英新辞典》③、盛毅人编纂的《世界汉英辞典》④、王学哲编的《现代汉英辞典》⑤等。值得注意的是这些辞书均收录了"美术"(fine arts)一词。尽管汉英辞典没有收录"美学"可能是因为这些辞书的大众性和实用性,但似乎也可以从中看出"美学"的"外来性"。

二、专业辞书

(一)哲学、美学类专业辞书

中国现代学术史上并没有专业的美学辞书,但从现代学科分类的角度看,美学与哲学、文学、艺术等学科关系密切,所以在这些相关学科的专业辞书中,收录了许多美学词汇。其中最值得注意的是樊炳清编的《哲学辞典》和孙俍工编的《文艺辞典》。

樊炳清是中国现代重要的翻译家、学者,早年与王国维交游,志趣颇合⑥。樊炳清于1920年春开始编纂《哲学辞典》,1924年完成,收录哲学词汇一千八百多条⑦。该辞典是中国现代第一部专业类哲学辞典,影响深远。在《哲学辞典》中,收录了美学、审美学、感情美学、美的态度、包姆加敦、艺术美等一批美学词汇,较之以前各类辞书,在深度与广度上均有明显的提升。特别是其编写的"美学"词条,计有一千七百多字,俨然是一篇关于美学的学术论文。

孙俍工编的《文艺辞典》⑧,主要收录国外文艺类词汇,另编《中国文艺辞典》,收录中国的文学美术类词汇⑨。《文艺辞典》搜罗词汇三千多条,其中有关美学的词汇范围之广、数目之多,均超此前诸辞典。其"美学"条曰:

---

① 赵克新编:《模范汉英小字典》,上海:春明书店,1936年5月第4版。
② 何宪清、潘君毅、虞家玺、严秀芳主编:《标准汉英新辞典》,上海:大沪书局,1937年4月初版。
③ 李玉汶编:《汉英新辞典》,上海:商务印书馆,1918年4月初版。
④ 盛毅人编:《世界汉英辞典》,上海:世界书局,1937年3月第9版。
⑤ 王学哲编:《现代汉英辞典》,上海:商务印书馆,1946年初版。
⑥ 罗继祖:《王国维与樊炳清》,《史林》1989年第3期;王强:《樊炳清美学思想初探——兼论与王国维美学思想的关系》,《兰州交通大学学报》(社会科学版)2007年第2期。
⑦ 樊炳清编:《哲学辞典》,上海:商务印书馆,1926年。
⑧ 孙俍工编:《文艺辞典》,上海:民智书局,1928年。
⑨ 孙俍工编:《中国文艺辞典》,上海:民智书局,1931年。

"美学又称作审美学。美学底任务,在于研究美底本质和论定其规范。有理想派的美学与心理派的美学,哲学的美学与实验的美学,形式的美学与内容的美学等的区别。"对当时的美学理论,辨析得至为清晰。《文艺辞典》所收以"美"为首字的专业词汇主要有美学、美术、美欲、美文学、美即真、美意识、美术家、美底内容、美底分类、美底形式、美底判断、美底材料、美底批评、美底价值、美底标准、美底观察、美底对象、美底态度、美底感情、美学底基础等,此外还收有耽美主义、客观的美学、艺术美、抽象美、具象美、材料美、形式美、形式美学、自然美、壮美、优美底研究等美学词汇。

孙俍工的《文艺辞典》在学界影响甚巨,可从此后一些辞典对它的"抄袭"中表现出来。如顾凤城等编《新文艺辞典》①,对于"美学"的解释,沿袭了孙俍工的《文艺辞典》,不差一字。戴叔清编《文学术语辞典》②的"美的批评"条,亦是完全照抄《文艺辞典》。不过,这也是现代早期辞书编纂中常见的问题,注重于知识的承袭和知识的系统性,而不太注重"版权"问题。如《现代知识大辞典》编者在《序言》中说,此前辞典一种普遍现象,便是"文字的相互剿袭"③。

除已经提及的,其他收有"美学"的辞书还有胡仲持主编的《文艺辞典》④、谢冰莹等编的《中学生文学辞典》⑤等。

(二)文化类专业辞书

现代中国教育界,对于美育颇为重视,加之蔡元培著名的"以美育代宗教"说的巨大影响,所以教育类辞书常涉及美学内容。如 1928 年出版的《中国教育辞典》,除收录"美感教育思想(中国)""美育"等词条外,还收录"美学""美感""主美说""优美"等美学类词汇⑥。1930 年由唐钺等人编纂的《教育大辞书》,收录美学词汇更多,其中"美育"词条,乃出自蔡元培之笔,这是研究中国现代美育思想的重要文献。蔡元培对辞书之编纂极为重视,在为樊炳清的《哲学辞典》所作的序中说:"哲学辞典者,网罗哲学上之名辞,列其歧义,载其沿革,使学者而知名辞随人随时随学派科目而异之义蕴

---

① 顾凤城、邱文渡、邬孟晖编:《新文艺辞典》,上海:光华书局,1931 年,第 195 页。
② 戴叔清编:《文学术语辞典》,上海:文艺书局,1931 年,第 70 页。
③ 现代知识编译社编:《现代知识大辞典》,上海:现代知识出版社,1937 年。
④ 胡仲持主编:《文艺辞典》,上海:华华书店,1946 年。
⑤ 谢冰莹、顾凤城、何景文编:《中学生文学辞典》,上海:中学生书局,1932 年。
⑥ 《中国教育辞典》,上海:中华书局,1928 年。

者也。"①"列其歧义,载其沿革",蔡元培所作"美育"条,堪称典范。

(三)百科辞书

中国现代的百科全书类著述数目甚多,在钟少华的著作中,列举出 42 种②,而德国学者瓦格纳(Rudolf G. Wagner)已经收集到 124 种之多③。以上数目涵盖范围很广,包括全科全书型、专门百科全书型、百科辞典型、过渡型等类别④,就本书主题来说,涉及"美学"方面内容的百科辞书约有十几种。

吴念慈等人编的《新术语辞典》(1929),"以一般读者之需要为标准,选择在一般读物所最常见"和"我国自己所有的流行的新术语",对许多新术语译名不一的状况,"采用最流行的或正确的"译名⑤。收录的美学类词汇主要有美学、形式美学、情绪美学、实验美学、思辨美学、具象美、抽象美、怪奇美、特性美、悲壮美、优美、悲壮美、艺术美、耽美主义、唯美主义等。《新术语辞典》收录美学类词汇甚为丰富,足见"美学"已经"最为流行",为一般读者接受。

把"美学"列入"新"辞书的还有顾志坚主编的《新知识辞典》⑥、唐敬杲编纂的《新文化辞书》⑦等。值得注意的是,在《新文化辞书》中,编者是在论及赫尔巴特(Herbart,辞书中译作"海尔白德")时专门提及"美学"的,并强调"美学就是实践哲学"。赫尔巴特是现代教育学的开创者,王国维等人在中国译介、提倡美育,即把赫尔巴特的理论作为重要的参照资源⑧。

舒新城主编的《中华百科辞典》于 1930 年 2 月初版,1931 年 5 月重版,1936 年又增订出版。舒新城在《增订普及本自叙》中说道:"辞典本为治学

---

① 蔡元培:《〈哲学辞典〉序》,见樊炳清:《哲学辞典》。
② 钟少华:《人类知识的新工具——中日近代百科全书研究》,北京:北京图书馆出版社,1996 年,第 53—76 页。
③ [德]瓦格纳(Rudolf G. Wagner):《晚清新政与西学百科全书》,见陈平原、米列娜主编:《近代中国的百科辞书》,第 40 页。
④ 钟少华:《人类知识的新工具——中日近代百科全书研究》,第 53 页。
⑤ 吴念慈、何柏年、王慎名编:《新术语辞典》"编辑凡例",上海:南强书局,1929 年。
⑥ 顾志坚主编:《新知识辞典》,上海:北新书局,1934 年。
⑦ 唐敬杲编:《新文化辞书》。
⑧ 《教育学》,[日]立花铣三郎讲述,王国维译,载《教育世界》第 9、10、11 号,1901 年 9—10 月。谢维扬、房鑫亮主编:《王国维全集》第十六卷,杭州:浙江教育出版社,广州:广东教育出版社,2009 年。此书为当时流行于日本的赫尔巴特派教育学思想的重要著作。

之工具,社会既时时进步,工具亦当随之进步。"①其中收录美学词汇亦甚丰富。1937年出版的《现代知识大辞典》,编者自称:"到1936年年底为止,在现有的辞典里,搜罗最完备,内容最现代化的,还得数我们这一本。"②证以收罗美学类的词汇,此言不虚。

还有一些百科辞书,虽未收录"美学"一词,但其中也涉及一些美学学科的词汇,如梁耀南编的《新主义辞典》③、孙志曾编的《新主义辞典》④、李鼎声编的《现代语辞典》⑤、全国国语教育促进会审词委员会编的《标准语大辞典》⑥、邢墨卿编的《新名词辞典》⑦以及筱铮等编的《新辞典》⑧等。

第三节 1927年至1949年学术语境中的"美学"

1927年前后是马克思主义在中国传播进入一个新阶段的开始,自此以后,"马克思主义哲学以空前的规模和整体化的形式得到了广泛和系统的传播"⑨。谭辅之称:"一九二八年至一九三二年短短的时期中,除了普罗文学的口号而外,便是唯物辩证法和唯物史观之介绍。这是新书业的黄金时代。在这时,一个教员或一个学生书架上如果没有几本马克思的书总要被人瞧不起"⑩。如果说此前的马克思主义更多的是作为诸多思潮中的一种而被中国人所译介和探讨,那么此后,马克思主义则逐渐成为具有指导性地位的根本思想。

1927年至1949年间与"美学"有关的中文辞书有如下几个特点。一是知识来源主要取径苏俄。在谈到社会主义在中国的传播时,蔡元培曾说:"西洋的社会主义,二十年前才输入中国。一方面是留日学生从日本间接输入的,译有《近世社会主义》等书。一方面是留法学生从法国直接输入的,载

---

① 舒新城主编:《中华百科辞典》,上海:中华书局,1936年12月增订第4版。
② 现代知识编译社编:《现代知识大辞典》。
③ 梁耀南编:《新主义辞典》,上海:阳春书局,1932年。(版权页作"新主义字典")
④ 孙志曾编:《新主义辞典》,上海:光华书局,1933年。
⑤ 李鼎声编:《现代语辞典》,上海:光明书局,1933年。
⑥ 全国国语教育促进会审词委员会编:《标准语大辞典》,上海:商务印书馆,1935年。
⑦ 邢墨卿编:《新名词辞典》,上海:新生命书局,1934年。
⑧ 筱铮等编:《新辞典》(再版增订),新洛阳报印刷厂,1949年。
⑨ 李其驹、王炯华、张耀先:《马克思主义哲学在中国》,上海:上海人民出版社,1991年,第243页。
⑩ 谭辅之:《最近的中国哲学界》,《文化建设月刊》1937年第3卷第6期。

在《新世纪日刊》上。后来有《心声周刊》简单的介绍一点。俄国多数派政府成立以后,介绍马克思学说的人多起来了,在日刊、月刊中,常常看见这一类的题目。"① 从中颇可看出 1900 前后中国人取法西学途径的变化。在 1927 年后,苏俄成为中国人外求真理的主要通道,如这一阶段主要的几部哲学辞典,或直接译自苏俄,如洛森泰尔和犹琴著、孙冶方翻译的《简明哲学辞典》②、罗曾塔尔和右金主编、胡明翻译的《最新哲学辞典》③;或受到苏俄直接的影响,如沈志远编的《新哲学辞典》④。在这一时代的思想氛围中,来自欧美的影响渐弱。

第二个特点是"美学"词汇的减少。1927 年后辞书中收录"美学"的不在少数,除去上文已经涉及的辞书外,还有章克标等编的《开明文学辞典》⑤、顾志坚主编的《新知识辞典》⑥、新辞书编译部编的《新智识辞典》⑦、胡济涛等人编著的《新名词辞典》⑧等。但是,一个显著的现象是,愈受到马克思主义哲学影响的辞书,收录的"美学"词汇愈少。

胡明为《最新哲学辞典》作的"译序"特别强调:"这是一部最新的哲学辞典。……不仅在中国出版界是最新的,而且在苏联也没有比他更新的同类书籍。"且强调此辞典内容最新、观点最正确、选辞最基本、最常用,引证资料最新、最切合现实,具备最一般的、最普遍的性质,总之,"事实上他不仅是一部'辞典',而且是一部人人值得一读的'最新哲学手册'"。以这么多的"最"来强调一部辞书,意在说明其权威性。但在这部"最新哲学手册"中,就没有收录"美学"一词及相关词汇。曾留学苏联,后来成为中国重要的马克思主义学者的沈志远,在其编撰的《新哲学辞典》中,也没有收录"美学"词汇。其他未收录"美学"词汇的重要辞书还有高希圣等人编的《社会科学大词典》⑨、洛森泰尔和犹琴著的《简明哲学辞典》⑩、辞书编译社编辑的《新

---

① 蔡元培:《〈社会主义史〉序》(1920 年 7 月 23 日),见中国蔡元培研究会:《蔡元培全集》第四卷,杭州:浙江教育出版社,1997 年,第 167 页。
② [苏] M.洛森泰尔、[苏] 犹琴:《简明哲学辞典》,孙冶方译,新知书局,1940 年 3 月第 1 版。华北新华书店 1948 年 9 月翻印。
③ [苏] 罗曾塔尔、右金主编:《最新哲学辞典》,胡明译,上海:光明书局,1941 年。
④ 沈志远编:《新哲学辞典》,北平:笔耕堂,1933 年。
⑤ 章克标等编:《开明文学辞典》,上海:开明书店,1932 年。
⑥ 顾志坚主编:《新知识辞典》,上海:北新书局,1934 年。
⑦ 新辞书编译部编:《新智识辞典》,上海:童年书店,1935 年。
⑧ 胡济涛、陶萍天:《新名词辞典》,上海:春明书店,1949 年。
⑨ 高希圣、郭真、高乔平、龚彬编:《社会科学大词典》,上海:世界书局,1929 年。
⑩ [苏] M.洛森泰尔、[苏] 犹琴:《简明哲学辞典》,孙冶方译。

哲学社会学解释辞典》①等。

三是美学"话语"的改变。时代风潮变化,"新"名词层出不穷,前一时代之"新",成了后一时代之"旧"。马克思主义对时代思潮整体化的影响,带来学术话语的系统性更新,在胡济涛等人编订的《新名词辞典》中,编者即称:"本书对于名词的选择,是以报章刊物书籍上所常经见的为标准,而在社会上所常接触的名词也在搜罗之列。名词分三类,一种是全新的名词;一种是旧名词而加上新的资料;还有一种是旧名词而未失其时代意义的。"②其中强调的"时代意义",即是就马克思主义而言。如在章克标等编的《开明文学辞典》中,收录了"无产美学"(Proletariat aesthetics),这一词汇恰可代表此一时代的美学思想。以阶级把美学划分为无产阶级美学和有产阶级美学,释"无产美学"曰:"把后来的美学,看做 Bourgeoisie(有产阶级)的美学,而主张 Proletarist(无产阶级)须有无产者自己的美学。罗那却尔斯基以为'倘若美学对于我们种种生活的最高发扬的规范,是无可争执而不绝变动的东西,那么可以算他是关于价值批判的一般的科学。但是事实上人类还未曾脱去以助成他达目的的一切为美,阻碍他的为丑,所以我们的美学,只能有狭义的意味,即关于行为与感受的直接的感动的价值判断的科学。'无产美学之一例,如工场中机器的噪音,在来只觉得厌烦,而机械工人自身,以为是在无产阶级社会中进出的歌声,而感着一种美。"③以阶级划分美学,且否认美学之"绝对价值",认为其只有"狭义的意味",这在此一时段的其他辞书中亦有反映。如在《新智识辞典》中解释"艺术"时,即强调艺术乃是社会的上层建筑之一,其"发展与变迁正是由一定的社会历史条件决定的",认为"艺术是随着社会的变迁而变迁的,没有永久不变的定理"④。

在现代学术语境中,较为强调艺术之自律性和独立价值,而在以阶级和社会阶段为标准判定艺术价值的语境中,"艺术本身并没有独自的价值,唯有着眼在阶级上,才能决定它的价值,所以艺术的价值,是由艺术对于其特定的社会,详言之,即特定的阶级所持的效果之大小来决定的"⑤。"为艺术而艺术"的主张"变为拥护布尔乔亚艺术的重要武器之一"⑥,让位于"为人

---

① 辞书编译社编:《新哲学社会学解释辞典》,上海:光华出版社,1947年。
② 胡济涛、陶萍天编:《新名词辞典》"后记",上海:春明书店,1949年。
③ 章克标等编:《开明文学辞典》,第557页。
④ 新辞书编译部编:《新智识辞典》(内页书名作"新知识辞典"),上海:童年书店,1935年,第969页。
⑤ 新辞书编译部编:《新智识辞典》,第970页。
⑥ 新辞书编译部编:《新智识辞典》,第971页。

生而艺术"的追求。在邢墨卿编的《新名词辞典》中,艺术的目的成了对于艺术社会主义的追求,其根本在于创造"劳动即艺术的社会"①。

有论者指出:"译名问题之所以重要,是因为译名的继承反映了知识传播的路径,追寻译名的来龙去脉可以解明外来文化的导入、传播、普及的整个过程。"②以上对中国现代辞书中收录"美学"一词的探讨,即是想通过辞书这一能反映整个知识系统更新程度、在社会上又是最为普及和权威的知识载体,来追溯"美学"作为一门外来学科在中国的译介和传播轨迹。

通过以上的探讨,可以发现在 1912 年之前,"aesthetics"这一术语在各种辞书中有多种译法,并最终得以定名为"美学"。这一时期关于"美学"的主要知识资源来自来华的新教传教士和日本。民初的壬子—癸丑学制,基本完成了中国现代学术体系的制度化,与"美学"相关的知识分类、学科体系以及理论结构得以完善。在各种语文辞书和专业辞书中,收录"美学"一词的情况比较普及,对于美学理论的译介和研究也渐趋深入。1927 年之后,来自苏联的马克思主义逐渐在中国发挥了指导性的作用,思想和知识体系随之更新,美学理论亦受之影响,"话语"系统也随之发生了改变。

附录:中国近现代(1815—1949)收录"美学"(aesthetics)词条的辞书目录

Robert Morrison(马礼逊), *A Dictionary of the Chinese Language*(《华英字典》), Macao: Honorable East India Company's Press, 1815-1823. 分三卷:Part Ⅰ: *Containing Chinese and English, Arranged According to the Radicals*(《字典》,1815);Part Ⅱ: *Chinese and English, Arranged Alphabetically*(《五车韵府》,1819—1820);Part Ⅲ: *English and Chinese*(《英华字典》,1822).

Wilhelm Lobscheid(罗存德), *English and Chinese Dictionary, with Punti and Mandarin Pronunciation*(《英华字典》), Hong Kong: Daily Press Office, 1866-1869. 并参见:《订增英华字典》,罗布存德原著,井上哲次郎订增,东京:藤本次右衙门,明治十七年(1884)合本。

---

① 邢墨卿编:《新名词辞典》,第 171 页。
② 沈国威:《前后期汉译西书译词的传承与发展——以〈智环启蒙塾课初步〉(1856 年)中的五带名词为例》,《中华文史论丛》2009 年第 2 期,第 248 页。

Tam Tat Hin(谭宴昌), *An English and Chinese Dictionary with English Meaning or Expression for Expression for Every English World*(《英华字典汇集》), Hong Kong: Chinese Printing and Publishing Co. Ltd., 1875.(谭宴昌《英华字典汇集》,香港:申盛印字馆,1875 年。)

P. Poletti(波列地),《华英字录》(*Analytic Index of Chinese Characters: a List of Chinese Words with the concise meaning in English*),天津:新海关书信馆,1881 年。

《哲学小辞典》,王国维译,《教育丛书》二集,1902 年。

汪荣宝、叶澜编纂:《新尔雅》,上海:明权社,1903 年。

Calvin W. Mateer(狄考文), *Technical Terms, English and Chinese*, Shanghai: Presbyterian Mission Press, 1904.

《商务印书馆英华新字典》(*Commercial Press English and Chinese Pronouncing Condensed Dictionary*),上海:商务印书馆,1907 年。

颜惠庆主编:《英华大辞典》,上海:商务印书馆,1908 年。

黄摩西编:《普通百科新大词典》,上海:国学扶轮社,1911 年 5 月第 1 版。

《辞源》,上海:商务印书馆,1915 年 10 月第 1 版。

张鹏云编:《最新增订汉英大辞典》,上海:新中国印书馆,1920 年初版,1930 年增订初版,1937 年 9 月第 13 版。

《增广商务印书馆英华新字典》,商务印书馆编译所编校,郁德基增订,上海:商务印书馆,1907 年 9 月初版,1914 年增广第 19 版,1922 年增广第 30 版。

[日]服部操:《增补日华大字典》(改装版),内外出版印刷株式会社,大正十四年(1925)一月。

樊炳清编:《哲学辞典》,上海:商务印书馆,1926 年。

张鹏云编:《最新增订汉英大辞典》,上海:新中国印书馆,1928 年 9 月第 6 版。

《中国教育辞典》,上海:中华书局,1928 年。

孙俍工编:《文艺辞典》,上海:民智书局,1928 年 10 月第 1 版。

高希圣、郭真、高乔平、龚彬编:《社会科学大词典》,上海:世界书局,1929 年 6 月第 1 版。

吴念慈、何柏年、王慎名合编:《新术语辞典》,上海:南强书局,1929 年 11 月第 1 版。

舒新城主编：《中华百科辞典》，上海：中华书局，1930 年 3 月初版，1936 年 12 月增订第 4 版。

［日］伊藤吉之助编：《岩波哲学小辞典》，东京：岩波书店，昭和五年（1930）三月十五日。

唐钺、朱经农、高觉敷主编：《教育大辞书》，上海：商务印书馆，1930 年 7 月初版。

［日］神田丰穗原：《文艺小辞典》，王隐编译，上海：中华书局，1930 年 6 月。

戴叔清编：《文学术语辞典》，上海：文艺书局，1931 年。

顾凤城、邱文渡、邹孟晖合编：《新文艺辞典》，上海：光华书局，1931 年。

顾凤城编：《新文学辞典》，上海：开华书局，1932 年。

梁耀南编：《新主义辞典》，上海：阳春书局，1932 年。（版权页作"新主义字典"）

谢冰莹、顾凤城、何景文编：《中学生文学辞典》，上海：中学生书局，1932 年。

章克标等编：《开明文学辞典》，上海：开明书店，1932 年。

李鼎声编：《现代语辞典》，上海：光明书局，1933 年 6 月第 1 版。

孙志曾编：《新主义辞典》，上海：光华书局，1933 年。

唐敬杲主编：《现代外国人名辞典》，上海：商务印书馆，1933 年。

严恩椿、沈宇主编：《世界英汉汉英两用辞典》(*The English-Chinese and Chinese-English Dictionary*)，世界书局，1933 年 10 月初版，1933 年 12 月第 3 版。

葛祖兰编译：《日本现代语辞典》，上海：商务印书馆，1930 年 10 月初版，1933 年 10 月再版，1934 年 9 月第 3 版。

顾志坚主编：《新知识辞典》，上海：北新书局，1934 年。

邢墨卿编：《新名词辞典》，上海：新生命书局，1934 年。

全国国语教育促进会审词委员会编：《标准语大辞典》，上海：商务印书馆，1935 年。

王云五：《王云五小辞典》，上海：商务印书馆，1935 年初版，1948 年第二次增订本。

新辞书编译部编：《新智识辞典》，上海：童年书店，1935 年 10 月第 1 版。（内页书名作"新知识辞典"）

赵克新编辑:《模范汉英小字典》,上海:春明书店,1936年5月第4版。

现代知识编译社编:《现代知识大辞典》,上海:现代知识出版社,1937年。

盛毂人编纂:《世界汉英辞典》,林汉达校阅,上海:世界书局,1937年3月第9版。

中国大辞典编纂处编:《国语辞典》,上海:商务印书馆,1937年3月初版,1948年4月再版。

何宪清、潘君毅、虞家玺、严秀芳主编:《标准汉英新辞典》,上海:大沪书局,1937年4月初版。

唐敬杲编纂:《新文化辞书》,黄士复等校订,上海:商务印书馆,1923年10月初版,1932年9月国难后第1版,1939年6月国难后第5版。

黄士复、江铁主编:《综合英汉大辞典》(合订本),上海:商务印书馆,1928年1月初版,1937年1月合订本第1版,1939年6月合订本第6版。

世界辞书编译社主编:《现代文化辞典》,丁浩霖等编译,上海:世界书局,1939年。

[苏] M.洛森泰尔、[苏] 犹琴:《简明哲学辞典》,孙冶方译,新知书局,1940年3月第1版,华北新华书店1948年9月翻印。

[苏] 罗曾塔尔、[苏] 右金主编:《最新哲学辞典》,胡明译,上海:光明书局,1941年。

国立编译馆编订:《教育学名词》,上海:正中书局,1941年11月。

[日] 三木清编:《新版现代哲学辞典》,东京:日本评论社,昭和十六年三月十日(1942)。

王云五:《王云五新词典》,重庆:商务印书馆,1943年11月初版,1945年上海初版。

胡仲持主编:《文艺辞典》,上海:华华书店,1946年。

王学哲编:《现代汉英辞典》,上海:商务印书馆,1946年初版。

辞书编译社编辑:《新哲学社会学解释辞典》,上海:光华出版社,1947年。

任充四主编:《精撰英汉辞典》,上海:商务印书馆,1937年9月初版,1947年8月第5版。

葛传椝、桂绍盱、吴铁声、吴梦熊编:《英文新字辞典》,上海:竞文书局,1947年7月初版。

李儒勉编:《实用英汉汉英词典》(*A Practical English-Chinese, Chinese-English Pocket Dictionary*),上海:中华书局,1929年10月初版,1948年5月第10版。

筱铮等编:《新辞典》(再版增订),新洛阳报印刷厂,1949年7月。

胡济涛、陶萍天编著:《新名词辞典》,何满子校订,上海:春明书店,1949年9月20日初版。

第四章　中国现代美学学科的制度化

美学作为一门学科的创立,要从鲍姆加登在1750年发表《美学》(*Aesthetic*)算起。美学强调"感性"与世俗价值,体现了一种"现代"特质,而与宗教-道德一体化的古典世界的价值观产生了分裂。美学学科与现代世界的形成相伴生,"现代"一词,"首先是在审美批判领域力求明确自己的"①。可以说,美学自产生之初就具备了现代基质,并最终成为西方现代学科体系中的一个分支学科。西方现代学术形成的主要标志是学科化和专业化,并建立了制度性的基础②。

尽管中国古代具有丰富的美学思想,但美学作为一门学科,乃是"援西入中"的产物。中国现代学术体系的创立,经历了漫长而复杂的过程,其最终得以确立,无疑是以晚清民初学制为标志。晚清民初学制改革,借鉴了日本及欧美的学术体制,建立了中国现代学术分科体系,并通过在大学中设立专业、开设课程,为中国现代学术确立了制度性的基础。

第一节　壬寅—癸卯学制中的美学

清之季世,中国多受外侮,时人遂自觉查找落后之原因,寻求自强途径。在与外国诸强接触中,知识分子产生一种共识,即落后是因为人才不足,人才不足源于教育制度的落后。甲午海战,日本蕞尔小国打败了依旧沉浸在大国美梦中的中国,对中国政界及知识界影响甚大,中国上下变法之声愈强。严复在甲午后曾说,当时"言时务者,人人皆言变通学校,设学

---

① [德]于尔根·哈贝马斯:《现代性的哲学话语》,曹卫东等译,南京:译林出版社,2004年,"前言"第9页。
② [美]华勒斯坦等:《开放社会科学:重建社会科学报告书》,刘锋译,北京:生活·读书·新知三联书店,1997年,第6—8、31—32页。

堂,讲西学"①。张之洞在《劝学篇序》里也说:"古来世运之明晦、人才之盛衰,其表在政,其里在学。"②对于教育制度的反思,落脚在对相沿两千年之久的科举制度的批判上。蔡元培曾经总结出科举制度的"六宗罪",曰鄙,曰乱,曰浮,曰蔽,曰枝,曰欺③。在包括袁世凯、张之洞在内的六疆臣要求立停科举的奏折中,在比较诸国强盛原因的同时指出停科举推广新式学校的必要性和紧迫性:"普之胜法,日之胜俄,识者皆归其功于小学校教师;即其他文明之邦,强盛之源,亦孰不基于学校。"④终于在 1905 年(光绪三十一年),科举制度寿终正寝。严复在此一事件发生后的第二年说:

> 甲午东方事起,以北洋精练而见败于素所轻蔑之日本,于是天下愕眙,群起而求所以然之故,乃恍然于前此教育之无当,而集矢于数百年通用取士之经义。由是不及数年,而八股遂变为策论,诏天下遍立学堂。虽然,学堂立矣,办之数年,又未见其效也,则哗然谓科举犹在,以此为梗。故策论之用,不及五年,而自唐末以来之制科又废,意欲上之取人,下之进身,一切皆由学堂。不佞尝谓,此事乃吾国数千年中莫大之举动,言其重要,直无异古者之废封建、开阡陌。造因如此,结果何如,非吾党浅学微识者所敢妄道。⑤

严复详细总结了甲午以来中国教育制度的大变革,甚至称废科举、兴学校为"吾国数千年中莫大之举动",确实目光如炬。在此背景下,社会之中谈教育成为一种风气。一如梁启超所言:"无论新旧中人,莫不以教育为救国之要图。"⑥

与废除科举相对的是建立新学制的努力。最初的标志无疑是京师大学

---

① 严复:《原强修订稿》(1896 年),载王栻主编:《严复集》第一册,北京:中华书局,1986 年,第 30 页。
② 〔清〕张之洞:《劝学篇》,见赵德馨主编:《张之洞全集》第十二册,武汉:武汉出版社,2008 年,第 157 页。
③ 蔡元培:《学堂教科论》(1901 年 10 月),中国蔡元培研究会编:《蔡元培全集》第一卷,杭州:浙江教育出版社,1997 年,第 330 页。
④ 〔清〕袁世凯、赵尔巽、张之洞等:《会奏立停科举推广学校折暨上谕立停科举以广学校》(1905 年 9 月 2 日),璩鑫圭、唐良炎编:《学制演变》,见陈元晖主编:《中国近代教育史资料汇编》,上海:上海教育出版社,2007 年,第 537 页。
⑤ 严复:《论教育与国家之关系》(1906 年),载王栻主编:《严复集》第一册,第 166 页。
⑥ 梁启超:《中国教育之前途与教育家之自觉》,舒新城编:《中国近代教育史资料》下册,北京:人民教育出版社,1981 年,第 945 页。

堂的筹议。自1898年6月李端棻奏请推广学校、设立京师大学堂之后,康有为、孙家鼐、王鹏运等人积极倡议,光绪帝终于批准,将此事作为维新之重要举措。总理衙门在光绪帝的督促下,委托梁启超草拟章程,"启超略取日本学规,参以本国情形,为草章程八十余事,乃据上之"①。接下来虽遭遇"戊戌政变",但京师大学堂"以萌芽早得不废"②,然办学宗旨复归于科举一途。尽管这是一次并不成功的尝试,但举国上下寻求现代教育道路的努力就此发端。

1901年,清廷宣布"新政",学制改革再次被提上议程,内容包括"停科举""设学堂"和"奖游学"三项。1902年,管学大臣张百熙主持制订了《钦定学堂章程》,涵盖了自蒙学到大学的各级学堂,共六份文件。此章程虽称"略仿日本例"③,但因为赴日考察者的信息未及时反馈回来,章程所依据的国外学制资料并不充分④,也就造成了其未被实施的命运。

此后修订的主持者变为张之洞,之所以选择他,部分是由于满汉权力的斗争。满族的管学大臣与张百熙时有冲突,张百熙"不能行其志,容庆既不满于张百熙,适张之洞时在北京,乃要求合奏,请张之洞商订学堂章程"⑤。另一方面的原因在于张之洞自洋务运动起就开始关注教育,创办多所新式学堂,在湖南的教育改革也备受世人瞩目。此外,以"中学为体,西学为用"为思想核心的《劝学篇》颇得朝野欣赏,更是"挟朝廷之力以行之,不胫而遍于海内"⑥。这些成绩给张之洞带来"当今第一通晓学务之人"⑦的名号,由他主持新学制的修订似也在情理之中。1904年1月13日,学堂章程全部完成,是为《奏定学堂章程》。

在《奏定学堂章程》中,"美学"学科凡两见:其一,章程分大学堂为八科(经学科、政法科、文学科、医科、格致科、农科、工科、商科),其中工科大学中之"建筑学门"列"美学"为主课之一⑧;其二,在《奏定优级师范学堂章程》

---

① 梁启超:《戊戌政变记》,见《饮冰室合集》专集之一,北京:中华书局,1989年,第27页。
② 〔清〕赵尔巽等:《清史稿》卷四四三《张百熙传》,北京:中华书局,1998年,第12441页。
③ 《钦定京师大学堂章程》(1902年8月15日),璩鑫圭、唐良炎编:《学制演变》,第245页。
④ 苏云峰:《中国新教育的萌芽与成长(1860—1928)》,吴家莹整理,北京:北京大学出版社,2007年,第92页。
⑤ 《光绪朝东华录》,转引自苏云峰:《中国新教育的萌芽与成长(1860—1928)》,吴家莹整理,第93页。
⑥ 梁启超:《自由书》,见《饮冰室合集》专集之二,第7页。
⑦ 〔清〕张百熙等:《奏请添派重臣会商学务折》(1903年6月27日),璩鑫圭、唐良炎编:《学制演变》,第296页。
⑧ 《奏定大学堂章程》(1904年1月13日),璩鑫圭、唐良炎编:《学制演变》,第383页。

中,优级师范学堂之学科分为三:公共科、分类科和加习科。加习科的学科共有十科,其中之一便是"美学"①。章程中称设置加习科的目的是"因分类科毕业后,自觉于管理法、教授法其学力尚不足用,故自愿留学一年,择其有关教育之要端加习数门,更考求其精深之理法"②。"美学"被列为"有关教育之要端",足见对其之重视。

壬寅—癸卯学制中的美学科目

章 程 文 本	学 制 阶 段		内容
《奏定大学堂章程》(1904年1月13日)	大学堂工科大学	建筑学门	美学
《奏定优级师范学堂章程》(1904年1月13日)	优级师范学堂	加习科	美学

在同一时期的日本,"美学"学科在大学学科科目中,已经普遍出现。在明治十四年(1881)九月日本文学部颁布的学科课程中,在"哲学科"和"和汉文科"中,就出现"审美学"③。其后日本的学科体系数次变更(如1882年、1886年、1887年和1889年等几次科目调整),"哲学科""和汉文科"的具体科目都有不小的调整,但"审美学"一直得以保留。并且,"审美学"还进入到了史学科、英文学科、独逸文学科、国文科、汉学科、国史科等专业之中。一个值得注意的细节是,在1890年的学科调整中,原来的"审美学"变成"审美学和美术史"④,其后也曾变成"美学及美术史"⑤。由此可见,尽管"美学"译名和科目设置还并不固定,但它已经成了日本学科体系中的一个组成部分。此后,"美学"逐渐成为被普遍接受的译名和科目名称。对"审美学"和"美学",井上哲次郎还专门辨析说,称"审美学"为非,应以"美学"来命名 aesthetics⑥。

但是,《奏定学堂章程》中设置的美学学科,与其说是对于美学的自觉认识,不如说是对于日本学制"抄袭"的结果。这从"建筑学门"中设置"美学"

---

① 《奏定优级师范学堂章程》(1904年1月13日),璩鑫圭、唐良炎编:《学制演变》,第428页。
② 《奏定优级师范学堂章程》(1904年1月13日),璩鑫圭、唐良炎编:《学制演变》,第419页。
③ 教育史编纂会编:《明治以降教育制度发达史》第二卷,教育资料调查会,1964年,第347、349页。
④ 教育史编纂会编:《明治以降教育制度发达史》第三卷,第409—415页。
⑤ 教育史编纂会编:《明治以降教育制度发达史》第三卷,第457—458页。
⑥ [日]井上哲次郎、元良勇次郎、中岛力造共著:《英独佛和哲学字汇》,东京:丸善株式会社,1912年。

的做法中可见端倪。在晚清中国人赴日的考察记中,多次提到日本学校中"建筑科"下有"美学"课程。如关庚麟撰《日本学校图论》(1903年)中记东京大学中工科大学的"建筑学科"中,有"美学"科目①。定朴撰《东游日记》(1909年)中记录了早稻田大学的课表,其中建筑科中有"美学"一科②。可见当时日本建筑学学科中开设"美学"的情况已属普遍。对《奏定学堂章程》影响最大的是吴汝纶的《东游丛录》(1902年),其中亦记载东京大学中工科大学"建筑学科"的第二年科目中,有"美学"一科③。

考之日本近代建筑学发展史,建筑类专业开设"美学"课程实属普遍,如东京大学、早稻田大学、东京艺术大学(前身为东京美术学校)、京都大学等④。这些大学在建筑类专业中开设美学课程,一方面是因为建筑学专业本身的需要,另一方面也是因为这些大学都是综合型大学,在其相关的文科专业中,本来就有美学的课程以及美学教授。而其他一些大学尽管设置了建筑学专业,但因为没有文科,也就没有开设美学课程,因此其建筑学专业中没有出现美学课程⑤。张之洞在《奏定学堂章程》中只是在建筑学学科下沿用日本开设美学的做法,而在文科大学中的各个专业中排除了美学。不宁唯是,他还彻底排除了哲学类学科,考虑到其"中学为体,西学为用"的著名口号,可以看出其中自有深意存焉。

第二节　体用之辩与美学学科:
张之洞与王国维的论争

中国人学习西方的关注点,经历了器物、制度和文化三个阶段,对于文化的觉悟,即肇端于甲午之后。在对中西文化的思考中,如何安置中西文化因素的关系,成为近现代思想史上频繁热议的话题。在此背景下,"中体西

---

① 〔清〕关庚麟:《日本学校图论》,王宝平主编:《晚清中国人日本考察记集成:教育考察记》上册,吕顺长编著,杭州:杭州大学出版社,1999年,第180页。
② 〔清〕定朴:《东游日记》,王宝平主编:《晚清中国人日本考察记集成:教育考察记》下册,吕顺长编著,第957页。
③ 〔清〕吴汝纶:《东游丛录》,王宝平主编:《晚清中国人日本考察记集成:教育考察记》上册,吕顺长编著,第324页。
④ 日本建筑学会编:《近代日本建筑学发达史》,东京:丸善株式会社,1972年。
⑤ 如东京工业大学、工学院大学、名古屋工业大学、东北大学、横滨国立大学、日本大学、神户大学、大阪工业大学、神井大学、芝浦工业大学、千叶大学等。参考日本建筑学会编:《近代日本建筑学发达史》。

用"说应时而生。如陶行知所说:"甲午战败之后,大家以兴学为急务。此时热心兴学的人,对于从前之偏重西文,颇不满意,故'中学为体','西学为用',成为当时最有势力的反动。"①"中体西用"说,较早出现的例证可以追溯到1861年冯桂芬的《校邠庐抗议》,此后说者甚多②,甲午后在维新的氛围中成为"流行语",而"张之洞最乐道之,而举国以为至言"(梁启超《清代学术概论》)。张之洞关于"中体西用"说的系统阐述意在"会通中西,权衡新旧"③的《劝学篇》中。而这一思想也成为《奏定学堂章程》的核心思想。

　　章程之作,是以日本学制为参照的。《钦定京师大学堂章程》称"略仿日本例"④,张百熙、荣庆、张之洞在《重订学堂章程折》中说:"数月以来,臣等互相讨论,虚衷商榷;并博考外国各项学堂课程、门目,参酌变通:择其宜者用之,其于中国不相宜者缺之,科目、名称之不可解者改之,其有过涉繁重者减之。"⑤陶行知在《中国建设新学制的历史》中总结道:"光绪二十八年的学制,特受日本学制的影响。张百熙的奏章,虽说他曾参考各国的学制,但除了日本的外,他对于那时各国的学制所说的话,简直是没有根据。"⑥参照并非照抄,适当的"参酌变通"⑦和"稍参活笔"⑧都是必要的。恰好就是在这些修正之处,反映出了制订者"中体西用"的思想主张,而最主要的表现就是设立经学科而不开设哲学课程。

　　此时日本高等学校的学科一般分为六:法科、医科、工科、文科、理科和农科。张百熙主持制订的《钦定大学堂章程》参照日本学制,并加以变化,分学科为七:政治科、文学科、格致科、农业科、工艺科、商务科和医术科。变通之处是把商务单列一科。而张之洞在《奏定大学堂章程》中,又特立经学一科,遂成八科。这一变化在章程中有所说明:

---

① 陶行知:《中国建设新学制的历史》,璩鑫圭、唐良炎编:《学制演变》,第1073页。
② 关于"中体西用"说的系统研究,参见陈旭麓:《论"中体西用"》,《历史研究》1982年第5期;丁伟志、陈崧:《中西体用之间:晚清中西文化观述论》,北京:中国社会科学出版社,1995年;章清:《"中体西用"论与中西学术交流,复旦大学历史学系、复旦大学中外现代化进程研究中心编:《中国现代学科的形成》(近代中国研究集刊3),上海:上海古籍出版社,2007年。
③ 〔清〕张之洞:《抱冰堂弟子记》,《张文襄公全集》卷二二八,第14页。
④ 《钦定京师大学堂章程》(1902年8月15日),璩鑫圭、唐良炎编:《学制演变》,第245页。
⑤ 〔清〕张百熙、荣庆、张之洞:《重订学堂章程折》,璩鑫圭、唐良炎编:《学制演变》,第297—298页。
⑥ 陶行知:《中国建设新学制的历史》,璩鑫圭、唐良炎编:《学制演变》,第1074页。
⑦ 〔清〕张百熙、荣庆、张之洞:《重订学堂章程折》,璩鑫圭、唐良炎编:《学制演变》,第298页。
⑧ 〔清〕张之洞:《致京张冶秋尚书》(1902年3月9日),璩鑫圭、唐良炎编:《学制演变》,第141页。

日本国大学止文、法、医、格致、农、工六门，其商学即以政法学科内之商法统之，不立专门。又文科大学内有汉学科，分经学专修、史学专修、文学专修三类。又有宗教学，附入文科大学之哲学科、国文学科、汉学科、史学科内。今中国特立经学一门，又特立商科一门，故为八门。①

张之洞把经学立于各科之首，彰显出以"中学为体"的基本宗旨。强调经学所代表的价值为立国之本，与宗教在西方的价值相当："中小学堂宜注重读经以存圣教。外国学堂有宗教一门。中国之经书，即是中国之宗教。若学堂不读经书，则是尧舜禹汤文武周公孔子之道，所谓三纲五常者尽行废绝，中国必不能立国矣。"②经学乃是心术之基，须人心端正，方能学其智术，所谓纲举目张，不致流入歧途：

> 至于立学宗旨，无论何等学堂，均以忠孝为本，以中国经史之学为基，俾学术心术壹归于纯正，而后以西学瀹其智识，练其艺能，务期他日成材，各适实用，以抑副国家造就通才、慎防流弊之意。③

读经与学习西学并行不悖，且对后者有所促进，崇新蔑古之徒其实并不真正了解西学，"经学课程简要，并不妨碍西学。……西国最重保存古学，亦系归专门者自行研究。古学之最可宝者无过经书，无识之徒，喜新蔑古，乐放纵而恶闲检，惟恐经书一日不废，真乃不知西学西法者也。"④张之洞在《奏定学务纲要》中特加注释，说明日本也非常重视经学讲授，称："日本高等师范学堂讲授参考者，亦参用《学海堂经解》，陆军中央幼年学校以《资治通鉴》为参考之书；近日妄人乃谓中国经学、史学为陈腐不必讲习者，谬也。"⑤

张之洞虽对新教育倾尽全力，但更使其花费心思的却是如何在新式教育中保留传统的精华，所以，他明确提出防止学校流弊的三"要义"，核心就在于不讲泰西哲学：

> 一曰幼学不可废经书……二曰不可早习洋文……三曰不可讲泰西

---

① 《奏定大学堂章程》(1904年1月13日)，璩鑫圭、唐良炎编：《学制演变》，第348—349页。
② 《奏定学务纲要》(1904年1月13日)，璩鑫圭、唐良炎编：《学制演变》，第498页。
③ 〔清〕张百熙、荣庆、张之洞：《重订学堂章程折》，璩鑫圭、唐良炎编：《学制演变》，第298页。
④ 《奏定学务纲要》(1904年1月13日)，璩鑫圭、唐良炎编：《学制演变》，第499页。
⑤ 《奏定大学堂章程》(1904年1月13日)，璩鑫圭、唐良炎编：《学制演变》，第348—349页。

哲学。中国之衰正由儒者多空言而不究实用。西国哲学流派颇多,大略与战国之名家相近,而又出入于佛家经论之间。大率皆推论天人消息之原,人情物理爱恶攻取之故。盖西学密实已甚,故其聪明好胜之士,别出一途,探赜钩深,课虚骛远。究其实,世俗所推为精辟之理,中国经传已多有之。近来士气浮嚣,于其精意不加研求,专取其便于己私者,昌言无忌,以为煽惑人心之助,词锋所及,伦理国政,任意采谈,假使仅尚空谈,不过无用,若偏宕不返,则大患不可胜言矣。中国圣贤经传无理不包,学堂之中,岂可舍四千年之实理而骛数万里外之空谈哉！①

《奏定学堂章程》发布之后,引发了不少争议②,其中最有名的就是王国维提出的批评意见,著名的论文有《教育偶感》(1904 年)和《奏定经学科大学文学科大学章程书后》(1906 年)。其实,此前王国维已经开始关注学制和哲学、美学学科的问题。在作于 1903 年的《哲学辨惑》中,王国维就在张之洞写给张百熙的信中发现了问题:"观去岁南皮尚书之陈学务折,及管学大臣张尚书之覆奏折,一虞哲学之有流弊,一以名学易哲学,于是海内之士颇有以哲学为诟病者。"③《哲学辨惑》其实是为哲学"正名"之作,从"哲学非有害之学"、"哲学非无益之学"、"中国现时研究哲学之必要"、"哲学为中国固有之学"和"研究西洋哲学之必要"等五个方面进行讨论。王国维认为不能因噎废食,把"浅薄之革命家"的主张归罪于哲学,研究哲学需"唯真理之是从"。哲学有无用之用,为众用之基,是其他学科包括教育学的思想根源。哲学实为中国固有之学问,而要深入研究古代哲学,必须"深通西洋哲学"。此文包含了王国维对于哲学学科比较完善的看法。

在同年所作的《论近年之学术界》一文中,王国维在大学本科专业设置结果尚无公布之时,就已从张之洞一贯的言论中预见出可能的结果:"京师大学之本科,尚无设立之日;即令设立,而据南皮张尚书之计画,仅足以养成呫哔之俗儒耳。"④而其他私立学校,也无关涉"思想上之事"的课程,"唯上海之震旦学校,有丹徒马氏(良)之哲学讲义,虽未知其内容若何,然由其课

---

① 《前鄂督张鄂抚端奏陈筹办湖北各学堂折》,《教育世界》第 48 号,1903 年 4 月。
② 《张文襄公与教育之关系》,《教育杂志》第一卷第十期,1909 年 9 月。
③ 王国维:《哲学辨惑》,《教育世界》第 55 号,1903 年 7 月。谢维扬、房鑫亮主编:《王国维全集》第十四卷,杭州:浙江教育出版社,广州:广东教育出版社,2009 年,第 3 页。
④ 王国维:《论近年之学术界》,《教育世界》第 93 号,1905 年 2 月。谢维扬、房鑫亮主编:《王国维全集》第一卷,第 123 页。

程观之,则依然三百年前特嘉尔之独断论哲学耳。"①所以对于当时中国学界失望至极,岂止没有"能动之力",实在就是"未尝受动"!对学术界的失望,其实是对教育政策制定者思想和举措的失望。学制公布后,结果同王国维所预想的一致,无怪乎他开始写专文批判了。

王国维对张之洞取法日本学制却不设哲学科的做法十分不满,"《奏定学堂章程》,张制军之所手定。其大致取法日本学制,独于文科大学中削除哲学一科,而以理学科代之"②。并认为这是学制最大的败笔:"其根本之误何在？曰在缺哲学一科而已。"③王国维把张之洞等人废哲学科的理由归结为三:"必以哲学为有害之学也"、"必以哲学为无用之学也"、"必以外国之哲学与中国古来之学术不相容也",并一一进行驳斥。王国维论述的核心在于,在现代社会,哲学已摆脱其他附加价值的影响而独立,其追求的乃是真理本身。且就学术来说,也当"为学术而学术",不应从属于学术之外的任何价值。而张之洞所制订的章程,标举经学独尊,其实质仍是传统一体化思想形态的表现。就现代学术观点来看,儒家实乃诸学派之一家,并不能凭借政治力量而处于优越地位。章程中涉及"哲学"类的课程名以"理学",而"理学之于哲学,如二五之于一十。且理学之名为我中国所固有,其改之也固宜。独自其科目之内容观之,则所谓理学者,仅指宋以后之学说"④。且"宋儒之理学,独限于其道德哲学之范围内研究之"⑤。如此一来,貌似新式的学制改革,其实只是穿上了一件华美的外衣,其实质毫无变化。王国维在批判之余,亲自设定了文学科大学(经学科大学合并于文学科大学)的科目。

王国维所拟定文学科大学科目

科　目	内　　容
经学科	(一)哲学概论;(二)中国哲学史;(三)西洋哲学史;(四)心理学;(五)伦理学;(六)名学;(七)美学;(八)社会学;(九)教育学;(十)外国文

---

① 王国维:《论近年之学术界》,《教育世界》第93号,1905年2月。谢维扬、房鑫亮主编:《王国维全集》第一卷,第124页。
② 王国维:《教育偶感四则》,谢维扬、房鑫亮主编:《王国维全集》第一卷,第137页。
③ 王国维:《奏定经学科大学文学科大学章程书后》,《教育世界》第118、119期,1906年2—3月。谢维扬、房鑫亮主编:《王国维全集》第十四卷,第33页。
④ 王国维:《教育偶感四则》,谢维扬、房鑫亮主编:《王国维全集》第一卷,第137页。
⑤ 王国维:《奏定经学科大学文学科大学章程书后》,《教育世界》第118、119期,1906年2—3月。谢维扬、房鑫亮主编:《王国维全集》第十四卷,第35页。

续 表

科　目	内　容
理学科	（一）哲学概论；（二）中国哲学史；（三）印度哲学史；（四）西洋哲学史；（五）心理学；（六）伦理学；（七）名学；（八）美学；（九）社会学；（十）教育学；（十一）外国文
史学科	（一）中国史；（二）东洋史；（三）西洋史；（四）哲学概论；（五）历史哲学；（六）年代学；（七）比较言语学；（八）比较神话学；（九）社会学；（十）人类学；（十一）教育学；（十二）外国文
中国文学科	（一）哲学概论；（二）中国哲学史；（三）西洋哲学史；（四）中国文学史；（五）西洋文学史；（六）心理学；（七）名学；（八）美学；（九）中国史；（十）教育学；（十一）外国文
外国文学科	（一）哲学概论；（二）中国哲学史；（三）西洋哲学史；（四）中国文学史；（五）西洋文学史；（六）国文学史；（七）心理学；（八）名学；（九）美学；（十）教育学；（十一）外国文

值得注意的是，王国维在科目设定中，不但把哲学置于基础地位，而且也把美学作为一门重要学科加以倡导。在王国维的知、情、意分立思想中，其中代表"情"的部分就是美学，而哲学乃是综合三界者。如在《哲学辨惑》中说："若伦理学与美学，则尚俨然为哲学中之二大部。今夫人之心意，有知力，有意志，有感情。此三者之理想，曰真，曰善，曰美。哲学实综合此三者而论其原理者也。"① 美学的任务就在于"定美之标准与文学上之原理"②，在哲学体系以及文学研究中十分重要。

就王国维与张之洞的分歧来看，其实质乃是现代与传统的分歧。张之洞保留经学乃是在维护传统思想系统的合法性，王国维提倡哲学则是基于真理自身的正当性。王国维为哲学正名，其实也同时是在为美学等学科正名。他对哲学学科正当性的论述，为中国现代美学学科的确立奠定了思想基础。他在此处所设定的文科大学科目，是中国学者对于美学学科最早、最完善的论述，这一思想被民初学制所继承，从而真正确立了美学学科在中国现代学科体系中的地位。

---

① 王国维：《哲学辨惑》，《教育世界》第 55 号，1903 年 7 月。谢维扬、房鑫亮主编：《王国维全集》第十四卷，第 8 页。
② 王国维：《奏定经学科大学文学科大学章程书后》，《教育世界》第 118、119 期，1906 年 2—3 月。谢维扬、房鑫亮主编：《王国维全集》第十四卷，第 37 页。

第三节　学科确立：壬子—癸丑学制中的美学

舒新城把清末教育改革称为"模仿期"，民国教育为"自觉期"："60 年来的教育思想，虽因环境的变迁，而有种种变化，但细究起来，仍然是一脉相承地在自觉中进行，此为近代中国教育思想的总纲。"①此语道出了民初与晚清学制的根本不同之处②。

"自觉"的主要表现就是废止原来学制中的经学科。前清学部以忠君、尊孔、尚公、尚武、尚实为教育宗旨③。其核心无疑在忠君，尊孔则是前者的工具。蔡元培出掌教育部不久，即发布《中华民国教育部普通教育暂行办法通令》，其中重要的内容即是修正原来学制中忠君尊孔的内容："六、凡各种教科书，务合乎共和民国宗旨。清学部颁行之教科书，一律禁用。""八、小学读经科，一律废止。"④随后蔡元培在《对于新教育之意见》中说："忠君与共和政体不合，尊孔与信教自由相违。"⑤

蔡元培对于旧的教育宗旨早有批评之意。早在 1902 年，蔡元培为麦鼎华翻译日本元良勇次郎的《中等伦理学》作序，对"四书""五经"统治教育思想的状况加以批判："吾愿我国言教育者，亟取而应用之，无徒以'四书'、'五经'种种参考书，扰我学子之思想也。"⑥蔡元培此言出，招致当时学部及张之洞的驳斥："文明书局本麦鼎华译、日本元良勇次郎著之《中等伦理学》一册，文笔极佳，蔡元培曾为之序，学部谓为中西学说杂糅其中，且有蔡元培序文，尤多荒谬，下令查禁；但各省中小学堂仍多用之。"⑦为此，蔡元培还曾

---

① 舒新城编：《近代中国教育思想史》，福州：福建教育出版社，2007 年，第 13 页。
② 就学制系统而言，壬子学制取法癸卯学制者所在多是，此因两者都是效仿日本所致。见蒋维乔：《民初教育状况》，舒新城编：《近代中国教育史料》第四册，上海：中华书局，1928 年，第 195—198 页。
③ 学部：《奏陈教育宗旨折》(1906 年 3 月 25 日)，璩鑫圭、唐良炎编：《学制演变》，第 543 页。
④ 《中华民国教育部普通教育暂行办法通令》(1912 年 1 月 25 日)，《民立报》1912 年 1 月 25 日。中国蔡元培研究会编：《蔡元培全集》第二卷，第 8 页。
⑤ 蔡元培：《对于新教育之意见》(1912 年 2 月 8 日)，中国蔡元培研究会编：《蔡元培全集》第二卷，第 16 页。
⑥ 蔡元培：《〈中等伦理学〉序》(1902 年)，中国蔡元培研究会编：《蔡元培全集》第一卷，第 410 页。
⑦ 《教科书之发刊概况》，《中国近代出版史料》(初编)，张静庐辑注，上海：上海书店出版社，2003 年，第 237 页。

改名,以使此书能够出版发行:"孑民曾改名蔡振,则因彼尝为麦鼎华君序《伦理学》,谓'四书、五经,不合教科书体裁。'适为张南皮所见,既不满麦书,而谓蔡序尤谬妄。商务印书馆恐所印书题蔡元培名,或为政府反对,商请改署,故孑民于所译包尔生《伦理学原理》及所编《中国伦理学史》,皆假其妻黄女士之名而署蔡振云。"①

蔡元培之所以重视废止经学科,渊源于其对中西文化比较的宏观视野。在他看来,世界现代教育有两个方面的进步:"一在学理方面,为试验教育学之建设。盖教育学之所以不成为科学者,以其所根据者,为哲学家之理想,而不本诸试验也。……二在事实方面,为教育之脱离于宗教。"②就中国来说,"教育之脱离于宗教"的表现就是原来读经科的废止:"在我中华,孔子之道,虽大异于加特力教,而往昔科举之制,含有半宗教性质。废科举而设学校,且学校之中,初有读经一科,而后乃废去,亦自千九百年以来积渐实行,亦教育界进步之一端也。"③有学者指出,蔡元培"特别感兴趣的是欧洲文明怎样过渡到近代文明的这个根本问题。可以说近代化、现代化是他最关心的一个问题。为了研究这个问题他也学习了一些自然科学,但是他最关心的当然是实现这种现代化而在文化道德方面所用具备的前提条件"④。现代化的主要后果之一就是宗教的衰落,世俗价值的上升。各个学科的兴起导致原来属于宗教系统的学术研究分割为各自独立的领地。原来属于宗教的道德价值,亦获得了自身价值。他赞赏这样的结果:"西洋普通学校,必有宗教一科,而东洋教育家欲代之以伦理,善哉!"⑤

废止经学科的后果之一是使新的学制系统完成了"现代转化"。在1912年陆续公布的学校令和学校规程中,就大学学科系统来看,原来的"八科"(经学科、政法科、文学科、医科、格致科、农科、工科、商科)变为"七科"(文科、理科、法科、商科、医科、农科、工科),在废除经学科的同时,也赋予了各学科以独立性,以学科之"自律"而确立了学术分科体系的基础。"这是

---

① 蔡元培:《传略》(上)(1919年8月),中国蔡元培研究会编:《蔡元培全集》第三卷,第675页。
② 蔡元培:《一九〇〇年以来教育之进步》(1915年),中国蔡元培研究会编:《蔡元培全集》第二卷,第369页。
③ 蔡元培:《一九〇〇年以来教育之进步》(1915年),中国蔡元培研究会编:《蔡元培全集》第二卷,第369页。
④ [德]费路(Roland Felber):《蔡元培在德国莱比锡大学》,蔡元培研究会编:《论蔡元培》,北京:旅游教育出版社,1989年。
⑤ 蔡元培:《〈中等伦理学〉序》(1902年),中国蔡元培研究会编:《蔡元培全集》第一卷,第409页。

一次学制上的重大变革,标志着中国在学科建设上,开始摆脱经学时代之范式,探索创建近代西方式的学科门类及近代知识系统。"①

美学学科的地位在新学制中得以提升和确立。在学制发布之前的那篇堪称民初教育思想基础的《对于新教育之意见》中,蔡元培就已经系统阐述了自己的教育理念,为提倡美育,也为提倡美学确立了制度性基础。蔡元培在《对于新教育之意见》中主张推行五种教育,即军国民主义教育、实利主义教育、德育主义教育、世界观教育和美育主义教育。在此后的临时教育会议上,作为教育总长的蔡元培对自己的教育主张进行了陈述:"当民国成立之始,而教育家欲尽此任务,不外乎五种主义:即军国民教育、实利主义、公民道德、世界观、美育是也。五者以公民道德为中坚;盖世界观及美育皆所以完成道德,而军国民教育及实利主义,则必以道德为根本。"②这番言论是蔡元培个人多年思想的总结,通过临时教育会议,他把个人的思想加以公开陈述,并转化为民初教育的指导思想,结果是随后教育部公布的教育宗旨:"注重道德教育,以实利教育、军国民教育辅之,更以美感教育完成其道德。"③

在壬子—癸丑学制中,哲学、美学学科在中国现代学术体系中开始具有独立的地位,这可视作中国现代哲学、美学学科形成的标志。壬子—癸丑学制中的美学学科的设置,涵盖了文科中哲学门、文学门、历史学门等核心专业。工科中的建筑学门,沿袭了壬寅—癸卯学制的做法,也开设了美学课程。从中也可以看出,壬寅—癸卯学制和壬子—癸丑学制存在某种程度上的关联性。如果壬寅—癸卯学制中的"美学"课程是因抄袭日本学制和实用目的而得以在夹缝中存在的话,那么壬子—癸丑学制中的美学类课程则是完全现代意义上的美学学科了。

壬子—癸丑学制中的美学类科目

章　　程	学　制　阶　段	内　容
《教育部公布教育宗旨令》(1912年9月2日)		"注重道德教育,以实利教育、军国民教育辅之,更以美感教育完成其道德。"

---

① 左玉河:《从四部之学到七科之学——学术分科与近代中国知识系统之创建》,上海:上海书店出版社,2004年,第197页。
② 我一:《临时教育会议日记》(1912年7月),璩鑫圭、唐良炎编:《学制演变》,第648页。
③ 教育部总务厅文书科编:《教育法规汇编》,民国八年(1919)五月,第87页;舒新城编:《中国近代教育史资料》上册,第226页。

续表

章　程	学　制　阶　段			内　容
《教育部公布大学规程》（1913年1月12日）	文科	哲学门	中国哲学类	美学及美术史
			西洋哲学类	美术及美术史
		文学门	国文学类	美学概论
			梵文学类	无
			英文学类	美学概论
			法文学类	
			德文学类	
			俄文学类	
			意大利文学类	
			言语学类	
		历史学门	中国史及东洋史学类	美术史
			西洋史学类	
	工科	建筑学门		美学
《教育部公布高等学校规程》（1913年2月24日）	本科		国文部	美学
			英语部	
《教育部公布高等师范学校课程标准》（1913年3月）	高等师范学校本科		国文部	美学　美学概要
			英语部	美学　美学概要

民初学制公布后，美学研究渐成热潮。蔡元培不但是这场"美学热"的发起者和倡导者，也是最有成就的实践者。在学制颁布后至"五四"运动之前这几年中，蔡元培在其著作、论文、演讲中，多次提及美学、美术及美育的价值，如《世界观与人生观》（1912年）、《养成优美高尚思想——在上海城东女学演说词》（1913年）、《哲学大纲》（1915年）、《赖斐尔》（1916年）、《教育界之恐慌及救济方法——在江苏省教育会演说词》（1916年）、《康德学述》（1916年）、《我之欧战观》（1917年）、《以美育代宗教说——在北京神州

学会演说词》(1917年)、《北京大学画法研究会旨趣书》(1918年)。也是在这一时期,蔡元培形成了著名的"以美育代宗教"说,在社会上影响甚大,一时从者如云。

学制颁布后,许多大学都开始开设美学课程,如北京大学、北京女子高等师范学校、国立成都高等师范学校、北京美术学校、上海图画美术学校、国立武昌高等师范学校等。1921年,因为北京大学画法研究会的美学课程暂时没有教授,蔡元培就亲自在北京大学讲授美学课程①。同时他还兼任国立北京高等师范学校教育研究科教授,开设美学课程。授课期间,蔡元培开始撰写《美学通论》。完成了《美学讲稿》《美学的趋向》《美学的对象》等著述②。1921年冬,蔡元培因治疗足疾住进北京德国医院,课程遂停止。

晚清民初一些学校开设美学课程的资料

章　程	学 制 阶 段	内　容	
《学部奏检定初级师范中学教员及优待教员章程折》(并单)(1911年1月19日)	初级师范学堂	图画科目应试补助科目	审美学
《国立成都高等师范学校的发展》	国立成都高等师范学校(1918年)	国文部	美学
		英语部	美学(美学概要)
孙继绪《北京女子高等师范》	北京女子高等师范	国文部	美学
		外国语部	美学
《北京大学文、理、法科本、预科改定课程一览》(1917年)	北京大学	哲学门	通科	美学概论
			专科	美学(美术史)
		文学门	通科	美学

---

① 蔡元培:《与艺术家刘海粟的谈话》(1921年12月),中国蔡元培研究会编:《蔡元培全集》第四卷,第499页。
② 中国蔡元培研究会编:《蔡元培全集》第四卷。

续 表

章 程	学 制 阶 段			内 容
《北京美术学校学则》(1918年7月)	北京美术学校	高等部	中国画科	美术及美术史	中国绘画史、西洋绘画史、美学
			西洋画科	美学及美术史	中国绘画史、西洋绘画史、美学
			图案科第二部（建筑装饰图案）	美学及美术史	中国美术工艺史、西洋建筑史、美学
			图画手工师范科	美学及美术史	中国绘画史、西洋绘画史、美学
《上海图画美术学校概况》(1918年)	上海图画美术学校	本科		美学、美术史、画学
《国立武昌高等师范学校本学年教授程序报告》	国立武昌高等师范学校	英语部		美学	"授'欧洲美术史'(History of European Arts)，每周授课二小时，用英文教授，第二学期终即可授毕"
《北京女子高等师范学校八年九月开学后现行校务状况报告》(1919年)	北京女子高等师范学校	图画手工专修科		美学	"本学期讲授美学序论、材料形式内容等。每周一小时，用讲义"

在 1912 年至 1919 年这段时间，美学著述开始大量涌现，重要者如余箴的《美育论》①、徐大纯的《述美学》②、姜丹书的《美术史》③、萧公弼的《美学》④、吕澂的《美术革命》⑤等。这一时期还有一些美学、艺术类的刊物相继创刊，如《艺术丛编》(1916年)、《中华美术报》(1918年9月1日创刊)、

---

① 余箴：《美育论》，《教育杂志》第 5 卷第 6 号，1913 年 9 月 10 日。
② 徐大纯：《述美学》，《东方杂志》第 12 卷第 1 号，1915 年 1 月 1 日。
③ 姜丹书：《美术史》，上海：商务印书馆，1917 年。
④ 萧公弼：《美学》，《寸心》第 1—4 期、6 期，1917 年 1 月 10 日至 4 月 10 日、7 月 1 日。
⑤ 吕澂：《美术革命》，《新青年》第 6 卷第 1 号，1919 年 1 月 15 日。

《美术》(1918年11月25日创刊),稍后还有《美育》(1920年4月20日创刊)。这一时期还出现了一些艺术类的大学、社团和专业协会,如上海美术学院(1912年创立,后更名为"上海图画美术院""上海美术专门学校""上海美术专科学校")、东方画会(1915年创立)、中华美术协会(1916年创立于东京)、国立北京美术学校(1917年成立)、北京大学画法研究会(1918年创立)、北京大学音乐研究会(1919年创立)、中国美育会(1919年创立)。

现代学术形成的标志可归结为以下几个方面:"首先在主要大学里设立一些首席讲座职位,然后再建立一些系来开设有关课程,学生在完成课业后可以取得该学科的学位。训练的制度化伴随着研究的制度化——创办各学科的专业期刊,按学科建立各种学会(先是全国性的,然后是国际性的),建立按学科分类的图书收藏制度。"①以此来看,在民初学制颁布至"五四"运动之前的这段时间,大学学科中出现了美学课程和美学教授,出现了美学类的期刊以及学会,美学也进入到学术分科体系之中。

现代学术形成的标志是学科化和专业化,以及由此建立起的制度性基础。作为一门外来学科,美学在中国现代学术体制中的第一次出现是在晚清的壬寅—癸卯学制中。张之洞主持修订的《奏定学堂章程》,虽取法日本,但对于哲学、美学课程采取排斥的态度,所以美学只是出现在工科大学"建筑学门"的课程设置中。王国维对张之洞拒斥哲学的做法进行了批评,并提出文学科大学科目设置方案。在蔡元培主持下的壬子—癸丑学制,废止经学科,使得中国现代学术体系得以确立。教育部公布的教育宗旨,把"美感教育"置于核心位置,也引发了民初的"美学热潮"。至此,美学作为一门学科,在中国现代学术体系中完成了制度化的过程,其学科地位最终得以确立。

---

① [美]华勒斯坦等:《开放社会科学:重建社会科学报告书》,刘锋译,第31—32页。

第五章　中国现代艺术观念之转型

第一节　中西艺术观念之交融

"艺术"的概念,在西方历史中变化很大,或可以说,除了名词上的延续外,古今意义迥然不同。所以要了解美学研究对象之"艺术"或"自由的艺术",需对"艺术"一词的概念演变做一番梳理。

古希腊罗马时期,"艺术"概念的核心是技巧和规则,更接近今日"技艺"(skill)的概念①。

> 古典的观念至少在两个方面与当今的观念有所不同。首先,它关系到的不是艺术的产品而是产生它们的活动,特别是产生它们的才能。例如:它看重的是画家的技巧,而不是绘画;其次,它不只包含"艺术的"才能,并且也包含任何人类生产事物的才能,只要它是建立在规则之上的一种惯常性的生产就行了。艺术乃是一种制作事物的常规方法所形成的体系。②

"艺术"被分为"美术"和"技艺",前者也被称为自由的艺术(liberales),后者则被称为粗俗的艺术(vulgares)。其划分的根据乃是"劳心"与"劳力"。古希腊时期已经出现重视脑力劳动、鄙视体力劳动的倾向。在艺术门类中,雕刻因为需要劳力的缘故,被置于粗俗艺术之列,绘画亦是如此。

诗歌因为主要依靠缪斯的灵感,而非具体的技艺,没有列入艺术的范

---

① [英]雷蒙・威廉斯:《关键词:文化与社会的词汇》,刘建基译,北京:生活・读书・新知三联书店,2005年,第17页。
② [波]瓦迪斯瓦夫・塔塔尔凯维奇:《西方六大美学观念史》,刘文潭译,上海:上海译文出版社,2006年,第54页。

畴。"相对于古代人或中世纪经院哲学家们而言,单凭灵感或幻想,无需规则便作出任何事情非但算不上艺术,而且根本就是艺术的反面。在早先的许多个世纪里,希腊人有一种想法,那就是诗歌出自由缪斯所赋予的灵感,因此就不把它计算在艺术之内。"①在柏拉图那里,技艺与灵感被严格区分,前者与理性相关——"我坚持烹调不是一种技艺,而是一种程序,因为它不能产生原则用以规范它所提供的事物,因此也不能解释它所能提供的本性和原因。我拒绝把技艺之名用于任何不合理的事物。"②而诗歌,则是来源于神灵附体的迷狂,与神有关而与技艺无关:

> 缪斯……首先使一些人产生灵感,然后通过这些有了灵感的人把灵感热情地传递出去,由此形成一条长链。那些创作史诗的诗人都是非常杰出的,他们的才能决不是来自某一门技艺,而是来自灵感,他们在拥有灵感的时候,把那些令人敬佩的诗句全都说了出来。那些优秀的抒情诗人也一样。③

在苏格拉底之前,"雅典人的情感和理智在所有技艺中一道起作用,二者之间有一种力量的平衡。这是希腊技艺的独特之处,它是一种理智的技艺"④。而理性意识的萌起使得理性必须把情感纳入到自己的解释范围之内。

在古希腊和罗马时期,至少有六种关于艺术的分类。它们各偏于一隅:

> (1)智者们的分类:是建立在艺术的目标上;(2)柏拉图与亚里士多德的分类:是建立在艺术对于实在的关系上;(3)盖伦的分类:是建立在艺术所需的体力上;(4)昆提利安的分类:是建立在艺术的产物上;(5)西塞罗的分类之一:是建立在艺术的价值上;(6)普罗提诺的分类:是建立在它们的精神性的程度上。所有这些,实际上都是广义的人类的技能的分类,而不只是艺术的分类;再说,在所有这些

---

① [波]瓦迪斯瓦夫·塔塔尔凯维奇:《西方六大美学观念史》,刘文潭译,第14页。
② 《高尔吉亚篇》,465A,[古希腊]柏拉图:《柏拉图全集》第一卷,王晓朝译,北京:人民出版社,2002年,第341页。
③ 《伊安篇》,533E—534A,[古希腊]柏拉图:《柏拉图全集》第一卷,王晓朝译,第304页。
④ [古希腊]柏拉图:《柏拉图全集》第一卷,王晓朝译,第297—298页。

分类中,没有一种将"美术"独立出来,也没有一种将艺术划分为美术与工艺。①

中世纪沿用了古希腊、罗马时期的艺术概念,并将其看作是理性的形式。自由的艺术包括文法、修辞、逻辑、算术、几何、天文和音乐。这七艺(seven arts)被纳入到中世纪的大学课程中,也即后来的人文学科(liberal arts)。粗俗的艺术如今被定名为机械的艺术。因为有七种自由的艺术,于是人们试图列出七种机械的艺术与之相应,出现了两种有名的分类方案。第一种为拉道夫·德·坎波·隆戈的分类:ars victuaria(在于营养百姓),lani ficaria(在于衣饰百姓),architectura(在于庇护百姓),suffragatoria(在于运输百姓),medicinaria(在于医疗百姓),negotiatoria(使百姓交易),militaria(在于防御百姓);第二种为圣·维克托的雨果的分类:lanificium(毛纺织),armatura(盔甲),navigatio(航海),agricultura(农业),venatio(狩猎),medicina(医药),theatrica(戏剧)②。就现代意义上的艺术来说,仅有音乐和建筑被列入。前者因为使用数学理论而被列入自由的艺术,后者勉强进入到雨果的机械的艺术名单之中。此外,诗歌的情形同古希腊。

文艺复兴时期,艺术概念沿用了古典的概念。如时人认为艺术是一种生产的规则(Ars est efficiendorum operum regula),艺术是规则的体系(Ars est systema praecetorum)③。但15、16世纪,事情已经开始发生变化。艺术概念从古代走向近代,有两个关键:

第一,手工艺与科学必然会要被排除到艺术的范围之外,而诗歌却必然会被列入到艺术的范围之内;第二,手工艺与科学被排除掉之后,必然会产生出一种将剩余的艺术凝为一个整体的意识,也即是成立一个由技巧、作用与人类产品所构成之独立的类。④

较前一个问题,后者更为重要。手工艺从"艺术"中退出后,究竟是什么要素使得留下来的这些门类凝结在一起?根据不同的立意,出现过多种努力以建构这"类"概念:巧妙的艺术(the ingenious arts)、音乐的艺术(the

---

① [波]瓦迪斯瓦夫·塔塔尔凯维奇:《西方六大美学观念史》,刘文潭译,第59—60页。
② [波]瓦迪斯瓦夫·塔塔尔凯维奇:《西方六大美学观念史》,刘文潭译,第16页。
③ [波]瓦迪斯瓦夫·塔塔尔凯维奇:《西方六大美学观念史》,刘文潭译,第62页。
④ [波]瓦迪斯瓦夫·塔塔尔凯维奇:《西方六大美学观念史》,刘文潭译,第17页。

musical arts)、高贵的艺术(the noble arts)、纪念性的艺术(the memorial arts)、图画的艺术(the pictorial arts)、诗意的艺术(the poetic arts)、美术(the fine arts)、文雅的艺术与快活的艺术(arts elegant and pleasant)等①。

现代艺术概念之关键在于,把艺术从实用性的功能中摆脱出来,并且逐渐产生了自律性,以"美"作为自身之特征。此时的"艺术",只是保留了名词的外形,其实质已经发生了根本转变。艺术自主性概念在哲学上的最终完成要到康德的《判断力批判》,但在鲍姆加登时代已开始了这种努力。在1746年,查尔斯·巴托(Charles Batteux,1713—1780)"将'美'术一名颁给它们。……据实看来,这乃是一项意义重大的改变"②。巴托在《简化为单一原则的美之艺术》中首次为现代艺术命名,提出了"美的艺术"概念。他把亚里士多德的艺术"模仿自然"命题转换成艺术模仿"美的自然",认为艺术应该"选择自然的最美的部分,以形成一个完整的、比自然本身更完善但同时仍然是自然的整体",美的艺术的目的就是给人以愉悦③。

艺术的门类也被确立了起来,共有七种:绘画、雕刻、音乐、诗歌、舞蹈、建筑、雄辩。这个时代正是韦伯所谓的价值领域分化的重要时刻,艺术不再依赖于哲学、宗教、伦理的价值来寻找自己的意义,而开始走向"自律"。尽管在鲍姆加登的哲学体系中,感性还只是"低级认识",还不具有与纯粹理性相等的尊严,但对于"美学"的命名本身已包含了巨大的进步。巴托对现代艺术的命名和鲍姆加登对"美学"的命名几乎同时,这两件事之间有着某种关联:

> 巴托确证了一种独立的、给人以审美愉悦的感性形态的艺术的存在,而鲍姆加登则确证了有一种从理性的抽象形态来研究这种感性认识的理论学科的存在及其必要性;两者殊途同归,都隐含了一个共同的结论,即美的艺术是独特的,有自己的价值和原则。这与其说是巧合,不如说标志着那时敏锐的哲学家们对审美现代性问题的自觉和发现。④

---

① [波]瓦迪斯瓦夫·塔塔尔凯维奇:《西方六大美学观念史》,刘文潭译,第20—23页。
② [波]瓦迪斯瓦夫·塔塔尔凯维奇:《西方六大美学观念史》,刘文潭译,第23页。
③ [意]克罗齐:《作为表现的科学和一般语言学的美学的历史》,王天清译,北京:中国社会科学出版社,1984年,第100页。
④ 转引自周宪:《艺术自主性:一个审美现代性问题》,《中国美学》第一辑,北京:商务印书馆,2004年,第3页。

由此可以看出,当时现代艺术概念的形成和鲍姆加登"感性学"的提出相互促进。美学学科的形成与现代艺术概念的创生,乃是同一时期发生的,这也说明了二者内在的关联性。

西方艺术传入中国,始于明清时期耶稣会入华,随着西方艺术及图像的传入,西方艺术的观念也逐渐为国人所认知。虽然传教士所秉持的艺术观念非现代艺术,但对西方艺术的观感和了解,对后来中国人真正理解和接纳西方艺术确立了一个前提。中西文化交通始于晚明来华的耶稣会士,传教士译介的哲学尚从属于神学的背景,很难看出美学的精神所在,但传教士同样出于神学目的的艺术实践,则实质性地开启了中西艺术精神交融的序幕。这对中国现代美学思想的兴起,可谓意义重大。

耶稣会士重视在传教中使用绘画手段的思想来源于耶稣会创始人依纳爵·罗耀拉。他认为应该把文字传教和图像传教结合起来,"灵性的修炼不仅要建立在对《圣经》文本的研习上,而且要凭借对于宗教故事的想象,以意念构建具体的场景,以达到'身临其境'的境界"①。承担这一职责的是依纳爵的首批门徒之一的内达(Jeronimo Nadal,1507—1580)。他在1574年奉依纳爵之命开始编著文字和图像结合的传教书籍——《福音故事图像》,内达写作文字部分,魏尔克斯兄弟依照普拉汀(Platin)等画家的作品制成版画。此书虽被耶稣会士所热烈期盼,但直到1593年才在比利时安特卫普出版,此时内达已去世十三年②。这部著名的著作成为耶稣会传教的重要凭借,在传教过程中发挥了极其重要的作用。就像利玛窦所说:"就目前来说,此书比《圣经》更有用,因为我们若用此书布道,——或者直接放在他们面前更好——有时会收到光靠语言讲道所没有的效果。"③

尽管在先于利玛窦来华的罗明坚(Michael Ruggieri,1543—1607)所携带的物品中"发现有一些笔致精细的彩绘圣像画"④,但开启西洋美术入华之门者,乃是利玛窦。在来华初期的传教活动中,利玛窦已经使用了绘画的

---

① 陈惠民(Arthur H.Chen):《耶稣会透视法贯通东西方》,《文化杂志》1994年第2辑,转引自顾卫民:《基督宗教艺术在华发展史》,上海:上海书店出版社,2005年,第126—127页。
② [意]柯毅霖:《晚明基督论》,王志成、思竹、汪建达译,成都:四川人民出版社,1999年,第243、255页。
③ [意]柯毅霖:《晚明基督论》,王志成、思竹、汪建达译,第243、245页。
④ 向达:《明清之际中国美术所受西洋之影响》,《东方杂志》第27卷第1号,1930年,见氏著:《唐代长安与西域文明》,石家庄:河北教育出版社,2001年。

手段并表现了一定的绘画才能①,1601 年的进贡则使得西洋美术受到社会的广泛关注。1601 年(万历二十九年)1 月,利玛窦赴京向明神宗进呈西洋方物一批,其奏疏云:"谨以原携本国之物,所有天主图像一幅,天主母像两幅,天主经一本,珍珠镶嵌十字架一座,报时自鸣钟二架,《万国舆图》一册,西琴一张等物,陈献御前。此虽不足为珍,然自极西贡至,差觉异耳,且稍寓野人芹曝之私。"②这批物品尤其是其中的图像,以及耶稣会士带来的其他美术品,带给中国人完全不同的视觉感受,并形成赞成和反对两种立场。

赞扬者认为西洋美术作品画面真实,用笔细腻,点睛入神,独具匠心。如顾起元(1565—1628)在《客座赘语》中记载道:"所画天主,乃一小儿,一妇人抱之,曰天母。画以铜版为帧,而涂五彩于上,其貌如生,俨然隐起帧上,脸之凸凹处,正视与生人不殊。"③这一记述可视作"中国人对西洋画最早的视觉反应"④。西洋画凸凹有致、栩栩如生的画风确实会使人产生画如实物的感觉。姜绍书(1597—1679)的《无声诗史》记载了受到西方绘画影响的中国画家曾鲸(1568—1650)对于这些画像的评价语:"每画一像,烘染数十层,必匠心而后止","如镜取影,妙得神情;其敷色淹润,点睛生动,虽在楮素,盼睐颦笑,咄咄逼真"⑤。

赞扬西法的同时,也是对古法的审视。这些赞扬西洋画的中国画家发现,和西洋美术相比,中国传统美术技法存在很大不足。姜绍书在《无声诗史》中说:"利玛窦所携西域天主像,乃女人抱一婴儿,眉目衣纹,如明镜涵影,踽踽欲动,其端严娟秀,中国画工无由措手。"⑥1635 年(崇祯八年),刘侗(1593—1636)、于奕正(1597—1636)合撰的《帝京景物略》对天主堂内的西洋画像如此描绘:"供耶稣像其上,画像也,望之如塑,貌三十许人。左手把浑天图,右叉一指,若方论说状,指所说者。须眉竖者如怒,扬者如喜,耳

---

① 莫小也:《利玛窦与基督教艺术的入华》,黄时鉴主编:《东西交流论谭》第二集,上海:上海文艺出版社,2001 年,第 16—21 页。
② [意]利玛窦:《上大明皇帝贡献土物奏》,朱维铮主编:《利玛窦中文著译集》,上海:复旦大学出版社,2001 年,第 232 页。
③ 〔明〕顾起元:《客座赘语》卷六"利玛窦"条,北京:中华书局,1999 年,第 28 页。
④ 潘耀昌:《中国近现代美术教育史》,第 6 页。
⑤ 〔明〕姜绍书:《无声诗史》,见《中国书画全书》第 4 册,上海:上海书画出版社,2002 年,第 857 页。
⑥ 〔明〕姜绍书:《无声诗史》,第 857 页。

隆其轮,鼻隆其准,目容如瞷,口容有声,中国画缋事所不及。"①

称道西洋画的原因很多,或是因宗教画像的奇诞事件而促发信仰②,或是因艺术风格不同而萌发对异国趣味的欣赏,或是因为民众好奇而激发起的商业动机等。对于后者来说,明清著名的"外销画"(Chinese export painting)即是典型例证③。如18世纪末至19世纪初(清乾隆、嘉庆年间)广东著名外销画家关作霖,"少家贫,思托业谋生,又不欲执艺居人下,因附海舶,遍历欧美各国。喜其油像传神,从而学习,学成而归,设肆羊城。为人写真,栩栩欲活,见者无不诧叹。时在嘉庆中叶,此技初入中国,西人亦惊以为奇,得未曾有云"④。

对于中西美术差异的原因,中外人士也都有论说。如利玛窦认为:

> 中国画但画阳不画阴,故看之人面躯正平,无凹凸相。吾国画兼阴与阳写之,故面有高下,而手臂皆轮圆耳。凡人之面正迎阳,则皆明而白;若侧立则向明一边者白,其不向明一边者眼耳鼻口凹处,皆有暗相。吾国之写像者,解此法用之,故能使画像与生人亡异也。⑤

所指者实是透视法的应用。姚元之(1773—1852)《竹叶亭杂记》记郎世宁(Giuseppe Castiglione, 1688—1766)所绘之壁画曰:"室内几案,遥而望之,饬如也,可以入矣,即之,则油然壁也。线法古无之,而其精乃如此,惜古人未之见也,特记之。"⑥其中所提及的"线法",即是当时对"透视"的说法⑦。

中国对西洋画的批评者也不在少数。清代画家吴历⑧尽管入教,但对

---

① 〔明〕刘侗、于奕正:《帝京景物略》卷四,北京:北京出版社,1963年,第7页。
② 关卫在《西方美术东渐史》中提到许多这样的传说,见〔日〕关卫:《西方美术东渐史》,熊得山译,上海:上海书店出版社,2002年,第230—231页。中国材料中也有不少此类记述。
③ 关于外销画的研究可参考江滢河:《清代洋画与广州口岸》,北京:中华书局,2007年。
④ 转引自李超:《中国油画史》,上海:上海人民美术出版社,1995年,第18页。
⑤ 〔明〕顾起元:《客座赘语》卷六"利玛窦"条,第28页。
⑥ 方豪:《中国天主教史人物传》,北京:宗教文化出版社,2007年,第541页。
⑦ 顾卫民:《基督宗教艺术在华发展史》,上海:上海书店出版社,2005年,第193页。
⑧ 吴历(1632—1718),清代画家。原名启历,字渔山,号墨井道人,江苏常熟人。早年思想倾向佛教,以后改而信仰天主教,入教后教名西满。曾随比利时传教士柏应理神父南下到达澳门,拟赴欧洲修道,后未能成行。晚年为天主教耶稣会修士,在上海嘉定一带传教。吴历是清初著名山水画家,在中国美术史上与王时敏、王鉴、王翚、王原祁、恽寿平齐名,合称"四王吴恽",或"清初六家"。见〔英〕M.苏立文:《东西方美术的交流》,陈瑞林译,南京:江苏美术出版社,1998年,第45页译注。关于吴历及《墨井画跋》的介绍,亦可见谢巍:《中国画学著作考录》,上海:上海书画出版社,1998年,第463页。

西洋画的评价并不高,他在对中西美术进行比较后得出结论:

> 及书画,其异而殊:我之字集点与画,而后有声;彼自声此始,而后以横散之勾画成字。我之画不取形似,不落窠臼,谓之神逸;彼全用阴阳向背形似窠臼上用功夫。即款识我之题上,彼之识下,用笔亦不相同。往往如是,未能殚述。①

意思似乎是说中国画重神采,而西洋画只是在形似上下功夫,可谓舍本逐末。张庚(1685—1760)在《国朝画徵录》中也认为西画虽精于写实,"然非雅赏也,好古者所不取"②。邹一桂(1686—1766)的《小山画谱》更是以"不入画品"斥之:"西洋人善勾股法,故其绘画于阴阳远近,不差锱黍,所画人物屋树,皆有日影,其所用颜色与笔与中华绝异。布景由阔而狭,以三角量之。画宫室于墙壁,令人几欲走进。学者能参用一二,亦著体法,但笔法全无,虽工亦匠,故不入画品。"③

典型的例证是传教士画家王致诚(Jean Denis Attiret,1702—1768)的经历。他虽然与郎世宁一起供奉于如意馆,但中国皇帝并不喜欢西洋画风。王致诚擅长人像画和故事画,而乾隆皇帝却强令他作山水花鸟、亭台楼阁之类的中国风格绘画;其擅油画,皇帝却"不喜油画,盖恶涂饰,荫色过重,则视同污染"④,令其作中国水墨画;作画时宫廷画师常加以指摘,皇帝也常任意改之。如1743年11月1日王致诚在信中述及他与郎世宁在如意馆的生活情形,虽在宫中得到皇帝赏识,但"作画时频受掣肘,不能随意发挥"⑤。终于有一日,"由于宦者及其他画师之挑剔,并不准其用西法,乃愤曰:'我不服!'此事几酿大祸,幸世宁及时加以劝慰,并嘱其强颜欢笑,为主忍辱;又自愿助其完成帝所谕令之工作"⑥。郎世宁以传教大业劝导之,不能再生意外。王致诚言行均遵此原则,但内心实在痛苦无比。他在1743年的一封信中如此说道:"日受拘束。星期日与瞻礼日几无暇祈祷天主。

---

① [英]M.苏立文:《东西方美术的交流》,陈瑞林译,第59—60页。
② [清]张庚:《国朝画徵录》,见《中国书画全书》第10册,上海:上海书画出版社,1996年,第423页。
③ [清]邹一桂:《小山画谱》,见《中国书画全书》第14册,第701页。
④ [法]费赖之:《在华耶稣会士列传及书目》下册,冯承钧译,北京:中华书局,1995年,第822页。
⑤ 方豪:《中国天主教史人物传》,第540页。
⑥ 方豪:《中国天主教史人物传》,第540页。

作画几尽违个人之好尚与天才,尚有障碍无数,欲言难罄。脱余不以为余笔有益于本教而足使皇帝善待传教师,脱余不见苦劳之端即是天堂,余必急向欧洲归途,毫无所恋。是为余之惟一引力,亦为服务内廷一切西士之引力也。"①

后来的研究者多以为西洋画传入,中西画家均受对方风格之影响,而努力创造融会中西的新画风。此类说法过于乐观和简单。其实中西两个方面此时都希望以己化彼,热心、主动融会者尚属少数。大抵明末耶稣会西来所引发的中西文化交通,还是一种真正平等意义上的交流,中国社会、文化自身尚有充足的生命力和自信力(尽管其中也包含着夷夏之辨的意味),这和鸦片战争以后的局势是不同的。

西人对中国艺术的态度也有大可注意者。14世纪,没有见过中国绘画作品的伊本·巴图塔(Ibn Battūah,1304—?,中世纪四大旅行家之一)曾在游记中对中国美术赞不绝口:"中国人的艺术是世界上最优秀的,这是在许多书籍中作出了评价、得到普遍承认的事实。尤其是绘画,技法精湛、趣味高超,事实上任何一个国家,无论是西方基督教国家还是其他国家,都远远不能达到中国的水平。他们的艺术才能是非凡的。"②

中国的瓷器、丝绸等商品进入欧洲,酝酿了欧洲"中国趣味"(Chinoiserie)的流行,更促使欧洲巴洛克风格(Baroque)向洛可可风格的(Rococo)转变。或许,此时的艺术"形式"过多地承担着"观念"的内涵③,与这一潮流相应的是孔子理性学说对欧洲启蒙运动的影响,重农学派"回到自然"的口号从中国古典思想中得到了启发④。欧洲对中国形象的认识,随着时代思想风潮"从尊敬古代变为肯定当今,从崇尚权威变为拥戴理性,从谨慎地借古讽今变为大胆地高扬时代精神"⑤,发生了根本性改变。与之相应的是,艺术领域洛可可风格渐被新古典主义所取代。18世纪上半叶成了欧洲对中国认识的分界点,简要说来,此前欧洲希图找寻中西的相似性,此后则试图发掘中西间的差异性和对立性⑥。作为中国在欧洲形象

---

① [法] 费赖之:《在华耶稣会士列传及书目》下册,冯承钧译,第823页。
② [英] M.苏立文:《东西方美术的交流》,陈瑞林译,第42页。
③ [德] 利奇温:《十八世纪中国与欧洲文化的接触》,朱杰勤译,北京:商务印书馆,1962年,第66页。
④ [德] 利奇温:《十八世纪中国与欧洲文化的接触》,朱杰勤译,第129页。
⑤ 张国刚、吴莉苇:《启蒙时代欧洲的中国观:一个历史的巡礼与反思》,上海:上海古籍出版社,2006年,第324页。
⑥ 张国刚、吴莉苇:《启蒙时代欧洲的中国观:一个历史的巡礼与反思》,第405—406页。

主要塑造者的耶稣会士,跨越了这个转折期,他们的态度也变得复杂和多元起来。

其实,尽管利玛窦在宣扬神学时尽力去找寻中西间的相似(如在中文古籍中找出"天""上天""上帝""皇上帝"等语词与欧洲天主概念相对应),但在对中国艺术进行评价时,已经明显流露出寻找差异性的倾向。他说:"在中国,绘画得到广泛的运用,甚至在工艺品上描绘图画,但是制作技法,尤其是雕塑技法,与欧洲相比较明显要差。中国人不知道如何使用油彩和透视方法,因而使作品丧失了生命力量。"①如以上所提及的分析一样,他把透视法作为造成中西绘画差异的根本原因。在利玛窦为"弁冕西术"②的《几何原本》所作的介绍中,已经可以看出他对于把几何应用于绘画的透视法的重视:"察目视势,以远近正邪高下之差,照物状可画立圜立方之度数于平版之上,可远测物度及真形;画小,使目视大;画近,使目视远;画圜,使目视球,画像有坳突,画室屋有明暗也。"③译介《几何原本》,是为了代中国"虚理""隐理"以西方"实理""明理"④,而寻找艺术(技术)的差异,也是服从于中华归主的宏愿。

第二节　从"技术"到"美术":中国现代美术概念的形成

"美术"一词的含义曾有过较大变化。1746 年,查尔斯·巴托以"美"定义艺术,遂产生"美的艺术"概念,内容包括绘画、雕刻、音乐、诗歌、舞蹈、建筑、雄辩等七种。"自那时起,'艺术'一词的用意产生了转变:它的

---

① [英] M.苏立文:《东西方美术的交流》,陈瑞林译,第 45 页。利玛窦类似的说法还有:"中国人非常喜好绘画,但技术不能与欧洲人相比;至于雕刻与铸工,更不如西方,虽然他们这类东西很多,如他们用石头或青铜做的人物、动物,以及庙里的偶像,佛像前放的庞大的钟盘、香炉等物。他们这类技术不高明的原因,我想是因为与外国毫无接触,以供他们参考。若论中国人的才气与手指之灵巧,不会输给任何民族。"《利玛窦全集》卷一,台北:光启出版社,1986 年,第 18 页。又说:"他们不会画油画,画的东西也没有明暗之别;他们的画都是平板的,毫不生动。雕刻水平很低;我想除了眼睛之外,他们没有别的比例标准;但是尺寸较大的像,眼睛极不可靠。而他们有非常庞大的石像与铜像。"《利玛窦全集》卷一,第 65 页。
② 《四库全书总目》卷一〇七《几何原本》提要,北京:中华书局,1965 年,第 907 页。
③ [意] 利玛窦:《译几何原本引》,朱维铮主编:《利玛窦中文著译集》,第 299 页。
④ [意] 利玛窦:《译几何原本引》,朱维铮主编:《利玛窦中文著译集》,第 298 页。

范围,因将工艺和科学除外的缘故,变得狭窄起来,只将美术包括在内。视此情形,我们可以说,只有'艺术'这个名词被保留了下来,而实际上,却产生出一个新的艺术概念。当上述情形发生之后,'美术'这个名词,进一步被更狭窄的一群艺术,也即视觉艺术所占有。"①即是说,"艺术"其实就是指"美的艺术",而完全成为一个现代概念,而"美术"则范围缩小,仅指绘画和雕刻。

中国近现代美术思想史根据对"美术"概念的不同认识,略可分为三个阶段:宗教美术时期、实用美术时期和纯粹美术时期。自晚明以降,西方传教士陆续进入中国,美术在传教过程中承担了重要的角色,并在文化和美学层面引起了不少的反响。美术本身具有实用和审美两个层面的价值,在"中体西用"思想指导下(经由日本)学习西方的热潮,首先在"用"的层面上发现了美术的价值。对美术实用价值的发现始于洋务运动时期,"图画"作为一种实学被列入"艺学"范围而加以提倡。这一思想在晚清两个学堂章程中有充分体现。尽管20世纪初期已有许多人(如王国维、蔡元培等)在纯粹审美的层面上确立了美术的价值,但狭义的、纯粹的美术概念和美术学科真正的确立是在1912年之后②。

宗教美术在行使传教功能的同时,也产生了促进中国现代美术思想萌生的因素。如土山湾画馆就是中国最早的美术教育机构。此画馆是清同治年间上海天主教会在上海徐家汇土山湾创办的孤儿院附属图画馆,该馆"教授科目分水彩、铅笔、擦笔、木炭、油画等,以临摹写影、人物花卉居多,主要都是以有关天主教的宗教画为题材,用以传播教义"③。徐悲鸿(1895—1953)说:"天主教之入中国,上海徐家汇,亦其根据地之一。中西文化之沟通,该处曾有极珍贵之贡献。土山湾亦有习画之所,盖中国

---

① [波]瓦迪斯瓦夫·塔塔尔凯维奇:《西方六大美学观念史》,刘文潭译,第24页。
② 由于王国维还在1904年所写多篇文章中使用了现代"美术"概念,所以有学者就此指出:"我们不妨把1904年看做中国现代艺术概念真正开始形成的一年。"李心峰主编:《20世纪中国艺术理论主题史》,沈阳:辽海出版社,2005年,第11页。也有把1906年作为现代美术概念形成的标志,见[日]鹤田武良:《中国油画的滥觞》,冯慧芬译,《艺苑》1997年第3期。李超:《中国现代油画史》,上海:上海书画出版社,2007年,第16—17页。这是一个比较有说服力的结论,但考虑到本书要涉及美术、音乐等门类,涉及哲学、美学、美育等学科,且本书主要探讨学制层面上的学科意义,故暂把现代艺术概念真正立的时间设定在1912年民国学制的颁布。
③ 丁悚:《上海早期的西洋画美术教育》,《上海地方史资料》(五),上海:上海社会科学院出版社,1986年。

西洋画之摇篮也。"①此后关注西方美术者渐多,如1875年上海清心书院编辑出版的《小孩月报》上刊载了山英居士的《论画浅说》,以白话文体系统介绍了西方的透视学、色彩学、构图法以及素描写生等知识,是"目前发现最早的美术类书籍"②。

  洋务时期的新式学堂,把图画作为实用技艺列入学堂课程,属于"艺学"范畴。"艺学"与"文学"相对,后者指经史、掌故、词章之学,前者则包括舆图、格致、天算、律例等内容③。文学是中学,为体,艺学是西学,为用。时人认为,"中西之学本不相同,中国重道而轻艺,故以义理为胜;西国重艺而轻道,故以格致见长,此中西之所由分也。"④在距离洋务运动很久之后的一份资料中,仍可以看到这种艺术教育中的"中体西用"说:"凡实业制作品之须美术辅助者,如漆工、染工之花纹,木工、竹工之款式,宜注重雅驯,且以应用中法为上,效颦西法次之。"⑤把图画在"体"(审美层面)和"用"(实用层面)划出严格界线,就是在"用"的施行中,亦要警示不可稍有逾矩,实在叫人难以拿捏。维新人士不在体用层面纠缠,看到这些西方"艺学",实乃西方繁盛之本,亟须大力倡导。"今宜改武科为艺科,令各省、州、县遍开艺学书院。凡天文、地矿、医律、光重、化电、机器、武备、驾驶,分立学堂,而测量、图绘、语言、文字皆学之。……令乡落咸设学塾,小民童子,人人皆得入学,通训诂、名物,习绘图、算法,识中外地理、古今史事,则人才不可胜用矣。"⑥后来康有为又强调说:"今工商百器皆藉于画,画不改进,工商无可言。此鄙人藏画、论画之意,以复古为更新。"⑦从中看出,绘画在维新计划中的地位极其重要。新学堂中,开设图画科的有福州马尾船政局、上海江南制造局翻译馆、上海广方言馆、南京储才学堂、南京江南陆军学堂、上海经

---

① 徐悲鸿:《新艺术运动之回顾与前瞻》,王震编:《徐悲鸿文集》,上海:上海画报出版社,2005年,第117页。
② 郑工:《演进与运动:中国美术的现代化(1875—1976)》,南宁:广西美术出版社,2002年,第73页。
③ 〔清〕王韬:《弢园文录外编》卷八,上海:上海书店出版社,2002年。
④ 潘克先:《中西书院文艺兼肄论》,高时良、黄仁贤:《洋务运动时期教育》,见陈元晖主编:《中国近代教育史资料汇编》,上海:上海教育出版社,2007年,第709页。
⑤ 《湖南各县酌设实业补习学校案》(1916年),璩鑫圭、童富勇、张守智编:《实业教育·师范教育》,见陈元晖主编:《中国近代教育史资料汇编》,上海:上海教育出版社,2007年,第395页。
⑥ 康有为:《公车上书》(1895年),璩鑫圭、童富勇编:《教育思想》,见陈元晖主编:《中国近代教育史资料汇编》,上海:上海教育出版社,2007年,第143—144页。
⑦ 康有为:《万木草堂所藏中国画目》(1917年11月),《康有为全集》第10集,姜义华、张荣华编校,北京:中国人民大学出版社,2007年,第441页。

正女塾等①,都强调绘画的实用功能。

此时,对于绘画有深刻见解者是康有为。康氏游历欧洲时,对西方绘画、建筑、雕塑等美术作品十分留意,对于以拉斐尔(其文中译作"拉飞尔",即 Raffaello Sanzio, 1483—1520)为代表的西方现代美术十分欣赏,但赞叹之余,却认为西方现代美术是由中国传至西方的。在《万木草堂藏画目》中,康有为曰:"油画与欧画全同,乃知油画出自吾中国。吾意马可波罗得中国油画,传至欧洲,而后基多琏腻、拉飞尔乃发之。观欧人画院之画,十五纪前无油画可据。此吾创论,后人当可证明之。"②他认为西方现代美术的核心是"写实",此在中国宋元之前的绘画中也是重要传统,马可·波罗传播中国画至西方,拉斐尔受到影响而开创西洋现代美术传统,而中国明代之后,则因"求不真"而"退化":

> 基多琏腻、拉飞尔,与明之文徵明、董其昌同时,皆为变画大家。但基、拉则变为油画,加以精深华妙。文、董变为意笔,以清微淡远胜,而宋元写真之画反失,彼则求真,我求不真。以此相反,而我遂退化,若以宋元名家之画,比之欧人拉飞尔未出之前画家,则我中国之画,有过之无不及也。③

> 吾国宋明制造之品,及画院之法,亦极精工,比诸万国,实为绝出。吾曾于十一国画院中,尽见万国之画矣。吾南宋画院之画美矣。惟自明之中叶,文、董出,拨弃画院之法,诮为匠手,乃以清微淡远易之。而意大利乃有拉非尔辈出焉,创作油画,阴阳景色莫不逼真,于是全欧为之改变旧法而从之。故彼变而日上,我变而日下。④

此"西学中源"说,其实是在为其"以复古为更新"之思想张目。"非取神即可弃形,更非写意可记形也。遍览百图作画皆同,故今欧美之画与六朝唐宋之法同。……以形神为主,而不取写意;以着色界画为正,而以墨笔粗简者为别派。士气固可贵,而以院体为画正法,庶救五百年来偏谬之画论,

---

① 各学堂相关资料参见高时良、黄仁贤编:《洋务运动时期教育》。相关综述可参考李超:《中国早期油画史》,上海:上海书画出版社,2004 年,第 317—319 页。
② 康有为:《万木草堂所藏中国画目》(1917 年 11 月),《康有为全集》第 10 集,姜义华、张荣华编校,第 443 页。
③ 康有为:《欧洲十一国游记》,长沙:湖南人民出版社,1980 年,第 79 页。
④ 康有为:《物质救国论》(1904),《康有为全集》第 8 集,姜义华、张荣华编校,第 94 页。

而中国之画乃可医而有进取也。"①康有为认为学习西方现代美术,也即回到宋代之前的写实风格中,"合中西而为画学新纪元"②,就是未来中国美术的发展方向。

尽管康有为的"西画中源"说很是牵强,他对"美术"概念的认识游移于实用美术和纯粹美术之间,但他对绘画的提倡,以及对中国美术未来发展道路的看法,无疑是意识高卓。有论者指出:"清末康有为氏论中国画学,力主革新,颇有卓见。"③

19世纪末赴日留学者甚多,但关注美术者少。概因此时学子远渡重洋,要去学习直接有用的技能,美术因其不够实用而被忽视。1892年,日本颁布学制,其中包含了图画课程。后来开设了美术、音乐专门学校,加上图画在工科课程中的实用价值,渐渐引起中国教育考察者以及留学生的注意。壬寅学制中全面开始设置"图画"课程,其内容大体包括用器画、几何画、自在画、阴影法、远近法、器械法等内容,"格致、图画、手工皆当视为重要科目,以期发达实科学派"④。"其要义在使知观察实物形体及临本,由教员指授画之,练成可应实用之技能;并令其心思习于精细,助其愉悦。"⑤虽然大部分图画课程都归于实用的目的,但亦开始注意到图画能"助其愉悦"的功能。其实就是对图画审美意义的觉悟。其后学部增加的《奏定女学堂章程折》(1907年3月8日),在女子初等小学堂科目列有图画一科,且解说"其要旨在使观察通常形体,能确实画出,兼养成其尚美之心性。……授图画者,务就他教科中所授之物体及生徒日常目击之物体图画之,兼养成其好清洁、尚密致之品性"⑥。在女子师范学堂的科目解说中亦提到"养成其尚美之心性"⑦。

---

① 康有为:《万木草堂所藏中国画目》(1917年11月),《康有为全集》第10集,姜义华、张荣华编校,第441页。
② 康有为:《万木草堂所藏中国画目》(1917年11月),《康有为全集》第10集,姜义华、张荣华编校,第451页。
③ 山隐:《世界交通后东西画派互相之影响》,《美术生活》创刊号,1934年4月1日。
④ 学部:《奏陈教育宗旨折》(1906年3月25日),璩鑫圭、唐良炎编:《学制演变》,见陈元晖主编:《中国近代教育史资料汇编》,上海:上海教育出版社,2007年,第546页。
⑤ 《奏定高等小学堂章程》(1904年1月13日),璩鑫圭、唐良炎编:《学制演变》,第319页。
⑥ 学部:《奏定女学堂章程折》(1907年3月8日),璩鑫圭、唐良炎编:《学制演变》,第595页。
⑦ "其要旨在使精密观察物体,能肖其形象神情,兼养成其尚美之心性。其教课程度,授写生画,随加授临本画,且使时以己意画之,更进授几何画之初步;并授以教授图画之次序法则。"学部:《奏定女学堂章程折》(1907年3月8日),璩鑫圭、唐良炎编:《学制演变》,第587页。

壬寅—癸卯学制中的美术科目

章程文本	学制阶段		内 容
《钦定京师大学堂章程》（1902年8月15日）	艺科	第一年	图画（用器画、射影图法、图法几何）
		第二年	图画（用器画、射影图法、阴影法、远近法）
		第三年	图画（用器画、阴影法、远近法、器械法）
	仕学馆	第一年	图画（就实物模型授毛笔画）
		第二年	图画（就实物模型，帖谱手本授毛笔画）
		第三年	图画（用器画大要）
		第四年	（授以教图画之次序方法）
《钦定高等学堂章程》（1902年8月15日）	艺科	第一年	图画（用器画、射影图法、图法几何）
		第二年	图画（用器画、射影图法、阴影法、远近法）
		第三年	图画（用器画、阴影法、远近法、器械法）
《钦定中学堂章程》（1902年8月15日）	中学堂	第一年	图画（临写自然画）
		第二年	图画（几何画）
		第三年	
		第四年	
《钦定小学堂章程》（1902年8月15日）	高等小学堂	第一年	图画（简易单形画）
		第二年	图画（实物模型画）
		第三年	
《奏定初等小学堂章程》（1904年1月13日）	初等小学堂		图画（随意科目，"其要义在练习手眼，以养成其见物留心、记其实象之性情；但当示以简易之形体，不可涉于复杂，此可酌量地方情形加课"）

续 表

章程文本	学制阶段		内容	
《奏定高等小学堂章程》（1904年1月13日）	高等小学堂	第一年	图画（简易之形体）	"其要义在使知观察实物形体及临本，由教员指授画之，练成可应实用之技能；并令其心思习于精细，助其愉悦"
		第二年	图画（各种形体）	
		第三年	图画（简易之形体）	
		第四年	图画（各种形体，简易之几何画）	
《奏定中学堂章程》（1904年1月13日）	中学堂	第一年	图画（自在画、用器画）	"习图画者，当就实物模型图谱，教自在画，俾得练习意匠，兼讲用器画之大要，以备他日绘画地图、机器图，及讲求各项实业之初基础。凡教图画者，以位置、形状、浓淡得宜为主，时使学生以自己之意匠为图稿，并应便宜授以渲染采色之法"
		第二年		
		第三年		
		第四年		
		第五年	无	
《奏定高等学堂章程》（1904年1月13日）	高等学堂第二类学科（预备入格致大学、工科大学、农科大学）	第一年	图画（用器画、射影图画）	"有志入格致科大学各学门、农科大学之各学门者，缺图画"
		第二年	图画（用器画、射影图画、阴影法、远近法）	
		第三年	图画（用器画、阴影法、远近法、机器图）	

续 表

章程文本	学制阶段	内容	
《奏定大学堂章程》（1904年1月13日）	工科大学	土木工学门	计画制图及实习	"土木工学，以计画、制图实习为最要，故计画、制图实习钟点较为最多"
		机器工学门	计画、制图及实验	"机器工学，计画、制图、实习为最要，故钟点较为最多"
		造船学门	应用力学、制图及演习	"造船学以计划制图实习为最要，故钟点较多"
			计画及制图	
			船用机关计画及制图	
		造兵器学门	机器制图	"造兵器科亦以计画、制图及实习为最要，故钟点加多"
			计画及制图	
		电气工学门	机器制图	
			计画及制图	
		建筑学门	计画及制图	"建筑学亦以计画、制图为最要，故钟点较多"
			自在画	
			装饰画	
		应用化学门	计画及制图	"应用化学亦以计画、制图、实验为要，故钟点较多"
		火药学门	计画及制图	
			机器制图	
		采矿冶金学门	计画及制图	

续表

章程文本	学制阶段		内 容	
《奏定初级师范学堂章程》(1904年1月13日)	初级师范学堂	第一年	图画(自在画、用器画)	"先就实物模型图谱教自在画,俾得练习意匠,兼讲用器画之大要,以备他日绘画地图、机器,乃讲求各项实业之初基。次讲于师范者教图画之次序法则。凡教图画者,以位置形状、浓淡得宜为主;时使学生以自己之意匠为图稿,并应便宜授以渲染彩色之法"
		第二年		
		第三年	图画(自在画,间讲授图画之次序法则)	
		第四年		
		第五年		
		简易科	图画(讲自在画及用器画之大要)	
《奏定优级师范学堂章程》(1904年1月13日)	分类科第三类学科(以算学、物理学、化学为主)	第一年	图画(临画、用器画、写生画)	
	分类科第三类学科(以植物、动物、矿物、生理学为主)	第一年	图画(临画、用器画)	
		第二年	图画(写生画)	
《奏定译学馆章程》(1904年1月13日)	译学馆	第一年	图画(自在画、用器画)	
		第二年		
《奏定初等农工商实业学堂章程》(1904年1月13日)	初等农业学堂	普通科	图画	
《奏定实业补习普通学堂章程》(1904年1月13日)	实业补习普通学堂	工业科	图画	

续表

章程文本	学制阶段		内容
《奏定艺徒学堂章程》(1904年1月13日)	艺徒学堂		图画
《奏定中等农工商实业学堂章程》(1904年1月13日)	中等农业学堂	农业科之普通科	图画(选修科目)
		蚕业、林业、兽医业之普通科	图画(选修科目)
		渔捞、制造、养殖及远洋渔业等四类之普通科	图画
	中等工业学堂	预科	图画
		本科普通科目	图画
		木工科之实习科	制图及绘画
		染织科之实习科	制图及绘画
		窑业科	制图绘画
		漆工科之实习科	绘画
		图稿绘画科	绘画
	中等商业学堂	预科	图画
	中等商船学堂	预科	图画
		本科之普通科目	图画
《奏定高等农工商实业学堂章程》(1904年1月13日)	高等农业学堂	预科	图画
		本科森林学科	图画

续 表

章程文本	学制阶段		内 容
《奏定高等农工商实业学堂章程》（1904年1月13日）	高等工业学堂	建筑科	制图及绘画法
		漆工科	绘画
		图稿绘画科	绘画
		普通科目	图画
《奏定实业教员讲习所章程》（1904年1月13日）	完全科	金工科	图画
		木工科	
		染织科	
		窑业科	
		应用化学科	
		工业图样科	
	简易科	金工科	图画
		木工科	
		染色科	
		机织科	
		陶器科	
		漆工科	
		实科之通习科目	
学部《奏陈教育宗旨折》（1906年3月25日）			"格致、图画、手工皆当视为重要科目,以期发达实科学派"
学部《奏定女学堂章程折》（1907年3月8日）	女子师范学堂		图画	"其要旨在使精密观察物体,能肖其形象神情,兼养成其尚美之心性。其教课程度,授写生画,随加授临本画,且使时以己意

续表

章程文本	学制阶段	内 容	
学部《奏定女学堂章程折》(1907年3月8日)	女子师范学堂	图画	画之,更进授几何画之初步;并授以教授图画之次序法则"
	女子初等小学堂	图画	"其要旨在使观察通常形体,能确实画出,兼养成其尚美之心性。……授图画者,务就他教科中所授之物体及生徒日常目击之物体图画之,兼养成其好清洁、尚密致之品性"

学堂章程中设定的"图画"科,基本上就是工科中的制图技艺,且在有些学制阶段被划为"随意科"。在实施过程中,因为教师和设备的缺乏,开展情况并不理想。随着现代美术概念的传播和办学条件的好转,标志着现代美术教育走进一个新阶段的年份是1906年。"1906年,发生了两件重要的事情。一件是南京的两江优级师范学堂和保定的北洋师范学堂设置培养图画手工科教员的课程。……另一件重要事情,在这一年,即1906年,李岸、曾延年两人进入东京美术学校西洋画科学习(1911年毕业)。"①这两件事标志着"通过新兴美术教育开创了西洋美术在中国本土新的传播历史"②,是中国现代美术思想转型的重要标志。

1912年1月3日,蔡元培被任命为中华民国第一任教育总长。1912年2月8日,他发表《对于新教育之意见》,阐述自己的教育理念,主张推行五种教育,即军国民主义教育、实利主义教育、德育主义教育、世界观教育和美育主义教育。在此后的临时教育会议上,作为教育总长,蔡元培对自己的教育主张进行了陈述:"当民国成立之始,而教育家欲尽此任务,不外乎五种主

---

① [日]鹤田武良:《中国油画的滥觞》,冯慧芬译,《艺苑》1997年第3期。
② 李超:《中国现代油画史》,第17页。

义:即军国民教育、实利主义、公民道德、世界观、美育是也。五者以公民道德为中坚;盖世界观及美育皆所以完成道德,而军国民教育及实利主义,则必以道德为根本。"①

蔡元培受康德的影响,把世界分为现象界和实体世界,现象界的教育包含军国民教育、实利主义教育和德育,实体界的教育则是世界观教育。美育则是联结两界的中间环节:"美感者,合美丽与尊严而言之,介乎现象世界与实体世界之间,而为之津梁。"②若结合美术来说,这一思想中则包含着将美术中实用层面和审美层面分离的倾向,且把美术之价值归结为后者:"图画,美育也,而其内容得包含各种主义:如实物画之于实利主义,历史画之于德育是也。其至美丽至尊严之对象,则可以得世界观。"③

蔡元培将教育分为"隶属于政治者"和"超轶乎政治者",且把教育方针的重心放在后者上。而"超轶乎政治者"的教育则包括世界观教育和美育两项。他在宣告"教育独立"思想的同时,其实也确立了美术、音乐等艺术类别的独立价值。他把现代世界文明价值归于科学和美术:"科学者,所以祛现象世界之障碍,而引致于光明。美术者,所以写本体世界之现象,而提醒其觉性。人类精神之趋向,既毗于是,则其所到达之点,盖可知矣。"④这也是他终生坚持的基本思想。

在以蔡元培教育思想为指导的民初学制中,美术类科目的比重和重要性都有所提高。突出表现是美术课的开设不再仅仅着眼于其实用价值,而更加重视其美育价值。如1912年12月2日《教育部公布中学校令施行规则》中称"世界观与人生观为精神教育之本,故宜使学生究心哲理而具高尚之旨趣"⑤。就图画科目来说,"图画要旨,在详审物体能自由绘画,练习意匠,涵养美感"⑥,是上述指导思想的生动体现。

---

① 我一:《临时教育会议日记》(1912年7月),璩鑫圭、唐良炎编:《学制演变》,第648页。
② 蔡元培:《对于新教育之意见》(1912年2月8日),中国蔡元培研究会编:《蔡元培全集》第二卷,杭州:浙江教育出版社,1997年,第13页。
③ 蔡元培:《对于新教育之意见》(1912年2月8日),中国蔡元培研究会编:《蔡元培全集》第二卷,第16页。
④ 蔡元培:《世界观与人生观》(1912年冬),中国蔡元培研究会编:《蔡元培全集》第二卷,第218页。
⑤ 《教育部公布师范学校规程》(1912年12月10日),璩鑫圭、唐良炎编:《学制演变》,第687页。
⑥ 《教育部公布师范学校规程》(1912年12月10日),璩鑫圭、唐良炎编:《学制演变》,第690页。

壬子—癸丑学制中的美术科目

章　程	学制阶段	内　　容	
《普通教育暂行课程标准》(1912年1月19日)	初等小学校	图画(选修科目)	"初等小学校之学科目为修身、国文、算术、游戏、体操。视地方情形,得加设图画、手工、唱歌之一科目或数科目"
	高等小学校	图画(必修)	
	中学校	图画(必修)	
	师范学校	图画(必修)	
《教育部公布小学校令》(1912年9月28日)	初等小学校	图画(选修)	"遇不得已时,可暂缺手工、图画、唱歌之一科目或数科目"
	高等小学校	图画(必修)	
《教育部订定小学校教则及课程表》(1912年12月)	初等小学校	图画("初等小学校首宜授以单形,渐及简单形体,并使临摹实物或范本")	"图画要旨,在使儿童观察物体,具摹写之技能,兼以养其美感。……教授图画,宜就他科目已授之物体及儿童所常见者,令摹写之,并养其清洁缜密之习惯"
	高等小学校	图画(高等小学校,首宜依前项教授,渐及诸种形体,并得酌授简易几何画)	
《教育部公布专门学校令》(1912年10月22日)	专门学校	美术专门学校	

续 表

章　程	学制阶段		内　容
《教育部公布中学校令施行规则》（1912年12月2日）	中学校		"图画要旨，在使详审物体，能自由绘画，兼练习意匠，涵养美感。图画分自在画、用器画。自在画以写生画为主，并授临画之法，又使自出意匠画之。用器画当授以几何画"
《教育部公布师范学校规程》（1912年12月10日）	师范学校	预科	图画
		本科	"图画要旨，在详审物体能自由绘画，练习意匠，涵养美感，并解悟小学校图画教授法。图画以写生画为主，兼授临画、想象画、用器画及美术史之大要，并练习黑板画，兼课教授法"
《教育部公布大学规程》（1913年1月12日）	大学	预科第二部	图画
《教育部公布高等学校规程》（1913年2月24日）	预科		图画
	本科	数学物理部	
		物理化学部	
		博物部	
《教育部公布实业学校规程》（1913年8月4日）	实业学校	农业学校	图画（预科必修；本科选修；乙种农业学校亦为选修）
		工业学校	图画、绘画、美术工艺史等
		商业学校	图画（预科必修）
		商船学校	图画
		实业补习学校	图画
《教育部整理教育方案草案》（1914年12月）	学艺的社会教育		"学艺的社会教育，约分为二：（1）以增高审美思想为主，如设美术馆、美术展览会、改良文艺音乐演剧等属之；（1）以奖励事物研究为主，如设博物馆、图书馆、动、植物园等属之"

续 表

章　程	学制阶段	内　容
《大总统申令（公布高等小学校令）》（1915年7月31日）	高等小学校	图画
《大总统申令（公布国民学校令）》（1915年7月31日）	国民学校	图画	"遇不得已时，可暂缺手工、图画、唱歌之一科目或数科目"
《大总统申令（公布预备学校令）》（1915年11月7日）	预备学校	图画
《教育部公布国民学校令施行细则》（1916年1月8日）	国民学校	图画	"图画要旨，在使儿童观察物体，具摹写之技能，兼以养成其美感。首宜授以单形，渐及简单形体，并使临摹事物或范本。教授图画，宜就他科目已授之物体及儿童所常见者令摹写之，并养其清洁缜密之习惯"
《教育部公布高等小学校施行细则》（1916年1月8日）	高等小学校	图画

　　民初学制中某些学制阶段把图画和音乐课设为"随意科"（即选修课），提示"遇不得已时，可暂缺手工、图画、唱歌之一科目或数科目"①。但在具体实施过程中，有些学校往往利用"随意"的权限，将这两门课取消。陆费逵（1886—1941）曾著专文加以批评："随意科三种（唱歌、图画、手工），在教育上亦极有价值，然目下兴学未久，师资难求，自不能强令必修，然苟力能办到，自以加设为宜。该唱歌以活泼精神、鼓舞兴趣，图画以练手目，手工以为工艺之预备、富谋生之能力，皆国民教育所当重视者也。"②即是说，唱歌、图

---

① 《教育部公布小学校令》（1912年9月28日），璩鑫圭、唐良炎编：《学制演变》，第664页。
② 陆费逵：《小学堂章程改正私议》（1909年），李桂林、戚名琇、钱曼倩编：《普通教育》，见陈元晖主编：《中国近代教育史资料汇编》，上海：上海教育出版社，2007年，第257页。

画、手工在教育上极为重要,列入"随意科"的原因是因为学科创设之初,师资不足,而不是对其价值的忽略。此后教育部曾就此专门发布文件加以提示。

《教育部咨各省师范及小学注重图文手工图画音乐》(1914年12月)称:

> 据本部视学杨乃康等呈称,窃查各种教科,关系美育者,惟图画音乐文学三者为最要紧,此外如手工一科,非但与美的陶冶至有关系,且能养成实用之能力。近查各省所有小学校,往往借口于小学校令第十一条第二项及第十二条第二项所规定,擅将手工等课缺去,其有是项功课之校,亦不过徒具虚名,用饰观瞻,按诸实际,宁能悉当。至于国文一门,教者应不患无人,惟于教育原理,鲜有研究,教授方法,都不适宜,于教育前途,至为阻碍。且以美感缺乏之故,致国民道德亦因是堕落。可否请通咨各省酌量情形,培植此项教员等情。查国文手工图画音乐四科,教育上之位置,至为重要,故本部于师范学校规程中学校施行规则小学校令内,均列为必修。虽小学校令第十一条第二项载遇有不得已时,可暂缺手工图画唱歌之一科目或数科目,第十二条第二项载遇有不得已时,手工唱歌,亦得暂缺。此原为有特别困难情形者而设,匪可任意汰去,致多缺陷。嗣后各小学校务宜设法加课,以期完全。即遇有万不得已时,亦须呈明监督官署得其许可。推究各学校缺去此类学科之原因,因由于前项规定,多所误会,而教员缺乏实其一大原因。该视学等拟请培植此项教员一节,询属急务。除养成师范及中学校此项教员,应由国立高等师范学校酌量情形设专修科外,其小学校所需者,自不能不仰求于师范学校,应饬所属各校,对于此项学科,宜与他科切实讲求,毋得稍有偏畸。其国文一科,尤属根本之学,切宜注重,倘遇此项教员缺乏时,可附设讲习科,招收国文夙有根底者,授以教育学术及其他需要科目,俾造成完善之师资,以应目前之急需,阐扬国粹,发达美感,教育前途,实深殷望。相应咨请责民政长查照办理可也。①

从民间、官方的意见可以看出,美术等艺术类科目已经在教育方针中具

---

① 《教育部咨各省师范及小学注重图文手工图画音乐》(1914年12月),李桂林、戚名琇、钱曼倩编:《普通教育》,第494—495页。

有了重要地位。尽管对于美术的重视,常有实用因素的考量,但对其在美育和世界观教育方面的作用,已被越来越多的人认识到。

中国现代美术概念确立和学术学科成熟的另一标志是美术专科学校的出现。早在1905年,熊希龄(1870—1937)就参照日本学制,建议湖南应当开设九类实业学堂,其中包括图画学校。其时他已经看到了美术的两方面价值:"吾观日本工业如染织、陶磁、漆器及雕刻、印刷诸物,无一不精于毛笔画法,故能投外人之嗜好,而输出额日益超过也。……盖美术有助国民心思活泼灵敏之能力,而尤必以合其嗜好为目的。"①

最早的美术专科学校是周湘(1871—1933)于1911年在上海创办的中西图画函授学堂(后更名为布景传习所、上海油画院、中华美术专门学校等)。而1913年成立的上海图画美术院则成为"该时期最具权威意义的专业象征"②。1913年11月23日,刘海粟(1896—1994)、乌始光(1885—?)、张聿光(1885—1968)等人创办上海图画美术院(1914年改名为上海图画美术学院,1916年改名为上海图画美术学校,1930年更名为上海美术专科学校)。这是中国现代第一所正规的美术学校,刘海粟出任校长,他提出办学宗旨:

> 第一,我们要发展东方固有的艺术,研究西方艺术的蕴奥;第二,我们要在惨酷无情、干燥枯寂的社会里尽宣传艺术的责任,因为我们相信艺术能够救济现在中国民众的烦苦,能够惊觉一般人的睡梦;第三,我们原没有什么学问,我们却自信有这样研究和宣传的诚心。③

这所学校在中国美术史和艺术教育史上意义重大,就像刘海粟本人后来所说:"民国肇造,上海美专亦随之呱呱下地,而中国新艺术亦肇其端焉。顾美专过去乃以倡欧艺著闻于世,外界不察,甚至目美专毁国有之艺学者,皆人谬之也。美专之旨,一方面固当研究欧艺之新变迁;一方面更当发掘吾国艺苑固有之宝藏,别辟大道,而为中华之文艺复兴运动也。"④此后,私立、

---

① 《湖南实业学堂推广办法呈抚院稿》(1905年),璩鑫圭、童富勇、张守智编:《实业教育·师范教育》,见陈元晖主编:《中国近代教育史资料汇编》,上海:上海教育出版社,2007年,第77—78页。
② 李超:《中国现代油画史》,第63页。
③ 刘海粟:《创立上海图画美术院宣言》(1912年11月),《刘海粟艺术文选》,朱金楼、袁志煌编,上海:上海人民美术出版社,1987年,第16页。
④ 刘海粟:《昌国画》,《艺术》周刊第130期,1925年12月19日,《刘海粟艺术文选》,朱金楼、袁志煌编,第120页。

公立艺术专科学校不断涌现,成为培养艺术人才、提倡美育的中坚力量。

要之,洋务运动之后,在"中国近代美术教育的初始过程中,两种不同类型的教育形态始露端倪,一种是'图画'类的临画法,而另一种则是'美术'类的写生法。前者是以洋务运动到维新变法为背景的技术型教育;而后者是以辛亥革命到五四运动为背景的文化教育。前者是以格致和实用为主干;后者则是以科学和审美为核心。在新文化运动时期,当'美术'一词被引进之后,西方美术已经作为包含了知识系统和信仰系统的新文化内容,因此,'写生法'在中国的美术教育中的作用,势必日益显现和发挥其特有的科学功能和审美功能"①。美术从实用的价值中独立出纯粹的审美价值,标志着中国现代美术概念的形成。在此过程中,美术进入学校课程,进入到中国现代学科体制中,并产生了专业学校,这些标志着美术作为一门学科真正诞生。

第三节　从"礼乐"到"音乐":中国现代音乐概念的形成

对于中国现代音乐概念的研究,可分三个阶段进行考察:中国传统的音乐概念、传教士带来的音乐概念和现代音乐概念。概要说来,传统音乐的概念核心是"礼乐",其特点是以"礼"评价"乐",以"善"为"美";传教士带来的音乐概念的核心是"歌乐",形式多为赞美诗,其主要是为传教的目的服务;现代音乐概念的核心是"音乐",产生于18世纪后期,后经由日本传入中国,由"学堂乐歌"发其端,后流行于社会,其特点是强调音乐的自律。

中国古有乐教传统,从音乐中可见国势盛衰、政教美恶、风俗邪正。礼乐相合,音乐能悦性陶情,修身治心,超俗入圣。故与美术等其他艺术种类相比,音乐无疑占有更为重要的地位。中国古代的"乐",不同于今日"音乐"概念,而是一种包括诗、歌、舞在内的教化艺术。

论者谓古来"治乐"者略分为三:即乐政、乐理和乐声:

> 奏文乱物,康乐和亲,出之以征诛,入之以揖让,此乐之政也。王者习之,以兴天下,乐之属于治术者。聆音察理,以物和声,正之以官商,

---

① 李超:《中国现代油画史》,第7页。

继之以律吕,此乐之理也。儒者习之,以永后世,乐之属于学术者。调丝弄竹,悦性陶情,托声调之抑扬,写胸襟之郁邑,此乐之声也。技者习之,以鸣一时,乐之属于艺术者。①

其各自性质和从业者对应如下:乐政-王者-治术;乐理-儒者-学术;乐声-技者-艺术。

在"治乐"者的几个构成要素之中,"王者"无疑处于核心地位,其制礼作乐,既是职责所在,亦是权威的表现和治术之本。治术之末在于治政,而其本在于治心,故贤明君主最重治心之术。"自来治心之功,莫善于乐,亦莫速于乐。"②乐之所以能有治心之功,在于乐与圣人本一,"乐事之兴,一则人心感乐,乐由心生;一则乐感人心,心随乐化。故乐即圣人之心所发,而天下之心咸范于圣人之心,是以能终和且平也,此则乐之功也"③。所以,三者之中,"乐政"无疑处于核心。传统教化最重礼乐,孔子所谓"尽善尽美"之说,其重点在于"善"。所以《乐记》说:"乐者,德之华也","乐者,所以象德也","德音之谓乐"。

尽管前有《庄子》"中纯实而反乎情,乐也"的说法,后有嵇康"越名教而任自然"的倡导,再有李贽"发于情性,由乎自然"的反抗,但中国传统的音乐美学思想的主流仍旧是礼乐。其特点是"多从哲学、伦理、政治出发论述音乐,注重研究音乐的外部关系,强调音乐与政治的联系、音乐的社会功能与教化作用,而较少深入音乐的内部,对音乐自身的规律、音乐的特殊性、音乐的美感作用娱乐作用重视不够,研究不够"④。

汉魏之间,随着佛教进入中土,佛教的音乐思想亦随之传播⑤。"声无既无灭,声有亦非生。生灭二圆离,是则常真实。"(《楞严经》卷六)佛教否弃现世之感受,所以亦否定音乐存在之必要,而唱颂"天乐"(《阿弥陀经》),主张"毗外王之化,谐无声之乐,以自得为和"⑥。但在作为传教手段的意义

---

① 万绳武:《乐辨》(1911年),《中国近代音乐史料汇编》(1840—1919),张静蔚编选,北京:人民音乐出版社,1998年,第232页。
② 〔清〕廉士:《乐者古以平心论》(1883年),《中国近代音乐史料汇编》(1840—1919),张静蔚编选,第177页。
③ 〔清〕廉士:《乐者古以平心论》(1883年),《中国近代音乐史料汇编》(1840—1919),张静蔚编选,第177—178页。
④ 蔡仲德:《中国音乐美学史》,北京:人民音乐出版社,2004年,第19页。
⑤ 关于佛教音乐思想的介绍,参见蔡仲德:《中国音乐美学史》,第586—598页。
⑥ 〔东晋〕支遁:《上书告辞哀帝》,《全晋文》卷一五七。

上,佛教肯定了音乐之价值,如谓:"唱导者,盖以宣唱法理,开导众心也。"①这一特点在基督教传入中国的过程中亦有体现。

在敦煌文献中,已经发现景教(Nestorius,聂斯脱利派)的赞美诗,这些大多保持七言八句形式的赞美诗,应该是带着西洋音乐的旋律进入中国的,可惜,这些乐谱并没有保留下来②。在 1601 年(万历二十九年)1 月,利玛窦与庞迪我(Didace de Pantoja,1571—1618)向明神宗进呈的一批西洋方物中,就有一张西琴③。"视中州异形,抚之有异音。"④皇帝因此喜之,利玛窦为此还撰写了《西琴曲意》(Canzone del manicordio di Europa voltate in lettera cinese)一书,以供宫廷乐师弹奏。这八章"道语",取材于《旧约·诗篇》中的大卫诸篇,可谓是最早中译的天主教赞美诗歌词⑤。赞美诗是宗教传播的重要凭借,"在 13 世纪时,大众宗教活动创造了一种赞美诗(Laudi),这类赞美诗从诞生之始便一定有音乐伴奏"⑥。音乐属于自由七艺(seven liberal arts)之一,深受古典教育熏陶的耶稣会士,音乐修养自然很高,其中也不乏擅长音乐者。如康熙时期的来华传教士南怀仁(Ferdinand Verbiest,1623—1688)、徐日昇(Thomas Pereira,1645—1708)和德理格(Theodoricus Pedrini,1670—1746)等。其中德理格对《律吕正义·续编》贡献最大⑦。乾隆虽排外仇教,但却喜欢以西洋乐娱乐,聘请传教士做乐师,组建西洋乐队,有限地宽容传教士,只为求得一己之享用,而非有融通中西艺术的心思在。方豪(1910—1980)由此说:"西洋美术,无论建筑、图画、音乐,竟因此而不获早日深入中国民间,圣祖、高宗均有当负之责也。"⑧

---

① 〔梁〕慧皎:《高僧传·唱导·释法镜传》,汤用彤校注,汤一玄整理,中华书局,1992 年,第 521 页。
② 关于近代以前西方音乐传入中国的研究,参见刘靖之:《欧洲音乐传入中国》,刘靖之编:《中国新音乐史论集》,香港:香港大学亚洲研究中心,1986 年;陶亚兵:《中西音乐交流史稿》,北京:中国大百科全书出版社,1994 年。
③ [意]利玛窦:《上大明皇帝贡献土物奏》,朱维铮主编:《利玛窦中文著译集》,第 232 页。
④ [意]利玛窦:《西琴曲意》,朱维铮主编:《利玛窦中文著译集》,第 241 页。
⑤ 吴相湘:《西洋音乐东传记略》,天津《大公报》史地周刊,1937 年 2 月 19 日。
⑥ [美]保罗·奥斯卡·克里斯特勒:《文艺复兴时期的思想与艺术》,邵宏译,北京:东方出版社,2008 年,第 147 页。
⑦ 关于《律吕正义·续编》和《律吕纂要》的作者及关系问题,吴相湘、方豪以及陶亚兵等有深入之探讨,此处放方豪说,即认为《律吕正义·续编》为《律吕纂要》之节本。见方豪:《中西交通史》,上海:上海人民出版社,2008 年,第 627—629 页;陶亚兵:《明清间的中西音乐交流》,北京:东方出版社,2001 年,第 47—59 页;吴相湘:《第一部中文西洋乐理书》,《大陆杂志》第 7 卷第 1 期。
⑧ 方豪:《中西交通史》,第 631 页。

自然不能苛求这些处于传统"天下"观念之中的中国皇帝们。康熙虽对音乐茫然无知,但"确极嗜好数学与音乐"①,且"有意以西乐改善中国旧有音乐"②。这是两种完全不同的古典概念体系的首次碰撞。中国皇帝对西洋音乐的喜爱仅限于好奇,而传教士向欧洲传播中国的音乐,不乏对中国音乐有所赞赏,如认为"中国人是世界上最懂得和声的民族,他们是最遵守和谐法则的人"③,但更多的则是批评,如对中国文化了解甚深的利玛窦所说:

> 中国音乐的全部艺术似乎只在于产生一种单调的节拍,因此他们一点不懂把不同的音符组合起来可以产生变奏与和声。然而他们自己非常夸耀他们的音乐,但对于外国人来说,它却只是嘈杂刺耳而已。虽然事实上他们自称在和谐的演奏音乐领域中首屈一指,但他们表示很欣赏风琴的音乐以及他们迄今所听过的我们所有的乐器。也许他们听到我们的声乐和管弦乐曲后,他们也会以同样的态度加以评价。④

两种体系中的音乐概念虽然相遇,但尚无法相互理解,还在沿着各自的轨道前进。清代乐论中充满了以复古求变的论调,强调乐政传统:"夫士子习乐,以飨孔子,以求乐之理,以辅朝廷之化,以德成而上……而艺成而下,以役于知乐之士。"⑤而在西方,音乐概念还处于两种思想的主导之下。一是数学思想,"毕达格拉斯-柏拉图传统自古代经中世纪到巴洛克被发展为'音乐理论'(musica theoretica),人们以这一传统把音乐定义为'发声的数学'(tönende Mathematik)"⑥。一是宗教思想。如耶稣会严格的七艺教育,其目的只是在于传播宗教。所以,"构成所有近代美学基础的、我们大家都深知熟稔的这个有关五门大艺术的体系,起源于比较近的一个时期,在 18

---

① [意] 马国贤:《中国学院(又名圣家书院)成立史》,转引自方豪:《中西交通史》,第 626 页。
② Froger, *Relation du premier voyage des Francais à la chine*(《法国人初次来华记》),转引自方豪:《中西交通史》,第 625 页。
③ [法] 钱德明(Amiot,Jean Joseph Marie, 1718—1793):《中西古今音乐记》(*Memoires sur la musique Chinois tant anciens que modernes*),转引自陶亚兵:《明清间的中西音乐交流》,第 88 页。
④ [意] 利玛窦、[比] 金尼阁:《利玛窦中国札记》,何高济、王遵仲、李申译,北京:中华书局,1983 年。
⑤ 〔清〕汪烜:《乐经律吕通解》,见《中国音乐美学史资料注译》(增订版),蔡仲德注译,北京:人民音乐出版社,2004 年,第 815 页。
⑥ [德] 卡尔·达尔豪斯:《古典和浪漫时期的音乐美学》,尹耀勤译,长沙:湖南文艺出版社,2006 年,第 1 页。

世纪之前还没有明确地定型"①。对于中西音乐概念的这种隔膜在以下的话中体现得最为明显：

> 当问及中国人对西洋音乐的看法时，中国人会很有礼貌地回答说："你们的音乐不是为我们的耳朵而作的。"有个中国翰林补充说："尽管你说你们的音乐发自心灵、表现情感，但我并没有这样的感受。"中国人对我们音乐无动于衷，而十分喜欢他们自己的音乐，特别对古代音乐感兴趣，并批评我们丢掉了古代产生美好音乐的方法。②

尽管新教在音乐方面的改革在西方音乐史上具有里程碑式的意义③，但来华的新教传教士在利用音乐传播教义的动机方面，和耶稣会传教士无不相同。而早期赴国外的中国人，在文字中关于西洋音乐的记载，多以猎奇为主，少有深入之研究④。

随着西方列强武力入侵，中国士人达成"师夷长技以制夷"的共识。"师夷"的首要步骤之一就是建立新式军队，随之西洋军乐开始被中国军队采用，张之洞、袁世凯、冯玉祥等人提倡尤力。同时，教会学校中也逐渐开始开设音乐课，如香港马礼逊学堂（1842）、上海徐汇中学（1850）、宁波崇信义塾（1845）、上海清心女塾（1861）、山东登州文会馆（1864）、潞河中学（1869）、福州鹤龄英华书院（1881）、上海中西女塾（1893）、湖州湖群女校等⑤。

甲午一役后，学效日本成为社会热潮。此时日本经过明治维新，已经初步吸收了现代音乐概念。日本对于西方音乐的学习，始于1869年（明治二

---

① ［美］保罗·奥斯卡·克里斯特勒：《文艺复兴时期的思想与艺术》，邵宏译，北京：东方出版社，2008年，第168页。
② ［法］钱德明：《中西古今音乐记》，转引自陶亚兵：《明清间的中西音乐交流》，第89页。
③ 陶亚兵：《明清间的中西音乐交流》，第127页。
④ 如《海录》，〔清〕谢清高述，〔清〕杨炳南记，冯承均注释，北京：中华书局，1955年；〔清〕郭连城：《西游笔略》，上海：上海书店出版社，2003年；〔清〕斌椿：《乘槎笔记》，长沙：湖南人民出版社，1982年；〔清〕张德彝：《航海述奇》，长沙：湖南人民出版社，1981年。此类书中关于西洋音乐的见闻甚多。
⑤ 参见汪毓和：《中国近现代音乐史》（第二次修订版），北京：人民音乐出版社，2002年，第28页；中国人民政治协商会议上海市委员会文史资料工作委员会编：《解放前上海的学校》，上海：上海人民出版社，1988年；陶亚兵：《明清间的中西音乐交流》，第192—197页；《帝国主义侵华教育史资料·教会教育》，李楚材辑，北京：教育科学出版社，1987年。教会学校的音乐课程多称为"琴科"，最初以钢琴弹奏为主，后逐渐扩充到声乐、弦乐、音乐史及理论等。

年),这一年萨摩武士开始随英国军队学习军乐。1872年,明治政府公布学制,把"唱歌(乐歌)"列为一个学科,但属于选修范围,其实没有引人重视。1879年,明治政府成立"音乐调挂所(调研所)",由东京师范学校伊泽修二(1851—1917)主持,日本政府的举措表面对音乐的重视加强,对音乐的理解也趋深入。1887年,"音乐调挂所(调研所)"取消,转而成立东京音乐学校。这标志着现代音乐教育制度在日本最终确立①。

在倡议变法的主张中,音乐的重要性也频繁被提及。康有为在《请开学校折》中以欧美为例说明其国盛民强实由立学、重才所致,引证西方学制曰:"乡皆立小学,限举国之民,自七岁以上必入之,教以文史、算数、舆地、物理、歌乐,八年卒业。"②此时康有为对于日本学制已有深入了解,把"歌乐"作为一门学科加以提倡,其含义显然已经不同于中国传统的礼乐观念,而带有了现代音乐概念的特征。梁启超对音乐亦大力提倡,在《饮冰室诗话》中分析中国人无尚武精神,其原因就是"音乐靡曼",而对西方大加赞赏:

> 中国人无尚武精神,其原因甚多,而音乐靡曼亦其一端,此近世识者所同道也。昔斯巴达人被围,乞援于雅典,雅典人以一眇目跛足之学校教师应之,斯巴达人惑焉。及临阵,此教师为作军歌,斯巴达人诵之,勇气百倍,遂以获胜。甚矣声音之道感人深矣。③

在赴日考察教育的热潮中,考察记录中有不少关于音乐方面的记载。如于1901年、1903年两次赴日考察教育的关庚麟在其《日本学校图论》(1903年)一书中记录了"官立东京音乐学校"的课程设置情况,其学分五科:豫科、本科、研究科、师范科和选科,其中本科分为三:声乐部、器乐部和乐歌部④。吕珮芬所撰的《东瀛参观学校记》(1908年)中有关于东京音乐学校课程的记录⑤。

---

① 此段关于日本音乐教育发展的概述,参考[日]榎本泰子:《乐人之都——上海:西洋音乐在近代中国的发轫》,彭瑾译,上海:上海音乐出版社,2003年,第13—14页。
② 康有为:《请开学校折》(1898年6月),《康有为全集》第4集,姜义华、张荣华编校,第315页。
③ 梁启超:《饮冰室诗话》(1900年),五四。
④ 〔清〕关庚麟:《日本学校图论》,王宝平主编:《晚清中国人日本考察集成:教育考察记》上册,吕顺长编著,杭州:杭州大学出版社,1999年,第203页。
⑤ 〔清〕吕珮芬:《东瀛参观学校记》,王宝平主编:《晚清中国人日本考察集成:教育考察记》下册,吕顺长编著,第872—873页。

在壬寅—癸卯学制酝酿的过程中,中国人对音乐在教育中作用的认识已逐渐加深,特别是对于日本提倡音乐的举动予以赞扬。奋翎生在《军国民篇》中说:"日本在维新以来,一切音乐皆模法泰西,而唱歌则为学校功课之一。然即非军歌军乐,亦莫不含有爱国尚武之意,听闻之余,自可奋发精神于不知不觉之中。"①匪石在《中国音乐改良说》中也说:"明治改革,盛行西乐,自师范学校以下,莫不兼习乐学……西乐之为用也,常能鼓吹国民进取之思想,而又造国民合同一致之志意。"②李宝巽在《〈教育唱歌〉序》(1905年)中也说:

> 日本维新之初,颁大、中、小各学校制度,随即补入唱歌一科,并设立音乐专门学校,以期养成教员。盖唱歌者,所以涵养其德性,唤起其精神,童而习之,一种笃实之念,忠爱之情,有陶淑渐摩于不觉者也。③

于1903年入东京音乐学校学习的曾志忞(1879—1929)在《〈乐理大意〉序》(1903年)中说:

> 远自欧美,近自日本,凡言教育者,莫不重视音乐。而其于小学校唱歌一科,更与国语并重。盖其间经教育家、理论家,研究殆百余年,而有今日之大光明也。吾国音乐发达之早,甲于地球,且盛于三代,为六艺之一,自古言教育者无不重之。汉以来,雅乐沦亡,俗乐淫陋。降至近世,几以音乐为非学者所当闻问。呜呼!乐之为物,可兴感,可怡悦,学校中不可少之科目也。④

他认为中国古代和西方,都把音乐放在教育的核心位置,但汉代以来雅乐沦亡,俗乐代兴,造成社会之"淫陋",故对音乐要大加提倡。他又在《〈乐典教科书〉自序》(1904年)⑤中,提出了音乐教育的具体主张,见解之深入与全面,实属可贵。

---

① 奋翎生:《军国民篇》,《新民丛报》1902年2月第3号。
② 匪石:《中国音乐改良说》,《浙江潮》第6期,1903年6月。
③ 李宝巽:《〈教育唱歌〉序》(1905年),《中国近代音乐史料汇编》(1840—1919),张静蔚编选,第146页。
④ 曾志忞:《〈乐理大意〉序》(1903年),《江苏》1903年第6期,《中国近代音乐史料汇编》(1840—1919),张静蔚编选,第142页。
⑤ 曾志忞:《〈乐典教科书〉自序》(1904年),《中国近代音乐史料汇编》(1840—1919),张静蔚编选,第210页。

曾志忞《〈乐典教科书〉自序》(1904年)所举音乐教育主张

音乐之关于学校者	发音之正确		以上就唱歌之教授言
	涵养之习练		
	思想之优美		
	团体之一致		
音乐之关于社会者	德育	忠孝、公德	以上就唱歌之普及、乐器之感人言
		自治、独立	
	智育	普通知识	
		农、工、商、实业	
	体育	尚武精神	
		敏捷举动	

真正确立音乐在学制中地位的标志是1904年1月13日最终公布的《奏定学堂章程》，其中关于音乐课程的名目有"歌诗""歌谣""音乐""乐歌"等。这份带有深刻日本学制痕迹的学制章程，在音乐课程方面，亦采用了日本的做法。日本学制中的"唱歌（乐歌）"课程被列为"暂时不教也罢"的科目①，《奏定学堂章程》中多把音乐课程列为"随意科"。

《章程》虽列设音乐科目，承认其在教育体制中的作用，但所据内容，却是以复古为主要特征。在初等小学堂、高等小学堂和初级师范学堂的章程中，对"歌诗"科目的解说如下：

> 外国中、小学堂皆有唱歌音乐一门功课，本古人弦歌学道之意。惟中国雅乐久微，势难仿照。然考王文成《训蒙教约》，以歌诗为涵养之方，学中每日轮班歌诗；吕新吾《社学要略》，每日童子倦怠之时，歌诗一章，择浅近能感发者令歌之。今师其意，以读有益风化之古诗歌列入功课。
>
> 初等小学堂读古诗歌，须择古歌谣及古人五言绝句之理正词婉、能

---

① [日]榎本泰子：《乐人之都——上海：西洋音乐在近代中国的发轫》，彭瑾译，第13页。

感发人者。惟只可读三、四、五言，句法万不可长，每首字数尤不可多。遇闲暇放学时，即令其吟诵，以养其性情，且舒其肺气。但万不可读律诗。高等小学堂、中学堂读古诗歌，五、七言均可。高等小学堂仍宜短篇，中学堂篇幅长短不拘，亦须择其词旨雅正而音节谐和者，其有益于学生与小学同，但万不可读律诗。学堂内万不宜作诗，以免多占时刻，诵读既多，必然能作，遏之不可，不待教也。

小学、中学所读之诗歌，可相学生之年齿，选取通行之《古诗源》《古谣源》二书，并郭茂倩《乐府诗集》中之雅正铿锵者（其轻佻不庄者勿读），及李白、孟郊、白居易、张籍、杨维桢、李东阳、尤侗诸人之乐府，暨其他名家集中之乐府有益风化者读之。又如唐、宋之七言绝句词义兼美者，皆协律可歌，亦可授读，皆有合于古人诗言志、律和声之旨，即可通于外国学堂唱歌作乐、和性忘劳之用。①

可见，建制音乐之目的，乃是要追溯"弦歌学道"，以"有益风化"，"涵养德性"，兼及"养其性情"、"和性忘劳"，其本在于礼乐教化之传统。如果考虑到主持者张之洞著名的"中体西用"论，和他一贯以经典作为教育之本的主张，这段对于"歌诗"解读的旨意就更清楚了。这一倾向在1906年学部颁布的《奏陈教育宗旨折》中体现得更为明显。张之洞在《学务纲要》中，没有提出教育宗旨，此为当时之疏忽。故学部于1906年公布了"忠君、尊孔、尚公、尚武、尚实"的教育宗旨②。其实，此折表面是为颁布教育宗旨，实则是"拨乱反正"："近世目论之士袭泰西政教之皮毛者，甚欲举吾国固有彝伦而弃之，此非以图强，适以召乱耳。"③提倡五种宗旨，实则重在忠君、尊孔两端。忠君目的在于"务使全国学生每饭不忘忠义，仰先烈而思天地高厚之恩，睹时局而深风雨飘摇之惧，则一切犯名干义之邪说皆无自而萌"④。赞扬孔学，"其经义之贯彻中外，洞达天人，经注经说之足资羽翼者，必条分缕析，编为教科，颁为学堂以为圭臬"⑤。所以，对于音乐而言，此前尚提出"养其性情"之说，如今一变而为"于音乐一科，则恭辑国朝之武功战事演为诗

---

① 《奏定初等小学堂章程》(1904年1月13日)，璩鑫圭、唐良炎编：《学制演变》，第308—309页。
② 学部：《奏陈教育宗旨折》(1906年3月25日)，璩鑫圭、唐良炎编：《学制演变》，第543页。
③ 学部：《奏陈教育宗旨折》(1906年3月25日)，璩鑫圭、唐良炎编：《学制演变》，第543页。
④ 学部：《奏陈教育宗旨折》(1906年3月25日)，璩鑫圭、唐良炎编：《学制演变》，第543页。
⑤ 学部：《奏陈教育宗旨折》(1906年3月25日)，璩鑫圭、唐良炎编：《学制演变》，第544页。

歌,其后先死绥诸臣尤宜鼓吹挖扬,以励其百折不回视死如归之志"①。成为颂扬战事武功的工具。

壬寅—癸卯学制中的音乐科目

章程文本	学制阶段		内　　容
《奏定初等小学堂章程》(1904年1月13日)	初等小学堂	歌诗	"外国中、小学堂皆有唱歌音乐一门功课,本古人弦歌学道之意。惟中国雅乐久微,势难仿照。然考王文成《训蒙教约》,以歌诗为涵养之方,学中每日轮班歌诗;吕新吾《社学要略》,每日童子倦怠之时,歌诗一章,择浅近能感发者令歌之。今师其意,以读有益风化之古诗歌列入功课。……遇闲暇放学时,即令其吟诵,以养其性情,且舒其肺气。……可通于外国学堂唱歌作乐、和性忘劳之用"②
《奏定高等小学堂章程》(1904年1月13日)	高等小学堂		
《奏定初级师范学堂章程》(1904年1月13日)	初级师范学堂		
《奏定蒙养院章程及家庭教育法章程》(1904年1月13日)	蒙养院	歌谣	"歌谣俟幼儿在五六岁时渐有心喜歌唱之际,可使歌平和浅易之小诗,如古人短歌谣及古人五言绝句皆可;并可使幼儿之耳目喉舌运用舒畅,以助其发育,且使心情和悦,为德性涵养之质"
学部《奏陈教育宗旨折》(1906年3月25日)			"于音乐一科,则恭辑国朝之武功战事演为诗歌,其后先死绥诸臣尤宜鼓吹挖扬,以励其百折不回视死如归之志"
学部《奏请变通初等小学堂章程折》(1909年5月15日)	初等小学堂	乐歌	"现拟酌量省并,约为五科:曰修身,曰读经、讲经,曰中国文学,曰算术,曰体操。其历史、地理、格致三科,则编入文学读本内教之,并附入乐歌一科,手工、图画仍作为随意科目,以存其旧"
学部《奏变通中学堂课程为文科、实科折》(1909年5月15日)	中学堂	文科	乐歌	"乐歌乃古人弦诵之遗,各国皆有此科,应列为随意科目,择五、七言古诗歌词旨雅正、音节谐和,足以发舒志气、涵养性情,篇幅不甚长者,于一星期内酌加一二小时教之"
		实科		

---

① 学部:《奏陈教育宗旨折》(1906年3月25日),璩鑫圭、唐良炎编:《学制演变》,第545页。
② 《奏定学务纲要》中亦称:"古今体诗辞赋,所以涵养性情,发抒怀抱。中国乐学久微,借此亦可稍存古人乐教遗意。"见《奏定学务纲要》(1904年1月13日),璩鑫圭、唐良炎编:《学制演变》,第499页。

续表

章程文本	学制阶段		内容
学部《奏定女学堂章程折》(1907年3月8日)	女子师范学堂	音乐	"其要旨在使感发其心志,涵养其德性,凡选用或编制歌词,必择其有裨风教者。其授课程度,授单音歌、复音歌及乐器之用法;并授以教授音乐之次序法则"
	女子初等小学堂	音乐(随意科)	"其要旨在使学习平易雅正之乐歌。凡选用或编制歌词,必择其切于伦常日用有裨风教者,俾足感发其性情,涵养其德性"

在癸卯学制公布之后,一些公立、私立学校开始采用学制内容,在课程中加入音乐科目。值得注意的是,其中有些学校的章程指出音乐对于美感培养的意义。如《上海公立幼稚舍章程》(1904年)中称:"教育机关云唱歌者,培养美感,高洁心情,涵养情性也。"①可见,由于西方音乐概念的传入,中国人逐渐接受了西方现代音乐概念,强调其无功利性的纯粹美感特性。匪石在此前的《中国音乐改良说》中,已经开始提倡音乐作为"感情教育"的手段:

不言教育则已,苟言之,其必以感情教育为上乘。盖感情者,使人自入于至情之范围,而未尝或叛者也。夫论事不外情理二者,泰东西立国之大别,则泰东以理,泰西以情。以理防之而不终胜,故中国数千年来,颜、曾、孟、周、张、程、朱诸学子,日以仁义道德之说鼓动社会而终不行,而其祸且横于洪水猛兽,非理之为害也,其极乃至是也。以情者爱之而有余慕,而又制之以礼,则所谓人道问题,所谓天国,所谓极乐世界,皆互诘而无终始。至情无极,天地无极,吾教育亦无极。嗟,我国民可以兴矣。②

音乐关涉人的感情,如是把音乐归于仁义道德,如同《奏定学堂章程》那样,则感情不能舒张,"其祸且横于洪水猛兽"。这些都是现代西方音乐概念影响的结果。

对音乐在感情方面作用的强调,在现代中国启蒙的思想背景中,尚不足以成为确立音乐价值的唯一立足点。当时比较公允的看法是,音乐具有审

---

① 《上海公立幼稚舍章程》(1904年),李桂林、戚名琇、钱曼倩编:《普通教育》,第15页。
② 匪石:《中国音乐改良说》,《浙江潮》第6期,1903年6月,《中国近代音乐史料汇编》(1840—1919),张静蔚编选,第192—193页。

美和道德的双重价值。如剑虹在《音乐于教育界之功用》一文中指出:"盖音乐者,含有美的方面及道德的方面之二方面。自美的方面观之,即养成纯美高洁之感情也;自道德的方面观之,即高尚儿童之品性,纯洁其思想,并养成爱国的感情也。"①另一文章也有类似的观点:"音乐实为涵养德性之要道,非仅成有一科学而已。……音乐者,不但可以发动高尚优美之性情,亦可以涵养道德之心者也。……是故音乐一科,不仅学校宜有之,其关系于社会实非浅鲜也。"②音乐的价值体现在两个方面:一是美学方面,"发动高尚优美之性情";一是道德方面,"涵养道德之心"。所以,音乐不但是一门学科,更是"涵养德性之要道";不但关系个人之意趣,更是关系整个社会。这种意见逐渐成为社会主流看法。

壬寅—癸卯学制时期学校的音乐科目

章　　程	学制阶段	内　　容
《上海公立幼稚舍章程》(1904 年)	幼稚园	唱歌	"乐歌为体育之一端,与体操并重;体操以体力发见精神,充贯血气强身之本,而神定气果,心因以壮,志因以立焉。乐歌以音响节奏发育精神,以歌词令其舞蹈,肖像运动筋脉,以歌意发其一唱三叹之感情,盖关系于国民忠爱思想者,如影随形。此化育之宗也,安可忽之?各歌皆取发育小儿身心;教育机关云唱歌者,培养美感,高洁心情,涵养性情也。有单音歌、轮环唱歌、复音唱歌之分,轮环、复音稍难,幼稚园中惟教单音。乐歌一道为用最大,凡立学堂不设乐歌,是为有育无育,是为不淑之教。盖不止幼稚园为然也。……体操发达其表,乐歌发达其里;强健四肢莫善体操,乃全乐歌之妙在于舞蹈,以状所歌之事与词,而用音响节奏以发扬之。学童得此天养,其粗躁之气、卑鄙之心久自消除"③

---

① 剑虹:《音乐于教育界之功用》,《云南》1906 年第 2 号,《中国近代音乐史料汇编》(1840—1919),张静蔚编选,第 220 页。
② 三联书店编辑部编:《东方杂志总目(一九〇四年三月——一九四八年十二月)》,北京:生活的·读书·新知三联书店,1957 年,第 73 页。引文见《中国近代音乐史料汇编》(1840—1919),张静蔚编选,第 92 页。
③ 《上海公立幼稚舍章程》(1904 年),李桂林、戚名琇、钱曼倩编:《普通教育》,第 15—16 页。

续 表

章　程	学制阶段	内　　容
《上海私塾改良总会章程》(1905年)	私塾	乐歌(随意科)
《万竹小学校视察记》	初等小学校	唱歌　"唱歌要旨在使儿童唱平易歌曲,以涵养美感,陶冶德性。歌词务使儿童能解以浅而不俗为归"

由于学制把音乐列作随意科,导致实际的实行效果很差。曾志忞说:"今中国之音乐立可谓之'非音乐',盖一堂演奏不过一场狂吠乱嚷尔。"①其他学科都有明显的推进,独音乐受到冷落。有人就指出:"各项学术,学者竞从事研究,独怪音乐一科讲究者甚寥寥也。……今也乃百废维新,新学兴隆,将欲图进而与列强骈驰焉。想音乐一科,文明诸国,所特注重,乃研究斯学,岂可忽诸。"②光绪三十四年(1908)二月,使日大臣请发音乐学生官费,学部覆谓:"音乐……学校虽系文部直辖,惟核其所修之学业尚非中国今日最急之务,嗣后亦可不必改给官费。"③究其原因,无非在于,当前之要务在于救国图强,故那些与国计民生有直接作用的学科应该优先发展。

今者鉴于世界各国之通例,学校教授,设有音乐一科。而授是科者,舍吾国旧有之乐,一以他国之器、他国之谱充之。固执者以为近于儿戏,心弗善也。圆通者视之为随意科,虽设而不以为意也。兴学十余年,此科尚视若无研究之价值,通才硕学,鲜论及焉。④

殊不知,这是舍本逐末的做法。李宝巽对此有犀利的论述:

今者朝廷叠下明诏,颁发学制,各省疆臣亦竭力振兴之,教育之盛,

---

① 曾志忞:《〈日本音乐非真音乐〉译者序、跋》,《醒狮》第2期,1905年10月,《中国近代音乐史料汇编》(1840—1919),张静蔚编选,第216页。
② 《清国俗乐集》"第一集序"(1908年),《中国近代音乐史料汇编》(1840—1919),张静蔚编选,第131—132页。
③ 《学部奏咨辑要》(初编),转引自舒新城编:《近代中国教育思想史》,福州:福建教育出版社,2007年,第114—115页。
④ 童斐:《音乐教材之商榷》,《东方杂志》第14卷第8号,1917年,《中国近代音乐史料汇编》(1840—1919),张静蔚编选,第285页。

其庶几乎？顾事属草创，科学尚未臻完备，音乐一门更阙焉不讲。夫中国今日所汲汲未遑者，政治也，法律也，经济也，海陆军也，不此之图，而仅曰音乐，得毋谓非当务之急乎？不知今日所急者，虽不在此，而所以养成人才，以求能学。夫政治、法律、经济、海陆军与夫一切专门之学者，固基础于教育。而所以作教育之精神者，非音乐不为功。东西文明诸国，莫不皆然。然则音乐之不可缺也，盖可知矣。①

其他学科属于专门之学，其效果在于一方，精神之教育，乃是教育之本，全赖音乐之推行。本末兼行，方见成效，舍本逐末，实难成功。

除了不重视之外，另一实际困难是缺乏教员。"中国近年维新，窃取西洋的调子，编为学校唱歌，以为便可借以陶育学子。据我看来，效力是很薄弱。因为选择唱歌的人，无判断音乐的知识，好者不知采取，所采者大半是坏的。"②如此一来，效果自然不好。

亦有对音乐尽力推行、倡导者。如 1905 年 3 月《直隶教育杂志》第 5 期刊载《议设音乐学堂》一文，其中提到："鄂督张宫保，以鄂省各学堂，大致具备，惟音乐一门，尚属阙如。爰饬学务处筹议章程，专议一堂，研究此科。闻所需经费无多，尚易筹划，大约今春即可开办。"③学制推广初期，经费问题是各地兴学之重要障碍，地方官员能够尽力为音乐一科之开办专筹经费，实属难得。倡导音乐极为热心的梁启超，看到有学生入东京音乐学校学习，不由大受鼓舞："去年闻学生某君入东京音乐学校，专研究音乐，余喜无量。盖欲改造国民之品质，则诗歌音乐为精神教育之一要件，此稍有识者所能知也。"④看到杂志上发表的中国音乐改良的文字，更是激动万分，称之为"中国文学复兴之先河"："顷读杂志《江苏》，屡陈中国音乐改良之义，其第七号已谱出军歌、学校歌数阕，读之拍案叫绝，此中国文学复兴之先河也。"⑤

真正对于现代音乐概念进行阐述的是王国维。王国维在《论小学校唱歌科之材料》中首先明确了学制改革中开设音乐科的现象值得肯定："今日

---

① 李宝巽：《〈教育唱歌〉序》（1905 年），《中国近代音乐史料汇编》（1840—1919），张静蔚编选，第 146—147 页。
② 《音乐与教育》，孙时讲述，郑崇贤笔记，《云南教育杂志》1919 年第 7 号，《中国近代音乐史料汇编》（1840—1919），张静蔚编选，第 297 页。
③ 《议设音乐学堂》（1905 年），《直隶教育杂志》第 5 期，1905 年 3 月，《中国近代音乐史料汇编》（1840—1919），张静蔚编选，第 123 页。
④ 梁启超：《饮冰室诗话》（1900 年），七七。
⑤ 梁启超：《饮冰室诗话》（1900 年），七七。

教育上有一可喜之现象,则音乐研究之勃兴是也。"①但就现实情况来说,提倡者甚众,但"于此科之价值实尚未尽晓也"②。王国维指出小学校开设音乐科本意有三:"(一)调和其感情,(二)陶冶其意志,(三)练习其聪明官及发声器是也。"③实则可归于两点,(一)和(三)是关涉音乐本身者,称之为音乐的"第一目的";(二)是音乐关涉修身目的者,可称之为音乐的"第二目的"。《奏定学堂章程》以音乐为忠君、尊孔的工具,视之为涵养德性的手段,王国维认为均失其本意。音乐之目的在于自身,对于修身的完善是相伴生的效用,而不可视之为根本目的:

> 唱歌科之目的,自以前者为重,即就后者言之,则唱歌科之补助修身科,亦在形式而不在内容(歌词)。虽有声无词之音乐,自有陶冶品性,使之高尚和平之力,固不必用修身科之材料为唱歌科之材料也。故选择歌词之标准,宁从前者而不从后者,若徒以干燥拙劣之辞述道德上之教训,恐第二目的未达,而已失其第一之目的矣。④

若以道德为音乐之根本追求,则两种效果都难以达到。在此,王国维提出了确立音乐自身价值的看法,这是他吸取康德、叔本华(Arthur Schopenhauer, 1788—1860)和尼采诸人美学思想的结果。这一看法已完全属于现代的音乐概念了。

民国初造,蔡元培主持修订了新的学制,即"壬子—癸丑学制"。蔡元培在《对于新教育之意见》一文中全面陈述了他的教育思想。在蔡元培的概念世界中,艺术类概念已经完全是现代意义上的了。且须注意的是,"唱歌"已被列入多个学制阶段的必修科目。尽管学制亦谈到唱歌科之目的在于"涵养美感,陶冶德性",但这已经属于另外一个层面上的问题了,它关涉蔡元培教育思想的终极目的。

---

① 王国维:《论小学校唱歌科之材料》,《教育世界》第148号,1907年5月。谢维扬、房鑫亮主编:《王国维全集》第十四卷,杭州:浙江教育出版社,广州:广东教育出版社,2010年,第117页。
② 王国维:《论小学校唱歌科之材料》,《教育世界》第148号,1907年5月。谢维扬、房鑫亮主编:《王国维全集》第十四卷,第117页。
③ 王国维:《论小学校唱歌科之材料》,《教育世界》第148号,1907年5月。谢维扬、房鑫亮主编:《王国维全集》第十四卷,第117页。
④ 王国维:《论小学校唱歌科之材料》,《教育世界》第148号,1907年5月。谢维扬、房鑫亮主编:《王国维全集》第十四卷,第117页。

壬子—癸丑学制中的音乐科目

章　程	学制阶段		内　　容
《普通教育暂行课程标准》（1912年1月19日）	初等小学校	唱歌（选修科目）	"初等小学校之学科目为修身、国文、算术、游戏、体操。视地方情形，得加设图画、手工、唱歌之一科目或数科目"
	高等小学校	唱歌（选修）	
	中学校	唱歌（必修）	
	师范学校	唱歌（必修）	
《教育部公布小学校令》（1912年9月28日）	初等小学校	唱歌	"遇不得已时，可暂缺手工、图画、唱歌之一科目或数科目"
	高等小学校	唱歌（选修）	"遇不得已时，手工、唱歌亦得暂缺"
《教育部订定小学校教则及课程表》（1912年12月）	初等小学校	唱歌（初等小学校宜授平易之单音唱歌）	"唱歌要旨，在使儿童唱平易歌曲，以涵养美感，陶冶德性"
	高等小学校	唱歌（高等小学校首宜依前项教授，渐增其程度，并得酌授简易之复音唱歌）	
《教育部公布专门学校令》（1912年10月22日）	专门学校	音乐专门学校	
《教育部公布中学校令施行规则》（1912年12月2日）	中学校	乐歌	"乐歌要旨，在使谙习唱歌及音乐大要，以涵养德性及美感。乐歌先授单音，次授复音及乐器用法"
《教育部公布师范学校规程》（1912年12月10日）	师范学校	预科	乐歌	"乐歌要旨，在习得音乐之知识技能，以涵养德性及美感，并解悟小学校唱歌教授法。乐歌宜先授单音，次授复音及乐器用法并教授法"
		本科		

续　表

章　程	学制阶段			内　容	
《教育部公布高等学校规程》(1913年2月24日)	本科			乐歌(随意科)	
《教育部公布实业学校规程》(1913年8月4日)	实业学校	农业学校	甲种预科	唱歌(选修)	
《大总统申令(公布高等小学校令)》(1915年7月31日)	高等小学校			唱歌	"遇不得已时,手工、唱歌亦得暂缺"
《大总统申令(公布国民学校令)》(1915年7月31日)	国民学校			唱歌	"遇不得已时,可暂缺手工、图画、唱歌之一科目或数科目"
《大总统申令(公布预备学校令)》(1915年11月7日)	预备学校			唱歌	
《教育部公布国民学校令施行细则》(1916年1月8日)	国民学校			唱歌	"唱歌要旨,在使儿童唱平易歌曲,以涵养美感,陶冶德性。宜授平易之单音唱歌。歌词乐谱宜平易雅正,使儿童心情活泼优美"
《教育部公布高等小学校施行细则》(1916年1月8日)	高等小学校			唱歌	

第六章　中国现代美育思想的演变

第一节　从"三育"到"四育"：美育的确立

中国古代的教育以"六艺"为宗旨，乃是一种通识性的古典教育模式。西学东渐，西方现代学术分科体制亦进入中国，由知识资源渐而转变为思想资源，从而影响了现代中国的思想转型。就教育宗旨来看，传统的"六艺"观逐渐被西方的"三育""四育"说所替代。无疑，其中亦涵盖了中国古典教育的某些精髓。

中国现代最早对"三育"观念的介绍导源于严复。德、智、体是严复对斯宾塞（Herbert Spencer，1820—1903）著作中 moral、intellectual、physical 的翻译。严复的翻译并非是以教育宗旨为目的，而是为了揭示强国国民所必须具备的几个要素①。1895 年 3 月 4 日至 3 月 9 日，天津《直报》连载《原强》，其中有语曰：

> 第由是而观之，则及今而图自强，非标本并治焉，固不可也。不为其标，则无以救目前之溃败；不为其本，则虽治其标，而不久亦将自废。标者何？收大权、练军实，如俄国所为是已。至于其本，则亦于民智、民力、民德三者加之意而已。果使民智日开，民力日奋，民德日和，则上虽不治其标，而标将自立。②

在《原强（修订稿）》中，严复亦说：

---

① 王尔敏：《德、智、体、群四育的缘起》，王尔敏：《中国近代思想史论续集》，北京：社会科学文献出版社，2005 年，第 139—140 页。
② 严复：《原强》，王栻主编：《严复集》第一册，北京：中华书局，1986 年，第 14 页。

> 盖生民之大要三,而强弱存亡莫不视此:一曰血气体力之强,二曰聪明智虑之强,三曰德行仁义之强。是译西洋观化言治之家,莫不以民力、民智、民德三者断民种种之高下。未有三者备而民生不优,亦未有三者备而国威不奋者也。①

毋宁说,此时严复的"三育"观念与传统"六艺"与"三达德"(智、仁、勇)的内涵更为接近,而与现代"三育"说的含意有很大区别。就"三育"与"六艺"的对应关系看,德育近乎礼、乐,智育近乎书、数,而体育近乎射、御②。而对"三育"与"三达德"的关系的联系,在张之洞的《劝学篇》中已可见端倪③:

> 鲁,弱国也,哀公问政,而孔子告之曰:"好学近乎智,力行近乎仁,知耻近乎勇。"终之曰:"果能此道矣,虽愚必明,虽柔必强。"兹《内篇》所言,皆求仁之事也。《外篇》所言,皆求智、求勇之事也。④

这其实是种形似神异的比较,不消说中西的德育具有各自独特的内容,智育方面内涵和方向的分异更是造成了中西现代历史的不同路向。

如果说严复最早关于民智、民力和民德的介绍只是就一般国民素质进行的论说的话,那么此后他就开始把这些要素同教育结合起来了。这也是中国近现代思想家的通用做法——寻找到一种理论,通过教育的手段加以普及。1906年6月15日,严复在上海青年会发表演说,题为"教授新法"⑤。其中明确提出了"三育"(德育、智育、体育)说:"不佞今夕所谈,趋重智、德二育。体育虽重,于此一及,不更及矣。"⑥但其论说的依据已经不是斯宾塞和中国传统的"六艺"了,一个重要的思想资源已经化入他的言论,即知、情、意分立观念。这一点,严复在翻译孟德斯鸠的《法意》的按语中已经指出:

---

① 严复:《原强(修订稿)》,王栻主编:《严复集》第一册,第18页。
② 对此王尔敏亦有精彩分析,见王尔敏:《德、智、体、群四育的缘起》,王尔敏:《中国近代思想史论续集》,第139—140页。
③ 王尔敏:《德、智、体、群四育的缘起》,王尔敏:《中国近代思想史论续集》,第141页。
④ 〔清〕张之洞:《劝学篇》"序",苑书义、孙华峰、李秉新主编:《张之洞全集》第十二册,石家庄:河北人民出版社,1998年,第9075—9076页。
⑤ 此演说原稿本藏于中国历史博物馆,上部分残缺,无题,《严复集》拟名"论今日教育应以物理科学为务之急"。参考王栻主编:《严复集》第二册,第278页;孙应祥:《严复年谱》,福州:福建人民出版社,2003年,第278页。
⑥ 严复:《论今日教育应以物理科学为务之急》,王栻主编:《严复集》第二册,第279页。

"东西古哲之言曰：人道之所贵，一曰诚，二曰善，三曰美。"①

在严复那里，在不同的语境中"三育"似乎有两种含义：一是德育、智育和体育，一是德育、智育和美育。在前一种分类中，智育实则包括后来所谓的智育（狭义）和美育。原因如严复所说：

> 心如形体，有支部可言，有思理，有感情。思理者，一切心之所思，口之所发，可以是非然否分别者也。感情者，一切心之感觉，忧喜悲愉，赏会无端，揽结不尽，而不可以是非然否分别者也。②

尽管严复倡言德、智、体三育，但他最为看重的是其中的智育。而智育包括理、情两端，学科代表为科学与美术。而事实上，美术对于德育的促进作用更大：

> 以心之方面常分为二如此，故其于人也，或长于理而短于情，或长于情而短于理。如卢梭自谓生平于学术物境，强半得诸感会，非由思理而通，可知其人受质之异。譬诸文章、论辩、书说，出于思理者也；诗骚、词赋，生于感情者也。思理善，必文理密，察礼之事也。感情善，必和说微，至乐之事也。西人谓一切物性科学之教，皆思理之事，一切美术文章之教，皆感情之事。然而二者往往相入不可径分。科学之中，大有感情；美术之功，半存思理。而教育之事，在取学者之心之二方面而并陶之，使无至于偏胜。即不然，亦勿使一甚一亡。至于一甚一亡，则教育之道苦矣。德育主于感情，智育主于思理，故德育多资美术，而智育多用科学。③

严复的德、智、体三育说，其实已经包含了德、智、体、美"四育"说的萌芽④。

甲午后学习日本的潮流中，对于教育思想和制度学习是最重要的内容

---

① 《法意》卷一九，[法] 孟德斯鸠原著，严复译述，上海：商务印书馆，1931年，第6页。
② 严复：《论今日教育应以物理科学为当务之急》，王栻主编：《严复集》第二册，第279页。
③ 严复：《论今日教育应以物理科学为当务之急》，王栻主编：《严复集》第二册，第279—280页。
④ "四育"说另一表现形式是德、智、体、群四育。群育的萌生亦肇始于严复，他结合中国古代"群"的思想，来译sociology，并使得"群"的思想进入到中国近代教育宗旨之中。详见王尔敏：《德、智、体、群四育的缘起》，王尔敏：《中国近代思想史论续集》，第141—155页。

之一。日本学制之中,以德育、智育和体育三者为宗旨,这在有关史料中多有提及。杨荫栋、周祖培(1793—1867)翻译日本人成濑仁藏所撰《女子教育论》,"分宗旨、德育、智育、体育四类"①论述。吴汝纶于此也有详细绍介,他在《东游丛录》中引述《佛国小学校教育课程》曰:"教育分三种:一、体育,二、智育,三、德育。"②另引《日本体育会体操学校松井次郎兵卫来书》曰:"抑体育者,教育之基础,富强之渊源,而天下之得失系焉。"③"完全教育,精神之修养,与身体之训练,不可离矣。"④是时西方和日本把德、智、体三育作为教育方针,成为社会普遍共识。如吴汝纶在日期间会谈日本学者,"伊藤来谈教育之法,谓有德育、智育、体育,今中国志在智育,似未善,无德育则乱,无体育则弱。吾谓'智开然后知德教'"⑤。沈兆祎的《新学书目提要》亦称"泰西言教育者率以德育、智育、体育三者分举"⑥。顾燮光的《译书经眼录》在评述《实用教育学》(日本越智直、安东辰巳郎合著,张肇桐译)时亦指出此书"论智育、体育、德育,即《中庸》所谓三达德,足为中外古今一理之据"⑦。

如上述,严复已经不囿于西方和日本的传统提出"四育"(德、智、体、群)之说,且已经暗示"美育"的思想出现。在这一点上,时人亦有同道者。海门季新益笔译日本著作《教育学原理》(日本东京教科书辑译社本,日本尺秀三郎、中岛半次郎讲述),已经不满于"三育"的范围而增加了"情育"一项:

> (此书)颇引西国大儒论学之言,可为准则。近来谈教科书者以智育、体育、德育并列为三,盖本于希腊阿里士多德之旨,此书独增情育一条以补其未备,感化一篇所推各节即情育之事也,盖略出于卢骚、康德之绪论,其发明新理尤多,皆本于心得而课之事实,有足取焉。⑧

---

① 顾燮光:《译书经眼录》,熊月之主编:《晚清新学书目提要》,上海:上海书店出版社,2007年,第279页。
② 〔清〕吴汝纶:《东游丛录》,《吴汝纶全集》第三册,施培毅、徐寿凯校点,合肥:黄山书社,2002年,第700页。
③ 〔清〕吴汝纶:《东游丛录》,《吴汝纶全集》第三册,施培毅、徐寿凯校点,第750页。
④ 〔清〕吴汝纶:《东游丛录》,《吴汝纶全集》第三册,施培毅、徐寿凯校点,第751页。
⑤ 《吴汝纶全集》第四册,施培毅、徐寿凯校点,第676页。
⑥ 沈兆祎:《新学书目提要》,熊月之主编:《晚清新学书目提要》,第414页。
⑦ 顾燮光:《译书经眼录》,熊月之主编:《晚清新学书目提要》,第277—278页。
⑧ 沈兆祎:《新学书目提要》,熊月之主编:《晚清新学书目提要》,第413—414页。

"情育"与"美育"异名同实,尽管中国向之学习的日本没有明确的"美育"观念,但中国知识分子已经在为养成"完全的人"而探索新的方向了。

第二节　王国维:培育完全的人

中国近代教育制度,沿袭日本者甚多,但对于美育方面的内容却没有足够的重视。所以,舒新城说:"光绪二十九年的新教育制度,对于日本学校的种种方法,大概抄得很全备,而独不及美育。"①这话虽不中,亦不远矣。说其不中,乃是因为晚清的学制中已经有了关于审美教育的内容,如对于音乐、美术的逐渐重视。说其不远,乃是因为晚清学制中的美育思想,囿于实用或伦理目的,尚未走向完全独立。

在对于新学制的思考中,王国维认为,哲学和美育类内容的缺失,是新学制的重大失误之处。王国维对于哲学、美学的论述,为这两个学科确立了自身的合法性,同样,他对于美育的呼吁,最早开启了中国现代美育思潮。

在译自日本人牧濑五一郎的《教育学教科书》中,王国维最早提到了"美育",这在中国现代美学史上意义重大。此书指出:"教育之目的,一言以蔽之曰:在养成完全之人物。"课程设置:

> 合修身、国语、历史、地理谓之文科,合博物、理、化、数学谓之理科,合习字、图画、唱歌谓之技艺科。又文、理科之教育,谓之智育;图画、唱歌等,谓之美育。或以关文、理、艺三科之教育为智育,关修身科之教育为德育,关体操科之教育为体育。②

有学者指出,本书"明确提出了智育、美育、德育、体育四育思想,其中美育的提出在中国教育界是首次,尽管这还不是中国人自己的主张,但在中国教育史上有划时代的意义"③。

---

① 舒新城编:《近代中国教育思想史》,福州:福建教育出版社,2007年,第114页。
② [日]牧濑五一郎:《教育学教科书》,王国维译,《教育世界》第29、30号,1902年7月。1905年收入教育世界社印行的《教育丛书》二集。谢维扬、房鑫亮主编:《王国维全集》第十七卷,杭州:浙江教育出版社,广州:广东教育出版社,2009年,第496页。
③ 肖朗:《王国维与西方教育学理论的导入》,《浙江大学学报》(人文社科版)2000年第6期。

前已述及,知、情、意分立思想是西方现代性思想的重要特征,也是现代知识体系确立的思想基础。王国维对于西方思想的接引,即是以此为基点的。他由此确立了哲学、美学、艺术的独立价值,同样,把这一思想运用到教育领域,自然就出现了强调美育的结果。如果说王国维在哲学上受到康德、叔本华和尼采的影响甚大,那么在美育思想上,则从席勒和赫尔巴特那里得到了许多启示。

王国维敏锐地观察到席勒在西方首倡美育的思想背景:

> 希尔列尔之美育论,盖鉴于当时之弊而发。十八世纪,宗教之抑情的教育犹跋扈于时。彼等不谋性情之圆满发达,而徒造成偏颇不自然之人物,其弊一也。一般学者惟知力之是尚,欲批评一切事实而破坏之,其弊二也。当时德国人民偏于实用的利己的,趣味甚卑,目光甚短,其弊三也。知此,则读彼之美育论者,思过半矣。①

要之,宗教使人失去自由之本性,理性发达造就鄙陋之世界,趣味日趋实用。席勒的目标即是使人摆脱外在的束缚,经由美育达致自由的境界。就知、情、意三界来说,各有自我的领地,各有自律的空间,各自的价值不能僭越分别独立的范围而凌驾于其他价值之上。与过去以美术为道德之助的观念相反,席勒反倒认为"美术者,科学与道德之生产地也"②,"真之与善,实赅于美之中"③。所以,就教育而言,不能只是关注德育,要更加重视美育:

> 美术文学非徒慰藉人生之具,而宣布人生最深之意义之艺术也。一切学问,一切思想,皆以此为极点。人之感情惟由是而满足而超脱,人之行为惟由是而纯洁而高尚。其解美术文学也如此。故谓教人以为人之道者,不可不留意于美育。④

无疑,这些思想都逐渐融化进了王国维的思想之中。

---

① 王国维:《教育之家希尔列尔》,《教育世界》第118号,1906年2月。
② 王国维:《孔子之美育主义》,《教育世界》第69号,1904年2月。谢维扬、房鑫亮主编:《王国维全集》第十四卷,第16页。
③ 王国维:《教育之家希尔列尔》,《教育世界》第118号,1906年2月。
④ 王国维:《教育之家希尔列尔》,《教育世界》第118号,1906年2月。

赫尔巴特对王国维的美育思想也有所影响。在西方教育史上，德国教育学家赫尔巴特首次创立了完整的教育学体系，标志着教育学学科的诞生。1900 年前后，赫尔巴特理论在日本甚为流行，中国对于西方教育理论的引进，最初以日本为主要渠道，所以中国所引入赫尔巴特学派的理论著作亦占有很大比例。据学者不完全统计，近代中国"出版的教育学书籍约有 64 种（包括讲义和报刊连载），其中直接注明译自日人著作和日人讲述的有 36 种，其余相当部分由国人依据日著原本编译，包括一些留日师范生编译的著作。在这些译著中，由日本著名的赫尔巴特学派倡导者大濑甚太郎撰写的就有 5 种，居所译个人著作的首位；另一位重要代表波多野贞之助编写的讲义有 3 种，居所译讲义类首位。从我们所查阅、接触到的部分著作看，赫尔巴特教育学派的主导影响是显而易见的"①。

王国维主持的《教育世界》中，曾对赫尔巴特进行过详细介绍，有关文章如《海尔巴脱派之兴味论》(《教育世界》第 75 号，1904 年 5 月)、《肖像·德国教育学大家海尔巴脱氏》(《教育世界》第 80 号，1904 年 8 月)、《德国教育学大家海尔巴脱传》(《教育世界》第 80 号，1904 年 8 月)、《德国海尔巴德派教育学会纪事》(《教育世界》第 120 号，1906 年 3 月)等。1901 年，王国维翻译了日人立花铣三郎讲述的《教育学》②。王国维译此书是"以德国教育家留额氏所著书为本"（本书小序）的。而"留额氏"是德国教育学家戚勒(Tuiskon Ziller, 1817—1881)，其所据的原本是戚勒的《普通教育学概论》。戚勒为赫尔巴特派的代表人物之一。赫尔巴特进入中国，即是以王国维翻译的这本《教育学》为最早。赫尔巴特的思想以康德哲学为基础，很重要的一点便是继承和发挥了康德关于智、情、意划分的思想。王国维日后对于康德、赫尔巴特的学说译介甚多，且对基于这一思想基础的美育大加提倡，可能在此时已经奠定基础。已有学者指出："日后王国维撰文提倡四育并成为近代中国美育的首倡者，应该说与他翻译……接受赫尔巴特的教育学理论不无关联。"③

同现代诸多思想家一样，王国维十分重视教育，视其为培育"完全的人"的途径。罗振玉因在湖南推进教育而受到张之洞的赏识，张之洞奉旨修订学制，罗振玉亲赴日本考察教科书，发表诸多言论，对于新学制的产生助益

---

① 田正平主编：《中国教育史研究·近代分卷》，上海：华东师范大学出版社，2001 年，第 326 页。
② [日] 立花铣三郎撰述：《教育学》，王国维译，《教育世界》第 9、10、11 号，1901 年 9—10 月。谢维扬、房鑫亮主编：《王国维全集》第十六卷。
③ 肖朗：《王国维与西方教育学理论的导入》，《浙江大学学报》(人文社科版) 2000 年第 6 期。

甚多。王国维也由此瞩目于教育,并主持《教育世界》发刊七年中的六年。王国维在《教育世界》上署名文章有四十多篇,加上未署名者,可能达到九十多篇①。他在多篇文章中,为哲学、美术(艺术)的独立价值而大声疾呼。如果说这是王国维鉴于现代性的敏锐视野而对传统进行的有意识的再阐释,那么对于美育的倡导,则是他超越西方现代性思想的深入思考。美育的核心在于养成"完全的人",以"美丽之心"主导生活。尽管亦有思想家提倡"完全的生活",但与以古希腊为代表的"完全的生活"的典范相比,性质迥异。王国维说:

> 前者仅指物质的现象,后者则于灵魂之无穷之运命亦赅而言之也。实则希腊思想所远贶于近时世界者,即所谓"美"是已。柏拉图于《理想的国家》中,有言曰:"使吾人之守护者,于缺损道德的调和之幻梦中,成长为人,吾人之所不好也。愿使我技术家有天禀之能力而能辨别'美'与'雅'之真性质,则彼辈青年庶得拓足于健全之境遇耳。"以言高尚之训练,殆未有逾此者也。"健全之精神宿于健全之身体",罗马人之理想也;而"美之精神宿于美之身体",则希腊人之理想。吾人既欲实现前者之理想,亦愿实现后者之理想。②

理智主义和经验主义,都有褊狭之处,不能达于完全的境界:

> 意识者,不但有知的意的性质,又一面有情的性质。而美之感觉,实吾人感情生活中最高尚之部分也。偏于智识则冷静,偏于实际则褊狭,知所谓美而爱之,则冷者温,狭者广矣。人之灵魂,对偏于智识者而告之曰:"汝亦知智识而外,尚有不能以知识记载者乎?"又对偏于实际者而告之曰:"汝知人世所谓有益者之外,尚有有价值者乎?"真理之智识使人能辨别事物,而不能使之爱好事物。善良之意志足以匡正人心,而不足以感动人心。欲使人间生活进于完全,则尚有一义焉,曰:真知其为美而爱之者是已。③

---

① 见于佛雏的多种考证:《王国维哲学美学论文辑佚》,王国维原著,佛雏校辑,上海:华东师范大学出版社,1993年;佛雏:《王国维哲学译稿研究》,北京:社会科学文献出版社,2006年。
② 王国维:《霍恩氏之美育说》,《教育世界》第151号,1907年6月。
③ 王国维:《霍恩氏之美育说》,《教育世界》第151号,1907年6月。

培养"完全的人",以避免性与理之分裂而造成的弊端,是王国维美育思想的中心议题。但这一目标却不那么容易达到,这可以从他后来"可信者不可爱,可爱者不可信"的困惑中看出来。但作为教育理想,这一追求则可超越时空的限制,永恒地发挥作用。

第三节　蔡元培:现代美育思想的奠基

在写于1931年的《二十五年来中国之美育》一文中,蔡元培说:

> 美育的名词,是民国元年我从德文的 Ästhetische Erziehung 译出,为从前所未有。在古代说音乐的,说文学的,说书画的,都说他们有陶冶性情的作用,就是美育的意义,不过范围较小,教育家亦未曾作普及的计划。最近二十五年,受欧洲美术教育的影响,始着手于各方面的建设,虽成绩不甚昭著,而美育一名词,已与智育、德育、体育等,同为教育家所注意,这不能不算是二十五年的特色。①

实则在蔡元培于1901年10月至12月间翻译的《哲学总论》中,已经提到了美育:"教育学中,智育者教智力之应用,德育者教意志之应用,美育者教情感之应用是也。"②这一点,已为学界所注意③。

蔡元培一生中经历过两次大的思想转型。戊戌后不满于京城的政治氛围,辞官出京,从"庙堂"走向"民间",从翰林转而投身教育和革命。此为第一次的思想转型。从事教育和革命的几年间,困难重重,风波不断,导致蔡

---

① 蔡元培:《二十五年来中国之美育》(1931年5月),中国蔡元培研究会编:《蔡元培全集》第七卷,杭州:浙江教育出版社,1997年,第79页。
② 蔡元培:《哲学总论》(1901年10—12月),中国蔡元培研究会编:《蔡元培全集》第一卷,第357页。
③ 南京大学于文杰博士学位论文《中国美育现代性研究》提到:"在中国,最早传播西方美学并在哲学话语中探讨美育问题的是蔡元培1901年的《哲学总论》。"转引自谭好哲、刘彦顺等:《美育的意义:中国现代美育思想发展史论》,北京:首都师范大学出版社,2006年,第9页。谭好哲、刘彦顺等著《美育的意义:中国现代美育思想发展史论》一书以1903年8月王国维发表的《论教育之宗旨》为最早阐述"美育"的文献:"现在学界一般认为,王国维刊于1903年8月《教育世界》56号上的《论教育之宗旨》一文不仅明确使用了'美育'一词,而且也是最早的一篇系统阐述美育之价值与功用的历史文献。"见该书第8页。

"意颇倦"①,遂有留学之念。后几经转折,终于 1907 年 7 月 11 日到达德国柏林,开始了其"游学时代"②,是为其思想的第二次转型。对于美育,蔡元培报以终生的兴趣,在写于暮年的《假如我的年纪回到二十岁》一文中,蔡元培不无遗憾地说:"所以我若能回到二十岁,我一定要多学几种外国语,自英语、意大利语而外,希腊文与梵文,也要学的;要补习自然科学,然后专治我所最爱的美学及世界美术史。"③奉此以终身的兴趣,就是源于其留德生涯。舒新城因此说:

> 美感教育的倡议,要以民国元年为始,首倡者为蔡元培。蔡为浙江绍兴人,清末即投身民党而努力于教育事业,光绪三十一年因上海之图谋不遂,乃去德国入莱比锡大学习哲学、心理、美学,而尤深感于德国的美育设施;且其根本思想倾重于世界主义,以美能破人我之见,故极力提倡美感教育。中国十余年来的美感教育思想,实以他为唯一的中坚人物。④

此说甚确。蔡元培初入莱比锡大学,"于哲学、文学、文明史、人类学之讲义,凡时间不冲突者,皆听之"⑤。其时西学思潮激荡,蔡元培入得宝库,未免有些眼花缭乱,心有囊括西方学术的想法,不难理解。其后,他逐渐意识到博通还要精专的道理,于是读书范围"勉自收缩,以美学与美术史为主,辅以民族学"⑥,他说:"到四十岁,始专治美学"⑦,即指这个阶段。这些变化可从他在莱比锡大学的听课记录中看出来。

---

① 蔡元培:《传略》(上)(1919 年 8 月),中国蔡元培研究会编:《蔡元培全集》第三卷,第 666 页。
② 蔡元培:《传略》(上)(1919 年 8 月),中国蔡元培研究会编:《蔡元培全集》第三卷,第 666 页。
③ 蔡元培:《假如我的年纪回到二十岁》(1935 年 4 月),中国蔡元培研究会编:《蔡元培全集》第七卷,第 48 页。
④ 舒新城编:《近代中国教育思想史》,第 115 页。
⑤ 蔡元培:《传略》(上)(1919 年 8 月),中国蔡元培研究会编:《蔡元培全集》第三卷,第 666 页。
⑥ 蔡元培:《我的读书经验》(1935 年 4 月 10 日),中国蔡元培研究会编:《蔡元培全集》第七卷,第 31 页。亦见于蔡元培:《自写年谱》(1940 年 2 月),中国蔡元培研究会编:《蔡元培全集》第十七卷,杭州:浙江教育出版社,1998 年,第 457 页。
⑦ 蔡元培:《假如我的年纪回到二十岁》(1935 年 4 月),中国蔡元培研究会编:《蔡元培全集》第七卷,第 48 页。

蔡元培在莱比锡大学所选修课程一览

学　期	课　　程	讲授者
第一学期（1908年冬至1909年初）	自康德至现代之新哲学的历史（Geschichte der neuesten Philosophie von Kant bis zur Gegenwart）	Wundt（冯德）
	心理学概论（Die Grundlagen und Hauptpunkte der Psychologie）	Lipps
	德国文学之最新发展（Die jüngsten Entwicklungsstadien der deutschen Literatur）	Witkowski
	语言心理学：第一部分，普通心理学基础（I. Teil：Allgemein-Psychologische Grundlegung）	Dittrich
	叔本华（Schopenhauer）	Brahn
	哥德：哲学家及自然科学家（Goethe als Philosoph und Naturforscher）	Brahn
第二学期（1909年夏季）	心理学（Psychologie）	Wundt
	近代及现代德国文化史（Deutsche Kulturgeschichte der jüngsten Vergangenheit und Gegenwart）	Lamprecht
	现代自然科学之主要成就（Hauptergebnisse der modernen Naturwissenschaft）	Brahn
	儿童心理学及实验心理学（Kinderphychol. u. experimentelle Pädagogik）	Brahn
第三学期（1909年冬至1910年初）	哲学入门（Einführung in die Philosophie）	Bichter
	新哲学之历史及早期之心理学概论（Geschichte der neueren Philosophie mit einleitender Übersicht über die älteren Psychologie）	Wundt Wirth
	十八世纪德国文学史（Geschichte der deutschen Literatur des 18 Jh.）	Köster
	哥德之戏剧（Goethes Dramen）	Witkowski
	自古代至现代之德国文学概论（Kursorischer Überblick der deutschen Literaturgeschichte von den ältesten Zeiten bis zur Gegenwart）	Witkowski
	远古及中古时代德国文化史（Deutsche Kulturgeschichte in der Urzeit und im Mittelalter）	Lamprecht
	近代德国文化史：世界观及学术（Deutsche Kulturgeschichte der jüngsten Vergangenheit：Weltanschauung und Wissenschaft）	Lamprecht

续 表

学 期	课 程	讲授者
第四学期(1910年夏季)	康德之后的哲学史(Geschichte der Philosophie nach Kant)	Volkelt
	伦理学之基本问题(Grundfragen der Ethik)	Volkelt
	心理学方法(Psychologische Massmethoden)	Wirth
	心理学实验室(Psychologisches Laboratorium)	Wundt
	德国戏剧及演艺艺术史章节选读并附研究资料(Ausgewählte Kapitel aus der Geschichte des Theaters und der Schauspielkunst in Deutschland mit Anschauungsmaterial)	Köster
	关于史学方法及历史艺术(Über geschichtliche Methode und geschichtliche Kunst)	Lamprecht
	宗教改革及文艺复兴时代之德国文化史(Deutsche Kulturgeschichte im Zeitalter der Reformation und Renaissance)	Lamprecht
第五学期(1910年冬至1911年初)	心理学实验室(Psychologisches Laboratorium)	Wundt
	希腊哲学史(Geschichte der Griechischen Philosophie)	Volkelt
	美学(Aesthetik)	Volkelt
	新高地德语文法:心理学基础(Neuhochdeutsche Grammatik auf Psychologischer Grundlage)	Dittrich
	绝对论时代德国文化史(Deutsche Kulturgeschichte im Zeitalter des Absolutismus)	Lamprecht
	文化之启始与原始形态(Anfänge und Urformen der Kultur)	Weule
第六学期(1911年夏季)	康德哲学(Die Philosophie Kants)	Volkelt
	民族心理学(Völkerpsychclogie)	Wundt
	心理学实验室(Psychologisches Laboratorium)	Wundt
	哥德《浮士德》注解:第二部分(Erklärung von Goethes Faust, II. Teil)	Köster

续表

学 期	课 程	讲授者
第六学期（1911年夏季）	十五世纪至二十世纪之舞台发展（Die Entwicklung der Bühne vom 15.–20. Jhdt）	Köster
	古典主义时代德国文化史（Deutsche Kulturgeschichte in der Zeit des Klassizismus）	Lamprecht
	古代希腊雕刻艺术选读（Ausgewählte Werke der älteren griech-Plastik）	Schreiber
	罗马时代之建筑及雕刻（Architektur und Plastik der roman.Epoche）	Graf Vitzthum Von Eckstädt
	莱兴之Laokoon：艺术对美学的贡献（Lessings Laokoon als Beitrag zur Aesthetik der Bildenden Künste）	Schmarsow
	古代荷兰名画：自H. U. J. Van Eyck至Q. Metsys（Altniederlandische Malerei von H. u. J. van Eyck bis Metsys）	Schmarsow

参考资料：

　　［德］费路（Roland Felber）：《蔡元培在德国莱比锡大学》，蔡元培研究会编：《论蔡元培》，北京：旅游教育出版社，1989年。
　　陶英惠：《蔡元培年谱》上卷，台北："中研院"近代史研究所，1976年。
　　高平叔：《蔡元培年谱长编》，北京：人民教育出版社，1998年。

　　历史总有巧合之处。在莱比锡学习三年的蔡元培于1911年11月4日获得了修业证书。此时正值辛亥革命爆发，国内政局动荡。蔡元培于11月5日接到陈其美（1878—1916）催其回国的电报[1]，加上"同人之劝"，于是"决计回国一次"[2]。尽管章太炎（1869—1936）曾发表宣言推举蔡元培出掌学部[3]，但在孙中山（1866—1925）和黄兴（1872—1916）的心中，最初考虑的教育部长人选均非蔡元培。孙中山拟提名章太炎出掌教育部，因人反对而改作蔡元培。而章太炎则因为孙中山组织临时政府，对于蔡元培参与其中

---

[1] 蔡元培：《辛亥那一年》（1936年8月21日），中国蔡元培研究会编：《蔡元培全集》第八卷，杭州：浙江教育出版社，1997年，第366页。
[2] 蔡元培：《日记》（1911年），中国蔡元培研究会编：《蔡元培全集》第十五卷，杭州：浙江教育出版社，1998年，第438页。
[3] 章太炎：《章太炎宣言》，《民国报》第2号，转自高平叔：《蔡元培年谱长编》第一卷，北京：人民教育出版社，1998年，第391页。

曾加以阻扰①。这些事件表明,蔡元培最终入主教育部,是政治势力间博弈的结果②。但恰是这次貌似偶然的巧合,把蔡元培推上了民国政治、社会、教育、学术活动的中心,使得国势衰落的民国有了思想勃兴的幸运。

蔡元培主持的民初学制改革,在中国教育史上具有革命性的意义。最为显要者,无疑是处于蔡元培教育思想中心的美育。1912年1月3日,蔡元培被正式任命为中华民国第一任教育总长。短短一个月后,即发表著名的《对于新教育之意见》③一文,系统阐述了自己的教育思想,也为民国后来的教育发展奠定了方向。

蔡元培此文乃是有感而发者:

> 是时,陆费伯鸿君方主任商务印书馆之《教育杂志》,曾语孑民,谓"近时教育界,或提倡军国民主义,或提倡实利主义,此两者实不可偏废。"然孑民意以为未足,故宣布《蔡孑民对于教育方针之意见》,谓:"教育界所提倡之军国民主义及实利主义,因为救时之必要,而不可不以公民道德教育为中坚。欲养成公民道德,不可不使有一种哲学上之世界观与人生观,而涵养此等观念,不可不注重美育。"美育者,孑民在德国受有极深之印象,而愿出全力以提倡之者也。④

蔡元培对于美育的倡导,出于两方面的基本考虑。

其一,蔡元培对西方文化有一个基本判断,即把近代西方文化概括为"科学"和"美术"(即"美学")。如他在1917年1月1日发表的著名演说《我之欧战观》中,把欧洲诸强强盛之原因归结为"科学"与"美术"之发达:"据鄙人观察以为,第一因科学之发达,第二因美术之发达。"⑤他对于科学

---

① 高平叔:《蔡元培年谱长编》第一卷,第396—397页。
② 蔡元培本人亦说:"回国,于同盟、光复两会间,颇尽调停之力。南京政府成立,任教育总长。"蔡元培:《传略》(上)(1919年8月),中国蔡元培研究会编:《蔡元培全集》第三卷,第667页。
③ 此文曾刊载于《民立报》1912年2月8、9、10日;《教育杂志》第3卷第11号,1912年2月10日;《临时政府公报》第13号,1912年2月11日;《东方杂志》第8卷第10号,1912年4月。该文原名"对于新教育之意见",后改题为"对于教育方针之意见"。
④ 蔡元培:《传略》(上)(1919年8月),中国蔡元培研究会编:《蔡元培全集》第三卷,第667—668页。
⑤ 蔡元培:《我之欧战观——在北京政学会欢迎会上的演说词》(1917年1月1日),中国蔡元培研究会编:《蔡元培全集》第三卷,第1—2页。蔡元培关于科学和美术并举的思想,于其文中俯拾皆是。

在当时世界中的统治地位有充分认识,认为当今为"科学万能时代"①,在他主持的学校和教育部以及后来的中央研究院,都把科学的推广和教育作为重要目标。同时他也深刻认识到科学的作用和局限,认为文化的健全发展,在提倡科学的同时,必须提倡"美术"。蔡元培认为,战争需要军民及国民有良好的道德,才能有取胜的资本。而道德的养成,或认为由于宗教,其实不然。("至道德之养成,有谓倚赖宗教者,其实不然。")如俄国在几个大国中最为重视宗教,但"战争中之国民道德,乃远不如德、法,可见宗教与道德无大关系矣"②。所以,道德的养成另有根源。

> 然则法、德两国不甚信仰宗教,而一般人民何以有道德心?此即美术之作用。大凡生物之行动,无不由于意志。意志不能离知识与情感而单独进行。凡道德之超越功利者,伴乎情感,恃有美术之作用。美术之作用有两方面:美与高是。③

其二,是由于蔡元培的教育救国理念。他说:"我国输入欧化,六十年矣,始而造兵,继而练军,继而变法,最后乃始知教育之必要。"④"改良社会,首在教育。"⑤上述两种因素的结合,成为提倡美育合法性的基础。蔡元培对于"美育"的倡导,并不只是从学科角度进行研究,他着眼的其实是更为根本的文化建设和道德拯救之道。在他看来,这是扭转中国贫弱受欺现状的最终道路。

蔡元培在《对于新教育之意见》文中对美育思想进行了详尽论述。受康德哲学的影响,他把世界分为现象界和实体界。在他看来,新教育方针中的军国民教育、实利主义教育和公民道德教育是属于现象界的教育,目的是满足政治上的要求。但"人不能有生而无死。现世之幸福,临死而消灭。人而

---

① 蔡元培:《中国科学社征集基金启》(1918年12月31日),中国蔡元培研究会编:《蔡元培全集》第三卷,第497页。
② 蔡元培:《我之欧战观——在北京政学会欢迎会上的演说词》(1917年1月1日),中国蔡元培研究会编:《蔡元培全集》第三卷,第3页。
③ 蔡元培:《我之欧战观——在北京政学会欢迎会上的演说词》(1917年1月1日),中国蔡元培研究会编:《蔡元培全集》第三卷,第3页。
④ 蔡元培:《告北大学生暨全国学生联合会书》(1919年7月23日),中国蔡元培研究会编:《蔡元培全集》第三卷,第641页。
⑤ 蔡元培:《留法俭学会缘起及会约》(1917年4月15日),中国蔡元培研究会编:《蔡元培全集》第三卷,第65页。

仅仅以临死消灭之幸福为鹄的,则所谓人生者有何等价值乎?"①人不能仅仅去追求现象界的相对和短暂的价值,应该从现象界达及实体界,追求超越性的价值。他认为,从现象世界走向实体世界,是由教育来实现的。教育包含多个部分,不可能每一部分都有这种跨越现象和实体世界的能力(如军国民教育、实利主义教育、智育、体育等),教育对两个世界的连接,实依靠于美育。美育即美感教育:

  美感者,合美丽与尊严而言之,介乎现象世界与实体世界之间,而为津梁。②

  而美感何以有此功能呢?这是由美感的特点决定的。在这里,蔡元培再一次借用了康德的说法,认为美感有四个特点:超脱、普遍、有则、必然。他认为,人类共同之最高目的,不外乎人道主义,而人道主义的最大阻力,是人的专己性。而美感具有超脱和普遍的特性,实为专己性之良药。"人既脱落一切现象世界相对之感情,而为浑然之美感,则即所谓与造物为友,而已接触于实体世界之观念矣。"③至此,蔡元培揭示出美育的最终价值,我们也由此清楚了他大力提倡美育的良苦用心。

  从思想来源上说,蔡元培的美育思想也受到中国传统美学思想的影响。在他看来:

  吾国古代教育,用礼、乐、射、御、书、数之六艺。乐为纯粹美育;书以记实,亦尚美观,射御在技术之熟练,而亦态度之娴雅;礼之本义在守规则,而其作用又在远鄙俗;盖自数之外,无不含有美育成分者。其后若汉魏之文苑、晋之清谈、南北朝以后之书画与雕刻、唐之诗、五代以后之词、元以后之小说与剧本,以及历代著名之建筑与各种美术工艺品,殆无不在于非正式教育中行其美育之作用。④

---

① 蔡元培:《对于新教育之意见》(1912年2月8日),中国蔡元培研究会编:《蔡元培全集》第二卷,第11页。
② 蔡元培:《对于新教育之意见》(1912年2月8日),中国蔡元培研究会编:《蔡元培全集》第二卷,第13页。
③ 蔡元培:《对于新教育之意见》(1912年2月8日),中国蔡元培研究会编:《蔡元培全集》第二卷,第14页。
④ 蔡元培:《美育》(1930年),中国蔡元培研究会编:《蔡元培全集》第六卷,杭州:浙江教育出版社,1997年,第599页。

蔡元培对西学深有造诣，又对传统学术有精深理解，使得他的美育概念并非仅是西方术语的简单译介，他在完成这一命题的同时，也在联结传统与现代、中国与西方文化的尝试中做出了独特的贡献。美国汉学家列文森在《儒教中国及其现代命运》中认为，中国近代以来的内忧外患造成了民族主义的兴起，这一思潮对中国思想家提出了两种无法调和的要求："它既应对中国的过去怀有特殊的同情，但同时又必须以一种客观的批判态度反省中国的过去。能满足这两项要求的最合适的方法，就是将西方和中国所能提供的精华结合起来。"①蔡元培就是能够"择东西之精华而取之"的中国思想家代表。蔡元培的美育思想就是这种结合的典型表现。

在此后的临时教育会议上，作为教育总长，蔡元培对自己的教育主张进行了陈述②。最终，教育部于1912年9月2日发布《教育宗旨令》："注重道德教育，以实利教育、军国民教育辅之，更以美感教育完成其道德。"③确立了美育在教育方针中的核心地位。

舒新城在《近代中国教育思想史》中说：

> 美育在世界教育史上本来是一位后进，在中国新教育史上更是后进。光绪二十九年的新教育制度，对于日本学校的种种方法，大概抄得很全备，而独不及美育。学制系统未建立以前的学校，固然是为着方言、军备等教育思想所支配，为达特殊的目的而设立，其不注意美育，自然是题中应有之义。二十八年（1902）张百熙奏订学堂章程，除了高小与中学为着实用起见而有图画科目外，寻常小学、蒙学堂亦无图画；美育的要项的音乐则各级学校概无之。二十九年的改订章程，中学与高等小学有图画科，其目的与前次无异，高小但书可加手工，初小但书可加图画、手工，师范学堂与中学同，音乐仍全部无之。学校有图画、音乐科虽不能说一定实施美育，但此二者究为艺术科目，设置之亦尚有美育

---

① [美]列文森：《儒教中国及其现代命运》，郑大华、伍菁译，北京：中国社会科学出版社，2000年，第93页。
② "当民国成立之始，而教育家欲尽此任务，不外乎五种主义：即军国民教育、实利主义、公民道德、世界观、美育是也。五者以公民道德为中坚；盖世界观及美育皆所以完成道德，而军国民教育及实利主义，则必以道德为根本。"我一：《临时教育会议日记》（1912年7月），璩鑫圭、唐良炎编：《学制演变》，见陈元晖主编：《中国近代教育史资料汇编》，上海：上海教育出版社，2007年，第648页。
③ 教育部总务厅文书科编：《教育法规汇编》第四类学校通则，民国八年（1919）五月，第87页。又见于璩鑫圭、唐良炎编：《学制演变》，第661页。

的基础。两次学堂章程,竟对此不加注意,当时国人对于美育的漠视——甚且无此观念——可以概见。①

这段话言简意赅地概括了壬寅—癸卯学制中美育——具体说来是音乐、美术科目——的设置和实行情况。尽管如上所言,有了音乐、美术不见得就算是完全实施了美育,况且早期对于艺术类课程的设置主要是为了实用的目的,但是,有了这些具体课程,就有了实行美育的基础。

壬寅—癸卯学制中稍具美育色彩的是1907年3月8日学部颁布的《奏定女学堂章程》,其中关于音乐、美术科目的界说,有了些许"尚美"的追求。此前公布的章程中没有女学内容,在《奏定女学堂章程折》中说明了忽略女学的失误和中国古代一贯重视女学的传统。之所以这次修订章程对于艺术类内容有所增加,概因女学的特点而定,而非教育方针之改变。这一点舒新城也有说明:

> 壬寅、癸卯两次公布的学制系统均未言及美育,此次单独奏订女子师范学堂章程而具美育意味者,是因为初次改行新教育制度的目的,在藉学校以行新政,与政治无直接关系的美育当然不在他们底注意范围之内;而女子教育在当时则视为与国计民生无关的东西,其功能仅在于有妻相夫,有母训子,所以讲讲美育也可。②

《奏定女学堂章程折》中的音乐、美术课程

女子师范学堂	图画	"其要旨在使精密观察物体,能肖其形象神情,兼养成其尚美之心性。其教课程度,授写生画,随加授临本画,且使时以己意画之,更进授几何画之初步;并授以教授图画之次序法则"
	音乐	"其要旨在使感发其心志,涵养其德性,凡选用或编制歌词,必择其有裨风教者。其授课程度,授单音歌、复音歌及乐器之用法;并授以教授音乐之次序法则"
女子初等小学堂	图画	"其要旨在使观察通常形体,能确实画出,兼养成其尚美之心性。……授图画者,务就他教科中所授之物体及生徒日常目击之物体图画之,兼养成其好清洁、尚密致之品性"
	音乐(随意科)	"其要旨在使学习平易雅正之乐歌。凡选用或编制歌词,必择其切于伦常日用有裨风教者,俾足感发其性情,涵养其德性"

---

① 舒新城编:《近代中国教育思想史》,第114页。
② 舒新城编:《近代中国教育思想史》,第115页。

美术、音乐课程虽已在学制中出现,但并没有得到上至学部官员、下至一般大众的重视,原因在非救国图强之要务、师资不够等。真正意义上对于美育的提倡,还是始于蔡元培。蔡元培留学期间对于美育详加关注,在《对于新教育之意见》中对于美育思想有系统之阐述。在其主政的民国教育部,于1912年9月2日公布教育宗旨令:"注重道德教育,以实利教育、军国民教育辅之;更以美感教育完成其道德。"民初学制虽是在蔡元培以及诸多新派知识分子努力下制订的,但取法晚清学制的内容很多。最为注目的是在学制中加入了艺术类科目,此可视为民初与晚清学制的明显区别:

> 民国教育制度是由清末的现行教育制度递嬗而来,即各校课程亦多与清末所订者无大出入。惟有普通教育中之艺术课程则有很大的差异。在科目上,清末之中小学固无音乐一门,即图画亦系为应用而设。民国初元(1912)公布之中学令施行细则,均有音乐、手工、图画的美育科目,而且均以美感为目的。①

学制虽沿袭甚多,但宗旨既变,旨趣则异。壬寅—癸卯学制中对美术、音乐等艺术类课程持实用态度,壬子—癸丑学制则以此为追求美感的工具。

袁世凯上台后,民国教育宗旨立变。1915年1月1日的《袁世凯颁布教育宗旨令》中对于美育已不再提及。"今之言国民教育者,于德育者智育外,并重体育。"②倡言"崇实",并说:

> 崇实之道,分两项言之。一曰物质之实在,如数学科、理化科等,皆国民知识技能必需之学科也。不得徒事纸上之研究,必验之实际,以为利用厚生之道。一曰精神之实,若政治学、法律学、教育学等,皆立国之大本大原也。③

既"充实",就要"黜虚",而虚者,首属美育。稍后发布的《教育纲要》,基本排除了美育的地位。"申明教育宗旨,注重道德、实利、尚武,并运之以

---

① 舒新城编:《近代中国教育思想史》,第132页。
② 《袁世凯颁布教育宗旨令》(1915年1月1日),中国第二历史档案馆编:《中华民国史档案资料汇编》(第三辑·教育),南京:江苏古籍出版社,1991年,第28页。
③ 《袁世凯颁布教育宗旨令》(1915年1月1日),中国第二历史档案馆编:《中华民国史档案资料汇编》(第三辑·教育),第29—30页。

实用以命令颁布。"①并具体详加述说:"现时教育最大之缺点有四:一不重道德,二不重实利,三无尚武精神,四不切实用。教育部前颁教育宗旨,注重道德、实利、军国民、美感各教育,惟未标明实用主义。"②矛头似乎就是针对美感教育而发。

后来袁世凯下台,其颁布的《教育纲要》也随即被取消。1916年8月,教育部提议取消《纲要》。"根本上取消《纲要》。(理由:)此《纲要》产生于酝酿政变时代,所载各款多与教育原理不合,建设一类,现时亦不能定为标准。"③1919年3月,教育部公布《全国教育计划书》,重新提倡美育。其关于"社会教育"部分第四条曰:"筹设美术馆:美感教育极关重要,中国美术馆尚付阙如,亟宜筹款设立,并办理提倡美术事宜。"第六条曰:"提倡文艺音乐、演剧:普通社会不予以高尚之娱乐,则无以增高其思想,陶采其品性。文艺、音乐、演剧皆人民娱乐之所寄,惟宜力趋于高尚者,故是项事业亟宜提倡或补助之。"④美育似乎成为政治斗争的玩偶,还算幸运的是,经过波折,美育终于被承认了。

就社会影响而言,蔡元培首倡美育并没有产生很大影响。之后其价值逐渐被社会所公认,首要原因就在于美育在学制中得到了确认。"五四"运动之后,因社会思潮之激荡,更使得美育得到了发扬:

> 蔡元培十余年来常有提倡美育的文章发表,但在五四以前,社会上竟少反应。自经李石岑在《教育杂志》上提倡以后,美育思想遂普及于一般教育界,李石岑底提倡与《教育杂志》底发行力固然很有关系,而五四后的大同思潮却有更重大的关系。因为五四运动而后,中国底旧文化固然发生重新估价的问题,而清末以来的功利主义的教育更不足以敌欧战后的国际思潮,于是外国的种种思想,也因固有思想的解放与新思想的要求而输入。美的教育一经提倡,便沛然盈溢于一般教育者之脑中,而普及于一般社会。倘若没有五四运动作背景,《教育杂志》之倡

---

① 《袁世凯特定教育纲要》(1915年2月),中国第二历史档案馆编:《中华民国史档案资料汇编》(第三辑·教育),第36页。
② 《袁世凯特定教育纲要》(1915年2月),中国第二历史档案馆编:《中华民国史档案资料汇编》(第三辑·教育),第36页。
③ 《教育部周树人等对〈教育纲要〉的签注》(1916年8月),中国第二历史档案馆编:《中华民国史档案资料汇编》(第三辑·教育),第46页。
④ 《教育部公布〈全国教育计划书〉》(1919年3月),中国第二历史档案馆编:《中华民国史档案资料汇编》(第三辑·教育),第56页。

导,纵不如蔡氏在民国八年(1919)以前所得的结果,也决不会蔓衍得如此之快。①

东西方文化之争的起端是因为对于西方文化的反思,在反思中中国新型知识分子试图重新确立东西文化的地位。维护传统的一派在礼乐文明中发现了拯救西方文明弊端的药方,美育的提倡就是具体途径之一。所以,"五四"之后美育地位的上升也就是自然的事情了。

且看那首著名的关于美育的新诗:

> 头痛医头,脚痛医脚;
> 　慢说现时美育用不着!
> 　　中国全身都在疼痛中,
> 　　　美育也是治一部分的灵药。
>
> 你说是"衣食足然后礼义兴",
> 　美育不能当饭吃,当衣着。
> 　　然而多少饱食暖衣的大人先生们,
> 　　　"坐于涂炭"而不知龌龊!
>
> 都由美感太疲麻,
> 　人生戚戚无可乐;
> 　　又何怪日长无事的太太们,
> 　　　怀着胎儿叉麻雀!
>
> 唉!可怜的人生呀,头痛医头,脚痛医脚,
> 　谁说美育现时用不着!②

---

① 舒新城编:《近代中国教育思想史》,第133—134页。
② 就丽:《美育诗》,《教育杂志》第14卷第6号,1922年6月20日。原诗无题,本题为引者所加。

第七章 中国现代思想语境中的
科学话语与美学话语

科学主义和审美主义的纷争,可视作西方现代思想中核心话题之一。中国现代的思想家们,在经由器物、制度和思想三个阶段学习西方的过程中,无不把科学技术和科学精神作为核心加以倡导。而根据知、情、意分立思想确立美学价值的中国现代美学的前驱们,就在深层处开启了科学主义和审美主义纷争的序幕。这一内在的思想张力,或可看作是西方思想在中国落地后的一种相似反应,但同时,由于中国现代思想进程的独特性和复杂性,又使得这一思想纷争携带了不同于西方的新鲜印痕。所以,对于中国现代思想中科学主义和审美主义关系的探讨,需要追索两方面的思想脉络:一是科学主义和审美主义的纷争问题在西方思想中的起源和流变,二是中国科学主义思潮的起源以及其与审美主义思潮的相遇。

第一节 科学主义和审美主义之争

文艺复兴开启了西方世界的现代序幕。"这是人类以往从来没有经历过的一次最伟大的、进步的变革。"①文艺复兴以宗教改革和科学革命为基本内容,其共同特征在于人类的精神觉醒。"文艺复兴包含有一种从本质上看全新的世界观,这种世界观强调现世生活、美和满足——强调作为人的人——而不是强调来世的天堂和地狱,也不强调作为拯救或舍弃对象的人。"②正如许多学者研究得出的结论那样,宗教改革尚未导致宗教思想的

---

① [德]恩格斯:《自然辩证法》,《马克思恩格斯选集》第四卷,北京:人民出版社,1995年,第261页。
② [美]威利斯顿·沃尔克:《基督教会史》,孙善玲等译,北京:中国社会科学出版社,1991年,第356页。

现代变革："基督教思想的现代史，并非始于 16 世纪的宗教改革，而是始于 18 世纪那一场以'启蒙'著称的运动。"①那么，文艺复兴的革命性，就更多地体现在了科学革命上。"从中世纪进入现代世界的入口处站立着科学（后来成了启蒙运动的精神）、新教和资本主义。"②或者可以简略地说，这个入口处首先站着科学。

现代科学的开创者是哥白尼（Nicolaus Copernicus，1473—1543）。哥白尼之前在天文学领域占据统治地位的托勒密（Claudius Ptolemaeus，约 90—168）体系建立在亚里士多德的地心说基础上，亚里士多德被视作古代最博学的哲学家，在中世纪被奉为绝对的权威。其关于宇宙的假设，被托勒密用诸多数学的"设计"来演绎。哥白尼觉察到托勒密-亚里士多德体系中的根本矛盾，且在柏拉图和毕达哥拉斯学派的地动说中寻找到了启发，从而提出了日心说。"正是哥白尼的洞见导致并象征着现代世界与古代和中世纪世界的重大的根本性决裂。"③

哥白尼的日心说，不只是科学进步的标志，它的重要意义更在于科学由此摆脱了宗教的束缚，尽管这一过程还要很长的时间才能最终完成。这一点，恩格斯（Friedrich Engels，1820—1895）在《自然辩证法》中已经指出：

> 自然研究用来宣布其独立并且好像是重演了路德焚烧教谕行为的一个革命行动，便是哥白尼那本不朽著作的出版，他用这本书（虽然是怯懦地而且可说是只在临终时）来向自然事物方面的教会权威挑战。从此自然研究便开始从神学中解放出来，尽管个别的互相对立的要求之间的争执一直拖延到现在，而且在许多人的头脑中还远没有得到解决。④

此后，由于第谷·布拉赫（Tycho Brahe，1546—1601）、开普勒（Kepler，1571—1630）、伽利略（Galileo，1564—1642）等人的卓越的努力，哥白尼开创的革命性进程终于在牛顿（Isaac Newton，1643—1727）那里达到顶峰：

---

① ［美］詹姆斯·C.利文斯顿：《现代基督教思想》，何光沪译，赛宁校，成都：四川人民出版社，1999 年，第 2 页。
② ［美］威廉·巴雷特：《非理性的人——存在主义哲学研究》，杨照明、艾平译，北京：商务印书馆，1995 年，第 27 页。
③ ［美］理查德·塔纳斯：《西方思想史》，吴象婴、晏可佳、张广勇译，上海：上海社会科学院出版社，2007 年，第 277 页。
④ ［德］恩格斯：《自然辩证法》，《马克思恩格斯选集》第四卷，第 263 页。

> 整个科学史上,罕有能与自哥白尼到牛顿的天文学发展相匹的时期。在这一相当短暂的时期中,天文学的进步既连续又完整,以致它犹如一出独幕剧,展现了事件逻辑的自然发展。哥白尼把地球看作是太阳系里的一颗小行星,以这一革命性思想为发端,经过伽利略、第谷·布拉赫和刻卜勒等人的工作,最后导致了牛顿对物理世界的伟大综合。①

与自然科学领域的巨大成就同时而生的是哲学领域的变革。科学用可以验证的事实掀开了神学世界的缺口,哲学则在人类思维方式中找到了思想革命的源泉。序幕是由培根和笛卡尔共同开启的。

> 培根乃是哲学发展转向现代的转捩点。……如果说是英国的培根推动产生了新的科学的特殊性质、发展方向和强大力量,那么是欧洲大陆的笛卡尔奠定了科学的哲学基础,并且通过此举为现代的本质十分明确地作了划时代的规定。②

重视经验和重视理性,成为这一时期哲学的主题。哲学和科学共同的敌人是神学,两者之间又相互促进。哲学思想的创新显然受到自然科学领域成果的启发,而科学也需要哲学来梳理整个思想系统,就如怀特海(Alfred North Whitehead,1861—1947)所说:"如果科学不愿退化成一堆杂乱无章的特殊假说的话,就必须以哲学为基础,必须对自身的基础进行彻底的批判。"③就笛卡尔来说,他其实是在重新用数学的方法来重整哲学的基础,他把数学当作哲学研究方法的典范,而哲学的唯一目的就在于,"如何在哲学中达到数学所特有的那种确实性"④。哲学终于完成了"从效忠宗教到效忠科学的重大转变"⑤,牛顿-笛卡尔的思想体系亦被确立为现代思想的基础。

启蒙运动是自文艺复兴时期开端的理性主义风潮的进一步高扬,理性被推举为时代思想的中心。自然科学不但取得对神学的胜利,也取得对哲

---

① [英]亚·沃尔夫:《十六、十七世纪科学、技术和哲学史》,周昌忠、苗以顺等译,北京:商务印书馆,1985年,第161页。
② [美]理查德·塔纳斯:《西方思想史》,吴象婴、晏可佳、张广勇译,第304—305页。
③ [英]怀特海:《科学与近代世界》,何钦译,北京:商务印书馆,1989年,第17页。
④ [美]梯利:《西方哲学史》(增补修订版),[美]伍德增补,葛力译,北京:商务印书馆,1995年,第305—306页。
⑤ [美]理查德·塔纳斯:《西方思想史》,吴象婴、晏可佳、张广勇译,第301页。

学的胜利①,由于科学领域的新进展如此有说服力,以至于这些成果被逐渐运用到了自然科学之外的人文社会科学领域,"牛顿力学的非凡成功甚至给诸如心理学、经济学和社会学等各个不同领域里的工作者也留下了极其深刻的印象,以致他们都试图在解决各种问题时以力学或准力学为楷模"②。以数学和物理学为核心的自然科学方法,逐渐僭越到所有学科领域。思维被看作如同物理学的研究对象一样,通过数量和结构的分析,定会发掘出其中的奥秘。

> 18世纪哲学采纳了这一特例即牛顿物理学的方法论模式,但它立即把这种方法加以推广。18世纪哲学不满足于把分析仅仅当做获得数理知识的伟大的思想工具,它还把分析看做所有一般思维之必需的、不可或缺的工具。这种观点在18世纪中叶获得了胜利。无论个别思想家和学派所得出的结论如何不同,但他们都赞同这个认识论的前提。③

在美学领域体现笛卡尔理性主义精神的是布瓦洛。他被誉为"艺术领域的牛顿""诗的立法者"。他的口号——也是新古典主义美学的口号——"首先须受理性的控制:愿你的一切文章永远只凭着理性获得价值和光芒。"④这样的观点在当时是一种共识,如拉波苏比较艺术和科学时说:"艺术同科学的共同点在于,艺术像科学一样,是建立在理性基础之上的;在艺术里,人们应该让自然赋予我们的灵光来指引自己。"⑤

自然科学促使了理性主义的发展,哲学从科学思维中得到启发。但是和科学主义结盟的哲学理性主义把科学思维无限地运用到各个领域,包括美学和艺术领域。在艺术领域,创作被科学化的理性主义加以限制,想象力被排除在艺术大门之外。在欣赏中无关于理性的部分被否定或忽略,与艺术且与生存相关的人的感性体验也遭到否弃。理性主义在高扬人的理性的

---

① [美]华勒斯坦等:《开放社会科学:重建社会科学报告书》,刘锋译,北京:生活·读书·新知三联书店,1997年,第6—8页。
② [英]亚·沃尔夫:《十六、十七世纪科学、技术和哲学史》,周昌忠、苗以顺等译,第179页。
③ [德]E.卡西尔:《启蒙哲学》,顾伟铭、杨光仲、郑楚宣译,济南:山东人民出版社,2007年,第9—10页。
④ [法]布瓦洛:《诗艺》第一章,第37—38行。
⑤ 拉波苏:《论史诗》,转引自[德]E.卡西尔:《启蒙哲学》,顾伟铭、杨光仲、郑楚宣译,第261页。

同时,也在某种程度上走向唯科学主义。新古典主义固守笛卡尔的理性主义,根据自然理论和数学原理树立典范,在文艺中固守理性法则,其实质是贬低了艺术的地位。就像维柯批判笛卡尔那样,笛卡尔主义"没有任何关于诗和幻想的才智。……这样的智慧时代完全阻碍了人的智能"①。这样的批评虽过于严厉,但也不无道理。

打破理性主义在美学领域统治地位的趋势已经开始。继承笛卡尔理性主义传统的莱布尼茨,其实已经对笛卡尔的理性主义进行了超越,从而带来一种新的精神。"莱布尼茨的形而上学与笛卡尔、斯宾诺莎的形而上学的不同之处在于,它用'多元论的'宇宙取代了笛卡尔的二元论和斯宾诺莎的一元论。……莱布尼茨是用连续性原理取代了笛卡尔和斯宾诺莎的分析的同一性原理。"②莱布尼茨的"原子论"以及"前定和谐"思想,使得他关注"统一"中的"多样性",由此他对整个知识系统富有创见的等级分类,正如前文已述及的那样,经由沃尔夫而在鲍姆加登那里开花结果,最终促使美学学科的形成。

对于科学主义和理性的批判在休谟和卢梭那里有集中体现。从经验主义出发而建立起怀疑论哲学的休谟对理性本身进行了根本性的批判。

> 休谟改造了美学论战的整个战场……他冒险在其他对手的这块领地上进行斗争,想要证明那被看做是理性主义的骄傲和真正力量的东西,实际上是它的最大弱点。情感不必再在理性法庭前为自己辩护;相反,理性被传到了感觉即纯"印象"的法庭上来,它的权利也受到了质问。③

如果说休谟为经验的辩护在某种程度上提升了艺术和美学的话,卢梭则走得更远,对科学加以批判,同时也批判了艺术。在美学家看来,卢梭如同泼掉孩子的妇人,但卢梭的深刻在于,他从根本上看穿了科学和艺术背离了人的生存"自然"和道德完善,从而为后来的科学主义批判提供了坚固的根基。

面对分离的两个极端——理性主义和经验主义,历史选择了中间道路。

---

① [意] 克罗齐:《作为表现科学和一般语言学的美学的历史》,王天清译,北京:中国社会科学出版社,1984年,第72页。
② [德] E.卡西尔:《启蒙哲学》,顾伟铭、杨光仲、郑楚宣译,第25—27页。
③ [德] E.卡西尔:《启蒙哲学》,顾伟铭、杨光仲、郑楚宣译,第285页。

启蒙运动中的狄德罗代表了这种结合,如他关于《百科全书》卷首插图"真理圣殿"的解释:"我们看到在画的上端,真理处在理性和想象之间:理性试图掀开她的面纱,而想象却要给她装扮。在她们之下,是一群沉思着的哲人;再往下,是一批艺术家。"① 近代美学就是在这种融和中确立了自身。

在鲍桑葵看来,近代美学的产生是形而上学者与批评界,或者说是理性主义者和经验主义者综合的结果:

> 形而上学者所以对美发生兴趣,是因为美是理性和感性可以感触到的会合点。批评界所以对美发生兴趣,是因为美是人类生活在其变化不定的各个方面的表现。这两种兴趣在长期各自发展之后,又结合起来——这就是近代美学的真正起源。②

思想的调和最容易在美学这里完成,因为一方面美学具有形而上学的品性,但是,"美学就其本性来说是一种纯粹的人类现象。在这一领域里,一切超越似乎从一开始就被预先排除掉了;不可能有逻辑的或形而上学的解决办法,只有人类学方面的解决办法"③。就哲学史来说,美学的创立只是开启而非完成了理性主义和经验主义合流的进程。最终完成这一任务的是康德,他也厘清了科学和美学的基本关系。

在自然科学领域,虽有许多伟大的成果出现,但就经验论和唯理论双方来看,似乎都不能保证科学成果的客观性和普遍有效性:

> 尽管经验论和唯理论都是为了从中世纪的宗教神学的束缚下解放出来,反对封建蒙昧。一个是信任人的理知,另一个是信任人的感觉;一个认为只有理知才能获得真理,另一个认为只有感觉经验才有真理。它们都企图为当时蓬勃兴起的自然科学提供哲学论据和基础,结果是经验论陷入了怀疑论,唯理论归结为赤裸裸的信仰主义。④

---

① [法]狄德罗:《狄德罗的〈百科全书〉》,[美]斯·坚吉尔英译,梁从诫中译,广州:花城出版社,2007年,卷首第7页。
② [英]鲍桑葵:《美学史》,张今译,桂林:广西师范大学出版社,2001年,第151页。
③ [德]E.卡西尔:《启蒙哲学》,顾伟铭、杨光仲、郑楚宣译,第278页。
④ 李泽厚:《批判哲学的批判:康德述评》(修订第六版),北京:生活·读书·新知三联书店,2007年,第16页。

康德的哲学生涯从研究物理学开始,在他的处女作《活力的真正测算》①中,就没有采用牛顿第一推动力的说法,而强调物质自身的"活力"。在《一般自然史与天体理论》②中,除提出著名的星云说之外,他还突破牛顿关于宇宙运动根源的上帝动力说,指出引力和斥力是宇宙起源和运动的根源。恩格斯由此说:"在这种僵化的自然观上打开第一个缺口的,不是一位自然研究家,而是一位哲学家。1755年出现了康德的《自然通史和天体论》。关于第一推动的问题被排除了;地球和整个太阳系表现为某种在时间的进程中生成的东西。"③

关于自然物质世界的唯物解释,促使康德开始深入到道德问题之中。康德不认可经验论者把道德原则归原于感情、感性,而是认为应该由理性支配,以区别于动物。这时,卢梭出现了。卢梭对于自然、良心、自由的看法以及对于科学和艺术的抨击,使得康德大受启发:"卢梭是另一个牛顿。牛顿完成了外界自然的科学,卢梭完成了人的内在宇宙的科学,正如牛顿揭示了外在世界的秩序和规律一样,卢梭则发现了人的内在本性,必须恢复人性的真实观念。哲学不是别的,只是关于人的实践知识。"④康德认识到,哲学的最高追求其实就是实践,脱离现实的理性解释无疑是空洞的,人的尊严并不只是在于理性,更是对自由的追求。

由此,康德划分了两个世界,"一个感性世界(科学),一个知性世界(道德);一个科学领域,一个道德领域。牛顿和卢梭就分别是这两个世界上的无上向导。正是牛顿,使康德发现自然科学和传统形而上学用超经验论证的根本错误,它使理性产生了二律背反;正是卢梭,使康德看到对人本身尊严和权利的信念便可以成为新的形而上学的根基,而无需神学和宗教,因为人本身便是目的。"⑤康德划界,解决了唯理论和经验论的纷争,为知识和道德划定了范围,前者遵从自然概念,后者遵从自由概念。后来,他意识到二者之间存在鸿沟,便以判断力作为两者沟通的桥梁。由此,康德确立了他整个哲学体系,在这一体系中,科学和美学及道德之间的关系得以基本确立。

19世纪发生了以电力和无线电为代表的第二次技术革命,深刻地改变

---

① [德]康德:《康德著作全集》(第一卷,前批判时期著作Ⅰ,1747—1756),李秋零主编,北京:中国人民大学出版社,2003年。
② [德]康德:《康德著作全集》(第一卷,前批判时期著作Ⅰ,1747—1756),李秋零主编。
③ [德]恩格斯:《自然辩证法》,《马克思恩格斯选集》第四卷,第268页。
④ 《康德全集》第20卷,科学版,第58页,转引自李泽厚:《批判哲学的批判》,北京:人民出版社,1979年,第40页。
⑤ 李泽厚:《批判哲学的批判:康德述评》(修订第六版),第32—33页。

了现代世界人类的生活。如果说文艺复兴以来的以天文学和数学为中心的科学革命改变了人类的宇宙观念,那么19世纪以来的科学发展则使得每个人都在最日常的生活中体验到了技术进步带来的益处,由此也从深层上改变了人类的思考方式。丹皮尔(William Cecil Dampier,1867—1952)说:

> 如果我们有正当的理由把十九世纪看做是科学时代的开始的话,那么,原因并不仅仅在于,甚至主要不在于,我们对自然的认识在十九世纪中有了迅速的发展。自有人类以来,人们就在研究自然:原始的生活技术就是对物性的片段知识的运用,早期的神话与寓言就是根据当时已有的证据创立的世界和人类起源的理论。但在最近一百年或一百五十年中,人们对于自然的宇宙的整个观念,因为我们认识到人类与其周围的世界,一样服从相同的物理定律与过程,不能与世界分开来考虑,而观察、归纳、演绎与实验的科学方法,不但可应用于纯科学原来的题材,而且在人类思想与行动的各种不同领域里差不多都可应用。①

科学方法在美学领域的应用,使得当时占主流的黑格尔主义渐趋没落。人们开始厌弃形而上学的方法,开始关注将自然科学概念和方法应用到其他学科的合理性。文德尔班说:"在十九世纪的哲学运动中起决定作用的因素无疑是关于现象界的自然科学概念对于整个世界观和人生观应有多大意义的问题。"②在美学领域,这一趋势也不可避免。

自然科学在人文学科的重要应用之一是心理学的产生。1879年,冯特(Wilhelm Wundt,1832—1920)在德国莱比锡大学创立了世界上第一个心理学实验室,标志着心理学学科的形成。心理学产生的意义在于,人类开始把原来无法用定量分析方法加以研究的对象纳入科学分析之中,从而使得科学方法应用的领地扩大,科学思维也进入到原来属于形而上学的领域之中。在冯特看来,心理学其实就是一门自然科学,他把在海德堡大学的心理学讲座命名为"自然科学的心理学"。他认为,心理学的最重要方法就是实验法,其对象则是直接的经验,而与其他科学相区别的则是后者研究的是间接的经验。心理学的发展促使了心理学美学和实验美学的产生。也曾是莱比锡

---

① [英]W. C.丹皮尔:《科学史:及其与哲学和宗教的关系》下册,李珩译,北京:商务印书馆,1975年,第283页。
② [德]文德尔班:《哲学史教程》下卷,罗达仁译,北京:商务印书馆,1987年,第859页。

大学教授的费希纳(Gustav Theodor Fechner, 1801—1887)开创了实验美学的流派,他在《美学入门》和《实验美学》中全面阐发了自己的观点。李斯托威尔在《近代美学史述评》中对他赞誉甚高:

> 被誉为近代科学美学的创立者的费希纳,把新近发现的关于美的科学当作普通心理学的一个特殊部门。……在方法论上,他所开创的革命,是把实验的方法介绍到美学中来。这是一种"从下到上"("von Unten")的方法,从特殊到一般的方法。他用这一方法来代替旧的形而上学的方法,即"从上而下"("von oben")的哲学方法。①

费希纳把康德、谢林(Friedrich Wilhelm Joseph von Schelling, 1775—1854)和黑格尔等人的美学称之为"自上而下"的美学,这些美学思想都遵从一个宏大的形而上学体系,以理念世界的美的概念下贯于现实生活,以一般的标准衡量特殊的个体;而把洛采(Rudolf Hermann Lotze, 1817—1881)、齐美尔曼(Georg Simmel, 1858—1918)、蔡辛(Adolf Zeising, 1810—1876)等人的美学称之为"自下而上"的美学,以具体的美感经验作为出发点,在大量的实验分析的基础上逐渐总结出一些一般原则。这一划分在西方美学史上具有重要意义:

> 这是西方美学史上的一次重要转变,它也直接导致了西方现代美学的人本主义和科学主义两大潮流的对峙,也随之产生了许多新兴的美学流派,如心理学美学的诸多流派,形式美学的诸多流派,符号学美学等流派。似乎可以说,费希纳预言并实现了西方美学的大转折。②

在19世纪,反对理性主义、科学主义的思潮亦开始显现。狄尔泰说:

> 我们正处于传统模式的形而上学的终结之时,同时又在思考要终结科学哲学本身。这就是生命哲学的兴起。每一次新的拓展都要抛开一些形而上学的成分,更加自由独立地去开拓。上一代人中有一股主

---

① [英]李斯托威尔:《近代美学史述评》,蒋孔阳译,《蒋孔阳全集》第二卷,合肥:安徽教育出版社,1999年,第458页。
② 蒋孔阳、朱立元主编:《西方美学通史》第五卷,上海:上海文艺出版社,1999年,第94页。

导力量形成了：叔本华、瓦格纳、尼采、托尔斯泰、罗斯金、梅特林克逐一对青年一代发生影响。他们与文学的天然联系加强了他们的冲击力，因为诗的问题就是生活的问题。他们的方法是深切地去体验生活，否弃一切原则上的体系的假设，这种方法一开始就直接指向人的生命过程，力图从中归纳出生命的普遍性特征。①

宗教的一体化的世界图景被科学-理性主义的思维方式所取代，随着科学的发展，哲学、文学和艺术的领域也逐渐被技术化、实在化的倾向所侵占。在狄尔泰看来，反思当代思想问题的核心，就是要反思科学哲学本身。新的哲学探求，需要诗人，而非哲学家，从诗歌的体验出发，来把握生命的奥秘，从而建立其独特的体验诗学②。"诗并不企图像科学那样去认识世界，而只是揭示生活的巨大网络中某一事件所具有的普遍意义，或一个人所应具有的意义。"③狄尔泰意识到人文科学是不同于自然科学的存在，他在《人文科学导论》中第一次提出了"精神科学"的概念，以与"自然科学"概念相对应④，并确认了"精神"不同于科学的独特品质。

狄尔泰认为，生命哲学这一思想潮流起源于叔本华和尼采。从哲学史上说，叔本华"是最早对以黑格尔为代表的理性派思辨形而上学进行全面批判，并明确提出要从根本上改变西方哲学发展方向的德国哲学家"⑤。他的哲学思想继承自康德⑥，也把世界分为现象和自在之物，但在解释上与康德又有较大不同。在叔本华看来，"一切客体，都是现象，唯有意志是自在之物"⑦。他认为自在之物是非理性的、盲目的生存意志，而"意志自身在本质上是没有一切目的、一切止境的，它是一个无尽的追求"⑧。罗素（Bertrand Russell，1872—1970）说："强调'意志'是十九世纪和二十世纪许多哲学的

---

① [德] 狄尔泰：《狄尔泰选集》，第114页，转引自刘小枫：《诗化哲学》（重订本），上海：华东师范大学出版社，2007年，第198页。
② [德] 威廉·狄尔泰：《体验与诗》，胡其鼎译，北京：生活·读书·新知三联书店，2003年。
③ [德] 狄尔泰：《生存哲学》，转引自刘小枫：《诗化哲学》（重订本），第212页。
④ [德] 韦尔海姆·狄尔泰：《人文科学导论》，赵稀方译，北京：华夏出版社，2004年。
⑤ 刘放桐等：《新编现代西方哲学》，北京：人民出版社，2000年，第30页。
⑥ 罗素说："叔本华的体系是康德体系的一个改制品。"[英] 罗素：《西方哲学史》下卷，马元德译，北京：商务印书馆，1976年，第305页。
⑦ [德] 叔本华：《作为意志和表象的世界》，石冲白译，杨一之校，北京：商务印书馆，1982年，第164—165页。
⑧ [德] 叔本华：《作为意志和表象的世界》，石冲白译，杨一之校，第235页。

特征,这是由他开始的。"①而且,在叔本华看来,意志是高于认识和理性的,世界本源于意志,意志客体化后形成表象世界。强调意志处于认识的首要地位,实则是对理性占统治地位的哲学现状的反驳。"有好些事物,不应用理性反而可以完成得更好些。"②这一推重"直观"、批判理性的"颠倒",在现代哲学史中具有重要意义。

> 从历史上讲,关于叔本华有两件事情是重要的,即他的悲观论和他的意志高于知识之说。……随着意志的地位上升多少等,知识的地位就下降了若干级。我认为,这是在我们这时代哲学气质所起的最显著的变化。这种变化由卢梭和康德作下了准备,不过是叔本华首先以纯粹的形式宣布的。③

意志和表象对立,且强调意志高于表象,自然的结果是,叔本华强调了艺术和科学是意志和表象的代表,而抑后扬前。

> 一切以科学为共同名称的〔学术〕都在根据律的各形态中遵循这个定律前进,而它们的课题始终是现象,是现象的规律与联系和由此发生的关系。——然则在考察那不在一切关系中,不依赖一切关系的,这世界唯一真正本质的东西,世界各现象的真正内蕴,考察那不在变化之中因而在任何时候都以同等真实性而被认识的东西,一句话在考察理念,考察自在之物的,也就是意志的直接而恰如其分的客体性时,又是哪一种知识或认识方式呢?这就是艺术,就是天才的任务。④

科学遵从根据律,属于现象界的活动,科学总是无尽前行,不能达到完全的满足。而艺术把握的是世界真正的本质,以自在之物为对象,艺术独立于根据律,它可以在任何时候到达目的。叔本华把科学排除在艺术创作和研究的方法之外,为两者划定界限。科学只属于现象界而无法达到真理。这些思想无疑是对美学中科学主义倾向的有力反拨,开启了现代哲学中一个重要的路向。

---

① 〔英〕罗素:《西方哲学史》下卷,马元德译,第303页。
② 〔德〕叔本华:《作为意志和表象的世界》,石冲白译,杨一之校,第100页。
③ 〔英〕罗素:《西方哲学史》下卷,马元德译,第310—311页。
④ 〔德〕叔本华:《作为意志和表象的世界》,石冲白译,杨一之校,第258页。

在叔本华之后对科学主义和理性主义提出严厉批判的是尼采。尼采青年时把叔本华当作知音,接受其意志-表象的思想,亦推重意志,后来发展出"权力意志"论。在他看来,人类的理性编造出来的"真实世界"只是一种空洞和虚无的存在,从而从根本上否弃了理性主义的世界。科学作为理性的代表性成果,也遭到尼采的批判。"你们以为对世界的解释只有一种是正确的,你们也是以这种解释指导科学研究的,而这种解释仅仅依靠计数、计算、秤重、观察和触摸啊,这种方式即使不叫它是思想病态和愚蠢,那也是太笨拙和天真了。"①科学对于人生问题,根本是无能为力的,科学的精神化,使得人成为物的奴隶。"所谓'科学地'解释世界实在愚不可及,荒诞不经。"②"本质机械的世界也必然是本质荒谬的世界。"③科学所追求的客观和真实,其实是一种欺骗,因为"科学也是以某种信念为基础的,根本不存在'没有假设'的科学"④。

在《悲剧的诞生》中,尼采的目的便是审视科学:"当时我要抓住的是某种可怕而危险的东西……它就是科学本身的问题——科学第一次被视为成问题的、可疑的东西了。"⑤他希望在艺术的基础上反思科学,他把《悲剧的诞生》"立足在艺术的基础上——因为科学问题不可能在科学的基础上被认识"⑥。尼采对于科学以及理性主义的反思溯源到希腊哲学,尤其是苏格拉底那里。他认为苏格拉底就是后来强调理性、知识和科学思想的源头:"我们整个现代世界被困在亚历山大文化的网中,把具备最高知识能力、为科学效劳的理论家视为理想,其原型和始祖便是苏格拉底。"⑦尼采在对日神精神和酒神精神、悲剧精神和歌剧文化的分析中,深刻地解释了西方思想在苏格拉底处的转型,酒神精神的没落,歌剧文化取代悲剧精神,成为西方文化的一场"悲剧",这导致了科学思想的强势,却恰恰是对真理和生存的遮蔽。

>悲剧毁灭于道德的苏格拉底主义、辩证法、理论家的自满和乐观吗?……甚至科学,我们的科学——是的,全部科学,作为生命的象征来

---

① [德]尼采:《快乐的科学》第344节,黄明嘉译,上海:华东师范大学出版社,2007年,第382页。
② [德]尼采:《快乐的科学》第344节,黄明嘉译,第382页。
③ [德]尼采:《快乐的科学》第344节,黄明嘉译,第382页。
④ [德]尼采:《快乐的科学》第344节,黄明嘉译,第325页。
⑤ [德]尼采:《悲剧的诞生:尼采美学文选》(修订本),周国平编译,太原:北岳文艺出版社,2004年,第263页。
⑥ [德]尼采:《悲剧的诞生:尼采美学文选》(修订本),周国平编译,第264页。
⑦ [德]尼采:《悲剧的诞生:尼采美学文选》(修订本),周国平编译,第71页。

看,究竟意味着什么呢?全部科学向何处去,更糟的是,从何而来?怎么,科学精神也许只是对悲观主义的一种惧怕和逃避?对真理的一种巧妙的防卫?用道德术语说,是类似于怯懦和虚伪的东西?用非道德术语说,是一种机灵?哦,苏格拉底,苏格拉底,莫非这便是你的秘密?①

作为拯救之道,尼采提起了艺术,希望用艺术拯救人生。他说:"只有作为一种审美现象,人生和世界才显得是有充足理由的。"②"艺术是生命的最高使命和生命本来的形而上活动。"③尼采哲学的核心在于"强力意志",对于强力意志的解释就是以艺术为起端的。"如果说对于尼采来说,在把一切发生事件(Geschehen)都解释为强力意志这样一项任务的范围内,艺术具有一种突出的地位,那么,恰恰就在这里,关于真理的问题也必然起着一种首当其冲的重要作用。"④艺术因为关涉人的存在而关涉真理,从而关涉人的生活本身,从而,在理性主义和科学主义的压抑下,艺术有了拯救的力量:"艺术,无非是艺术。它是生命的伟大可能性,是生命的伟大诱惑者,是生命的伟大兴奋剂……"⑤

自文艺复兴时期自然科学的进步促使了科学主义思想的萌芽起,西方美学史中关于科学主义(理性主义)和审美主义的争论及分离在不同时期都有所体现。这一思想纷争在20世纪仍在继续。20世纪,西方美学的主潮可以被概括为"现代人本主义美学和科学主义美学的两大思潮的流变更迭"⑥。

第二节 中国科学主义的起源

一、科学的传播

对于中国科学主义思想起源的研究,自然的起点应该是晚明耶稣会士的来华。梁启超谈"中国智识线和外国智识线"的第二次重要接触,是以耶

---

① [德]尼采:《悲剧的诞生:尼采美学文选》(修订本),周国平编译,第263页。
② [德]尼采:《悲剧的诞生:尼采美学文选》(修订本),周国平编译,第97页。
③ [德]尼采:《悲剧的诞生:尼采美学文选》(修订本),周国平编译,第2页。
④ [德]马丁·海德格尔:《尼采》上卷,孙周兴译,北京:商务印书馆,2002年,第73页。
⑤ [德]尼采:《权力意志》下卷,孙周兴译,北京:商务印书馆,2007年,第906页。
⑥ 蒋孔阳、朱立元主编:《西方美学通史》第六卷,第3—4页。

稣会士带来的历算学为代表的①。以利玛窦为代表的耶稣会传教士应用本地化的"适应"传教策略,把"学术传教"作为基本途径,除了传播天主教教义,他们带来的西方科学,对中国人传统的世界观和思维方式也产生了巨大冲击,给中国传统学术带来了深刻变革。的确,在中国人看来,这些传教士更像是学者("西儒"),就像有论者指出的:"利玛窦确实是基督教在中国传教事业中的杰出人物。但是,他不是以'基督教传教士'的身份登上舞台的,他掌握了中文的口语和书面语,说他是哲学家、道德家、数学家和天文学家或许更为恰当。"②

在耶稣会士传播的西学中,天文历法之学无疑具有特殊的地位。如当时博学多闻的太史王顺庵认为,利氏之"易佛"实是必然:

> 彼释氏之言天地也,但闻一须弥山而日月绕其前后,日在前为昼,在背为夜。其言日月之蚀也,则云罗汉以右手掩日而日蚀,左手掩月而月蚀。言地在须弥山四面,分四大州,而中国居其南。天地之可形像测者,尚创为不经之谈,况不可测度者,其空幻虚谬可知也。今利子之言天地也,明者测验可据,毫发不爽,即其粗可知其细。圣教之与释氏,孰正孰邪,必有辨者矣。③

王顺庵依据的是天文历法之学,而此学正是对晚明以来知识界和政治界影响最大的学问。利玛窦之后的汤若望(Johann Adam Schall von Bell,1591—1666)是"学术传教"的优秀继承者。他在清人入关后,主动上书新主,希望以西学("内及性命微言,外及历算、屯农、水利")为新王朝"效用",并根据天文历算学在中国政治文化中的独特地位,吁请清廷采用新法历书,"幸恭遇大清一代之兴,必更一代万年之历"④。经过努力,清廷采用西历,汤若望也成为中国历史上第一位来自外国的钦天监。钦天监的职事是"通天""通神"的,清政府任用一位传教士担任此职,乃是西学的一次真正胜利。

传教士利用传播科学获得的名声,使统治者对于"西儒"所带来宗教的态

---

① 梁启超:《中国近三百年学术史》,天津:天津古籍出版社,2003年,第8—9页。
② 秦家懿、孔汉思:《中国宗教与基督教》,吴华译,北京:生活·读书·新知三联书店,1997年,第202页。
③ 王治心:《中国基督教史纲》,上海:上海古籍出版社,2004年,第68页。
④ 徐海松:《清初士人与西学》,北京:东方出版社,2000年,第25页。

度逐渐宽容,在汤若望的后继者南怀仁等人的努力下,传教得到政府同意,取得了合法地位。对此,后来的耶稣会士洪若翰(Jean de Fontaney,1643—1710)总结道:

> 神父们多年来自由传教的愿望就这样终于实现了,他们曾为此目的而在欧洲和中国多处奔走,八方相求。我们在到达中国之前努力钻研的科学知识是促使皇帝给予这一恩赐的决定因素,对于这样的途径万万不能忽略,但也不能将此看作万无一失和绝对必要的,因为教化不信基督者始终是上帝的恩泽。①

其实,在传教士内心,传教的使命是丝毫不会放松的,如谢和耐所言:

> 传教士的主要关心之处,始终都是宗教领域。他们的目的是归化不信基督者和定居于北京,这些人在为能引起中国人的好奇心,并证明自己的天文学计算具有先进性的时候,才从事科学工作。当他们一旦获得这样的结果,并感到在康熙宫中的地位比较稳定时,就不再需要下同样的功夫了。②

且不论"目的"和"手段"的有趣关系③,传教士带来的西学对中国思想界产生的影响则是有目共睹的。梁启超将之与佛教相比较的说法足以说明这一点。引起学界较多争论的问题是:传教士带来了何种西学?众所周知,耶稣会是在反宗教改革的过程中产生的,其维护传统的基本立场使有些学者认为西方传教士带来的科学知识都是过时的,或者在新的科学出现时"蓄意隐瞒"。持这种观点的学者认为,文艺复兴是西方近代化转向的主要契机,由此引发的一场科学革命,以及伴随而来的宗教改革改变了中世纪的思想面貌和知识结构。

> 明末清初之际西欧的天主教传教士虽然给中国带来了某些知识,

---

① 《法国北京传教团的创始》,耿昇译:《清史资料》第六辑,第167页。
② [法]谢和耐:《中国与基督教》(增补本),耿昇译,上海:上海古籍出版社,2003年,第240页。
③ 朱维铮称之为"目的与手段的倒错",见朱维铮:《利玛窦中文著译集·导言》,朱维铮主编:《利玛窦中文著译集》,上海:复旦大学出版社,2001年,第23页。

但其实质仍是中世纪的神学体系,其世界观实际上仍属于古代与中世纪的传统范畴,这既背离当时世界历史的近代化趋势,也与资本主义已经萌芽、个人觉醒与解放已成当务之急的中国形势之要求不相符合,对中国由中世纪转入近代并无益。①

而对于中国社会近代转型起推动作用的则要等到19世纪末受新教传教士影响的一批中国学人。这是一种"现代化叙事(modernization narrative)"中的"目的论"(teleology)倾向②。设定中国在晚明也有了"早期启蒙"因素,只是由于种种外在的社会原因(如强调清朝的高压政策),才导致中国没有凭借自身的力量完成近代化转型,而忽视思想发展中的"内在理路"。他们把原因归于耶稣会传教士,如美国科学史家席文(Nathan Sivin,1932—)教授认为,中国没有接触到西方近代意义上的科学,完全是因为作为中西媒介的耶稣会士自身的局限性,"否则的话,中国近代的历史面貌将会与我们后来所见到的样子大为不同"③。"否则的话",这种事后诸葛式的设问方式显示了此一思路的局限性,也无益于问题的解决。朱维铮先生指出:

> 撇开利玛窦等是否用西学作为传教手段的争论不谈,他们入华后所介绍的欧洲学术,应该说主要属于近代意义的文化。所谓近代意义的文化,指的是对于中世纪文化的一种否定。这种否定,无论在欧洲还是在中国,都不是一般地否定整个的传统文化,而是针对现存的文化传统,特别是那些占据统治地位的代表中世纪的文化传统。十六、七世纪入华的耶稣会士,在宗教上无疑倾向于欧洲已经过时的天主教神学,但不能说他们就是中世纪文化传统的代表,因为这个宗教教团本身便是天主教教会内部改革的产物。早期耶稣会士的博学和教养也是著名的。为中国学者所熟悉的利玛窦、熊三拔、邓玉函、艾儒略、汤若望、南怀仁等,都在科学和工艺学方面有相当造诣。他们传入中国的"西学",更不能简单地斥作是在欧洲的过时货色,包括利玛窦介绍的第谷天文

---

① 何兆武:《明末清初西学之再评价》,见氏著:《历史理性的重建》,北京:北京大学出版社,2005年,第195页。
② [美]艾尔曼:《中国文化史的新方向:一些有待讨论的意见》,见[美]艾尔曼:《经学、政治和宗族——中华帝国晚期常州今文学派研究》,赵刚译,南京:江苏人民出版社,1998年,第3页。
③ 何兆武:《明末清初西学之再评价》,见氏著:《历史理性的重建》,第201页。

学体系。尽管因为第谷抛弃哥白尼的日心说而导致利玛窦常受非议，但第谷体系在当时欧洲天文学实践领域还是新事物。①

所以，认为耶稣会士传播来的西学过时的观点有失公允②。如果传教士对于中国人文科学的传播属于间接的影响，其间还有反对和辩驳的声音的话，那么传教士带来的自然科学对于中国知识界来说就是"绝对真理"，少有反对者。传教士不但具有宗教的知识，还都是科学家。"学术传教"不但使基督教在中国的传播取得重要成绩，而且彻底改变了中国传统学术。传教士带来的科学对中国士人影响极大，以至于有人怀疑士人中的信徒（如"三柱石"）的信教实为其学术吸引。稻叶君山在《清朝全史》中说：

> 利玛窦入北京后，不四五年，信徒至二百余。观李之藻、杨廷筠、徐光启等名士之归依，则加特力克教之成功，可概见矣。然彼等名士之入教，非绝对信仰教宗，要皆利玛窦诱引法，与中国固有思想不甚背驰，当时士人对于西洋科学需要颇急，致使然也。利玛窦既译几何学，又著多种科学书，公布于世。③

若果真如此，利玛窦的目的就实现了。

其实，对于我们的探讨来说，关键是传教士带来了科学，而不在于是何种科学。传教士或囿于宗教的考虑，对于一些新的科学成果未加介绍，但毕竟传播的通道已经打开。就算传教士传播的是"过时"的科学知识，但较之传统中国的宇宙知识而言，仍可视为"先进"者。"与其说科学的真正成就在于使人类理智得以探究新的客观内容，不如说它归于人类理智以新的功能。对自然的认识不仅引导我们进入对象世界，而且起着帮助理智发展自我认识的媒介的作用。"④耶稣会士所带来的西方科学知识亦当如是观——其意义并不完全在于"客观内容"，而在于使得中国知识分子开始思索"理智的新功能"，从而开始反思传统文化。

---

① 朱维铮：《十八世纪的汉学与西学》，见氏著：《走出中世纪》，上海：上海人民出版社，1987年，第171页。
② 详细论述可见［日］山田庆儿：《近代科学的形成与东渐》，《科学史译丛》1984年第2期；徐海松：《清初士人与西学》，北京：东方出版社，2000年，第8—12页。
③ 柳诒徵：《中国文化史》，上海：上海古籍出版社，2001年，第753页。
④ ［德］E.卡西尔：《启蒙哲学》，顾伟铭、杨光仲、郑楚宣译，第34页。

徐光启等人的入教动机是否纯洁暂且不论,但徐光启试图以西学改革儒学倒是历史的事实。在一般人眼中,西学更注重于实用技艺,和中国意蕴丰富的传统思想相比,还属于"器"的层面。那时的思想界,对于西学有以下三种态度。

或是认为西学"详于质测,拙于言通几"。如方以智(1611—1671)说:"万历年间,远西学入,详于质测,而拙于言通几;然智士推之,彼之质测,犹未备也。"①"大造之主,则於穆不已之天乎!彼详于质测,不善言通几,往往意以语阂。"②"泰西质测颇精,通几未举。"③王锡阐也说:"吾谓西历善矣,然以为测候精详可也,以为深知法意未可也。循其理而求通,可也;安其误而不辨别,不可也。"④

或是认为"西学中源",认为西方的学问,本源于中土。如王夫之(1619—1692)说:"盖西夷之可取者,唯远近测法一术,其他皆剽袭中国之绪余。"⑤黄宗羲(1610—1695)认为勾股术其实被西人窃去而再传,梅文鼎(1633—1721)认为西方数学天文诸学均出于《周髀》,学习西学只是"礼失求野之意也"。康熙皇帝亦认定"西学实源于中法"。

还有一派观点,固守传统家法,干脆主张"宁肯使中夏无好历法,不可使中夏有西洋人"⑥。如果说方、王的主张还是传统学者审慎面对西学的话,那么杨光先(1597—1669)的观点则是固守传统的极端了。历史的事实是,大多学者对于中西之分没有杨光先等人的死板,倒是抱着平等大度的心态:"法有可采,何论东西;理所当明,何分新旧。"⑦

方以智说西学"详于质测,拙于言通几",这话在"中学为体,西学为用"的观点层面上被一些学者所认可。但是,在徐光启、利玛窦、李之藻(1565—1630)诸人关于《几何原本》的论述中,恰恰认为中学重实用,而西学才由法达理,具有根本的"通几"蕴含。

> 彼士立论宗旨,惟尚理之所据,弗取人之所意,盖曰理之审,乃令我

---

① 〔明〕方以智:《物理小识·自序》。
② 〔明〕方以智:《物理小识》卷八。
③ 〔明〕方以智:《通雅》。
④ 王锡阐语,见《清史稿》卷五〇六《畴人·王锡阐传》,北京:中华书局,1998年,第13937—13938页。
⑤ 《思问录·外篇》。
⑥ 〔清〕杨光先:《不得已》卷下。
⑦ 〔清〕梅文鼎:《梅氏丛书辑要》,《丛书集成初编》本。

知,若夫人之意,又令我意耳;知之谓,谓无疑焉,而意犹兼疑也。然虚理隐理之论,虽据有真指,而释疑不尽者,尚可以他理驳焉;能引人以是之,而不能使人信其无或非也。独实理者明理者,剖散心疑,能强人不得不是之,不复有理以疵之,其所致之知且深且固,则无有若几何一家者矣。①

利玛窦这段话,把西方数学思想的特点论述得十分精到,他向徐光启等人介绍了和中国传统思维完全不同的一种思维方法,以至于徐光启惊叹地指出,西方的几何学"由显入微,从疑得信,盖不用为用,众用所基,真可谓万象之形囿,百家之学海"②。"不用为用,众用所基",不仅点中了西方数学思维的核心,也表明了徐光启对于西学的深厚理解。

可以说,以利、徐为代表的中西知识分子,译入以《几何原本》为代表的西方数学著作,这些知识不但刺激了天算学的发展,更在深层次上对中国人的世界构图和思维方式产生革命性的影响。有论者已经指出,徐光启"将几何学看成了一块坚实的磐石,他要在这块磐石上重建新型的儒学世界观。从而,徐光启开辟了中国历史上第一个以几何学为基础的世界观,并提倡相应的思维方式,这在中国思想史上实属创举,具有重要的意义"③。

二、中国的科学主义

耶稣会非常注重教育,尤其是古典教育。所以,数学是其教育的主要内容之一。对宗教以及耶稣会没什么好感的罗素也说,耶稣会"倾注全力办教育,因而牢牢把握住青年人的心。他们所施的教育在不夹缠着神学的时候,总是无可他求的良好教育。……他们传授给笛卡尔的大量数学知识是他在别处学不到的"④。

利玛窦进入中国后,发现在西学中处于如此重要位置的《几何原本》竟然无传,觉得定会造成学术的根基不牢:

窦自入中国,窃见为几何之学者,其人与书,信自不乏,独未睹有原

---

① 〔意〕利玛窦:《译几何原本引》,朱维铮主编:《利玛窦中文著译集》,第298页。
② 〔明〕徐光启:《刻几何原本序》,朱维铮主编:《利玛窦中文著译集》,第303页。
③ 程钢:《〈几何原本〉对儒家思想学术的影响:以徐光启与焦循为例》,彭林主编:《清代学术讲论》,桂林:广西师范大学出版社,2005年,第313页。
④ 〔英〕罗素:《西方哲学史》下卷,马元德译,北京:商务印书馆,1976年,第42—43页。

本之论。既阙根基,遂难创造,即有斐然述作者,亦不能推明所以然之故,其是者已亦无从别白,有谬者人亦无从辩正。①

于是,就下定决心翻译此书:"当此之时,遽有志翻译此书,质之当世贤人君子,用酬其嘉信旅人之意也。"②

最初,《几何原本》由迷恋于利氏所传西学的瞿太素翻译,他翻译了第一卷,虽然译本的水平并不高,但是一经译出,就在各地流传开来,利玛窦也由此又以"数学家"显名。翻译过程并不顺利,利玛窦感到困难重重:"才既菲薄,且东西文理,又自绝殊,字义相求,仍多阙略,了然于口,尚可勉图,肆笔为文,便成艰涩矣。嗣是以来,屡逢志士,左提右挈,而每患作辍,三进三止。"③"三进三止"之后,终于完成翻译者就是徐光启。

难能可贵的是,徐光启不只是完成了《几何原本》的翻译,而且在翻译过程中,也获得了对西学以及西方数学思想的深刻认识。

首先,徐光启指出《几何原本》的传入对于时代趋实倾向的必要性和紧迫性。晚明王学末流空疏虚妄,于是实学思潮兴起,提倡"崇实黜虚""经世应务"。徐光启处于这一时代,也是实学倾向的积极倡导者。他在《几何原本杂议》中说:

> 下学工夫,有理有事,此书为益,能令学理者祛其浮气,练其精心,学事者资其定法,发其巧思,故举世无一人不当学。闻西国古有大学师,门生常数百千人,来学者先问能通此书,乃听入。何故?欲其心思细密而已。④

把几何学归于"下学",并非是重走道学"德性之知"与"见闻之知"相区分,且注重于"下学"之"上达"的老路,而是在实学思潮的时代氛围中,在"下学"之中,发现"理"的存在。所以,儒者当务之急乃是求知:"夫儒者之学,亟致其知,致其知,当由明达物理耳。物理渺隐,人才顽昏,不因既明,累推其未明,吾知奚至哉!"⑤而当时最大之障碍乃是儒者以"意"为追求,没有

---

① [意]利玛窦:《译几何原本引》,朱维铮主编:《利玛窦中文著译集》,第 301 页。
② [意]利玛窦:《译几何原本引》,朱维铮主编:《利玛窦中文著译集》,第 301 页。
③ [意]利玛窦:《译几何原本引》,朱维铮主编:《利玛窦中文著译集》,第 301 页。
④ [明]徐光启:《几何原本杂议》,朱维铮主编:《利玛窦中文著译集》,第 305 页。
⑤ [意]利玛窦:《译几何原本引》,朱维铮主编:《利玛窦中文著译集》,第 298 页。

达到对事物的根本洞悉。

而在利玛窦看来,西方学者的"意"与"理"之分别,是他们超出中国人之处。中国学者既缺乏这一基础,就难以创造出精良的学问来,学问之正误也无从辨证。"既阙根基,遂难创造,即有斐然述作者,亦不能推明所以然之故,其是者已亦无从别白,有谬者人亦无从辩正。"①西学中对"理"的探求的最为精严的学问就是几何学。所以,翻译此书刻不容缓,"此道所关世用至广至急也"②。徐光启也转述利氏话说:"此书未译,则他书俱不可得论。"③

诸如此类的言论,徐光启还说了不少:"此书为用至广,在此时尤所急须。"④"算术者,工人之斧斤寻尺,历律两家,旁及万事者,其所造宫室器用也,此事不能了彻,诸事未可易论。"⑤这些都足见他心态的迫切和挽救儒学的真心。

数学著作的流行,使得"缘数寻理"⑥成为一些知识分子的基本追求,造成了"通算与明经并进"⑦的局面。梁启超指出明末历算学的输入是中外学术的第二次沟通,"在这种新环境之下,学界空气,当然变换,后此清朝一代学者,对于历算学都有兴味,而且最喜欢谈经世致用之学,大概受利、徐诸人影响不小"⑧。是为确论。

其次,在阐述输入西方数学(包括几何学)思想的同时,徐光启等人对于中国传统数学的弊端进行了批判:

> 唐虞之世,自羲和治历,暨司空后稷工虞典乐五官者,非度数不为功。周官六艺,数与居一焉,而五艺者,不以度数从事,亦不得工也。襄、旷之于音,般、墨之于械,岂有他谬巧哉?精于用法而已。故尝谓三代而上,为此业者盛,有元元本本、师传曹习之学,而毕丧于祖龙之焰。汉以来,多任意揣摩,如盲人射的,虚发无效,或依儗形似,如持萤烛象,得首失尾。至于今,而此道尽废,有不得不废者矣。⑨

---

① 〔意〕利玛窦:《译几何原本引》,朱维铮主编:《利玛窦中文著译集》,第301页。
② 〔意〕利玛窦:《译几何原本引》,朱维铮主编:《利玛窦中文著译集》,第300页。
③ 〔明〕徐光启:《刻几何原本序》,朱维铮主编:《利玛窦中文著译集》,第303页。
④ 〔明〕徐光启:《几何原本杂议》,朱维铮主编:《利玛窦中文著译集》,第306页。
⑤ 〔明〕徐光启:《刻同文算指序》,朱维铮主编:《利玛窦中文著译集》,第648页。
⑥ 〔明〕李之藻:《同文算指序》,朱维铮主编:《利玛窦中文著译集》,第650页。
⑦ 〔明〕李之藻:《同文算指序》,朱维铮主编:《利玛窦中文著译集》,第650页。
⑧ 梁启超:《中国近三百年学术史》,第9—10页。
⑨ 〔明〕徐光启:《刻几何原本序》,朱维铮主编:《利玛窦中文著译集》,第303页。

徐光启先是描述了中国古代重数的传统,数学也是教育的基本内容之一。但是,中国古代数学思想和儒家思想的关系密切,中国数学基本经典之一的《九章算术》之所以采用实用数学的形式,其思想根源在于儒家思想,或可进一步说,《九章算术》就是儒学的一部分①。

儒学整体性、经典性和实用理性的特点,决定了中国传统数学的特点:以实用为目的的实用性和以算法为中心的计算性。而传统数学的实用性特点,使得传统数学绕过了无理数的问题,而"无理数的发现正是促使古希腊的数学研究由算术转向几何、由感性直观转向理性演绎的重要契机"②。尽管中国古代出现了墨家和刘徽的逻辑化思想,但是受到以上思想倾向的制约,中国数学始终未能走出经验范围。在和西学相比较中,就会发现二者存在着不小的差距。

在《测量异同绪言》中,徐光启说:"九章算法勾股篇中故有用表、用矩尺测量数条,与今译《测量法义》相较,其法略同。其义全阙,学者不能识其所緐。"③又说《九章》"能言其法,不能言其义也。所立诸法,芜陋不堪读"④。鄙夷之情立见。在拿《同文算指》和传统数学相比较时也说,《同文算指》"大率与旧术同者,旧所弗及也;与旧术异者,则旧所未之有也。……大率与西术合者,靡弗与理合也;与西术谬者,靡弗与理谬也"⑤。最后更是以不屑的口吻说,《同文算指》"可谓网罗艺业之美,开廓著述之途,虽失十经,如弃敝屣矣"⑥。"虽失十经,如弃敝屣",此话在文化守成者看来,显得十分刺耳,如同今日许多人叫嚣的"全面西化论",但好在徐光启的时代,好像还没有后来那么泾渭分明的中西门户之见,他们着眼于基本的真理,着眼于为我所用的文化沟通热情,这比那些简单的文化守成或极端批驳传统者,不知要高明多少倍。

这类的话,李之藻也说过,应该算是当时有识者之公论:

古者教士三物,而艺居一,六艺而数居一。数于艺,犹土于五行,无

---

① 钱宝琮:《〈九章算术〉及其刘徽注与哲学思想的关系》,转引自代钦:《儒家思想与中国传统数学》,北京:商务印书馆,2003年,第2页。
② 代钦:《儒家思想与中国传统数学》,第3—4页。
③ 〔明〕徐光启:《测量异同绪言》,《徐光启集》上册,王重民辑校,上海:上海古籍出版社,1984年,第96页。
④ 〔明〕徐光启:《勾股义绪言》,《徐光启集》上册,王重民辑校,第85页。
⑤ 〔明〕徐光启:《刻同文算指序》,朱维铮主编:《利玛窦中文著译集》,第648页。
⑥ 〔明〕徐光启:《刻同文算指序》,朱维铮主编:《利玛窦中文著译集》,第648页。

处不寓,耳目所接已然之迹,非数莫纪;闻见所不及,六合而外,千万世而前而后必然之验,非数莫推。已然必然,总归自然,乘除损益,神智莫增,矞诡莫掩,颠蒙莫可诳也。惟是巧心浚发,则悟出人先,功力研熟,则习亦生巧。其道使人心心归实,虚侨之气潜消,亦使人跃跃含灵,通变之才渐启。小则米盐凌杂,大至画野经天,神禹赖矩测平成,公旦从《周髀》窥验,谁谓九九小数,致远恐泥?尝试为之,当亦贤于博弈矣。①

但是,抛开中西数理思想的根本差异不论,中国数学为何渐趋衰落,徐光启也有自己的见解:"算数之学特废于近世数百年间尔。废之缘有二:其一为名理之儒,士苴天下之实事;其一为妖妄之术,谬言数有神理,能知来藏往,靡所不效,卒于神者无一效,而实者亡一存。"②把算学落后的原因归于理学家和阴阳术数之徒,前者高谈玄理,"耻握从衡之算;才高七步,不娴律度之宗"③。后者没有摆脱古代巫术影响下的术数传统,给数加载了许多神秘的外衣,与其本身趋向理性的使命背道而驰了。

同时,也可以发现更为重要的一点是,和利玛窦一样,徐光启、李之藻等人,利用西方数学思想对儒学的充实,也有着恢复原始儒学的用意:"私心自谓不意古学废绝,二千年后,顿获补缀,唐虞三代之阙典遗义,其禆益当世,定复不小。"④为了达到使中国士人接受天主教教义的目的,利玛窦肯定古代儒学中具有和天主教教义相通的宗教成分,并以此来批判被佛教严重侵蚀的宋明理学。而徐光启关于古代数学或是政治主张的看法,也都以唐虞三代作为基本理想⑤。不知二者之间是否存在影响的关联。

再次,利、徐诸人对于西方数学的义理阐发得至为透彻,特别是在中西比较时对于"理""义""法""数"的论析更是给儒学思想带来了巨大影响。作为主持过历法修订的徐光启,在历法改革中对于西方数理思想有着深厚洞见,他说,前代历法家"不知其中有理、有义、有法、有数。理不明不能立法,义不辨不能著数。明理辨义,推究颇难;法立数著,遵循甚易"⑥。他注意的不是外在的变化和现象,而是要了解事实背后的所以然:"第今改历一

---

① 〔明〕李之藻:《同文算指序》,朱维铮主编:《利玛窦中文著译集》,第649页。
② 〔明〕徐光启:《刻同文算指序》,朱维铮主编:《利玛窦中文著译集》,第647页。
③ 〔明〕李之藻:《同文算指序》,朱维铮主编:《利玛窦中文著译集》,第649页。
④ 〔明〕徐光启:《刻几何原本序》,朱维铮主编:《利玛窦中文著译集》,第303页。
⑤ 〔明〕徐光启:《辨学章疏》,《徐光启集》下册,王重民辑校,第433页。
⑥ 〔明〕徐光启:《测候月食奉旨回奏疏》,《徐光启集》下册,王重民辑校,第358页。

事,因差故改,必须究其所以差之故而改正之。前史改历之人皆不其然,不过截前至后,通计所差度分,立一加减乘除,均派各岁之下,谓之改矣,实未究竟所以然也。"①以此看待《几何原本》,就是从事物的根本道理出发,这在学习中具有基础性作用,在实践中具有根本指导的功能。"《几何原本》者,度数之宗,所以穷方圆平直之情,尽规矩准绳之用也。"②"能精此书者,无一事不可精,好学此书者,无一事不可学。"③进一步阐述道:"由显入微,从疑得信,盖不用为用,众用所基,真可谓万象之形囿,百家之学海。"④

此外,徐光启根据《几何原本》进行了一些具体的应用实践。在利玛窦和徐光启合作完成《几何原本》的翻译以后,利玛窦又用几何原理向徐光启讲授测地术,徐整理成《测量法义》。完成《测量法义》之后,徐依此思路独立完成《测量异同》和《句股义》各一卷。在《测量异同》中,徐光启说:"《九章算术》勾股篇中,故有用表、用矩尺测量数条,与今译《测量法义》相较,其法略同,其义全阙。"又在《句股义》中说《九章》"能言其法,不能言其义,所立诸法,芜陋不堪读"。

中西数学之最大区别,在徐光启看来,是《周髀》《九章》诸书,皆以法为贵,以法为根本鹄的,而缺乏义理之依据:

> 是法也,与《周髀》、《九章》之勾股测望,异乎? 不异也。不异,何贵焉? 亦贵其义也。刘徽、沈存中之流皆常言测望矣,能说一表不能说重表也。言大小勾股能相求者,以小股大勾、小勾大股,两容积等,不言何以必等能相求也。犹之乎丁未以前之西泰子也,曷故乎? 无以为之藉也。无以为之藉,岂惟诸君子不能言之,即隶首、商高,亦不得而言之也。《周髀》不言藉乎? 非藉也,藉之中又有藉焉,不尽说《几何原本》不止也。⑤

因此,要在法的基础上达及义理,必须从《几何原本》开始。所以,他据此认为,中国人开始意识到法之背后的奥义,是在《几何原本》译入中国之后,"法而系之义也,自岁丁未始也。曷待乎? 于时《几何原本》之六卷始卒

---

① 〔明〕徐光启:《修改历法请访问汤若望罗雅谷疏》,《徐光启集》下册,王重民辑校,第344页。
② 〔明〕徐光启:《刻几何原本序》,朱维铮主编:《利玛窦中文著译集》,第303页。
③ 〔明〕徐光启:《几何原本杂议》,朱维铮主编:《利玛窦中文著译集》,第305页。
④ 〔明〕徐光启:《刻几何原本序》,朱维铮主编:《利玛窦中文著译集》,第303页。
⑤ 〔明〕徐光启:《题测量法义》,《徐光启集》上册,王重民辑校,第82页。

业矣,至是而后能传其义也"①。

徐光启的基本思想是,中国数学思想没有由法达义,建立起如西法那般的纯粹理论演绎体系。《测量异同》和《句股义》由《几何原本》的基本原理出发,进入实际应用的领域,且徐光启在具体理论的运用中,进一步发现中西法之间的差距和不同,可视作是"利玛窦传入的欧几里德几何学的公理体系的最初诠释"②。《四库全书总目》曰,《测量法义》《测量异同》《句股义》三书,"其意则皆以明《几何原本》之用也"。至于这三本书对于《几何原本》的诠释涉及的范围和深度,以及选择的应用领域,徐光启清醒而自觉:"《原本》之能为用如是乎?未尽也,是鼹之于河而蠡之于海也。曷取是焉?先之数易见也,小数易解也,广其术而以之治水治田之为利巨、为务急也,故先之。"③他期待后来者能够以此为基础,扩大应用的范围和深度:"嗣而有述者焉,作者焉,用之乎百千万端,夫犹是饮于河而勺于海也,未尽也,是《原本》之为义也。"④他对后学的期望总是显得迫切而真挚,如其在《题几何原本再校本》中所说:"续成大业,未知何日,未知何人。"⑤

有论者指出,中国传统思维中,缺乏如西方那样的数学模型,没有数学模型,就无法推演出西方近代意义上的科学。明清之际,中国知识分子由西方思想得到启发,试图以此建构中国的理性体系:

> 明代的徐光启和清代的焦循就是其中突出的代表人物。徐光启曾以极其明确的思想努力要求把一切数据都纳入一个数学结构,他认为只有这样才是科学知识的鹄的或归宿;但可惜他没有能像他同时代的伽利略那样进行朝着数学定向的力学实验,他的一系列农学实验还远远谈不到数学化。无论如何,他无可置疑地乃是中国第一个自觉地努力要把自然哲学归结为一套数学原理的人。⑥

尽管清初之后中西学者无法再如明末那般关系融洽,加上影响深远的"中国礼仪之争",在华耶稣会传教士偏离了利玛窦的传教策略,中国士人也

---

① 〔明〕徐光启:《题测量法义》,《徐光启集》上册,王重民辑校,第82页。
② 朱维铮主编:《利玛窦中文著译集》,第588页。
③ 〔明〕徐光启:《题测量法义》,《徐光启集》上册,王重民辑校,第82页。
④ 〔明〕徐光启:《题测量法义》,《徐光启集》上册,王重民辑校,第82页。
⑤ 〔明〕徐光启:《题几何原本再校本》,朱维铮主编:《利玛窦中文著译集》,第307页。
⑥ 何兆武:《传统思维与近代科学》,见氏著:《历史理性的重建》,第190—191页。

逐渐陷入中西分界的思维中，无法平静又深刻地吸收、转化西学，导致中国在西方发展最快的两百年与西方隔绝，错失了中西文化交流的黄金季①；但是，西方数理思想的传播对于中国思想界的影响已经产生，不但对中国学界告别"空言蹈虚"的传统，从而走上"征实"的道路意义重大②，而且对中国现代科学思想的兴起产生了启蒙作用。中国科学主义思想的开端，实由于此。

三、经世致用

怀特海说："现代科学诞生于欧洲，但它的家却是整个的世界……事情越来越明显，西方给予东方影响最大的是它的科学和科学观点。这种东西只要有一个有理智的社会，就能从一个国家传播到另一个国家，从一个民族流传到另一个民族。"③这话深刻地道出了科学的普世化特征。耶稣会投入巨大的人力物力传教，收获寥寥，却在科学传播事业上"凯旋"，便是科学普世特征的历史明证之一。

许多研究都把清代考据学的兴起看作清代严酷的文字狱政策的必然结果，这一观点长久地主导着学术界。这种以外在条件为思想转变的决定因素的做法，引起了许多学者的不满，如艾尔曼(Benjamin A. Elman)就批评道："任何仅以外在的政治因素为根据分析清代学术，都将忽略明清转折时期考证学话语兴起、发展的历史根源。"④由此，他提出了探讨清代朴学兴起的内在与外在因素的观点。他说："清代学术话语的变革是一个复杂的过程。这一过程包括学术本身的变革，以及规范性研究、著述赖以产生的社会环境的变化。"⑤强调"在中国发现历史"，并非要完全否弃"冲击－回应"的范式。前述中国科学主义的起源，即是外来思想影响中国的例证。而传统自身，也蕴含了某种"现代性"因素，晚明及清代的"实学"转向，是自身现代性的重要表现。

宋明理学，至阳明良知论而臻于止境。但在龙溪、泰州之后，流弊滋生。

---

① 李天纲：《中国礼仪之争：历史、文献和意义》，上海：上海古籍出版社，1998 年，第 324—325 页。
② 朱维铮：《十八世纪的汉学与西学》，见氏著：《走出中世纪》，第 174 页。
③ ［英］怀特海：《科学与近代世界》，何钦译，第 3 页。
④ ［美］艾尔曼：《从理学到朴学——中华帝国晚期思想与社会变化面面观》，赵刚译，南京：江苏人民出版社，1995 年，第 12 页。
⑤ ［美］艾尔曼：《从理学到朴学——中华帝国晚期思想与社会变化面面观》，赵刚译，第 6 页。

"以无端之空虚禅悦,自悦于心;以浮夸之笔墨文章,快然于口。"①造成"束书不观,游谈无根"的状况。东林学派起而挽王学末流。阳明良知论流为"无善无恶"之说,即绝对本体之论,体用分离,重视本体而忽略工夫,以虚见为实悟,"终日谈本体,不说工夫,才拈工夫,便以为外道"(罗念庵语)②。东林提"本体"与"工夫"之辨,以"工夫"为首要:"不患本体不明,只患工夫不密。"(高攀龙语)③其后梨洲、船山承其绪,"皆由虚实之辨、本体工夫之辨一贯而来。此则清初学术新趋,由东林开其端也"④。此后东原、船山崇实黜虚,开一时风气。颜习斋曰:"必破一分程、朱,始入一分孔、孟。"⑤与理学决绝之意立见。

明末清初之"实学"转向,造成两种后果:一是朴学的形成,二是经世致用之学的勃兴。前者之代表为惠栋(1697—1758)与戴震(1724—1777),后者之代表为龚自珍(1792—1841)和魏源(1794—1857)。清初的学术主潮为"厌倦主观的冥想而倾向于客观的考察"⑥,这一学风无疑是实学转型在学术方面的体现。代之以兴的是"经世致用"风气的流行,梁启超分析原因说:"这种头一件,考证古典的工作,大部分被前辈做完了,后起的人想开辟新田地,只好走别的路。第二件,当时政治现象,令人感觉不安,一面政府钳制的威权也陵替了,所以思想渐渐解放,对于政治及社会的批评也渐渐起来了。"⑦

另需注意的因素是,儒家一贯的"实用理性"传统。儒家所谓"诚意""正心""修身"和"齐家""治国""平天下",前者乃"内圣"之修行,后者指"外王"之践履。而"外王"之学,即有"经世致用"之内涵。乾嘉学术沉溺雕琢虫鱼,以"工具理性"代替"价值理性",满眼训诂名物、典章制度,而微言大义不存。宋明理学闲坐论性谈天,满口道德良知、一贯空言,却无实行的效果,"无事袖手谈心性,临危一死报君王",空留书生意气。"经世致用"之学,是"以复古为解放",复先秦之古,对于孔孟而得解放⑧。

---

① 〔清〕吴肃公:《明语林》卷七,陆林校点,合肥:黄山书社,1999 年。
② 〔清〕黄宗羲:《明儒学案》卷五八"东林学案"一,沈芝盈点校,北京:中华书局,2008 年,第 1379 页。
③ 〔清〕黄宗羲:《明儒学案》卷五八"东林学案"一,沈芝盈点校,第 1417 页。
④ 钱穆:《中国近三百年学术史》,北京:商务印书馆,1997 年,第 13 页。
⑤ 〔清〕李塨:《颜习斋先生年谱》卷上,〔清〕王源订;《颜元集》,王星贤、张芥尘、郭征点校,北京:中华书局,1987 年。
⑥ 梁启超:《中国近三百年学术史》,天津:天津古籍出版社,2003 年,第 1 页。
⑦ 梁启超:《中国近三百年学术史》,第 29 页。
⑧ 梁启超:《清代学术概论》,天津:天津古籍出版社,2004 年,第 13 页。

"经世致用"之学也是经今文学对经古文学反动的结果。庄存与(1719—1788)、刘逢禄(1776—1829)发明公羊之学,开清今文学之端。后有龚、魏续其学。"今文学之健者,必推龚、魏。龚、魏之时,清政既渐陵夷衰微矣。举国方沉酣太平,而彼辈若不胜其忧危,恒相与指天画地,规天下大计。"①此一风潮,至嘉道年间而达于高峰。清代之经今文学"并非出现于鸦片战争之后,而是最早兴起于明末。……西方的入侵固然开始改变中华帝国赖以生存的政治、经济、军事、社会结构,可是,在西方入侵60年以前,儒家学说已经露出寻求可供选择的政治话语的兴趣"②。出于"内发力量"的经世致用思想,是中华文化在帝国末期寻求到的前行道路,也为中国面对新的文化和世界局势提供了思想基础③。

四、科学:由"技"而"学"

梁启超在《五十年中国进化概论》中说,中国人对于西方的学习经历了三个时期:从器物上感觉不足、从制度上感觉不足和从文化根本上感觉不足④。

第一代开眼看世界者以林则徐(1785—1850)、魏源等人为代表。魏源谈及《海国图志》写作目的:"是书何以作?曰:为以夷攻夷而作,为师夷长技以制夷而作。"⑤其中透露出强烈和急迫的学习西方的信息,尽管其中还深含"夷夏之辨"的观念。在魏源看来,"夷"之"长技"主要有三:"一战船,二火器,三养兵练兵之法。"⑥通过学习这些"技"术,"尽收外国之羽翼为中国之羽翼,尽转外国之长技为中国之长技,富国强兵不在一举乎!"⑦"不旋踵间,西洋之长技,尽成中国之长技。"⑧从而达到国家富强之目的。

魏源提倡"师夷长技以制夷",在"技"的层面上吸取西方之长,已经触及严守"体用""夷夏"之辨的中国人的神经,从而"举世讳言之"⑨,就连思

---

① 梁启超:《清代学术概论》,第69页。
② [美]艾尔曼:《经学、政治和宗族——中华帝国晚期常州今文学派研究》,赵刚译,第2页。
③ 陈胜粦:《林则徐与鸦片战争论稿》,广州:中山大学出版社,1985年;丁伟志、陈崧:《中西体用之间》,北京:中国社会科学出版社1995年,第17—18页。
④ 梁启超:《五十年中国进化概论》,《饮冰室合集》第五册文集之三十九,第43—45页。
⑤ 《魏源集》上册,北京:中华书局,1976年,第207页。
⑥ 〔清〕魏源:《海国图志·筹海篇三》,《魏源集》下册,第869页。
⑦ 〔清〕魏源:《道光洋艘征抚记》,《魏源集》上册,第206页。
⑧ 〔清〕魏源:《道光洋艘征抚记》,《魏源集》上册,第186页。
⑨ 〔清〕姚莹:《与余小坡言西事》,《东溟文后集》卷八,第20页,转引自丁伟志、陈崧:《中西体用之间》,第33页。

想开明的梁廷枏(1796—1861),也反对以"师夷长技"来"求胜夷之法",认为此举乃"失体"之策:"既资其力,又师其能,延其人而受其学,失体孰甚……反求胜夷之道于夷也,古今无是理也。"①他们实则意识到"用"之"体"的基础,正好契合了后来进一步研求西学的过程,只不过实际的历史朝着与他们相反的方向而前行罢了。

开明的士人明确指出,要把"体"和"用"分开,"且用其器,非用其礼也,用之乃所以攘之也"②。即要学习其器物,而不取其制度、文化,采学的目的仅是为了反对之,且仅此而止。

随着对西方"技""器"接触和进一步理解,中国士大夫们逐渐意识到"技"和"器"背后之文化和思想内涵。与把学习西方分为器物、制度、文化三阶段说相比,亦有以西学、西政、西教划分者:

> 中国二十年以前,惊西方之船坚炮利,知有西艺矣。而于西政,则以为非先王之法,不足录也。十年以前,亲见西方政治之美善者渐多,其富强之气象,似实胜于中国,知有西政矣。而于西教,则以为非先圣之道,不足录也。……知西艺最易,知西政已较难,更进而知西教,则如探水而得其真源。③

强调器物背后之"西学"("西艺"),较之魏源等人对于西方的认识又深入了一层。

"西学"之名,于耶稣会士已创始:"其时所谓西学者,除测算天文,测绘地图外,最重要者便是制造大炮。"④其时对于"西学"的理解,则开始认识到西方的学科体制。如郑观应说:"论泰西之学,派别条分,商政、兵法、造船、制器,以及农、渔、牧、矿诸务,实无一不精,而皆导源于汽学、光学、电学。"⑤以一总称涵盖这些学科,则"格致"是也。"格物致知",是宋明理学中的重要概念,此时拿来作为一种接引西学的参照资源。"泰西所制铁舰、轮船、枪炮、机器,一切皆格物致知,匠心独运,尽泄世上不传之秘,而操军中必胜之

---

① 〔清〕梁廷枏:《夷氛纪闻》,北京:中华书局,1959年,第169—172页,转引自丁伟志、陈崧:《中西体用之间》,第33页。
② 〔清〕冯桂芬:《校邠庐抗议・制洋器议》,上海:上海书店出版社,2002年,第51页。
③ 范祎:《〈万国公报〉第二百册之祝辞》,《万国公报》第200册,1905年9月。
④ 梁启超:《中国近三百年学术史》,第30页。
⑤ 夏东元编:《郑观应集》,上海:上海人民出版社,1982年,第274页。

权。"① 格致之学的提倡,在社会上形成风潮。

1876 年开设的格致书院,即是这一潮流中的一个代表。1886 年秋的课艺试题为"中国近日讲求富强之术当以何者为先论"。这一问题其实就是当时朝野所关注的最重要的问题。优胜者王佐才的答卷中有这样一段话:

> 泰西各国学问,亦不一其途,举凡天文、地理、机器、历算、医、化、矿、重、光、热、电、声诸学,实试实验,确有把握,已不如空虚之谈。而自格致之学一出,包罗一切,举古人学问之芜杂一扫而空,直足合中外而一贯。该格致之学者,事事求其实际,滴滴归其本源,发造化未泄之苞符,寻圣人不传之坠绪,譬如漆室幽暗而忽燃一灯,田地晦冥而皎然日出。自有此学而凡兵农、礼乐、政刑、教化,皆以格致为基。是以国无不富而兵无不强,利无不兴而弊无不剔。②

将西方学问分科举要,强调格致学的核心地位,并揭示其求真之精神,这些论点既富有深度③,又在当时社会中具有代表性。后来的学者,也是顺着这一思路开始思考中国的现代学术问题,康有为就说:

> 泰西之强,不在军兵炮械之末,而在其士人之学,新法之书。凡一名一器,莫不有学:理则心伦、生物,气则化、光、电、重,蒙则农、工、商、矿,皆以专门之士为之,此其所以开辟地球,横绝宇内也。④

中国士人对于西学的接受,是以"中体西用"论为思想基础的。1861 年,冯桂芬在《校邠庐抗议》中已经指出:"以中国之伦常名教为原本,辅以诸国富强之书。"⑤1895 年,沈毓桂在《万国公报》上发表的《救时策》则明确提出"中学为体,西学为用"的口号⑥。其后因为张之洞的大力倡导,举国奉为至论。所以在吸收西学时,"体""用"被清晰地分开,特别在涉及"教"的

---

① 夏东元编:《郑观应集》,第 89 页。
② 王佐才答卷(1886 年),《格致书院课艺》第一册。
③ 王佐才在历次课艺获奖六次,排名第二。可见其西学修养甚高。见熊月之:《西学东渐与晚清社会》,上海:上海人民出版社,1994 年,第 387—391 页。
④ 康有为:《日本书目志序》,《康有为全集》第三集,姜义华、张荣华编校,北京:中国人民大学出版社,2007 年,第 263 页。
⑤〔清〕冯桂芬:《校邠庐抗议·采西学议》,第 57 页。
⑥〔清〕沈毓桂:《救时策》,《万国公报》第 75 册,1895 年 4 月。

问题上,中国人的态度极其决绝。冯桂芬称明末以来翻译的西书涉及耶稣教者皆"猥鄙无足道","此外如算学、重学、视学、光学、化学等皆得格物至理,舆地书备列百国山川厄塞、风土物产,多中人所不及"①。承认"学"之落后,且认为西方之"教"猥鄙不堪。

愿望和现实之间,总是存在着巨大的落差。基于"别立中西"目的而提出的"中体西用"论,在涉及具体学科问题时,则逐渐开始强调学术的"普世性"和"现代性",从而使得"中体西用"问题归于消解②。如薛福成(1838—1894)说:

> 夫西人之商政、兵法、造船、制器及农、渔、牧、矿诸务,实无不精;而皆导源于汽学、光学、电学、化学,以得御水、御火、御电之法。斯殆造化之灵机,无久而不泄之理,特西人之专门名家以阐之,乃天地间公共之道,非西人所得而私也。③

强调西学乃"天地间公共之道",即侧重于学术的"普世性"。王茂荫(1798—1865)说:"方今海外诸国,日起争雄。自人视之,虽有中外之分;自天视之,殆无彼此之异。《书》曰:'皇天无亲,惟德是辅。'"④认为所谓中外之分,乃人为的结果,并无根本意味。此类言论在中国现代历史中所在多有。

"中国现代学科的形成,从某种意义上说,是将晚清中国纷争不已的'体'与'用','道'与'器'的争辩提升到一个新的层面,最终的结果则是'学'替代了'道'与'体'。"⑤"中西"的问题实则转变为"古今"问题,"西学"概念也逐渐转化为"新学"⑥。"格致之学"处于"西学"(新学)的核心,顺理成章地也成为中国现代学术和思想建构的核心。

促使这种转变朝着实质阶段发展的契机是甲午战争。此即所谓向西方学习"文化"("西教")的阶段。在"中学为体,西学为用"的口号下,中国人

---

① 〔清〕冯桂芬:《校邠庐抗议·采西学议》,第55页。
② 章清:《"中体西用"论与中西学术交流》,复旦大学历史学系、复旦大学中外现代化进程研究中心编:《中国现代学科的形成》(近代中国研究集刊3),上海:上海古籍出版社,2007年。
③ 〔清〕薛福成:《出使英法义比四国日记》,长沙:岳麓书社,1985年,第132页。
④ 王茂荫:《治法治人之本在明德养气折》(咸丰八年五月二十九日),《筹办夷务始末》(咸丰朝)卷二八,北京:中华书局,1979年,第1051页。
⑤ 章清:《"中体西用"论与中西学术交流》,复旦大学历史学系、复旦大学中外现代化进程研究中心编:《中国现代学科的形成》(近代中国研究集刊3),第240页。
⑥ 王尔敏:《晚清政治思想史论》,桂林:广西师范大学出版社,2005年,第10页。

虽然努力学习西方,但甲午战争的完败使得中国知识分子意识到西方在"体"的层面上亦有卓越之处,光在"用"的层面上学习是不够的。"对许多知识分子来说,他们第一次感到中国的精神参照框架与现代趋向似乎有些不合适、不和谐。与对过去精神权威信仰的减弱相随而来的是对掌握使西方物质强大的科学精神的渴望。"①实质上,从此之后,科学在中国已经处于"道"的地位②。

第三节 科学话语与美学话语

一、现象与本体

严复在论述中西文化不同时说:

> 今之称西人者,曰彼善会计而已,又曰彼擅机巧而已。不知吾今兹之所见所闻,如汽机兵械之伦,皆其形下之粗迹,即所谓天算格致之最精,亦其能事之见端,而非命脉之所在。其命脉云何?苟扼要而谈,不外于学术则黜伪而崇真,于刑政则屈私以为公而已。③

把西方的"命脉"从"格致"之学转为学术和政治,且以"真"和"公"为核心价值,其实已经开启了"五四"时期以科学和民主为基本目标的先声。特别是以"崇真"作为学术的核心追求,"奠定了新时代思想家们把现代科学作为一种价值体系而接受的基础"④。

王国维把严复开创的介绍西方学术的新局面看作中国现代思想"形上"追求的开端:

> 元时罗马教皇以希腊以来所谓"七术"(文法、修辞、名学、音乐、算

---

① [美]郭颖颐:《中国现代思想中的唯科学主义(1900—1950)》,雷颐译,南京:江苏人民出版社,1990年,第4—5页。
② "科学被进一步由技、学,提升到道的形态。"杨国荣:《科学的形上之维:中国近代科学主义的形成与衍化》,上海:上海人民出版社,1999年,第113页。
③ 严复:《论世变之亟》,王栻主编:《严复集》第一册,北京:中华书局,1986年,第2页。
④ [美]郭颖颐:《中国现代思想中的唯科学主义(1900—1950)》,雷颐译,第5页。

术、几何学、天文学)遗世祖,然其书不传。至明末,而数学与历学,与基督教俱入中国,遂为国家所采用。然此等学术,皆形下之学,与我国思想上无丝毫之关系也。咸、同以来,上海、天津所译书,大率此类。唯近七八年前,侯官严氏(复)所译之赫胥黎《天演论》(赫氏原书名《进化论与伦理学》,译义不全)出,一新世人之耳目。比之佛典,其殆摄摩腾之《四十二章经》乎?嗣是以后,达尔文、斯宾塞之名,腾于众人之口;物竞天择之语,见于通俗之文。①

但严复的兴趣毋宁说是在实用和功利层面上的:

  故严氏所奉者,英吉利之功利论及进化论之哲学耳。其兴味之所存,不存于纯粹哲学,而存于哲学之各分科,如经济、社会等学,其所最好者也。故严氏之学风,非哲学的,而宁科学的也,此其所以不能感动吾国之思想界者也。②

从严复开始,对于西方哲学的介绍沿着两个路向展开。以严复为代表的第一代译介西方哲学的知识分子吸取的是功利主义、科学主义的观点,在其知识体系中,科学无疑具有核心地位。梁启超在《中国近三百年学术史》中论及"新思想运动"的主要潮流,列严复为一派:"严又陵(复),他是欧洲留学生出身,本国文学亦优长,专翻译英国功利主义派书籍,成一家之言。"③蔡元培因为严复的功利主义目的而认为其介绍西方哲学的旨趣"不很彻底"④。

以王国维、蔡元培为代表的第二代译介西方哲学的知识分子关注的中心是学术和思想本身,他们的兴趣,虽然也有实用的目的,但纯粹学理的兴趣更为根本。他们对于西方哲学的基本关注点是德国古典哲学,尤其是康德哲学。较之前一代,一个重要的区别点是,科学由独尊的地位而成为知、情、意三分体系中的一环,它与美学、伦理学共同组成了现代学科体系的核心部分。

---

① 王国维:《论近年之学术界》,《教育世界》第93号,1905年2月。谢维扬、房鑫亮主编:《王国维全集》第一卷,杭州:浙江教育出版社,广州:广东教育出版社,2009年,第122—123页。
② 王国维:《论近年之学术界》,《教育世界》第93号,1905年2月。谢维扬、房鑫亮主编:《王国维全集》第一卷,第123页。
③ 梁启超:《中国近三百年学术史》,第34页。
④ 蔡元培:《五十年来中国之哲学》(1923年12月),中国蔡元培研究会编:《蔡元培全集》第五卷,杭州:浙江教育出版社,1997年,第104页。

其追求的"真"与"美""善"一起,共同构成了人类价值体系的核心。

前已论及,基于现代价值分离思想而确立的知、情、意分立在康德那里得以最终奠基,美学也由此而确立了自身的合法性。中国现代思想家们对于美学的译介,最初都很注意把知、情、意分立思想作为思想资源。或可说,中国现代美学的奠基,即是以知、情、意分立作为思想基础的。也就是在这一思想基础上,科学(真)和美学(美)同时确立其间的基本关系。

西方哲学本体论思想根源于脱离感性的纯粹理性概念的形成。"西方哲学之父"泰勒斯关于"水是万物始基"的说法开启了寻求世界根源的努力,巴门尼德开创的本体论,使得感性最终在思维中找到了根据。所以说,感性-理性(物质-意识)的对峙,成为西方哲学的基本框架。美学在西方的形成,是西方理性-经验传统以及近代以来理性主义发达的产物。莱布尼茨对于笛卡尔的理性主义已经有所扬弃,鲍姆加登承续莱布尼茨-沃尔夫的传统,在理性的基础上确立了感性的地位。这一工作在康德那里得以最终完成。

康德完成的是对于理性本身进行批判的任务,他将世界做两种划分,即现象和本体(物自体)。两个世界的划分,解决了知识(科学)对于道德领域的僭越,但由此形成了一个"鸿沟":"作为感官之物的自然概念领地和作为超感官之物的自由概念领地之间固定下来了一道不可估量的鸿沟,以至于从前者到后者(因而借助于理性的理论运用)根本不可能有任何过渡,好像这是两个各不相同的世界一样。"①在此基础上,康德意识到在知性和理性之间的"中间环节"——判断力②。由此完成了三大批判。康德的工作,使得知(科学)、情(美学)、意(道德)的关系得以确立。在后来的哲学史中,尽管康德的哲学也像所有伟大的思想家一样遭受到"批判"和"超越",但他关于人类精神结构的思想,成为人类思想中最为基础的内核之一进而发挥着持续的影响力。

黑格尔已经看出,中国思想曾经在《周易》的卦象演绎中达到"抽象的思想和纯粹的范畴",但最终由于没有脱离具体而流于"空虚"③。黑格尔说法本身包含"西方中心主义"且不讲,他道出的中国思想中没有形成纯粹抽象的思想范畴,造成如西方哲学那般的感性-理性的对立,倒是实情。但就

---

① [德]康德:《判断力批判》,11—12,邓晓芒译,杨祖陶校,北京:人民出版社,2002年,第10页。
② [德]康德:《判断力批判》,12—13,邓晓芒译,杨祖陶校,第11页。
③ [德]黑格尔:《哲学史讲演录》第一卷,贺麟、王太庆译,北京:商务印书馆,1960年,第120—122页。

"物"的范畴来说,孔孟儒学中"物"是作为"礼仪规范"而存在的,"事实评价(形气)"与"价值判断(德礼)"完全合一,共同在天意处寻求最终的依据。程朱理学将"事实陈述"和"道德评价"分开,使得"物"的概念成为与价值判断无关的范畴,从而成为"认识-实践对象"的概念①。但是,转变的结果并不是为了形成纯粹的"物"的概念,而是在"格物致知"的途径下,对于道德的新的探求。而对于"物"范畴的彻底改变,要等到以西方科学思想为中心的现代思想观念,对中国传统思想冲击后所形成的科学世界观。

所以,对于中国现代思想史中科学和美学关系的探讨,其重要的思想资源,除去知、情、意分立思想外,现象-本体概念范畴的传入亦关系甚大。在严复从实用目的"专翻译英国功利主义派书籍"②之后,王国维、蔡元培等人开始深入到西方哲学精神深处,即德国古典哲学那里,寻求新的思想动力。其中,对于现象-本体的介绍常被置于基础地位。

1901年10月至12月间,蔡元培根据日本学者井上圆了(1858—1919)的《佛教活论》译介出《哲学总论》一文。在文中,蔡元培首先介绍了"物""心"的概念:"凡宇宙现存之事物,其数虽不知几亿万,而大别之则为物与心二种,即所谓物质心性是也。"③接着又分析哲学的对象说:

> 故总此诸学而称哲学者,不可不大别事物为有形、无形之二种,而下理哲之义解,以一为有形之学,一为无形之学。而此无形中又有有象、无象之二种,则以事物有现象与实体之别也。④

哲学之对象分为有形、无形两种,而形成有形之学和无形之学,有形之学即"理学"(科学),无形之学包括有象之学和无象之学两种,概因为"事物有现象与实体之别"。有象之学包括论理学、伦理学、审美学、社会学、教育学、政治学等,而无象之学则为"论究神体之纯正哲学"⑤。

---

① 汪晖:《现代中国思想的兴起》(上卷,第一部),北京:生活·读书·新知三联书店,2004年,第260—269页。
② 梁启超:《中国近三百年学术史》,第34页。
③ 蔡元培:《哲学总论》(1901年10—12月),中国蔡元培研究会编:《蔡元培全集》第一卷,第354—355页。
④ 蔡元培:《哲学总论》(1901年10—12月),中国蔡元培研究会编:《蔡元培全集》第一卷,第355页。
⑤ 蔡元培:《哲学总论》(1901年10—12月),中国蔡元培研究会编:《蔡元培全集》第一卷,第355页。

井上圆了的佛学立场决定了其对于哲学的探讨必定以神学为归宿①，所以以神来统合物、心。故《哲学总论》毋宁说是基于神学立场的哲学论文。但其中对于物-心、有形-无形、有象-无象、现象-实体的介绍，在中国现代思想史中无疑有开拓之功。1903年，在蔡元培翻译的《哲学要领》中，基本沿用了《哲学总论》中的说法："哲学之问题，辜较言之，可界为二：物界及心界是也。"②而在后来著名的《对于新教育之意见》一文中，蔡元培已经把"现象-本体"思想作为自己教育主张的思想基础来使用了："盖世界有二方面，如一纸之表里：一为现象，一为实体。"③

王国维在对西方哲学的介绍中，也把"现象-本体"范畴作为重要的内容来介绍。在他翻译的《哲学概略》中，就提到康德"分世界为二：一感觉世界，二睿知世界。后者即物之自身，而真正之实在也"④。桑木严翼（1874—1946）在本书中称"物自身"乃是"汗德之学说中最暧昧者"，且认为"物自身"学说引起两点疑问："若以此本体为不可认识，则如何而得之实在乎？且汗德以范畴为但于现象界有确实性，然以其以观念之原因为物之自身对心之刺激观之，则似因果态与本质态之范畴，得应用于本体界，此不可谓非明白之矛盾也。"⑤1904年，王国维连续发表了几篇关于康德哲学的论文⑥，在其中，"现象-本体"范畴常被提及。

王国维的"境界"说常被看作是中国古典美学走向现代的重要标志。关于"境界"之含义，学界向来聚讼纷纭⑦。"境界"说本于传统的"意境"论，且受到佛教"境界"说的影响⑧。"境界"和"意境"，用语不同，内涵各异，但

---

① ［日］近代日本思想史研究会：《近代日本思想史》第一卷，马采译，北京：商务印书馆，1983年，第142—144页。
② ［德］科培尔：《哲学要领》（1903年10月），蔡元培译，中国蔡元培研究会编：《蔡元培全集》第九卷，杭州：浙江教育出版社，1997年，第8页。
③ 蔡元培：《对于新教育之意见》（1912年2月8日），中国蔡元培研究会编：《蔡元培全集》第二卷，杭州：浙江教育出版社，1997年，第12页。
④ ［日］桑木严翼：《哲学概略》，王国维译，上海：教育世界社出版，1902年，转引自佛雏：《王国维哲学译稿研究》，北京：社会科学文献出版社，2006年，第25页。
⑤ ［日］桑木严翼：《哲学概略》，王国维译，转引自佛雏：《王国维哲学译稿研究》，第25—26页。
⑥ 《汗德之哲学论》《汗德之事实及其著书》《汗德之知识论》，俱见《教育世界》第74号，1904年5月；王国维：《汗德像赞》，《教育世界》第81号，1904年8月。
⑦ 关于王国维"境界"说的研究综述，见张本楠：《王国维美学思想研究》，台北：文津出版社，1992年，第165—178页。
⑧ 王振复：《中国美学的文脉历程》，成都：四川人民出版社，2002年，第770—771页。

"当王国维谈到艺术作品的时候,'境界'和'意境'基本上是一个概念"①。传统文脉中已经强调"意境"之情景交融、意象融和的内涵②,但是,如上所述,受到西方哲学,尤其是康德、叔本华、尼采等深刻影响的王国维,对于"情"与"景"的理解,明显已经不同于传统的内涵。如王国维在《文学小言》中说:

> 文学中有二原质焉:曰景,曰情。前者以描写自然及人生之事实为主,后者则吾人对此种事实之精神的态度也。故前者客观的,后者主观的也;前者知识的,后者感情的也。自一方面言之,则必吾人之胸中洞然无物,而后其观物也深,而其体物也切。即客观的知识,实与主观的感情为反比例。③

其中的名词,如"自然""精神""主观""客观"④"知识""感情"等,都已经深刻地印上西方哲学的痕迹,所以可以说:"王国维的'境界'说与中国古代'意境'说有着全然不同的色彩和面貌。"⑤王国维的"境界"说,可视作以西方哲学思想为基础"发明"传统的结果。西方哲学由此开始进入中国思想的深处,从知识资源转化为了思想资源。

现象-本体范畴和智情意范畴是相结合的,它们进入中国思想界的结果,是为中国现代学术体制的建构奠定了思想基础。美学因为凸现了"情"(美)的价值而得以确立,科学以现象界为对象,彰显的是"智"(真)。科学和美学共同参与对"意"(善)的追求,具有同等的地位。二者因为体现的是不同的价值,不存在相互僭越的"危险",而是相互补充、相互依托而发挥作用。

二、科学和美学:融合论者

基于康德哲学体系的王国维、蔡元培等人,是在体系框架中安置科学和

---

① 叶朗:《中国美学史大纲》,上海:上海人民出版社,1985年,第612页。
② 叶朗:《中国美学史大纲》,第614—620页。
③ 王国维:《文学小言》,《教育世界》第139号,1906年12月。谢维扬、房鑫亮主编:《王国维全集》第十四卷,第93页。
④ 关于中国现代思想史中主观-客观、主体-客体等概念的起源,见钟少华:《"主观-主体"及"客观-客体-对象"的中文嬗变》,见氏著:《中国近代新词语谈薮》,北京:外语教学与研究出版社,2006年。
⑤ 张本楠:《王国维美学思想研究》,第175页。

美学的关系的,由于二者分属不同的价值领域,故能相互融合而存在。前已述及,知情意和现象-本体范畴的引入,是中国现代美学思想形成的基本思想背景。蔡元培分别用上述两种范畴对科学和美学的内涵和关系加以论证。蔡元培在1912年2月8日发表的《对于新教育之意见》中已经用现象-本体范畴来说明教育的宗旨和美育的意义①。在稍后发表的被冯友兰(1895—1990)称为"新文化运动的思想基础"②的《世界观和人生观》一文中,蔡元培把科学和美术(艺术)问题对应于现象与本体:"科学者,所以祛现象世界之障碍,而引致于光明。美术者,所以写本体世界之现象,而提醒其觉性。人类精神之趋向,既毗于是,则其所到达之点,盖可知矣。"③科学和美术由于分属现象和本体的领域,运用的思维形式也是不同的:"科学与美术有不同的点:科学是用概念的,美术是用直观的。"④同时,两种思维形式也是人类的两类思维能力:"文化是意志活动的现象。意志的活动,恃有两种能力:一是推理力,以概念为出发点,演成种种科学;一是想象力,以直观为出发点,演成种种文艺。"⑤

同时,蔡元培也利用知情意的范畴对于科学和美学的实质进行了说明:

> 美学观念者,基于快与不快之感,与科学之属于知见、道德之发于意志者,相为对待。科学在乎探究,故论理学之判断,所以别真伪;道德在乎执行,故伦理学之判断,所以别善恶;美感在乎鉴赏,故美学之判断,所以别美丑,是吾人意识发展之各方面也。⑥

美学基于体验美丑之情感,科学出于辨别真伪之知见,道德发于判断善恶之意志,三者结合而构成完整的人的精神结构。在三者之中,意志处于核

---

① 蔡元培:《对于新教育之意见》(1912年2月8日),《临时政府公报》第13号,1912年2月11日。中国蔡元培研究会编:《蔡元培全集》第二卷。
② 冯友兰:《中国哲学史新编》第七册,见氏著:《三松堂全集》第十卷,郑州:河南人民出版社,2000年,第522页。
③ 蔡元培:《世界观与人生观》(1912年冬),中国蔡元培研究会编:《蔡元培全集》第二卷,第218页。
④ 蔡元培:《美学与科学的关系》(1921年2月22日),中国蔡元培研究会编:《蔡元培全集》第四卷,杭州:浙江教育出版社,1997年,第325页。
⑤ 蔡元培:《文学在一般文化上居于怎样的地位》(1935年5月18日),中国蔡元培研究会编:《蔡元培全集》第八卷,杭州:浙江教育出版社,1997年,第61页。
⑥ 蔡元培:《哲学大纲》(1915年1月),中国蔡元培研究会编:《蔡元培全集》第二卷,第339页。

心地位,道德为人事根本,道德包含自由(义)、平等(恕)、友爱(仁)。就人的心理来说,包括智、情、意三者,其中以意为主体。意志之趋向为道德,知识(科学)、感情(美术)为意志趋向道德之辅助。科学和美术中,都有自由(义)、平等(恕)、友爱(仁)的内涵:

> 是以鄙人言人事,则必以道德为根本;言道德,则又必以是三者为根本。盖人生心理,虽曰智、情、意三者平列,而语其量,则意最广,征其序则意又最先。此固近代学者所已定之断案。……近世心理学,皆以意志为人生之主体,惟意志之所以不能背道德而向道德,则有赖乎知识与感情之翼助。此科学、美术所以为陶铸道德之要具,而凡百学校皆据以为编制课程之标准也。自鄙人之见,亦得以三德证成之。二五之为十,虽帝王不能易其得数,重坠之趋下,虽兵甲不能劫之反行,此科学之自由性也。利用普乎齐民,不以优于贵;立术超乎攻取,无所党私。此科学之平等性及友爱性也。若美术,最贵自然,毋意毋必,则自由之至者矣。万象并包,不遗贫贱,则平等之至者矣。并世相师,不问籍域,又友爱之至者矣。故世之重道德者,无不有赖乎美术及科学,如车之有两轮,鸟之有两翼也。①

三者形成一个整体,不可偏废:"我们的心理上,可以分三方面看:一面是意志,一面是知识,一面是感情。意志的表现是行为,属于伦理学,知识属于各科学,感情是属于美术的。我们是做人,自然行为是主体,但要行为断不能撇掉知识与感情。……所以知识与感情不好偏枯,就是科学与美术,不可偏废。"②不但在学理上,而且在人的生存意义上,科学和美术也需要相互结合:"补救脑力,亦有其法。其法维何?即注意美术。美术,如唱歌、手工、图画等是。不仅如此也,其他如文字上之有趣味,足以生美感者,亦皆是。注意美术,足以生美感,既生美感,自不致苦脑力。"③这一套基于康德哲学的论断,构成蔡元培关于科学、美学概念的思想基础。

---

① 蔡元培:《在保定育德学校的演说词》(1918年1月5日),中国蔡元培研究会编:《蔡元培全集》(第三卷),杭州:浙江教育出版社,1997年,第222—223页。
② 蔡元培:《美学与科学的关系》(1921年2月22日),中国蔡元培研究会编:《蔡元培全集》第四卷,第325页。
③ 蔡元培:《在浙江第五师范学校演说词》(1916年11月26日),中国蔡元培研究会编:《蔡元培全集》第二卷,第478页。

蔡元培对于科学和美学关系的论断,还与其文化和历史观念有关。汪荣祖在分析康有为和章太炎的文化观时说:

> (康章)其根本之异何在?一言以蔽之,长素深信文化是"普及的"(universal),所以各种文化都可相通相适,毫无限制,接近西欧的"启蒙时代"(Enlightenment)思潮。而太炎则坚持文化的"特殊性"(uniqueness),认为文化由特殊的历史环境逐渐产生,所以两种不同的文化不能互通互适。换言之,新文化不能取代旧文化,必须从旧文化的基础上发展而来,较接近西欧的"历史主义"(Historicism)思潮。……他们两人所提出的两个文化观点,一直是近代中国所面临的两个方向,建立一个世界性的现代文明呢,还是建立一个具有中国特色的现代文明?①

追求"普遍历史"(universal history)和"特殊历史",在中国现代思想史中实为两个重要的文化取向。且不说后来马克思主义史学五种社会形态的流行,这一争论在晚清今文学流行后就已经开始。除了上述康章的争论外,较为著名的还有章太炎与严复、胡适(1891—1962)与梁漱溟(1893—1988)之间的论辩②。尽管章太炎批判严复"不能据一方以为权概"③,批评康有为"好举异域成事,转以比拟,情异即以为诬,情同即以为是"④,言论辛辣而深刻。但是,就晚清民初思想主流来说,基于进化论思想和西方文明的强势地位,"普遍主义"的追求逐渐占据了主流。"东西文化由晚清时的'体用'之辩转换为五四时的'新旧'问题,实已昭示中国主流思想接受西方文明所具有的普遍意义。"⑤

就思想倾向上来讲,蔡元培无疑更接近"世界主义":

> 欧洲文化,远源希腊。希腊哲学、美术,虽经过二千余年,尚有价值。惟西历纪元后,经过一千余年烦琐哲学(Pcholastik)时代,欧洲文

---

① 汪荣祖:《康章合论》,北京:新星出版社,2006年,第4—6页。
② 关于中国现代思想史中"普遍历史"和"特殊历史"之间的论辩,参见章清:《"普遍历史"与中国历史之书写》,收入杨念群、黄兴涛、毛丹主编:《新史学》上册,北京:中国人民大学出版社,2003年。
③ 章太炎:《〈社会通诠〉商兑》,《章太炎全集》第四集,上海:上海人民出版社,1985年,第337页。
④ 章太炎:《信史上》,《章太炎全集》第四集,第64页。
⑤ 章清:《"普遍历史"与中国历史之书写》,收入杨念群、黄兴涛、毛丹主编:《新史学》上册,第238页。

化顿形退步。直至十六世纪以后,文艺中兴(Renaissance)时代,文学、美术,上承希腊而加以新理想,科学亦随之而发展,始有今日之文明。我以为中国文化亦有此现象。西历纪元前六世纪至前三世纪间,学术发展,与希腊时代相等。自纪元前二世纪至纪元后七世纪,均为烦琐哲学时代,与欧洲十六世纪以前相等。自十八世纪以至今日,始为文艺中兴时代起点。以欧洲历史比例之,将来大有希望。①

蔡元培对当代中国文化的基本判断是处于"文艺复兴"("文艺中兴")时期②。蔡元培在论著中常把中西思想文化进行比较,认为西方思想、学术源于希腊,中国思想起于先秦,此时中西力量相当。欧洲经过中世纪的思想阻碍时期后,受科学发展的带动而产生文艺中兴,进而形成今日强盛局面,中国则尚未摆脱中世纪"烦琐哲学"的束缚③。而在借用西方科学培育人才

---

① 蔡元培:《在旧金山中国国民党招待会上的演说词》(1921年7月17日),中国蔡元培研究会编:《蔡元培全集》第四卷,第365页。
② 用"文艺中兴"描述中国所处的历史阶段,在蔡元培的著述中多次出现。"中国和欧洲,只表面上有不同的地方,而文明的根本是差不多的。倘再加留意,并可以察出两方文明进步的程序,也是互相仿佛的。至于这方面的进步较速,那方较迟,是因为环境不同等等的缘故。欧洲历史上邻近的国家,大都已经有很高的文明,欧洲常可以吸收他们的文化,故'文艺的中兴',在欧洲久已成为过去事实。至于中国,则所有相近的民族,除印度以外,大都绝无文明可言。数千年来,中国文明只在他固有的范围内、固有的特色上进化,故'文艺的中兴',在中国今日才开始发展。"蔡元培:《中国的文艺中兴——在比利时沙洛王劳工大学演说词》(1923年10月10日),中国蔡元培研究会编:《蔡元培全集》第五卷,杭州:浙江教育出版社,1997年,第85—86页。"观察我国的文化运动,也可用欧洲的文艺复兴作一种参证。"蔡元培:《吾国文化运动之过去与将来》(1934年6月13日),中国蔡元培研究会编:《蔡元培全集》第七卷,杭州:浙江教育出版社,1997年,第592—593页。
③ 蔡元培对于中西"中世纪"的比附论说:"欧洲烦琐哲学之弱点,在专用演绎法(deduction),不用归纳法(induction),欲以《圣经》中最简单之理论,解释宇宙间一切事物,不屑实地观察。又在求心灵于体魄之外,求天国于现世之外,故鄙视自然界。并且排斥情思,设为种种违反人情的道德,使人类奄奄无生气。中国汉以后之哲学亦然。宇宙间一切事物,均以经典中阴阳五行演绎而解释之。又孔子之徒,虽有孟子言性善、荀子言性恶两派,而宋儒采取佛教中本性与无明二义,强相调和,实乃偏重荀说,偏重断绝。无明亦设为种种不近人情的道德,有尊阳抑阴之义,而演为尊君抑臣、尊男抑女。虽读史亦鄙为玩物丧志。其他考察自然界之事物,更无待言。是以思想均被束缚。虽有陆子靖、王阳明诸氏以绝人之才,追寻孟学,冀得突破藩篱,而结果终未能圆满也。直至十八世纪,满人专政,汉人中才智之士,不得于政治上有所发展,乃集其精力于学术;又以宋明时代一部分之烦琐哲学沿习太久,令人厌倦,而科举之弊更显露无遗,遂集中于考古学及语源学,所谓汉学是也。其时虽尚未输入欧洲科学方法,而学者全用归纳法,成效显著。又因此而发见宋明烦琐哲学之弊,于伦理学上亦渐露革新之象,如戴震之提倡同情,俞正燮之为妇女争人格,其最著者也。"蔡元培:《在旧金山中国国民党招待会上的演说词》(1921年7月17日),中国蔡元培研究会编:《蔡元培全集》第四卷,第366—367页。

以后,开始有追赶西方之希望。蔡元培心中一直有着复兴传统文化的情结。

蔡元培的世界主义思想酝酿已久,在作于 1902 年的一篇文章中,他就根据世界局势变化透露出了这一思想倾向。在蔡元培看来,"盖自生物进化之理明,原人同祖,已无疑义"①。但人们却以"地土国界之分合,教宗之激导"②而划分种族、国别、教派等人为的区别。欧洲白种人因"运会所趋"而大行于世界,黑人、黄人遂入禽类。日本维新后暴兴,始生白黄、东西分立之说,可见白人强势并非一成不变之公理,如若国人奋起直追,"破黄白之级,通欧亚之邮,以世界主义扩民族主义之狭见,其枢机全在我国也"③。日英同盟成,论者认为其与国际政治纷争的权谋有关,蔡元培独在其中看出"此举或当为世界主义之发端"④。所以,他后来以欧战作为国家主义和世界主义的分界点,提出以后的中国教育当以世界主义为目标:"欧战以后,世界事物无不改变,教育也要随之而改变的。战前教育偏重国家主义,战后教育定将奉行世界主义。即是说,战前的教育方针在于为国家造就合适人材,战后的教育方针定将是为世界造就合适人材。这是战前战后教育在主义上不同之点。"⑤正是有了这种宏阔的视野和普世主义的关怀,才有了蔡元培在北大倡导"思想自由"的结果。

顺便需要提及的是,"普遍主义"追求的重要思想根源是进化论思想。梁启超说康有为发明"三世说""在达尔文主义未输入中国以前",但实则是以进化论为重要思想内核的⑥。同样,蔡元培受严复译介进化论的影响甚大。他在初读《天演论》后专门写作读书笔记,对书中内容加以评述⑦。另

---

① 蔡元培:《日英联盟》(1902 年 3 月 13 日),中国蔡元培研究会编:《蔡元培全集》第一卷,第 382 页。
② 蔡元培:《日英联盟》(1902 年 3 月 13 日),中国蔡元培研究会编:《蔡元培全集》第一卷,第 382 页。
③ 蔡元培:《日英联盟》(1902 年 3 月 13 日),中国蔡元培研究会编:《蔡元培全集》第一卷,第 383 页。
④ 蔡元培:《日英联盟》(1902 年 3 月 13 日),中国蔡元培研究会编:《蔡元培全集》第一卷,第 382 页。
⑤ 蔡元培:《战后之中国教育问题》(1919 年 9 月 1 日),中国蔡元培研究会编:《蔡元培全集》第三卷,第 686 页。
⑥ 这一点,蔡元培已经指出:"那时候在孔子学派上想做出一个'文艺复兴'运动的,是南海康有为。他是把进化论的理论应用在公羊春秋的据乱、升平、太平三世,同《小戴记礼运》篇的小康大同上。"蔡元培:《五十年来中国之哲学》(1923 年 12 月),中国蔡元培研究会编:《蔡元培全集》第五卷,第 119 页。另见朱维铮:《从〈实理公法全书〉到〈大同书〉》,见氏著:《求索真文明:晚清学术史论》,上海:上海古籍出版社,1996 年。
⑦ 蔡元培:《严复译赫胥黎〈天演论〉读后》(1899 年 1 月 28 日),中国蔡元培研究会编:《蔡元培全集》第一卷,第 238 页。

在一首诗中曰:"丁戊之间,乃治哲学。侯官浏阳,为吾先觉。"①把严复视作自己在哲学上的启蒙者,并称自己读完《天演论》,以此返观《春秋》《孟子》及黄梨洲、龚定盦时,顿觉"怡然理顺,涣然冰释,豁然拨云雾而睹青天"②。

严复译介进化论到中国后,"物竞天择""优胜劣汰""适者生存"等思想逐渐成为社会共识。由此引发"有强权无公理"的思想。此时中国的无政府主义团体——新世纪派开始传播互助论思想③。蔡元培对此深为赞同,并坚持终生。他虽然对严复至为佩服,且称其为自己思想的"先觉",但对其思想亦能持公允的看法,而偏向于互助论:"自昔论生物进化者,分持争存及互助二义,而今则以后义为优胜。盖互助之义,非特符合于历史之事实,有惬当于吾人之心理也。"④

其实,就倾向来看,相对于容易流于社会纷争的社会达尔文主义来说,蔡元培的思想更近于孔德基于进化思想的实证主义,特别是他关于宗教—玄学—科学的三阶段论,是蔡元培建立自己的科学观和宗教观的基本参照:"人类探求真善美的状态,经过三大时期,略如孔德所说:一、神学时期(神学与宗教);二、玄学时期(悬想哲学);三、科学时期(实证科学与哲学)。"⑤在这一进化模式下,文艺复兴以后的世界由于科学的进步而进入科学时代,科学也成为了现代世界的核心价值。

蔡元培基本接受孔德的理论,但就其对于精神领域的解释则有所不满:"自孔德分人类进化为三级,由神学而玄学、而科学,认现代为科学时代,于是有实证哲学的建设。未几,美国詹姆斯亦有实用哲学的标榜。这两派哲学,都把玄学上的问题,存而不论;把哲学作为现代科学的综合;并且再进一步,把科学所不能解决的问题,设法解决他。然而科学所不能解决的问题,如精神与物质究竟是怎么一回事,绝对的真理有没有,是人人所切望有一个答案的。于是不得已而由一部分的科学家来答复他,就说精神是物质的作用,而宇

---

① 蔡元培:《自题摄影片》(1901年4月29日),中国蔡元培研究会编:《蔡元培全集》第一卷,第313页。
② 蔡元培:《剡山二戴两书院学约》(1900年2月27日),中国蔡元培研究会编:《蔡元培全集》第一卷,第257页。
③ 蔡元培:《五十年来中国之哲学》(1923年12月),中国蔡元培研究会编:《蔡元培全集》第五卷,第104—105页。
④ 蔡元培:《互助社征款启》(1915年),中国蔡元培研究会编:《蔡元培全集》第二卷,第366页。
⑤ 蔡元培:《真善美》(1927年),中国蔡元培研究会编:《蔡元培全集》第六卷,杭州:浙江教育出版社,1997年,第137页。

宙不外乎物质;绝对的真理是有的,就是唯物论。这种说法,现代科学家与非科学家附和他的很多。"①于科学(现象)之外,尚需解决精神界的问题。

在蔡元培看来,"世界大同"的核心价值在于科学与美术。1914 年,蔡元培在《〈学风〉杂志发刊词》一文中说:"夫全世界之各各分子,所谓通力合作以增进世界之文化者,为何事乎?其事固不胜枚举,而其最完全不受他种社会之囿域,而合于世界主义者,其惟科学与美术乎(科学兼哲学言之)!……科学、美术,完全世界主义也。"②唐振常认为"这篇文章实际是探讨了世界文化学术交流这样一个重大问题,表现了元培的远见卓识,是一篇很重要的文章"③。概指其中包含的文化世界主义的见解。同时,蔡元培认为,科学和美术也是现代教育所追求的核心价值。在他看来,近世教育有二弊:"一曰极端之国民教育。二曰极端之实利主义。"④特别是后者,以致用厚生为教育之唯一目的,而排斥心性之教育。

其实,实利主义主要着眼于人的生存,而于生存之外,人类亦有对真善美的追求。人类需达到生理与心理的平衡,所以,科学、美术亦当是人类追寻的价值⑤。现代教育以人道主义为基本取向。人道主义属于道德范畴,而道德的完成需要知识和感情两方面的完善,即需要科学和美术的辅助:"夫人道主义之教育,所以实现正当之意志也。而意志之进行,常与知识及感情相伴。于是所以行人道主义之教育者,必有资于科学及美术。"⑥这样,蔡元培在世界主义的普世思想下,把中西文化关系问题转化为"新旧文化"的问题,西方的现代价值代表着世界各国的现代价值取向,在西方占据核心地位的科学和美术,也就成了中国所要努力的目标:"科学、美术,同为新教育之要纲。"⑦

---

① 蔡元培:《〈佛法与科学比较之研究〉序》(1932 年 1 月 5 日),中国蔡元培研究会编:《蔡元培全集》第七卷,杭州:浙江教育出版社,1997 年,第 293 页。
② 蔡元培:《〈学风〉杂志发刊词》(1914 年夏),中国蔡元培研究会编:《蔡元培全集》第二卷,第 290 页。
③ 唐振常:《蔡元培传》,上海:上海人民出版社,1985 年,第 111 页。唐振常又说:"历来研究蔡元培者,似乎都还没有注意到这篇重要文章。"见该书第 113 页。
④ 蔡元培:《一九〇〇年以来教育之进步》(1915 年),中国蔡元培研究会编:《蔡元培全集》第二卷,第 374 页。
⑤ 蔡元培:《一九〇〇年以来教育之进步》(1915 年),中国蔡元培研究会编:《蔡元培全集》第二卷,第 375—376 页。
⑥ 蔡元培:《华法教育会之意趣》(1916 年 3 月 29 日),中国蔡元培研究会编:《蔡元培全集》第二卷,第 382 页。
⑦ 蔡元培:《北京大学画法研究会旨趣书》(1918 年 4 月 15 日),中国蔡元培研究会编:《蔡元培全集》第三卷,第 301 页。

蔡元培十分强调科学和美术对于西方诸国发展强大的作用。1916年12月末,刚被任命为北京大学校长的蔡元培,在政学会的欢迎会上,发表了著名的演说《我之欧战观》①。旅欧多年,且深受西方哲学影响的蔡元培,把欧洲诸强国力强盛的原因归结于科学和美术:"子民对于欧战之观察,谓国民实力,不外科学、美术之结果。又谓此战为强权论与互助论之竞争。"②其实,在此之前,他已经多次表述过这一观点了。其后他也经常提及:"外人能进步如此的,在科学以外,更赖美术。……西洋科学愈发达,美术也愈进步。"③可说这是他终生未变的看法。

前文已经提及,蔡元培十分注重用"文艺中兴"的概念来解说中国的现代转型。而西方"文艺中兴"时期最为重要的成就,在他看来,就是科学与美术:"欧洲文化,不外乎科学与美术;自纯粹的科学:理、化、地质、生物等等以外,实业的发达,社会的组织,无一不以科学为基本,均得以广义的科学包括他们。自狭义的美术:建筑、雕刻、绘画等等以外,如音乐、文学及一切精制的物品,美化的都市,皆得以美术包括他们。而近代的科学、美术,实皆根基于复兴时代。"④既然中国如今就处于"文艺中兴"时期,就须把科学和美术作为基本追求。而中国恰好在这两个方面落于人后:"美术的进步虽恃吾人的想象力,而表现的技术,不能不借助于科学。……不幸我国最近的千年,为烦琐哲学所束缚,而科学尚未发达,所以最擅长之装饰美术,亦不免进步稍缓,而不能与科学发达的各国为同一速度的演进。"⑤传统教育注重礼乐教化,礼实取自自然之法则,而乐则乃属于美育范畴。所以礼乐实与科学和美术相关:"中国古代之教育,礼、乐并重,亦有兼用科学与美术之意义。《书》云:'天秩有礼。'礼之始,固以自然之法则为本也。惟是数千年来,纯以哲学之演绎法为事,而未能为精深之观察,繁复之试验,故不能组成有系

---

① 蔡元培:《我之欧战观——在北京政学会欢迎会上的演说词》(1917年1月1日),中国蔡元培研究会编:《蔡元培全集》第二卷,第1页。该演说词最初刊载于《新青年》第2卷第5号(1917年1月1日出版),随后转载于《东方杂志》第14卷第4号(1917年4月15日出版)。1919年12月3日,蔡元培加以修订,收录于《蔡孑民先生言行录》。
② 蔡元培:《传略》(上)(1919年8月),中国蔡元培研究会编:《蔡元培全集》第三卷,第674页。
③ 蔡元培:《在爱丁堡中国学生会及学术研究会欢迎会演说词》(1921年5月12日),中国蔡元培研究会编:《蔡元培全集》第四卷,第340页。
④ 蔡元培:《〈中国新文学大系〉总序》(1935年8月6日),中国蔡元培研究会编:《蔡元培全集》第八卷,杭州:浙江教育出版社,1997年,第109页。
⑤ 蔡元培:《巴黎万国美术工艺博览会中国会场陈列品目录序》(1925年8月10日),中国蔡元培研究会编:《蔡元培全集》第五卷,第374页。

统之科学。美术则自音乐以外,如图画、书法、饰文等,亦较为发达,然不得科学之助,故不能有精密之技术,与夫有系统之理论。"①但科学因为只重演绎而难成系统,美术则因科学不振而难有所成。所以,改造中国教育的核心在于改造科学和美术。

中国学习西方经历了几个阶段:"我国输入欧化,六十年矣,始而造兵,继而练军,继而变法,最后乃始知教育之必要。其言教育也,始而专门技术,继而普通学校,最后乃始知纯粹科学之必要。"②科学的意义已经被认知,且有效地进行了宣扬和实施,但对于美术方面的提倡十分薄弱:"世界各国,为增进文化计,无不以科学与美术并重。吾国提倡科学,现已开始,美术则尚未也。"③美术修养的不足,会造成几种恶劣的后果。就世界观方面来说,文理分科使得学科之间隔绝,尤其是理科学生忽视哲学和美术修养,"而陷于机械的世界观"④。于是"常常看见专治科学、不兼涉美术的人,难免有萧索无聊的状态。无聊不过于生存上强迫的职务以外,俗的是借低劣的娱乐作消遣,高的是渐渐的成了厌世的神经病。因为专治科学,太偏于概念,太偏于分析,太偏于机械的作用了。……防这种流弊,就要求知识以外,兼养感情,就是治科学以外,兼治美术。有了美术的兴趣,不但觉得人生很有意义,很有价值,就是治科学的时候,也一定添了勇敢活泼的精神。"⑤蔡元培出长北大期间,曾遇见学生自杀的事件,这给他很大的触动,他认为这可能就是世界观的原因所造成的。单从科学看待世界者,"往往抱厌世主义,在欧西科学发达之国,甚且演成自杀者,亦不少也。此单重智识不及情感之故,纯注意科学之流弊也。欲救斯弊,厥惟美术,有美术,斯生美感。"⑥

蔡元培亦很重视美术对于文化运动的重要性。在新文化运动激进的社

---

① 蔡元培:《华法教育会之意趣》(1916年3月29日),中国蔡元培研究会编:《蔡元培全集》第二卷,第382页。
② 蔡元培:《告北大学生暨全国学生联合会书》(1919年7月23日),中国蔡元培研究会编:《蔡元培全集》第三卷,第641页。
③ 蔡元培:《在北京大学音乐研究会同乐会的演说词》(1919年11月11日),中国蔡元培研究会编:《蔡元培全集》第三卷,第728页。
④ 蔡元培:《在天津车站的谈话》(1919年5月10日),中国蔡元培研究会编:《蔡元培全集》第三卷,第672页。
⑤ 蔡元培:《美学与科学的关系》(1921年2月22日),中国蔡元培研究会编:《蔡元培全集》第四卷,第327—328页。
⑥ 蔡元培:《在浙江第五师范学校演说词》(1916年11月26日),中国蔡元培研究会编:《蔡元培全集》第二卷,第478—479页。

会风潮中,蔡元培反对学生利用爱国运动来达到救国目的①,而是希望从学理和思想的深层把握时代的问题,而为中国的未来寻求出路。这一思想倾向无疑带有深刻的德国古典哲学的特征,但对于当时肤浅和浮躁的社会来说,则显得深刻而富于洞见:

> 现在文化运动,已经由欧美各国传到中国了,解放呵!创造呵!新思潮呵!新生活呵!在各种周报上,已经数见不鲜了。但文化不是简单,是复杂的;运动不是空谈,是要实行的。要透澈复杂的真相,应研究科学。要鼓励实行的兴会,应利用美术。科学的教育,在中国可算有萌芽了。美术的教育,除了小学校中机械性的音乐、图画以外,简截可说是没有。

缺失美术教育的后果是:"不是用美术的教育,提起一种超越利害的兴趣,融合一种画分人我的僻见,保持一种永久平和的心境;单单凭那个性的冲动,环境的刺激,投入文化运动的潮流,恐不免有下列三种的流弊:(一)看得很明白,责备他人也很周密,但是到了自己实行的机会,给小小的利害绊住,不能不牺牲主义。(二)借了很好的主义做护身符,放纵卑劣的欲望;到劣迹败露了,叫反对党把他的污点,映射到神圣主义上,增了发展的阻力。(三)想有简单的办法,短少的时间,达他的极端的主义;经了几次挫折,就觉得没有希望,发起厌世观,甚且自杀。这三种流弊,不是渐渐发见了么?一般自号觉醒的人,还能不注意么?"②这样的声音,对于当时中国的思想界来说,十分中肯。

而他所注重的,就在于培养"健全的人":"所谓健全的人格,内分四育,即:(一)体育,(二)智育,(三)德育,(四)美育。"③他追求的是科学与美术并重的理念:"有人怀疑科学家与美术家是不相容的,从科学方面看,觉得美术家太自由,不免少明确的思想;从美术方面看,觉得科学家太枯燥,不

---

① "学生爱国,是我们所欢迎的,学生因爱国而肯为千辛万苦的运动,尤其是我们所佩服的;但是因爱国运动而牺牲学业,则损失的重大,几乎与丧失国土相等。"蔡元培:《牺牲学业损失与失土相等》(1931年12月14日),中国蔡元培研究会编:《蔡元培全集》第七卷,第258页。
② 蔡元培:《文化运动不要忘了美育》(1919年12月1日),中国蔡元培研究会编:《蔡元培全集》第三卷,第739页。
③ 蔡元培:《普通教育和职业教育——在新加坡南洋华侨中学等校欢迎会的演说词》(1920年12月5日),中国蔡元培研究会编:《蔡元培全集》第四卷,第259页。

免少活泼的精神。然而事实上并不如此,因为爱真爱美的性质,是人人都有的。虽平日的工作,有偏于真或偏于美的倾向;而研究美术的人,决不致嫌弃科学的生活;专攻科学的人,也决不肯尽弃美术的享用。文化史上,科学与美术,总是同时发展。美术家得科学家的助力,技术愈能进步;科学家得美术家的助力,研究愈增兴趣。"①科学和美术需要相互补充而依存。蔡元培在后来出掌大学院时期,明确把科学和美术作为重要旨趣加以倡导。大学院乃是全国最高学术教育机关,所以大学院的宗旨也是全国学术教育宗旨:"大学院成立以来,所努力进行者凡三:一曰实行科学的研究与普及科学的方法……二曰养成劳动的习惯……三曰提起艺术的兴趣。"②对于大学院三个方面的任务,蔡元培此前曾多次加以说明:新教育之意义,可分三点:(1)养成科学的头脑;(2)养成劳动的能力;(3)提倡艺术的兴趣③。在此前的演讲中,蔡元培亦提及这三点。他在《在南京特别市教育局演说词》(1927年10月30日)中说:人人对于教育确有三点应特别注意:(1)养成科学头脑;(2)养成劳动习惯;(3)提倡艺术兴味④。可见,科学精神与艺术兴味,成为蔡元培后期教育思想核心。其实,这样的思想也贯穿了他的一生。

---

① 蔡元培:《在旅法中国美术展览会招待会演说词》(1924年5月22日),中国蔡元培研究会编:《蔡元培全集》第五卷,第277—278页。
② 蔡元培:《〈大学院公报〉发刊词》(1928年1月),中国蔡元培研究会编:《蔡元培全集》第六卷,第159—160页。
③ 蔡元培:《中国新教育的趋势——在暨南大学演说词》(1927年11月12日),中国蔡元培研究会编:《蔡元培全集》第六卷,第99—100页。
④ 蔡元培:《在南京特别市教育局演说词》(1927年10月30日),中国蔡元培研究会编:《蔡元培全集》第六卷,第92—94页。

第八章　重建斯文：中国现代思想中的美善之辩

在古典的一体化世界中，各种价值取向常被归纳于一种总体的范畴。真、善、美的价值分立思想肇端虽早，但并非泾渭分明。比如，希腊思想中的"美自身"(auto to kalon)，总是被人们以现代的含义加以界说，但已经有学者指出，"美"(to kalon)在希腊语境中，实兼有美和善的含义①。同样，在中国，虽然儒家很早就区分了"美"和"善"，但更多是在混同义而非现代分化义上使用这一组概念的。古典世界是宗教—道德一体化的世界，以"善"为核心的德性伦理无疑处于价值世界的中心②，三者作为独立价值领域得以确立，是在现代化过程，亦即韦伯所谓"祛魅"的理性化过程中完成的。

下文将对美善问题在中国传统语境中的源始发生进行简要探讨，然后对于这一问题在现代语境中的多种境遇加以分析，以期揭示"美"的价值在现代中国思想中的位置。

第一节　礼乐传统

前文已经述及，"美"并非中国传统艺术或"美学"的终极追求③，但就总

---

① 范明生根据多种研究著作(如伍德拉夫译释《柏拉图的〈大希庇亚篇〉》、芬德利《柏拉图：成文和不成文的学说》、格罗特《柏拉图及苏格拉底的其他友人》、里特尔《柏拉图哲学精华》、泰勒《柏拉图其人及其著作》等)对此进行了考辨，认为"to kalon"具有以下多种含义：(1) beautiful, beauty(美)；(2) noble(高贵)；(3) dignity(尊严)；(4) admirable(美妙)；(5) fine(美好)；(6) honourable(高尚)；(7) the pleasing(令人感到愉快或满意)。"概括起来说，'to kalon'兼有美和善的含义。"提醒大家，虽然一般译作中常用"美"来翻译"to kalon"，但要理解它所具有的多种含义。蒋孔阳、朱立元主编：《西方美学通史》第一卷，上海：上海文艺出版社，1999年，第224页。

② 关于西方德性伦理在古典世界中占据主导地位的论述，参见[美]麦金泰尔：《德性之后》，龚群、戴扬毅等译，北京：中国社会科学出版社，1995年。

③ 参考[德]沃尔夫冈·顾彬：《审美意识在中国的兴起》，王祖哲译，《中国美学》〔转下页〕

体的价值追求来说,"美"却也可代表与"真""善"相对的价值范畴。另一方面,自从孔子"美善"之辨的说法流行之后,与儒家最高追求"仁"切近的"善",无疑成了文学艺术价值追求的核心。在这一意义上,探讨中国传统思想中的"美善"关系,是适合且必要的①。

一、礼乐传统

"轴心时代"(Axial Age),是德国思想家雅斯贝尔斯(Karl Jaspers)在1940年代末期提出的概念,指在公元前800—前200年左右,世界几大文明地区(西方、中国与印度)同时出现了思想和文化的突破②。在对"轴心时代"特征的进一步探究中,一些思想家,如艾森斯塔特、史华兹等,强调"超越意识"的重要性,但张灏认为"超越的原人意识"才是"轴心时代"的"真正的思想创新"③。"超越的原人意识",大概指外在的超越意识内化于个体生命之中,这一内化集中体现于各个文明中的德性精神之中。

德性概念的产生,源于人类自我意识的自觉。在希腊,荷马时代的"善"更多是一个判断个人事务、履行社会职责的"评价性形容词",而在此后,这个概念逐渐脱离了个体和专门职责,"开始指涉相对独立于社会职责而在某些方面的行为意向(disposition)"④。而在苏格拉底那里,这一路向发展为对于"善本身"的寻求。黑格尔对此评价说:

> 智者们说:人是万物的尺度,这还是不确定的,其中还包含着人的特殊的规定;人要把自己当作目的,这里面还包含着特殊的东西。在苏格拉底那里,我们也发现了人是尺度,不过是作为思维的人;如果将这一点以客观的方式来表达,它就是真,就是善。……善的发现是文化上的一个阶段,善本身就是目的,这乃是苏格拉底在文化中、在人的意识

〔接上页〕第二辑,北京:商务印书馆,2004年,第71页;〔德〕卜松山:《与中国作跨文化对话》,刘慧儒、张国刚等译,北京:中华书局,2000年,第5—6页。

① 作为"真善美"范畴的"美"与传统语境中"美,善也"之"美",在含义上并不一致。本书在使用传统文献中的"美"时,遵从语境本义,而在论述过程中,多取"真善美"范畴中的"美"之意。
② 〔德〕雅斯贝尔斯:《历史的起源与目标》,魏楚雄、俞新天译,北京:华夏出版社,1989年。
③ 张灏:《世界人文传统中的轴心时代》,见氏著:《幽暗意识与民主传统》,北京:新星出版社,2006年,第9页。
④ 〔美〕阿拉斯代尔·麦金太尔:《伦理学简史》,龚群译,北京:商务印书馆,2003年,第33—34页。

中的发现。①

在中国，对于道德原则的发现是由儒家完成的。孔子承继周朝人文精神萌发的自觉，以礼为进向，开拓出以"仁"为核心、以"礼"和"义"为辅翼的儒学思想系统。就如劳思光所言："孔子对文化之态度，简言之，即'人之主宰性之肯定'，此所以为'人文之学'。……'自觉主宰'之领域是'义'之领域，在此领域中只有是非问题；'客观限制'之领域是'命'之领域，在此领域中则有成败问题。孔子既确切分划此二领域，一切传统或俗见之纠缠，遂一扫而清。而'道德心'之显现，亦于此透露曙光；文化意义之肯定，亦从此获得基础。"②对于人自身的发现和肯定，确立了文化传统的根基。对于个体而言，亦寻求到了立身之本。尽管智、情、意之明确划分属于现代思想的范畴，但孔子的儒学体系已经对"自我"进行了划分，只不过把人之真正主体放置于道德上。牟宗三分析说："我们普遍泛说的'我'，可分为三方面说，即：一、生理的我；二、心理的我；三、思考的我(Thought = Logical self)。……此上一、二、三项所称的我，都不是具体而真实的我。具体而真实的我，是透过实践以完成人格所显现之'道德的自我'。此我是真正的我即我之真正的主体。"③古典世界以道德作为价值之核心，各大文明均如是。

但是其后，西方和印度都进入宗教道德占主导的时期，道德不再是"自由而律己的理性自身训练的结果"，而屈从于宗教和教会的威权④。而儒家思想在道德之中就暗含了超越的因素，"其真实意义则在于个人有限生命中取得一无限而圆满之意义。此则即道德即宗教，而为人类建立一'道德的宗教'也"⑤。这样，儒家就摆脱了宗教对于道德的外在的纠缠，而能始终保持独立、自律的人文品格。

既然确立了"德性之我"的中心地位，那么"形躯之我""认知之我"和

---

① [德]黑格尔：《哲学史讲演录》第二卷，贺麟、王太庆译，北京：商务印书馆，1960年，第62页。
② 劳思光：《新编中国哲学史》(一卷)，桂林：广西师范大学出版社，2005年，第109页。
③ 牟宗三：《中国哲学的特质》，上海：上海古籍出版社，2007年，第100—102页。劳思光解释儒学之境界时也说："自我境界之有种种不同，乃一无可争辩之事实。兹依一设准，将自我境界作以下划分：(1)形躯我——以生理及心理欲求为内容；(2)认知我——以知觉理解及推理活动为内容；(3)情意我——以生命力及生命感为内容；(4)德性我——以价值自觉为内容。"劳思光：《新编中国哲学史》(一卷)，第109页。
④ [美]约翰·罗尔斯：《道德哲学史讲义》，张国清译，上海：上海三联书店，2003年，第10页。
⑤ 牟宗三：《心体与性体》上册，上海：上海古籍出版社，1999年，第5页。

"情意之我"都从属于此。以此看待古代思想中的美善、礼乐关系,便会清晰明了。就美善、礼乐范畴说,美和乐较之善和礼出现为早。在甲骨文中,并没有"善"和"礼"字,而"美"和"乐"倒是多次出现①。而到了春秋时代,"善"和"礼"均上升为人文教养的核心。尽管孔子在某种程度上承认了作为艺术之"美"的特性,如"子谓《韶》,'尽美矣,又尽善也'。谓《武》,'尽美矣,未尽善也'。"(《论语·八佾第三》)但"美"之价值是归属于"善"的②。"孔子学鼓琴于师襄",其追求由曲、数、志而达于"为人"③,其实即是道德完善之过程。自身特征为"美"的"乐",如何会促进道德之"善"呢?乃是"因为乐的正常的本质与仁的本质,本有其自然相通之处"④。《礼记·乐记》曰:"礼以道其志,乐以和其声","礼乐之情同"⑤。乐有教化之功用,而教化之目的乃是通向于"礼",完成于"天下归仁"⑥。"乐与仁的会通统一,即是艺术与道德在其最深的根底中,同时也即是在其最高的境界中,会得到自然而然的融合统一,因而道德充实了艺术的内容,艺术助长、安定了道德的力量。"⑦

尽管针对中国的"现代化"是"内发"的还是"外发"的产生过许多争论⑧,但

---

① 论证分见王振复:《中国美学的文脉历程》,成都:四川人民出版社,2002年,第187页;徐复观:《中国艺术精神》,桂林:广西师范大学出版社,2007年,第1页。
② 《论语》中"美"字凡十三见:(1)"有子曰:'礼之用,和为贵。先王之道,斯为美。'"(《论语·学而第一》)(2)"子夏问曰:'巧笑倩兮,美目盼兮,素以为绚兮,何谓也?'子曰:'绘事后素。'"(《论语·八佾第三》)(3)"子谓韶:'尽美矣,又尽善也。'谓武,'尽美矣,未尽善也。'"(《论语·八佾第三》)(两次)(4)"子曰:'里仁为美,择不处仁,焉得知?'"(《论语·里仁第四》)(5)"子曰:'如有周公之才之美,使骄且吝,其余不足观也已。'"(《论语·泰伯第八》)(6)"子曰:'禹,吾无间然矣。菲饮食而致孝乎鬼神,恶衣服而致美乎黻冕,卑宫室而尽力乎沟洫。禹,吾无间然矣。'"(《论语·泰伯第八》)(7)"子贡曰:'有美玉于斯,韫椟而藏诸?求善贾而沽诸?'子曰:'沽之哉!沽之哉!我待贾者也。'"(《论语·子罕第九》)(8)"子曰:'君子成人之美,不成人之恶。小人反是。'"(《论语·颜渊第十二》)(9)"子谓卫公子荆,'善居室。始有,曰:"苟合矣。"少有,曰:"苟完矣。"富有,曰:"苟美矣。"'"(《论语·子路第十三》)(10)"子贡曰:'譬之宫墙,赐也墙也及肩,窥见室家之好。夫子之墙数仞,不得其门而入,不见宗庙之美、百官之富。'"(《论语·子路第十三》)(11)"子张问于孔子曰:'何如斯可以从政矣?'子曰:'尊五美,屏四恶,斯可以从政矣。'"(《论语·尧曰第二十》)(12)"子张曰:'何谓五美?'子曰:'君子惠而不费,劳而不怨,欲而不贪,泰而不骄,威而不猛。'"(《论语·尧曰第二十》)其中"美"的含义,或等同于"善",或指形式和艺术之美,但从属以"善"为中心的道德价值。
③ 《史记·孔子世家》,北京:中华书局,第1925页。
④ 徐复观:《中国艺术精神》,第12页。
⑤ 《礼记·乐记》。
⑥ 《论语·颜渊第十二》。
⑦ 徐复观:《中国艺术精神》,第14页。
⑧ 后一派认为中国的现代化是"冲击-回应"文化接触模式的反应,以费正清、列文森为代表;前者认为在"中国发现历史",认为传统自身具有现代趋向因素,以柯文等人为代表。

第八章　重建斯文：中国现代思想中的美善之辩

就动因来说,中国的现代化无疑具有"防卫性"和"被动性"特征①。中国学习西方,经过了器物、制度和文化的三个阶段,而在学习文化的阶段,冲突最为突出者便体现在道德价值领域,并由此产生三种趋向。一是以新文化运动主倡者陈独秀等人为代表,他们希望破除传统道德。如陈独秀疾呼:"伦理的觉悟,为吾人最后觉悟之最后觉悟。"②二是理性主义派,用更为客观的态度,希望"努力通过促使特殊的中国价值与普遍的世界价值的配合来加强中国的地位"③,希望汲取中西精华而创造一种全新的世界文明。蔡元培等可说是这一化合论的代表。三是坚守中国传统德性价值至上的立场,认为西方文明仅具有现象界的价值,而中国的德性伦理具有形上真实界的价值④。此即为现代新儒家,由熊十力、梁漱溟开其端。第一派的理论更多具有思想变革的"破旧"意义,后两派多关涉传统与现代、中与西、善与美等多个论域。

在谈及民初教育方针时,蔡元培说:

> 当民国成立之始,而教育家欲尽此任务,不外乎五种主义,即军国民教育、实利主义、公民道德、世界观、美育是也。五者以公民道德为中坚,盖世界观及美育皆所以完成道德,而军国民教育及实利主义,则必以道德为根本。⑤

此说基本是他对《对于新教育之意见》的概括。蔡元培以提倡美育著称于世,但他提倡美学和美育却有更为深刻的用意,概要说来:道德论是蔡元培思想的核心,教育是达成道德境界的途径,而教育中的德育是现实世界(即现象世界)道德完成的手段,教育中的美育则是从现象世界达到实体世界,完成最高意义道德的关键。所以,道德论思想在蔡元培思想体系中占有重要地位,也是理解他的美学、美育思想的基础。

---

① 金耀基:《金耀基自选集》,上海:上海教育出版社,2002 年,第 1 页。
② 陈独秀:《吾人最后之觉悟》,《新青年》第 1 卷第 6 号,1916 年 2 月。《独秀文存》,合肥:安徽人民出版社,1987 年,第 41 页。
③ [美] 列文森:《儒教中国及其现代命运》,郑大华、伍菁译,北京:中国社会科学出版社,2000 年,第 98 页。
④ 张灏:《新儒家与当代中国的思想危机》,见氏著:《幽暗意识与民主传统》,第 102—103 页。
⑤ 蔡元培:《全国临时教育会议开会词》(1912 年 7 月 10 日),中国蔡元培研究会编:《蔡元培全集》第二卷,杭州:浙江教育出版社,1997 年,第 178 页。

二、价值论与道德

蔡元培对价值论有个总的判断:"价值论者,举世间一切价值而评其最后之总关系者也,其归宿之点在道德,而宗教思想与美学观念亦隶之。"①价值论是人类在现实中存在的基本准则,尽管人们总想冠之以客观的特征,但它的主观特征更为明显。而"主观界之价值,即意识中各种欲望之竞争,优胜劣败,其最后者占最高之价值是已"②。在蔡元培看来,主观价值优劣的评判标准有两种形式:一是外在人类的权威,如上帝;一是人内心中"良心之命令",即"道德之意志"。宗教的权威,是过去时代观念的残留,实际上,"主观界价值之标准,不外乎良心之命令也"③。

可以看出,蔡元培对价值论主观特征和判断标准的论述其实把道德放在了核心的位置,唯其主观,方显"良心之命令"的重要。同时,"良心之命令"的说法似乎明显地借用了康德的"绝对命令"概念。其实,《哲学大纲》的编写即是以德国哲学家厉希脱尔(Richter)的《哲学导言》为本,又采包尔生(F. Paulson)和冯特(Wihelm Wundt)的《哲学入门》补之,其中思想"多采取德国哲学家之言"④,"良心之命令"可能就是康德的理论。但是蔡元培把康德的概念很自然地引入自己的论述和思想体系中,这一借用也成为蔡元培道德论思想的重要基础。

"良心之命令"成为价值判定的标准,其实也成了道德判断的核心,同时,蔡元培也轻易地把宗教和他所谈论的道德问题分离开来。(这可能与中国传统道德中"淡于宗教"的思想有关,宗教与道德并不像西方那样纠缠在一起。同时也与蔡元培的宗教观念有关,认为宗教是过去之物,会被逐渐取代。)在确定了道德判断的核心之后,蔡元培把道德的进化分解为三种境界:一、小己;二、社会;三、人道主义。

以小己为目的的道德境界又有三个阶段。一是"自存"。"谓一切行为,皆以有裨于小己之生存者为有价值也"⑤。即靠一定的物质条件而自在

---

① 蔡元培:《哲学大纲》,上海:商务印书馆,1915年1月初版,中国蔡元培研究会编:《蔡元培全集》第二卷,第331页。
② 蔡元培:《哲学大纲》,中国蔡元培研究会编:《蔡元培全集》第二卷,第333页。
③ 蔡元培:《哲学大纲》,中国蔡元培研究会编:《蔡元培全集》第二卷,杭州:浙江教育出版社,第333页。
④ 蔡元培:《哲学大纲》,中国蔡元培研究会编:《蔡元培全集》第二卷,第300页。有学者引用《哲学大纲》时即认为书中论断都出自蔡元培,此类说法不确。
⑤ 蔡元培:《哲学大纲》,中国蔡元培研究会编:《蔡元培全集》第二卷,第334页。

地生存。二是"自利"。因为人的存在不仅仅追求最低限度的生存,在此基础上更有对幸福的追求;不仅仅希求体魄上的享受,更企望精神之快乐。此"自利"之谓也。三是"自成"。"自利"只是以个体的现时的幸福为目的,还没有考虑为别人、为将来,因此是一种尚未达到完全自足的生活(因为个体不是孤立存在的),于是要谋求体魄上与精神上的进步,才有了以达到将来完全自足的生活为追求的目的。这就是"自成"①。

西方道德哲学家对以小己为目的的道德观有相对立的两派:一派认为是最高之价值,如智者派、尼采等;一派认为毫无道德可言,如叔本华。而蔡元培认为这需要具体分析,不能绝对地说有或绝对地说无:

> 虽然,认为最大之鹄的,而躬行道德以赴之者,要不外乎各各之小己。然则小己者,以其主观之幸福言之,无所谓价值,以其对客观之责任言之,则对于最大之鹄的,而自有一种相当之价值。吾人试以历史证明之,其中贤者,其个体之幸福,及其同时人之幸福,至于今日,已成陈迹,而其致力于世界进化之事业,则与世长存。于以自存、自利之价值,皆不免随历史而消亡。惟自成主义,则与人道主义之鹄的,相为关系焉。②

由此可见,蔡元培对于以小己为目的的道德持客观分析的态度,认为其中"自成"主义与道德的最高境界——人道主义是相关联的,具体表现在对社会进化有所贡献上。

这一评价本身包含深意,它其实代表了一种对中国传统道德的评价思想。中国传统道德中很强调个人的内在修养,而弱于"国家伦理"。独善其身的思想多少削弱了社会责任的承担,于是"五四"时期以《新青年》为代表的思想阵营以反对旧道德、提倡新道德为号召,传统道德被一网打尽。由于传统道德大都属于"私德"范畴,这样,私德不修,人欲横流,非道德现象在"个性解放"和"追求自由"的金字招牌下得以大行其道。蔡元培对此有自己的意见:"今人恒言,西方尚公德,而东方尚私德;又以为能尽公德,私德之出入不足措意,是误会也。吾人既为社会之一分子,分子之腐败,不能无影响于全体。"③他对以小己为目的的道德加以细致分析,肯定其有价值存焉,

---

① 聂振斌:《蔡元培及其美学思想》,天津:天津人民出版社,1984年,第186页。
② 蔡元培:《哲学大纲》,中国蔡元培研究会编:《蔡元培全集》第二卷,第337页。
③ 蔡元培:《北京大学进德会旨趣书》(1918年1月19日),中国蔡元培研究会编:《蔡元培全集》第三卷,杭州:浙江教育出版社,1997年,第237页。

这其实包含着对传统道德中有意义成分的挖掘。

蔡元培把道德分为积极、消极二种①。消极的道德即他所谓"内德"和以上所说以小己为目的的道德,尽管消极之道德对于个人内在修养也很重要,"无论何人,不可不守",但是其弊处也很明显:"盖其人苟能屏出一切邪念,志气清明,品性高尚,外不愧人,内不自疚,其为君子,固无可疑,然尚囿于独善之范围,而未可以为完人也。"②于是还有更高道德之境界。

道德的第二重境界是以社会为目的。社会是个体存在的基础,社会道德对社会的存在和发展及个体的幸福都至关重要。"社会之作用,不外乎悬一幸福之鹄的,而以其集合之意志,趋此惟一之方向,而悉力以达之,范围愈推广,小己意志同化于公共意志之意识愈明了,则道德界之价值愈高。"③尽管小己价值有存在的必要,但更高一层的境界是与社会相结合。他把属于社会范围的道德分为公众的幸福和公众的进化两种。社会的进化会推进社会的幸福,而社会把谋求幸福作为全社会奋斗的统一目标,这又会成为社会进化的一种动力。因此,个体小己能为社会幸福、进化做出努力和贡献,就具有了社会的道德价值。这种道德,他称之为"公德"。社会的体现形式为国家,"社会之中,较为规画远大者,在今世莫如国家。国家者,常得超现在而计将来。为将来之国家计,虽牺牲现在国民多数之权利以经营之,亦所不惜,此吾人所公认也"④。

在此,蔡元培对"公德"的社会道德大力提倡,进而提出为国家牺牲和奋斗的道德。这也是蔡元培救国理论的一种表达。在蔡元培看来,传统形态的道德存在重大缺陷而不符合现代共和国体制的需要,传统道德"大率详于个人与个人交涉之私德,而国家伦理阙焉。法家之言,则又偏重国家主义,而蔑视个人权力"⑤。而道德在现代必须能保持共和国民之人格,培养共和思想。"尚公德,尊人权,贵贱平等,而无所谓骄诒,意志自由,而无所谓徼幸,不以法律所不及而自恣,不以势力所能达而妄行,是皆共和思想之要素,而人人所当自勉者也。"⑥这是蔡元培对于社会道德理想的恰切表达。

---

① 在另一处分为内、外两种。见蔡元培:《中学修身教科书》(1912年5月),中国蔡元培研究会编:《蔡元培全集》第二卷,第165页。
② 蔡元培:《中学修身教科书》(1912年5月),中国蔡元培研究会编:《蔡元培全集》第二卷,第167页。
③ 蔡元培:《哲学大纲》,中国蔡元培研究会编:《蔡元培全集》第二卷,第336页。
④ 蔡元培:《哲学大纲》,中国蔡元培研究会编:《蔡元培全集》第二卷,第336页。
⑤ 转引自张汝伦:《现代中国思想研究》,上海:上海人民出版社,2001年,第475页。
⑥ 蔡元培:《社会改良会宣言》,中国蔡元培研究会编:《蔡元培全集》第二卷,第20页。

道德的最高境界是人道主义。人的小己道德由于只局限于一人一时，不若社会久远，于是小己道德进化为社会道德，以不使个人行为效果很快消灭。但是社会的道德也有界域，社会也有消灭的时期，则社会道德也有局限性而为人所不能满意，人们进而追求人道主义。人道主义有广义、狭义之分。狭义指以人类全体为标准，广义以"凡识论"为标准，"自动物而植物，以至于无机物，凡认为有识者，皆有相关之休戚"。这样，蔡元培把道德从小己推至社会，由人类推至万物存在，从而建立了消除掉小己、社会、时间、空间的无所不包的人道主义观念。"如是，则一切小己，虽推之无涯之远，无穷之久，而无不包括于此主义之中。吾人道德之行为，以是为鹄的，则庶乎所致力者，永无消歇之顾虑矣。"①这种包容博大的思想使蔡元培超出一般思想家所具有的眼光，他"始终把道德作为根本目的和终极关怀来强调"②，表现出他在浮躁的"五四"氛围中所少有的深邃和冷静。

第二节 道德的美学

一、思想来源与内容

蔡元培的道德思想有两个来源：传统儒家思想和康德、叔本华哲学。蔡元培在《中国伦理学史》中指出，伦理学为中国古代精神科学的核心，政治学、军事学、宗教学甚至美学，都以伦理为指向：

> 我国以儒家为伦理学之大宗。而儒家，则一切精神界科学，悉以伦理为范围。哲学、心理学，本与伦理有密切之关系。我国学者仅以是为伦理学之前提。其他曰为政以德，曰孝治天下，是政治学范围于伦理也；曰国民修其孝弟忠信，可使制挺以挞坚甲利兵，是军学范围于伦理也；攻击异教，恒以无父无君为辞，是宗教学范围于伦理也；评定诗古文辞，恒以载道述德眷怀君父为优点，是美学亦范围于伦理也。我国伦理学之范围，其广如此，则伦理学亦若为我国唯一发达之学术矣。③

---

① 蔡元培：《哲学大纲》，中国蔡元培研究会编：《蔡元培全集》第二卷，第337页。
② 张汝伦：《现代中国思想研究》，第474页。
③ 蔡元培：《中国伦理学史》(1910年4月25日)，中国蔡元培研究会编：《蔡元培全集》第一卷，杭州：浙江教育出版社，1997年，第468页。

1924年4月21日,蔡元培代表北京大学参加德国学术界举办的康德诞生二百周年纪念会,并在会上致辞。蔡元培在致辞中指出,康德哲学"和中国哲学有着共同之处":"自从西方文化的影响进入中国以来,哲学在其他科学的领域中产生了很大的作用。中国大学生对欧洲的哲学体系开始有了认识,尤其是对康德的哲学进行了勤奋的学习。康德哲学获得了普遍的重视和崇敬。这不仅仅是由于在欧洲思想界的发展中康德处于领导地位,更主要的是由于他的哲学和中国哲学有着共同之处。实际上,从一般趋势来看,现代中国哲学有两个特征:第一,通过经验批判的观察,对知识整体进行检查;第二,确认将哲学的各个组成部分置于伦理范畴的原则基础之上。因此,康德所提出的问题,对我们来说,永远有巨大的吸引力。只有在扩大知识和提高道德价值的基础上,世界才能够向前发展。在一个错综复杂、令人迷惘的世界,特别需要具有这样一种精神。它能使最完美的知识和至高的道德的时代潮流融合在一起,并使崇高的永恒真理的理想得以发扬。"①这是值得注意的看法。

康德哲学在中国现代思想界中影响甚大,对于造成如此巨大影响的原因,学界似乎关注不多。蔡元培此说可以揭示此问题的一个重要方面。蔡元培重视道德价值,除了有传统思想的原因外,也有康德的影响在。康德为知、情、意三界划定界限,并进行了深入批判,但三者并非并列关系,而是把"智"和"情"归于"实践理性"之中。蔡元培还从叔本华那里得到过启示:"心理上有三方面,知、意、情,以真善美为目的。哲学家自叔本华以来,均认意志为人生本质,世界圣贤亦无不以止于至善为人类归宿,而知识之浅深与善之认识有关;感情之平激与善之实行有关。"②叔本华在哲学上基本继承了康德的遗产,蔡元培对其二人的道德思想评述十分接近。

蔡元培受宋明理学影响甚大,曾自言:"孑民二十岁以前,最崇拜宋儒。"③宋儒讲"本体"与"工夫",乃是指道德本性与成德途径而言。可见"德"乃修而成者。故谓:"德之本质:凡实行本务者,其始多出于勉强,勉之既久,则习与性成。安而行之,自能缲合于本务,是之谓德。是故德者,非必

---

① 蔡元培:《在康德诞生二百周年纪念会上的致词》(1924年4月21日),中国蔡元培研究会编:《蔡元培全集》第五卷,杭州:浙江教育出版社,1997年,第270—271页。
② 蔡元培:《真善美》(1927年),中国蔡元培研究会编:《蔡元培全集》第六卷,杭州:浙江教育出版社,1997年,第139页。
③ 蔡元培:《传略》(上)(1919年8月),中国蔡元培研究会编:《蔡元培全集》第三卷,杭州:浙江教育出版社,1997年,第658页。

为人生固有之品性,大率以实行本务之功,涵养而成者也。"①道德之依据,不外"天命"与"心性"二端,西方社会宗教发达,故以"外在超越"作为道德之依据,而中国则以"心性"为"内在超越"之路。如前文所言,蔡元培以"良心"统摄人之精神世界取向,无疑具有深刻的传统痕迹,但是他分"良心"为知、情、意,则又带有西学影响的痕迹。随之,"工夫"亦由"格物致知"转变为知、情、意三者之求得:"然德者,良心作用之成绩。良心作用,既赅智、情、意三者而有之,则以德之原质,为有其一而遗其二者,谬矣。人之成德也,必先有识别善恶之力,是智之作用也。既识别之矣,而无所好恶于其间,则必无实行之期,是情之作用,又不可少也。既识别其为善而笃好之矣,而或犹豫畏葸,不敢决行,则德又无自成,则意之作用,又大有造于德者也。故智、情、意三者,无一而可偏废也。"②由此,道德之"本务"与"工夫",有了全新的内涵。知、情、意三者中,"意"一方面是精神结构中的重要部分,另一方面,实则具有统御"智(知)"和"情"的作用。蔡元培对于知、情、意三者的关系有两种看法:一是三者并列;一是以"意"涵盖"智(知)"和"情"。("人之意志,分为二:一方面情感,一方面智识。"③)这两种看法似相抵牾,实则乃是贯通的,基本符合中国思想推重道德的传统和蔡元培哲学思想重要外在来源的康德哲学。

道德的内容有三,即法国大革命所昭示者:"法国自革命时代,既根本自由、平等、博爱三大主义,以为道德教育之中心点,至于今且益益扩张其势力之范围。"④自由、平等、友爱,考之中国思想,则分别对应于义、恕、仁⑤。

> 是以鄙人言人事,则必以道德为根本;言道德,则又必以是三者为根本。盖人生心理,虽曰智、情、意三者平列,而语其量,则意最广,征其序则意又最先。此固近代学者所已定之断案。……近世心理学,皆以

---

① 蔡元培:《中学修身教科书》(1912年5月),中国蔡元培研究会编:《蔡元培全集》第二卷,第164页。
② 蔡元培:《中学修身教科书》(1912年5月),中国蔡元培研究会编:《蔡元培全集》第二卷,第164—165页。
③ 蔡元培:《在浙江第五师范学校演说词》(1916年11月26日),中国蔡元培研究会编:《蔡元培全集》第二卷,第478页。
④ 蔡元培:《华法教育会之意趣》(1916年3月29日),中国蔡元培研究会编:《蔡元培全集》第二卷,第381页。
⑤ 蔡元培:《在保定育德学校的演说词》(1918年1月5日),中国蔡元培研究会编:《蔡元培全集》第三卷,第223页。

意志为人生之主体,惟意志之所以不能背道德而向道德,则有赖乎知识与感情之翼助。此科学、美术所以为陶铸道德之要具,而凡百学校皆据以为编制课程之标准也。自鄙人之见,亦得以三德证成之。二五之为十,虽帝王不能易其得数,重坠之趋下,虽兵甲不能劫之反行,此科学之自由性也。利用普乎齐民,不以优于贵;立术超乎攻取,无所党私。此科学之平等性及友爱性也。若美术,最贵自然,毋意毋必,则自由之至者矣。万象并包,不遗贫贱,则平等之至者矣。并世相师,不问籍域,又友爱之至者矣。故世之重道德者,无不有赖乎美术及科学,如车之有两轮,鸟之有两翼也。①

道德为人事根本,道德包含自由(义)、平等(恕)、友爱(仁)。就人的心理来说,包括知、情、意三者,其中以意为主体。意志之趋向为道德,知识(科学)、感情(美术)为意志趋向道德之辅助。科学和美术中,都有自由(义)、平等(恕)、友爱(仁)的内涵。

二、道德的实现

以上作为理论基础的道德学说并非纯粹的形而上的说教,处处体现了蔡元培融合古与今、中与西、理论与现实的努力。那么,道德如何实现呢?通过教育。"教育者,养成人格之事业也。"②"形而上的道德观或道德形而上学是蔡元培一切思想的基础和出发点。不仅他的美学和美育思想,而且他的教育思想也是以道德为基本着眼点。"③教育的目的是促进道德的实现,培养人格。"教育是帮助被教育的人,给他能发展自己的能力,完成他的人格,于人类文化上能尽一份子的责任。"④"德育实为完全人格之本。"⑤教育以道德为本,是教育家必有的"万世不迁之主义"⑥。

---

① 蔡元培:《在保定育德学校的演说词》(1918年1月5日),中国蔡元培研究会编:《蔡元培全集》第三卷,第222—223页。
② 蔡元培:《一九〇〇年以来教育之进步》(1915年),中国蔡元培研究会编:《蔡元培全集》第二卷,第371页。
③ 张汝伦:《现代中国思想研究》,第478页。
④ 蔡元培:《教育独立议》,《新教育》第4卷第3期,1922年3月。中国蔡元培研究会编:《蔡元培全集》第四卷,杭州:浙江教育出版社,1997年,第585页。
⑤ 蔡元培:《在爱国女学校之演说》(1917年1月15日),中国蔡元培研究会编:《蔡元培全集》第三卷,第13页。
⑥ 蔡元培:《全国临时教育会议开会词》(1912年7月10日),中国蔡元培研究会编:《蔡元培全集》第二卷,第179页。

蔡元培所谓现代之道德乃是"人道"之道德。道德之完成需要教育的手段，所以应实行"人道主义之教育"："夫人道主义之教育，所以实现正当之意志也。"①实行"人道"所须破除之障碍有二：君主与教会。法国在这方面走在前列：

> 现今世界之教育，能完全脱离君政及教会障碍者，以法国为最。法国自革命成功，共和确定，教育界已一洗君政之遗毒。自一八八六年、一九〇一年、一九一二年三次定律，又一扫教会之霉菌，固吾侪所公认者。②

破除阻碍后，推行"纯粹之人道教育"，以完成道德。以道德为中心，辅以科学与美学，此为道德教育之根本途径："德育实为完全人格之本。"③"而意志之进行，常与知识及感情相伴。于是所以行人道主义之教育者，必有资于科学及美术。"④

蔡元培在 1917 年的几次演讲中，不提原来的"四育（德、智、体、美）"而只谈"三育（德、智、体）"，如 1917 年 5 月 23 日《在南开学校全校欢迎会上的演说词》，["三育（德、智、体）之重，各国学校殆莫不皆然，在中国则有名无实者犹居多数，此实大可商榷者也。"⑤] 1917 年 7 月 6 日《在浙江旅津公学演说词》等，而明确地把美育归于德育范畴："吾国古代，礼、乐并重，当知乐与德育大有关系。盖乐者，所谓美的教育也。"⑥ 从中更能明显看出蔡元培对于德育、美育关系的认识，即美育是为了道德的完善。而把美育单列，只是为了凸显美育在促进道德中的独特价值，关于这一点，蔡元培曾特别作出说明："从前将美育包在德育里的，为什么审查教育会，要把他分出来呢？

---

① 蔡元培：《华法教育会之意趣》（1916 年 3 月 29 日），中国蔡元培研究会编：《蔡元培全集》第二卷，第 382 页。
② 蔡元培：《华法教育会之意趣》（1916 年 3 月 29 日），中国蔡元培研究会编：《蔡元培全集》第二卷，第 380 页。
③ 蔡元培：《在爱国女学校之演说》（1917 年 1 月 15 日），中国蔡元培研究会编：《蔡元培全集》第三卷，第 13 页。
④ 蔡元培：《华法教育会之意趣》（1916 年 3 月 29 日），中国蔡元培研究会编：《蔡元培全集》第二卷，第 382 页。
⑤ 蔡元培：《在南开学校全校欢迎会上的演说词》（1917 年 5 月 23 日），中国蔡元培研究会编：《蔡元培全集》第三卷，第 85 页。
⑥ 蔡元培：《在浙江旅津公学演说词》（1917 年 7 月 6 日），中国蔡元培研究会编：《蔡元培全集》第三卷，第 102 页。

因为晚近人士,太把美育忽略了,按我国古时的礼乐二艺,有严肃优美的好处。西洋教育,亦很注意美感的。为要特别警醒社会起见,所以把美育特提出来,与体智德并为四育。"①所以,"三育"变成了"四育":"所谓健全的人格,内分四育,即:(一)体育,(二)智育,(三)德育,(四)美育。"②

而教育又是如何促使道德实现呢?蔡元培通过对教育的几个层次的论述加以说明。清末知识界大力提倡强兵富国主义,包含军国民教育和实利主义教育。这是因为清之季世,我国"强邻交逼,亟图自卫,而历年丧失之国权,非凭借武力,势难恢复",且"今之世界,所恃以竞争者,不仅在武力,而尤在财力"③,所以军国民教育和实利主义教育实属必要。

但国富民强之后国家和社会的问题是否就解决了呢?蔡元培看得更远:"顾兵可强也,然或溢为私斗,为侵略,则奈何?国可富也,然或不免知欺愚,强欺弱,而演贫富悬绝,资本家与劳动家血战之惨剧,则奈何?"④这时,公民道德的提倡显得尤为重要。蔡元培也在此处提出了他的道德纲领:"何谓公民道德?曰法兰西之革命也,所标揭者,曰自由,平等,亲爱。道德之要旨,尽于是矣。"⑤更富意义的是,蔡元培并没照搬西方概念对三者进行纯理论的说明,而是把自由、平等、亲爱分别与中国传统道德中的义、恕、仁结合起来,用中国典籍中的话语加以阐释,这种解说同时丰富了这六个范畴的意义,也表明蔡元培在引入外来概念时自觉的化入的努力。

以"优胜劣汰,适者生存"为核心的社会进化论思想对近现代知识分子有极为普遍和深刻的影响,上述富国强兵主义的盛行是这种思想的救国主张,但大多数人把富国强兵当作最终目的,在蔡元培看来这仅仅是手段。他对进化论有自己的理解:"然进化史所诏言人类者:人类之义务,为群伦不为小己,为将来不为现在,为精神之愉快而非为体魄之享受,固已彰明而较著矣。而世之误读进化史者,乃以人类之大鹄的,为不外乎一身与种姓之生

---

① 蔡元培:《普通教育和职业教育——在新加坡南洋华侨中学等校欢迎会的演说词》(1920年12月5日),中国蔡元培研究会编:《蔡元培全集》第四卷,第261页。
② 蔡元培:《普通教育和职业教育——在新加坡南洋华侨中学等校欢迎会的演说词》(1920年12月5日),中国蔡元培研究会编:《蔡元培全集》第四卷,第259页。
③ 蔡元培:《对于新教育之意见》(1912年2月8日),中国蔡元培研究会编:《蔡元培全集》第二卷,第9页。
④ 蔡元培:《对于新教育之意见》(1912年2月8日),中国蔡元培研究会编:《蔡元培全集》第二卷,第9页。
⑤ 蔡元培:《对于新教育之意见》(1912年2月8日),中国蔡元培研究会编:《蔡元培全集》第二卷,第10页。

存,而遂以强者权利为无上道德。"①他在进化论中更看重的是人格的完善、道德的升华,而不是弱肉强食、你死我活的生存竞争。这种看法显然是以他的道德论思想为基础的。

教育通过对公民道德的提倡,是否达到了道德的实现呢?蔡元培说,还没有。他把教育分为两大类:一曰隶属于政治者,二曰超轶乎政治者。同时,他也把世界分为现象世界和实体世界。隶属于政治的教育以现世(现象)价值为目的,而人类之最高价值存在于实体世界,"公民道德之教育,犹未能超轶乎政治者也"②,故还没完成道德的实现。(在蔡元培的著作中,公民道德教育、德育、修身、修德等概念在不同场合有不同层次的意义,此处公民道德教育似不同于德育,然含义较为接近。)追求现世幸福和大多数人之幸福,还是有限的,因为人总要面临死亡。"人不能有生而无死。现世之幸福,临死而消灭。人而仅仅以临死消灭之幸福为鹄的,则所谓人生者有何等价值乎?"③这种超越现在、超越生死、追求永恒价值的思想与前面所述的人道主义观达成了一致。人的价值不能停留于变化不居的感性事物之中,人的道德也不能局限于一己、一个社会,而要关怀整个人类和世界万物。蔡元培在此处借用康德的实体世界的说法不是像康德那样去创造一个先验的世界,也非宗教式的彼岸世界,实体世界在蔡元培眼中更像一种无利害、无限制、普遍、博大的境界。

从现象世界走向实体世界,也即从小己道德、社会道德走向人道主义。完成道德的最高目的,是由教育来实现的:"教育者,则立于现象世界,而有事于实体世界者也。故以实体世界之观念为究竟之大目的,而以现象世界之幸福为其达于实体观念之作用。"④其实,这是从整体意义上来说教育的。教育包含多个部分,不可能每一部分都有这种跨越现象和实体世界的能力(如军国民教育、实利主义教育、智育、体育等),教育对两个世界的连接,实依靠于美育。美育即美感教育。"美感者,合美丽与尊严而言之,介乎现象世界与实体世界之间,而为津梁。"⑤

---

① 蔡元培:《世界观与人生观》,中国蔡元培研究会编:《蔡元培全集》第二卷,第218页。
② 蔡元培:《对于新教育之意见》(1912年2月8日),中国蔡元培研究会编:《蔡元培全集》第二卷,第10页。
③ 蔡元培:《对于新教育之意见》(1912年2月8日),中国蔡元培研究会编:《蔡元培全集》第二卷,第10页。
④ 蔡元培:《对于新教育之意见》(1912年2月8日),中国蔡元培研究会编:《蔡元培全集》第二卷,第10页。
⑤ 蔡元培:《对于新教育之意见》(1912年2月8日),中国蔡元培研究会编:《蔡元培全集》第二卷,第10页。

而美感何以有此功能呢？这是由美感的特点决定的。在这里，蔡元培再一次借用了康德的说法，认为美感有四个特点：超脱、普遍、有则、必然。"夫人类共同之鹄的，为今日所堪公认者，不外乎人道主义……而人道主义之最大阻力，为专己性。美感之超脱而普遍，则专己性之良药也。"①"人既脱落一切现象世界相对之感情，而为浑然之美感，则即所谓与造物为友，而已接触于实体世界之观念矣。"②蔡元培已把问题说清楚了。至此，我们也清楚了他大力提倡美育的良苦用心：

> 美育者，应用美学之理论于教育，以陶养感情为目的者也。人生不外乎意志，人与人互相关系，莫大乎行为，故教育之目的，在使人人有适当之行为，即以德育为中心是也。顾欲求行为之适当，必有两方面之准备：一方面，计较利害，考察因果，以冷静之头脑判定之；凡保身卫国之德，属于此类，赖智育之助者也。又一方面，不顾祸福，不计生死，以热烈之感情奔赴之。凡与人同乐、舍己为群之德，属于此类，赖美育之助者也。所以美育者，与智育相辅而行，以图德育之完成者也。③

三、想象与误读

蔡元培的道德理论以康德哲学为主要资源，但在解决理性和现实之矛盾（蔡元培表述为现象界和实体界矛盾；康德表述为德性和幸福的矛盾）时，康德借助了上帝概念，而蔡元培则是通过美育来完成。不同的解决路径反映了中西思想文化的差异。蔡元培认为价值论的归宿点在道德，而宗教思想与美学观念都隶属之。价值论是人类在现实中存在的基本准则，尽管人们总想冠之以客观的特征，但它的主观特征更为明显。在蔡元培看来，主观价值优劣的评判标准有两种形式：一是外在于人类的权威，如上帝；一是人内心中"良心之命令"，即"道德之意志"。而宗教的权威，是过去时代观念的残留，实际上，"主观界价值之标准，不外乎良心之命令也"④。蔡元培轻易地把宗教从道德论中剥离出去。他虽然接受了康德"绝对命令"的概念，

---

① 蔡元培：《哲学大纲》，中国蔡元培研究会编：《蔡元培全集》第二卷，第340页。
② 蔡元培：《对于新教育之意见》（1912年2月8日），中国蔡元培研究会编：《蔡元培全集》第二卷，第14页。
③ 蔡元培：《美育》（1930年），中国蔡元培研究会编：《蔡元培全集》第六卷，第599页。
④ 蔡元培：《哲学大纲》，中国蔡元培研究会编：《蔡元培全集》第二卷，第333页。

却没有像康德那样把道德完成的最终任务托付于上帝,而是转向了美育。

有必要先对康德的道德论思想进行简要回顾。康德曾多次指出自己的哲学研究是要解决三个问题:一、我能够知道什么?二、我应该做什么?三、我可以希望什么?这三个问题分别由形而上学、伦理学、宗教哲学来回答。三大批判回答了前两个问题。但"康德又清楚地意识到,作为有限的理性存在者,人在执行了严格的绝对命令之后,必然会提出一个新的问题:'如果我做了我应该做的,此时我可以希望什么?'(《纯粹理性批判》)"①这便是康德的第三个问题。而他在《纯粹理性批判》中已经给出了答案:"所有的希望都指向幸福。"

幸福和德性是康德宗教哲学中的重要概念。幸福是每一个作为有限的理性存在者的现实生活趣味的满足和自然本性的实现,而德性则表示着人应该遵循的道德准则必须具有普世的力量。"要这样行动,使得你的意志的准则任何时候都能同时被看作一个普遍立法的原则。"②人的感性欲求会对实践道德法则造成损害,所以道德法则必须是"绝对命令"。于是康德说:"道德为了自身起见,(无论是在客观上就意愿而言,还是在主观上就能够而言)绝对不需要宗教。相反,借助于纯粹的实践理性,道德是自给自足的。"③这样,幸福和德性之间就形成了对抗性的矛盾。要求人不考虑现实的欲求和生存的环境,遵照作为"绝对命令"的道德,只会是一种一厢情愿的空想家式的说教罢了。作为启蒙运动最卓越的代言人,康德在理性的原则下肯定了人对于幸福的现实欲求的价值,也清楚人不是生活在没有世俗牵制的纯粹的价值空间之中的。"倘若不与目的发生任何关系,人就根本不能做出任何意志规定。"④在《实践理性批判》中他也说:"幸福原则与德性原则的这一区别并不因此就立刻是双方的对立,纯粹实践理性并不要求人们应当放弃对幸福的权利。"⑤

而康德又是如何解决幸福和德性间的矛盾的呢?他追求的是幸福和德性完美结合的至善。在幸福和德性"必然结合"的至善这一统一体中,二者显然不是分析的关系(逻辑的联结),不能用同一律来分析;而是综合的关系

---

① 李秋零:《单纯理性限度内的宗教》"中译本导言",[德]康德:《单纯理性限度内的宗教》,李秋零译,北京:中国人民大学出版社,2003年,第10页。
② [德]康德:《实践理性批判》,邓晓芒译,杨祖陶校,北京:人民出版社,2003年,第39页。
③ [德]康德:《单纯理性限度内的宗教》,李秋零译,第1页。
④ [德]康德:《单纯理性限度内的宗教》,李秋零译,第2页。
⑤ [德]康德:《实践理性批判》,邓晓芒译,杨祖陶校,第127页。

(实在的结合),要用因果律来看。但幸福和德性是至善的两个在种类上完全不同的要素,经验的综合是不可能的。例如不能说一个寻求着自己幸福的人,通过对其行为进行概念的单纯分析就会发现他是有德性的;或者一个有德性的人在其行为的意识中就已经感到自己是幸福的了。这二者恰是康德所批评的伊壁鸠鲁派和斯多亚派的观点。所以,二者的综合必然是先天综合①。即是说,

> 存在于理性之中的至善概念,必然是以一种超越于经验的方式被实践理性所确信。既然一个服从道德法则的有限理性存在者所必然期望的至善,不可能依照自然法则在这个世界上实现出来,实践理性就必须假定存在着某种超自然的原因,并且假定这种原因必然以某种方式,使人分享他凭借自己的德性配享的幸福,从而保证人对至善的期望不致落空。②

于是,康德说:"为使这种至善可能,我们必须假定一个更高的、道德的、最圣洁的全能的存在者。惟有这个存在者才能把至善的两种因素结合起来。"③这个至高的存在者就是上帝。上帝并不帮我们实现幸福,而是使我们"配得"(或译"配享")幸福,上帝给了人类一种达到至善的希望,也成为每个人求善的起点。"至善只有在上帝存有的条件下才会发生。"④这样,"道德不可避免地要导致宗教"⑤。这一思想曾在《实践理性批判》和《判断力批判》中出现,它是康德宗教哲学的核心。

如果我们回顾一下康德宗教哲学的展开过程,会惊奇地发现其中存在着一个循环的悖论。一方面,道德是宗教的起点。道德是实践理性的自律,是"绝对命令",并不依靠宗教的存在。另一方面,宗教成了道德的起点。为了使人能够"配得"("配享")幸福得以保证,从而给人以求善之希望,上帝必须作为前提。"自律和神助实际上构成了康德哲学中道德和宗教之间无法解决的矛盾。"⑥

---

① [德]康德:《实践理性批判》,邓晓芒译,杨祖陶校,第 151—155 页。
② 李秋零:《单纯理性限度内的宗教》"中译本导言",[德]康德:《单纯理性限度内的宗教》,李秋零译。
③ [德]康德:《单纯理性限度内的宗教》,李秋零译,第 3 页。
④ [德]康德:《实践理性批判》,邓晓芒译,杨祖陶校,第 172 页。
⑤ [德]康德:《单纯理性限度内的宗教》,李秋零译,第 4 页。
⑥ 李秋零:《单纯理性限度内的宗教》"中译本导言",[德]康德:《单纯理性限度内的宗教》,李秋零译,第 15 页。

但蔡元培的哲学思想的根基借鉴康德,却唯独摒弃了康德的宗教思想。如他在1915年应商务印书馆之约请编译的《哲学大纲》一书,除"历举各派之说"外,"亦有取之他书及参以己意者"①。而所参己意最著者即为关于宗教的看法。他在口述《传略》中说:"其时编《哲学大纲》一册,多采取德国哲学家之言,惟于宗教思想一节,谓'真正之宗教,不过信仰心。所信仰之对象,随哲学之进化而改变,亦即因各人哲学观念之程度而不同。是谓思想自由。凡现在有仪式有信条之宗教,将来必被淘汰'。是子民自创之说也。"②又如在《蔡元培致许崇清函》中特别指出:"此鄙人对于宗教之观念也。与Windelband之说不同(鄙人于《哲学大纲》中略言之。又于《以美育代宗教》之演说中亦略言之)。"③

蔡元培其实接受了康德的道德不依靠宗教而自存的观点,也看到了现象界之道德与本体界之"绝对命令"的矛盾,而这种联结是通过教育,尤其是美育完成的。在蔡元培看来,从现象世界走向实体世界,也即从小己道德、社会道德走向人道主义,完成道德的最高目的,是由教育来实现的。"教育者,则立于现象世界,而有事于实体世界者也。故以实体世界之观念为究竟之大目,而以现象世界之幸福为其达于实体观念之作用。"④其实,这是在整体意义上来说教育的。他采用康德把世界分为现象世界和实体世界的做法,同时又把教育分为两大类:一曰隶属于政治者,二曰超轶乎政治者。隶属于政治的教育包括军国民教育、实利主义教育、公民道德教育,超轶政治的教育包括美育和世界观教育。

如前所述,蔡元培以美育联结现象、实体两界,避免了宗教的干涉与纠葛。这看似解决了康德所面临的两难处境,而事实并非如此。蔡元培的美育(美感)概念,实直接来源于康德的《判断力批判》。三大批判完成的是康德所谓的"我能够知道什么"、"我应该做什么"的问题。《纯粹理性批判》"通过对理性本身,即人类先天认识能力的批判考察,确定它有哪些先天的即具有普遍性和必然性的要素,以及这些要素的来源、功能、条件、范围和界限,从而确定它能认识什么和不能认识什么,在这基础上对形而上学的命运

---

① 蔡元培:《哲学大纲》,中国蔡元培研究会编:《蔡元培全集》第二卷,第300页。
② 蔡元培:口述《传略》(上)(1919年8月),中国蔡元培研究会编:《蔡元培全集》第三卷,第669—670页。
③ 蔡元培:《与许崇清先生书》(又名《蔡元培致许崇清函》),《新青年》第3卷第3号,1917年5月。中国蔡元培研究会编:《蔡元培全集》第十卷,第310页。
④ 蔡元培:《对于新教育之意见》(1912年2月8日),中国蔡元培研究会编:《蔡元培全集》第二卷,第10页。

和前途作出最终的判决和规定"①。康德以此解决第一个问题。在《实践理性批判》中,康德从人的纯粹理性现实具有的实践能力出发并以之为标准,考察了规定人的道德行为的"自由意志"及其本质和遵循的法则,提出了道德的"绝对命令",从而解决了第二个问题。而《判断力批判》则是要联结相互分裂的自然的必然性和先验自由、认识和道德,架设起由现象界通往本体界的桥梁。康德认为这还属于形而上学和伦理学范围的事情,尚不足以回答人生存在的终极目的和意义,于是才提问"我还可以希望什么"的问题,以完成对人本身的最终追问,从而走向宗教哲学的探讨,并指出上帝对于道德存在的必然性。蔡元培所处的时代并不能提供他完全超脱的理论立场,出于道德救国、教育救国的理想,蔡元培其实只是把康德哲学之有利之处加以阐发,对于道德和宗教的根本关系问题,蔡元培则进行了有意的误读和重新阐释。

总之,蔡元培始终把道德作为根本目的和终极关怀来加以强调,他的思想体系由此展开,他的教育、美学、美育思想也以此为基础。他的道德论思想对西方思想加以借用和吸收,但同时注意与中国传统道德观加以比照、调和,而且把道德的形而上思考和爱国济世的行为联系了起来,使得这一理论有深厚的理论基础却又显得便于理解和实行,广采古今中外诸多学说却丝丝严密、不留痕迹,且影响至今。

第三节 现代新儒家的美学重建

一、东西文化论战

儒学在中国历史上至少遭遇过四次危机,如孔子之后杨墨的挑战、汉晋之后佛教的挑战、晚明之后心学的挑战以及"五四"之后西学的挑战。前三次儒学因遭遇困境而变革自身,但其在中国文化中的主导地位没有动摇,文化活力犹在。但现代儒学遭遇的困境,使得自身的存在成为了问题②。若说"儒学已死",似也不为过,列文森由此说中国传统文化已进入"博物馆",

---

① 杨祖陶:《纯粹理性批判》"中译本序",[德]康德:《纯粹理性批判》,邓晓芒译,杨祖陶校,北京:人民出版社,2003年,第2页。
② 余英时:《现代儒学的困境》,见氏著:《现代儒学的回顾与展望》,北京:生活·读书·新知三联书店,2004年。

中国文化的"语言"已经改变①。

现代儒学的危机,来源于内、外两方面,儒学的"内在批判"自晚清就已发端,并不以西方思想为模板而能独立进行②。若无西方文化的入侵,儒学是否会从自身的内在批判中发展出以科学和民主为核心内容的现代文化?这属于"历史不容假设"式的假问题。确凿无疑的是,于"五四"新文化运动达到顶峰的批判儒学运动,是以西方文化作为思想参照资源的。"内在批判"的前提是保持主导地位,"外在冲击"的后果却是根基的丧失。

随着西方文化的进入,中国首先在技术,继而在制度,最后在文化上感到自身不足。把问题归于文化,儒学就成了理所当然的批判对象。儒学的理论以修身为本,《大学》说:"自天子以至于庶人,壹是皆以修身为本。"推而齐家、治国、平天下。对于儒学之批判,则反向而动,从"外王"推进"内圣"。一旦触及儒学的核心,整个体系就发生了动摇。因为儒学在中国古代社会中不是担负个别方面的职责,而是一种统一的世界观:"儒学不只是一种单纯的哲学或宗教,而是一套全面安排人间秩序的思想系统,从一个人自生至死的整个历程,到家、国、天下的构成,都在儒学的范围之内。"③

儒学之危机实则为整个文化之危机。当思想重心放置于文化上时,中西文化优劣之比较随即开始。1915 年,陈独秀在上海创办《青年杂志》(后改作《新青年》),力主学习西方文化,抨击中国传统思想。逐渐形成以《新青年》杂志为中心的新文化运动。在 1916 年前后,《东方杂志》主编杜亚泉撰文反对新文化运动的西化主张,而主张以传统文化为纲。由此产生了关于东西文化问题的论战。这场论战此后持续十余年,诸多知名学者参加,参与者达数百人,论文近千篇,专著数十种。"这场论战就其在文化史上的意义来说,是远远驾凌于以后发生的科玄论战、民族形式问题论战等之上的。"④

关于东西文化的论战大致可分三期。以《新青年》和《东方杂志》之间的论战为发端,焦点在于比较中西文化之优劣。"五四"运动之后,着力探讨中西文化之"新"与"旧",以及中西文化是否能够调和的问题;在梁启超发

---

① 参考[美]列文森:《儒教中国及其现代命运》,郑大华、伍菁译,北京:中国社会科学出版社,2000 年。
② 余英时:《现代儒学的回顾与展望——从明清思想基调的转换看儒学的现代发展》,见氏著:《现代儒学的回顾与展望》。
③ 余英时:《现代儒学的困境》,见氏著:《现代儒学的回顾与展望》,第 54 页。
④ 王元化:《杜亚泉与东西文化问题论战》,许纪霖编:《二十世纪中国思想史论》上卷,上海:东方出版中心,2000 年,第 277 页。

表《欧游心影录》和梁漱溟发表《东西文化及其哲学》后,"虽然论战的内容似乎又回到了比较'东方文明'和'西方文明'长短优劣这个老题目上去,但是这时辩论的实质已远非昔比。这是在第一次世界大战给予资本主义世界以沉重打击,十月社会主义革命取得伟大胜利的时代背景下,中国知识分子对中国向何处去的问题进行的重新探讨"①。

在前两期论战中,参与的双方或多方虽持论不同,但对于中西文化之间的"异"则都详加缕析,由此建立立论之基础。最为显著的例子是李大钊的《东西文明根本之异点》,用一系列的排比,截然分立东西文明:

> 东西文明有根本不同之点,即东洋文明主静,西洋文明主动是也。……一为自然的,一为人为的;一为安息的,一为战争的;一为消极的,一为积极的;一为依赖的,一为独立的;一为苟安的,一为突进的;一为因袭的,一为创造的;一为保守的,一为进步的;一为直觉的,一为理智的;一为空想的,一为体验的;一为艺术的,一为科学的;一为精神的,一为物质的;一为灵的,一为肉的;一为向天的,一为立地的;一为自然支配人间的,一为人间征服自然的。②

二元划分的核心在于彰显西方文明的科学性质和东方文明的精神(道德)性质。就美学思想来说,似乎和道德处于若即若离的关系之中。也即说,美学由于分有道德的关怀而常被贴上道德标签,又因为具有审美之"自律"而常与道德相对峙。即如斯托洛维奇所说:"在美学思想史上可以发现确定审美和伦理、美和善的相互关系的两种倾向。其中之一还是始于古代哲学,它坚决主张美和道德不可分割的统一,以及艺术的职责是给人以高尚的道德影响。但另一方面,对于19世纪的、更不必说20世纪的许多思想家,这两种概念简直不能并存,甚至相互否定。"③所以,有意思的情况是,反对东方(传统)文化者,是以审美之自律来认可美学思想之价值,崇尚东方(传统)文化者则以其与道德的关系而对其加以肯定。

---

① 陈崧编:《五四前后东西文化问题论战文选》(增订本)"前言",北京:中国社会科学出版社,1989年。
② 李大钊:《东西文明根本之异点》,《言治》季刊第3册,1918年7月1日,《李大钊全集》第二卷,中国李大钊研究会编注,北京:人民出版社,2006年,第211—212页。
③ [爱沙尼亚]斯托洛维奇:《审美价值的本质》,凌继尧译,北京:中国社会科学出版社,2007年,第94页。

追求"彻底之觉悟,猛勇之决心"①,认为"东西洋民族不同,而根本思想亦各成一系,若南北之不相并,水火之不相容也"②的陈独秀,在一定程度上还是承认了中国"文史美术"较之其他学术,尚属"差足观者":"国粹论者有三派:第一派以为欧洲夷学,不及中国圣人之道。此派人最昏聩,不可以理喻。第二派以为欧学诚美矣,吾中国固有之学术,首当尊习,不必舍己而从人也。不知中国学术差足观者,惟文史美术而已;此为各国私有之学术,非人类公有之文明。即此亦必取长于欧化,以史不明进化之因果,文不合语言之自然,音乐绘画雕刻,皆极简单也。其他益智厚生之各种学术,欧洲人之进步,一日千里,吾人捷足追之,犹恐不及,奈何自画。第三派以为〔欧〕人之学,吾中国皆有之。"③

李大钊认为东西方文明的根本不同在于"动"和"静",且认为东方属于"艺术"的文明,西方属于"科学"的文明。属于"调和"论者的李大钊,心中理想的"第三新文明"实际上乃是使得处于"静止之中"的东方文明"动"起来,灌注活力生机。李大钊受蔡元培在政学会上演说④中谈论"美"与"高"的文字启发而作的《美与高》一文,认为德、法之民族之所以强盛,乃是民族性格中含有"美""高"之"气德","顾何以吾之民族,日即销沈于卑近暗昧之中,绝少崇宏高旷之想"⑤。李大钊分析原因,乃是由于教化之不足:"余闻一国民性之习成,其与以莫大之影响者,有二大端,即'境遇'与'教育'是也。'境遇'属乎自然,'教育'基于人为。……今而湮没不彰者,殆教育感化之力有未及,非江山之负吾人,实吾人之负江山耳。嗟呼!吾其为'美'之民族乎?'高'之民族乎?抑为'美'而'高'之民族乎?此则今之教育家、文学家、美术家、思想家感化孺育之责,而个人之努力向上,益不容有所怠荒也矣!"⑥

---

① 陈独秀:《宪法与孔教》,《新青年》第2卷第3号,1916年11月。《独秀文存》,合肥:安徽人民出版社,1987年,第79页。
② 陈独秀:《东西民族根本思想之差异》,《青年杂志》第1卷第4号,1915年12月。《独秀文存》,第27页。
③ 独秀:《随感录(一)》,《新青年》第4卷第4号,1918年4月。陈崧编:《五四前后东西文化问题论战文选》(增订本),第46页。
④ 蔡元培:《我之欧战观——在北京政学会欢迎会上的演说词》(1917年1月1日),中国蔡元培研究会编:《蔡元培全集》第三卷,第1页。
⑤ 李大钊:《美与高》,《言治》季刊第1册,1917年4月1日。《李大钊全集》第二卷,中国李大钊研究会编注,第67页。
⑥ 李大钊:《美与高》,《言治》季刊第1册,1917年4月1日。《李大钊全集》第二卷,中国李大钊研究会编注,第66—67页。

与林纾、辜鸿铭等"遗老遗少"们的守旧强调不同,杜亚泉虽反对新文化运动,固守传统之"君道臣节名教纲常"①,但他似乎更为"稳健"和"持重"②。他的中心论点在于:"西洋文明与吾国固有之文明,乃性质之异,而非程度之差;而吾国固有之文明,正足以救西洋文明之弊,济西洋文明之穷者。"③所以,文化之前途,关键取决于道德,而道德源于本心之理性,不假外求:"吾人之道德,根本于理性,发于本心之明,以求本心之安,由内出而不由外入。"④文化既本于自足之道德,吸取西方就止于物质层面,而道德、文学、宗教,以及社会风习、家族制度,都不能改变。杜亚泉对于审美要素十分重视,在其所著的《人生哲学》中,曾分"情操"(sentiment)为四:"(一)知的情操,(二)道德的情操,(三)宗教的情操,(四)审美的情操。"⑤且认为"审美的情操,为情操中最复杂的,于美的情调上,更由知的、道德的和宗教的情操结合而成"⑥。固守传统文化本位的杜亚泉,对于传统之"审美情操",自然是十分看重了。

文化论战第三期的外在动因是第一次世界大战和十月革命。西方文明既是"突进的""创造的"乃至"战争的",世界大战的罪恶恰好说明了这些特质之弊而非优越。既然科学处于西方文明之中心,则科学若无道德的约束,只能给人类带来毁灭性后果。所以,历史境域改变了论战双方的战场,传统文化的维护者们从守势转为攻势,思想界一时间风起云涌。新文化运动的主将们对于这一思想动向反思的结果,就是后来马克思主义在中国的传播。在此背景中兴起的另一个思想流派是现代新儒家。

现代新儒家之产生,正是源于中国现代思想史中的古今中西之争和对于西方文明危机的批判,正如论者所说:

> 一般而论,新儒家的崛起,有二个基本前提。首先是传统与近代的紧张所引起的文化认同危机。如前所说,走向近代的过程总是伴随着

---

① 伧父(杜亚泉):《答〈新青年〉杂志记者之质问》,《东方杂志》第15卷第12号,1918年12月。陈崧编:《五四前后东西文化问题论战文选》(增订本),第93页。
② 王元化:《杜亚泉与东西文化问题论战》,许纪霖编:《二十世纪中国思想史论》上卷,第279页。
③ 伧父(杜亚泉):《静的文明与动的文明》,《东方杂志》第13卷第10号,1916年10月。陈崧编:《五四前后东西文化问题论战文选》(增订本),第24页。
④ 伧父(杜亚泉):《战后东西文明之调和》,《东方杂志》第14卷第4号,1917年4月。陈崧编:《五四前后东西文化问题论战文选》(增订本),第35页。
⑤ 杜亚泉:《杜亚泉著作两种》,田建业编校,北京:新星出版社,2007年,第69页。
⑥ 杜亚泉:《杜亚泉著作两种》,田建业编校,第69页。

对传统的不同程度的冲击,而当近代化的过程与反传统融合为一时,这种冲击便十分自然地将导致近代与传统之间的紧张。同时,在中国近代,古(传统)今(现代)之争往往与中西之争交织在一起,西方文化的东进,在另一重意义上构成了对中国传统文化的挑战,并相应地加深了文化认同的危机。新儒家兴起的另一重前提,则是近代化(现代化)过程自身矛盾的发展与外化。中国的近代化进程展开于一个相当特殊的历史条件之下。当中国的近代化开始起步时,西方的近代化过程大致已经完成或正在完成,作为一个历史过程,近代化本身往往有其负面效应,进入20世纪以后,近代化所带来的消极面已经越来越显露出来,后者使重建合理化的问题变得日益突出。如果说,古今中西的冲突所引起的文化认同危机,使新儒家在情感和理智上开始逐渐向作为中国文化主干的儒学回归,而对于传统的认同,又使他们难以完全摆脱前现代意识的侵染;那末,对近代(现代)化过程内在矛盾的初步认识,则使新儒家对近代(现代)化负面结果的批评,同时体现了重建现代化过程之合理性的历史意向,而后者可以看作是一种独特的后现代观念。①

二、内化的道德

现代新儒家在古今问题上,希望是继续宋明理学而"接着讲";在中西问题上,希望以重建儒学中的礼乐传统而对世界未来文化有新贡献。而接续宋明理学的核心在于继承其"伦理精神",如张灏就指出:"新儒家与其他当代中国的文化保守主义的最大分野,即在于自视为宋明理学'伦理精神象征'(ethicspiritual symbolism)的现代保护者,他们视此为儒家信仰的精髓。"②

何谓宋明理学之"伦理精神"？现代新儒家之中坚人物牟宗三,在其关于宋明理学(儒学)的代表作《心体与性体》中,首先对"理"的概念进行"正名"。他先引述汉末魏初刘邵的《人物志》第四篇中《材理》关于"理有四部"的说法,分别是"道"理、"事"理、"义"理、"情"理。但牟宗三认为刘邵的说法在佛教传入中国后,"便嫌粗疏不足了"③。另一现代新儒家代表人物唐

---

① 杨国荣:《善的历程:儒家价值体系研究》,上海:上海人民出版社,2006年,第310页。
② 张灏:《新儒家与当代中国的思想危机》,见氏著:《幽暗意识与民主传统》,北京:新星出版社,2006年,第96页。
③ 牟宗三:《宋明儒学的问题与发展》,上海:华东师范大学出版社,2004年,第8页。

君毅在总结中国哲学思想史中"理"字的一切含义,将其归结为名理、物理、玄理、空理、性理、事理。在进行分析比较后,牟宗三把宋明理学之"理"落实到唐君毅所讲的"性理"之上。关于"性理",唐君毅如此论述:"性理之理,是人生行为之内在的当然之理而有形而上之意义并通于天理者。"①但牟宗三在运用唐君毅的"性理之说"概括宋明理学时又有所修正,他说:"当吾人说'性理之学'时,此中'性理'一词,其义蕴并不专限于伊川、朱子所说之'性即理'之义,故亦不等于其所说之'性即理'之'性理'义,乃亦包括'本心即性'之'性理'义。依此之故,直曰'心性之学',或许更较恰当。"②他进一步认为:"'心性之学'也就是儒家的'内圣之学',而'内圣'者,内而在于个人自己,则自觉地作圣贤工夫(作道德实践)以发展完成其德性人格之谓也。"③

依此可见,牟宗三把宋明理学归为"性理"之说,是强调人生行为的"内在的当然之理"沟通于"天理";而不满足于这种说法,则是要突出宋明理学中的道德主体与道德实践的内容。如果说前者突出的是客观方面,那么后者即是强调主观方面。他认为宋明理学中的主观与客观是统一的:"总之,儒家的'性理',是亦主观亦客观的。从'天理'言,即性命所上通的天道,是客观的;这是《中庸》、《易传》所代表的儒学。从内在道德性而言,'性理'是主观的,这是孟子所代表的儒学。"④也就是在主客观的合流中,牟宗三发掘出了宋明理学的历史意义。

在牟宗三看来,儒学的发展在宋明有一次重大转折。宋代以前周、孔并称,但周公所建立儒家礼乐文化、典章制度,都是外延的、广度的,并非内容的、深度的。宋代开始,并称孔、孟。这是宋儒为了对抗佛教,深论"性理"奥义,于是弃周公,而转向讲"内圣"之学的孟子。"这是思想世界里面一个极为重要的分水岭。"⑤但就孔孟传统来讲,孔孟"所立之教之真精神与其教之所以为教之真实形态与内在的内容,在原始儒家,就自身说,是夹杂在儒家所传承的经典文献中,就社会上的观听说,是当作'子'的形态而被看待的"⑥。而两汉以降至宋,历代都未能了解孔孟之真精神。"至宋儒,始把儒

---

① 唐君毅:《中国哲学原论·导论篇》,北京:中国社会科学出版社,2005年,第2—3页。
② 牟宗三:《心体与性体》上卷,上海:上海古籍出版社,1999年,第4页。
③ 牟宗三:《心体与性体》上卷,第4页。
④ 牟宗三:《宋明儒学的问题与发展》,第10页。
⑤ 牟宗三:《宋明儒学的问题与发展》,第11页。
⑥ 牟宗三:《宋明儒学的问题与发展》,第11页。

家原有的真精神弘扬提炼出来,而成为一纯粹的'内圣'之教。"①这样,宋明理学的意义彰显出来,也回答了宋明理学被称为"新儒学"的如何之"新"。

在此基础上,牟宗三把宋明理学总的特质归结为,其"中心问题首在讨论道德实践所以可能之先验根据(或超越的根据),此即心性问题是也。由此进而复讨论实践之下手问题,此即工夫入路问题是也。前者是道德实践所以可能之客观根据,后者是道德实践所以可能之主观根据。宋、明儒心性之学之全部即是此两问题。以宋、明儒词语说,前者是本体论问题,后者是工夫问题"②。这一概括结合了儒学历史发展的事实和宋明儒学的言述,可谓精当。李泽厚同样指出了宋明理学的道德论特征,他说:

> 以朱熹为首要代表的宋明理学(新儒学)……的基本特征是,将伦理提高为本体,以重建人的哲学。……从宋明理学的发展行程和整体结构来看,无论是"格物致知"或"知行合一"的认识论,无论是"无极""太极""理""气"等宇宙观世界观,实际上都只是服务于建立这个伦理主体(ethical subjectivity),并把它提到"与天地参"的超道德(transmoral)的本体地位。③

说宋明理学代表了中国儒学发展的高潮,又说其核心在于道德论思想,其中包含深意。牟宗三曾把中国哲学的形态与特质概括为"主体性"(subjectivity)与"内在道德性"(inner-morality)④。《中庸》首句曰:"天命之谓性",即是表明天命(天道)并非与人之性相分裂,而是由天道下贯而为性。"这一趋势决定了中国思想的重点不落在天道本身,而落在性命天道相贯通上。如是自不能不重视'主体性',自不能不重视如何通过自己之觉悟以体现天道——性命天道相贯通的天道。"⑤所以,在宋儒看来,《大学》《中庸》《孟子》与《周易》相比较而言,更是儒学该依据的经典。宋明理学自觉承担起挖掘原始儒学中的人性论、道德论思想,也自觉从最初的宇宙论(张载为代表)走向了心性之论。

宋明理学的基本问题在于强调主体道德合于天道,也可进一步总结为:

---

① 牟宗三:《宋明儒学的问题与发展》,第11页。
② 牟宗三:《心体与性体》上卷,第7页。
③ 李泽厚:《中国思想史论》上卷,合肥:安徽文艺出版社,1999年,第224—225页。
④ 牟宗三:《中国哲学的特质》,上海:上海古籍出版社,1997年,第4页。
⑤ 牟宗三:《中国哲学的特质》,第25页。

"'内圣之学'亦曰'成德之教'。'成德'之最高目标是圣、是仁者、是大人,而其真实意义则在于个人有限之生命中取得一无限而圆满之意义。此则即道德即宗教,而为人类建立一'道德的宗教'也。"① 稍加用心,即可发现这一说法与康德关于道德和宗教的思想何其相像。并非是因为牟宗三是研究康德的大家,他的论述中不自觉地会以康德哲学为参照,而是因为宋明理学与康德哲学确实有可比较之处。对此,李泽厚在《宋明理学片论》中论说道:

> 与康德由先验知性范畴主宰经验感性材料相比较,形式结构相仿,内容实质相反。宋明理学是由先验的"天理""天地之性"主宰经验的"人欲""气质之性"以完成伦理行为。前者(康德)是外向的认识论,要求尽可能提供感性经验,以形成普遍必然性的科学知识;后者(宋明理学)是内向的伦理学,要求尽可能去掉感性欲求,以履行那"普遍必然"的伦理行为。前者的先验范畴(因果等等)来自当时数学和自然科学(牛顿物理学);后者的先验规范(理、道等等)来自当时社会的秩序制度(传统法规);前者把认识论和伦理学截然两分,要求互不干涉,保持了各自的独立价值;后者却将二者混在一起,于是纠缠不清,实际上认识论在宋明理学中完全屈从于伦理学。②

康德道德论思想因为预设的理性与实践的分裂而必须依靠宗教(上帝)来最终保证道德的实现。与康德分裂本体与现象、理性与实践、德性与幸福相比,宋明理学的基本问题在于性命对于天道的贯通合一。宋明理学是"赞化育,与天地参"的"情理协调"和"天人合一"③,这样就避免了西方哲学主客对立所带来的弊端,而走向一种"圆融通透"④。

三、礼乐与生命

现代新儒家继续宋明理学的伦理精神传统,强调中国哲学中的内化道德,实则有意与西方文化作比较,从而开掘出儒学在未来世界文化中的意义。上文已论及,东西文化论战前两期的中心话题是中西文化之优劣和中西文化是否能够融合的问题。但仅限于此两个问题之中,并不能从根本上

---

① 牟宗三:《心体与性体》上卷,第5页。
② 李泽厚:《中国思想史论》上卷,第231页。
③ 李泽厚:《中国思想史论》上卷,第260页。
④ 牟宗三:《宋明儒学的问题与发展》,第10页。

解决中国文化面临的困境。而对于文化困境的根本反思，须着眼于未来文化之趋向，来反观当下之问题。即是说，需对于未来世界文化和中国文化有一方向性判断，才能对当下之文化问题有深入的了悟。这种方式本身是否正确是另一问题，我们只须清楚，现代新儒家即是由此着眼解决中西文化问题的。梁漱溟即是代表。

梁漱溟对文化有一根本判断："文化是什么东西呢？不过是那一民族生活的样法罢了。生活又是什么呢？生活就是没尽的意欲（Will）。"①根据"意欲"之不同趋向，梁漱溟发展出了人类文化三路向说："所有人类的生活大约不出这三个路径样法：（一）向前面要求；（二）对于自己的意思变换、调和、持中；（三）转身向后去要求；这是三个不同的路向。这三个不同的路向，非常重要，所有我们观察文化的说法都以此为根据。"②其代表分别是西方文化、中国文化和印度文化。三种路向，其实也是三个步骤③。使用理智，关注外界物质的是西方文化，其必将被使用直觉、关注内界生命的中国文化所超越。当前世界文化即处于这一阶段。而此后，运用"现量"④之印度文化，将在较远之未来复兴。这是梁漱溟立论之出发点，也是其分析中西文化之基本架构。在此架构中，他解决了文化优劣问题（西方文化-中国文化-印度文化，继而代兴），也解决了文化是否融合问题（由于三种文化分属人类文化发展之不同阶段，性质各异，故不能融合），亦解决了中西文化趋向的问题（当前文化之趋向即是中国文化）。

中国文化何以能取代西方文化而兴？在梁漱溟看来，向前趋向的西方文化虽然发展出科学和民主，但其中暗含危机。"人类心理的重要部分也是不在知而在情和意。"⑤过度发展"知"的部分，会使得"情"和"意"被湮没，难以彰显。中西文化之分别，核心在于宗教："西方之路，基督教实开之，中国之路则打从周孔教化来的，宗教问题实为中西文化的分水岭。"⑥文化有三部分构成：精神、社会和物质，其中精神包括情志和知识，而情志又包括宗教和艺术。"人类生活的三方面，精神一面总算很重，而精神生活中情志

---

① 梁漱溟：《东西文化及其哲学》，《梁漱溟全集》第一卷，济南：山东人民出版社，2005年，第352页。
② 梁漱溟：《东西文化及其哲学》，《梁漱溟全集》第一卷，第382页。
③ 梁漱溟：《东西文化及其哲学》，《梁漱溟全集》第一卷，第504页。
④ 现量——感觉；比量——理智；非量——直觉。
⑤ 梁漱溟：《东西文化及其哲学》，《梁漱溟全集》第一卷，第496页。
⑥ 梁漱溟：《中国文化要义》，《梁漱溟全集》第三卷，第97页。

又重于知识;情志所表现的两种生活就是宗教与艺术,而宗教力量又常大于艺术。"①宗教和艺术承担的是情志完善的任务,其他文化中宗教较之艺术为胜,又有人提倡以美术代替宗教,但最好的途径却是礼乐。"礼乐是什么?礼乐原不过是人类生活中每到情感振发流畅时那种种的活动表现,而为各方各族人群一向所固有者而已。"②"礼乐之为用,即在使人从倾注外物回到自家情感流行上来,规复了生命重心,纳入生活正规。"③礼乐之为用,乃是源于人的完整生命,是生存的本源,是天性之自然。礼乐作用于情志,是通过直觉完成的。直觉是生命内外相通的"窗户":"礼乐不是别的,是专门作用于情感的;他从'直觉'作用于我们的真生命。要晓得感觉与我们内里的生命是无干的,相干的是附于感觉的直觉;理智与我们内里的生命是无干的,相干的是附于理智的直觉。我们内里的生命与外面通气的,只是这直觉的窗户。"④所以,梁漱溟得出结论:"宗教不合宜,美术也不成功,惟一不二便是中国的礼乐,礼乐在未来文化中之重要是我敢断言的。"⑤

礼乐之所以能够被称为未来文化的核心,关键在于其导向了人类生命和生存。儒家关注的核心就在"生",此"生"是"生生之谓易"之"生",是"天地之大德曰生"之"生",是人的现实生命,是人的感性生存。"这一个'生'字是最重要的观念,知道这个就可以知道所有孔家的话。孔家没有别的,就是要顺着自然道理,顶活泼顶流畅的去生发。他以为宇宙总是向前生发的、万物欲生,即任其生,不加造作必能与宇宙契合,使宇宙充满了生意春气。"⑥重"生"之说,在现代新儒家另一代表人物熊十力那里,也常被提及:"吾人识得自家生命即是宇宙本体,故不得内吾身而外宇宙。吾与宇宙,同一大生命故。此一大生命非可剖分,故无内外。"⑦

由于重视了生命本身,礼(道德)和乐都从属于此本源,所以,不存在以"礼"化"乐",以道德压抑审美的趋向。一方面,由于统属于生命本身,审美须从属于道德之善才能彰显价值:"今吾人自亦不承认求美与道德之无关,而将论求美本身亦依于一道德心灵而可能,故亦表现道德价值。而求美之活动亦复待人之道德意识为之基础,其他文化活动之为之扶持,乃能继续表

---

① 梁漱溟:《东西文化及其哲学》,《梁漱溟全集》第一卷,第467页。
② 梁漱溟:《人心与人生》,《梁漱溟全集》第三卷,第755页。
③ 梁漱溟:《人心与人生》,《梁漱溟全集》第三卷,第756页。
④ 梁漱溟:《东西文化及其哲学》,《梁漱溟全集》第一卷,第468页。
⑤ 梁漱溟:《东西文化及其哲学》,《梁漱溟全集》第一卷,第502页。
⑥ 梁漱溟:《东西文化及其哲学》,《梁漱溟全集》第一卷,第448页。
⑦ 熊十力:《新唯识论》,北京:中华书局,1985年,第534—535页。

现道德价值,而使求美之活动之继续成可能。"① 另一方面,也由于审美活动本身的特点,需要在更为宽松的关系中保持与道德的关系:

> 吾人之不承认文学艺术之求美与道德无关,非谓文学艺术上所求之美,皆须直接以促进人之道德意识行为作目的。……吾人既肯定文学艺术之存在,即须肯定一"直接目的在求美"之活动,而不当使此直接目的在求美之活动,皆化为求善之手段,而使求美之活动不能尽其致,使纯粹之文学艺术之文化领域不复存在。因而吾人之不承认求美与道德无关者,乃惟是自求美之活动所依之心灵或意识本身上看。吾人之主张,是尽管吾人自觉目的是为求美而求美;而此求美所依之心灵之本身,仍为一道德的心灵,因而皆可表现一种道德价值。②

这样,在人类的生存意义上,道德和审美达到了统一。这是新儒家为中国文化,也是为世界文化找到的出路。

---

① 唐君毅:《文化意识与道德理性》,北京:中国社会科学出版社,2005年,第227页。
② 唐君毅:《文化意识与道德理性》,第227—228页。

第九章 宗教审美化批判:"以美育代宗教"说再探讨

文艺复兴以降,对人自身价值的发现,以及对这种价值的高扬,大大削弱了宗教否弃俗世、推重彼岸的关怀核心。科学发展的最初动因,虽说是源自宗教的热情,但科学发现的结果,却是在许多方面使得宗教赖以保持神秘性的对自然界的解释,被揭露成虚伪的骗局。思想和科学的进展,使得传统宗教一体化的世界观逐步分裂,这一分裂过程即是现代化过程,其核心议题被韦伯称为"祛魅"。宗教所代表的彼岸价值的失落,造成的精神世界的虚空,被世俗价值所取代。宗教价值的特征在于理性、彼岸、超越,世俗价值的特征在于感性、此岸、生存。这样,作为现世价值主要载体的艺术,逐渐被赋予了生存意味,具备了取代宗教的作用。美学作为"感性学",一方面强调了理性主义和经验主义的融合,另一方面则强调俗世的感性特质以对抗宗教对人世的背离。所以,现代的艺术和作为现代学科的"美学",自始便具备了"反宗教"和"代宗教"的品质。

中国的现代化进程是以西方思想作为主要参考资源的,所以中国现代知识分子也承续了西方现代思想家对于宗教的批判态度,把传统和(作为西方文化代表的)宗教作为两个主要的"扬弃"对象,并试图在这一起点上建立新的思想范式。所以,尽管在一般知识分子的共识中,中国并没有西方意义上的"宗教",但"代宗教"思潮甚为流行,如蔡元培的"美育代宗教"、陈独秀的"科学代宗教"、梁漱溟的"道德代宗教"和冯友兰的"哲学代宗教"等。其中所"代"之"宗教",实则就是西方的宗教。这是"择东西之精华而取之"①的中国知识分子为寻求传统之现代化出路的一种思想努力。他们不想固守于传统,也不想采用思想革新之外的激烈手段,更不愿完全遵循西方

---

① [美]列文森:《儒教中国及其现代命运》,郑大华、伍菁译,北京:中国社会科学出版社,2000年,第93页。

的道路亦步亦趋,而想依照思想文化自身的标准,为中国寻找到"不西不中"的全新道路,为中国文化探寻新的发展路向,也为现代中国精神世界之虚空状态奠立思想和信仰的根基。在这一思想趋向之中,蔡元培的"以美育代宗教"说,无疑具有代表意义。

第一节 智力的宗教:蔡元培的宗教观

作为新文化运动的领袖之一,蔡元培的宗教思想对于中国现代思想界影响甚大。因其为"非基督教运动"的代表人物,也曾提出"以美育代宗教"的学说,所以常被看作是唯科学主义者和反对宗教者。其实蔡元培的宗教观乃是一种"真理"性的思想体系,是一种理性主义的宗教观,他认为宗教的核心在于"信仰心",而非具体的宗派和外在的形式。蔡元培所谓"代宗教",实则是为了取代宗教的一些效能,而非要消灭宗教。蔡元培的宗教观中有一些"反宗教"的因素,是他一贯"思想自由"主张的延伸。蔡元培并非反宗教者,恰恰相反,他对于宗教在文化中的地位有着充分的认识。

蔡元培关于宗教有很多论述,尤以"美育代宗教"说著名。这一演说发表于"非基督教运动"时期[①],一时从者甚众,影响深远,蔡氏也被尊为"非基督教运动的领袖"。正所谓传播愈广,误解越多,蔡元培因此常被看作是一位唯科学主义者和反宗教者。蔡元培的"以美育代宗教"说,实则有着更为复杂的思想背景和现实目的,他对宗教的态度也并非可以简单地归于支持或者赞同。我们首先通过对蔡元培关于宗教论述的分析,来揭示蔡元培对于宗教的真正态度。

一、教与理

中国近现代语境中的"宗教"是个外来术语,当它和传统意义上的"教"混用时,尤需加以辨析。冯友兰说:"中国本来所谓三教的那个教,指的是三种可以指导人生的思想体系,这个教字,与宗教这个名词的意义不同。宗教

---

① 蔡元培首次提出"美育代宗教"的学说是1916年12月11日在江苏教育会的演说,正式提出这一学说是1917年4月8日在北京神州学会的演说。此后曾多次以此为主题发表文章和演说。

这个名词,是个译文,有其自己的意义,不能在中文中看见一个有教字的东西就认为是宗教。"①简而论之,中文的"教"字略有三义:教化、宗教和思想体系。蔡元培使用"宗教"和"教"时,常杂取各义。

蔡元培在《佛教救国论》开头就指出:"孟子曰:人之为道也,饱食暖衣,逸居而无教,则近于禽兽。国者,积人而成者也。教者,所以明人与人相接之道者也。国无教,则人近禽兽而国亡,是故教者无不以护国为宗旨者也。"②此处所谓"教",近似于冯友兰所谓"思想体系"义,而与西方意义上的"宗教"义不同。

蔡元培论述中国之"教"的发展历程时说:"我国之教,始于契,及孔子而始有教士。"③此为中国"教"之起源。"孔子深循体合之义,乃危行逊言,取旧教之粗迹,略见真理端倪,以告于人人。"④可见中国之"教"的根本在于"真理","旧教之粗迹",只是形式而已。既以"真理"为取向,则无所谓儒、道之分。庄子亦发挥了"第一真理"⑤。孟、庄之后,真理"不见用","而绝于秦,混于汉,孔子第二真理之徒,本体合之旨,以求容于世主,杂以当时俗学,如《公羊》、《春秋》是也。其后为利禄所扼,并旧教之粗迹而亡之矣"⑥。此乃指汉儒杂取俗学,以功利疏解经典,与权势结合,"罢黜百家",儒学精义反而衰亡。其后佛学入华,或"取其辨学",或"造为布施功德之说",仍旧摆脱不了权势利禄,真义不显,反陷入"与愚儒同"的境地。宋明儒学以反对佛学、回归先秦儒学为旨归,但仍"丙佛氏之心理以证孔教",所得甚微。所以,"真理""终以不明,是以孔、佛并绝,而我国遂为无教之国,日近于禽兽矣"⑦。

---

① 冯友兰:《略论道学的特点、名称和性质》,见任继愈主编:《儒教问题争论集》,北京:宗教文化出版社,2000年,第88页。
② 蔡元培:《佛教救国论》(1900年3月),中国蔡元培研究会编:《蔡元培全集》第一卷,杭州:浙江教育出版社,1997年,第272页。
③ 蔡元培:《佛教救国论》(1900年3月),中国蔡元培研究会编:《蔡元培全集》第一卷,第272页。
④ 蔡元培:《佛教救国论》(1900年3月),中国蔡元培研究会编:《蔡元培全集》第一卷,第272页。
⑤ 蔡元培此处原注曰:"论语=君主=小乘;孟子=民权不废君=权大乘;庄子=有民无君=实大乘。"蔡元培:《佛教救国论》(1900年3月),中国蔡元培研究会编:《蔡元培全集》第一卷,第272页。故其"救国"之论,在于对现代民主之追求。
⑥ 蔡元培:《佛教救国论》(1900年3月),中国蔡元培研究会编:《蔡元培全集》第一卷,第272页。
⑦ 蔡元培:《佛教救国论》(1900年3月),中国蔡元培研究会编:《蔡元培全集》第一卷,第272—273页。

从中可见,蔡元培所谓的"教",与(西方意义上的)"宗教"之义不同。其所谓的"宗教",所指乃是就一文化中最核心的"真理"而言。在他对于处于宗教核心地位的"神"的概念的解释中,更能清晰地看出这一点。他认为,世界之终极,有不同的体现:

《易》之所谓太极,老庄之所谓道,而西洋哲学家则谓之神。神之为义,包含至广,未开化之民族,以贪残之人格当之;希腊旧教,以活泼美好之人格当之。在犹太教,为创造万物之主;在基督教,为三位一体之义;在斯宾诺赛,则以为非人格者而为万有之原因;在费西脱,以为世界秩序之准乎道德者;在海该尔,以为太极之理性;在叔本华,则又以为无理解之第一意志。凡此种种差别之意义,舍神字则无以兼容而并包之。(我国古语中,求其含玄学本义,而又兼人格与非人格二义者,亦惟神字。)①

"教"之追求,既以"真理"为目的,则佛、儒之别可以忽略:"孔与佛皆以明教为目的者也。教既明矣,何孔何佛,即佛即孔,不界可也。"②佛教较之孔、庄,包罗更丰,直视为真理可也。蔡元培引述井上圆了的话说:"佛教者,因理学、哲学以为宗教者也。小乘义者,理学也;权大乘义者,有象哲学也;实大乘义者,无象哲学也。呜呼!何其似吾夫子与吾夫子之言。《论语》者,小乘也;《孟子》所推,权大乘也;《庄子》所推,实大乘也。《论语》、《孟子》、《庄子》所未详,吾取之佛氏之言而有余矣。"③所以,以佛教统摄各家学说,重以追求真理为志向,乃是今后中国人所追求的方向。宣扬佛教,以作为对抗基督教的工具,是中国现代不少思想家的选择,相对于基督教的隔膜,佛教与中国文化的关系更为密切。

富有意味的是,蔡元培此文是受井上圆了的影响而作,而井上圆了即是以佛教对抗基督教的提倡者。同中国一样,近代日本所面临的核心问题之一,是如何处理本国文化和外来文化的关系。这一问题体现在宗教上,就显

---

① 蔡元培:《哲学大纲》(1915年1月),中国蔡元培研究会编:《蔡元培全集》第二卷,第328—329页。
② 蔡元培:《佛教救国论》(1900年3月),中国蔡元培研究会编:《蔡元培全集》第一卷,第273页。
③ 蔡元培:《佛教救国论》(1900年3月),中国蔡元培研究会编:《蔡元培全集》第一卷,第273页。

得更加复杂。基督教、佛教和神道教,在日本都占有一定势力。明治政府确立的天皇制,带有神权统治的特色。从政府的立场上说,基督教是摧毁天皇制的潜在威胁,所以他们对基督教实施了一贯的排斥政策。比较难处理的是佛教和神道的关系,佛教政策曾有几次改变。天皇制确立后,日本政府对佛教采取了排斥的政策,神佛分离、废佛毁释,佛教势力大减。1873年(明治六年),明治政府设置大教院,使佛教从属于神道。1875年(明治八年),大教院解散,佛教势力渐强,取得了与神道的平等地位。

随着佛教地位的上升,佛教势力希望能够在1890年(明治二十三年)开设国会时把佛教定为国教,以取得对神道和基督教的优越地位。同时,希望利用自己独特的实用价值,来实现排拒基督教入侵的任务。在这一运动中最为活跃的就是井上圆了。"井上圆了对于当时的欧化主义政策,特别攻击的是这个政策的容认基督教这一点,因此他同政府内部的一部分'思想官僚'(例如西村茂树等)结成同盟,另一方面他又从欧洲唯心主义哲学断章取义地取其片言只语,织成新衣,披在佛教思想身上,企图把佛教思想改头换面扶上日本正统思想体系的王位。"①这乃是井上圆了"佛教救国"的真义所在。

蔡元培此时面对的是和井上圆了同样的境遇。基督教利用西方的军事势力进入中国,中国传统文化受到冲击,寻求文化发展的道路,是当时知识分子的职责所在。蔡元培在使用"教"时,特别是在指涉中国传统之"教"时,乃指"真理"言,但当提到"耶教"时,内涵便变成了"宗教"。这一错位并非有意为之,而是中西文化接触时,以西方"权概"②中国的"普遍历史"信念下的一种自然选择。毋宁说,他对于"教"(包括"宗教")的本质见解,仍是落脚于"真理"上。

蔡元培对于文化的"最基本的看法,即是认为真理无国界。这也就是说,真理是属于认识他的人……中国人只要'择其精华',他们就能够得到真理"③。他的着力点在于,"教"对于国家的生存意义重大,中国需要以佛教为主导统摄诸家学说,重新明见"真理"。他对基督教批判的核心,恰是认为其"极无理":以强力侵入印度,占据佛教地盘,如今又企图侵入中国,进入

---

① [日]近代日本思想史研究会:《近代日本思想史》第一卷,马采译,北京:商务印书馆,1983年,第142页。
② 章太炎:《〈社会通诠〉商兑》,《章太炎全集》第四集,上海:上海人民出版社,1985年,第337页。
③ [美]列文森:《儒教中国及其现代命运》,郑大华、伍菁译,第94页。

孔教之领地。"使其教而果真理与,则即耶即佛可也,即耶即孔可也,不界可也。然而耶氏之非真理,则既言之矣。"①如果说耶教是真理,则大可把佛、儒与之结合,而不必固守门户之见,但耶教"非真理"。在稍后所作的《学堂教科论》中亦说:"宗教学者,据乱世之哲学,其失也诬,若巫、若回、若耶皆是也;惟庄、佛两家,与道大适。"②以宗教救国的重担,只能放置于佛教身上。"学者而有志护国焉者,舍佛教而何藉乎?"③

从表面上看,蔡元培并没有"抛弃""宗教",他只是在诸多"宗教"中选择了一个(佛教)而抛弃了另一个(基督教)。但是,他对"教"的理解,是以"真理"为唯一标准的。就算是佛教,如是偏离追求"真理"的路向,也大可弃用。这一建立在"抽象的效用"④基础上的文化观,可以说具有更多的反"宗教"倾向。这似乎和他后来的思想是一致的。

二、智力的宗教和情感的宗教

蔡元培的《哲学总论》也受到井上圆了的影响。如果说《佛教救国论》是以历史为线索,考察了"教"与"理"的关系,那么《哲学总论》则从人类思想体系的角度分析了宗教的位置和意义。《哲学总论》首先区分了物、心(物质、心性;客观、主观),并认为心、物由神联结而构成完整之世界:

> 物与心者,全异其性质,一有形,一无形,不可谓物由心生,亦不可谓心由物造。此二者如何而生起耶?且此二者如何而相和相合以呈作用耶?于是别求一造出之且接合之者于物、心之外,而名之曰神,若天神。故宇宙者,由物、心、神三者成立;而其研究之学问,则理学、哲学、神学是也。⑤

哲学、理学以说明心性、物质之规则为目的,神学则论究天神意志,侧重实用。要言之,神学乃是哲学之应用者:

---

① 蔡元培:《佛教救国论》(1900年3月),中国蔡元培研究会编:《蔡元培全集》第一卷,第273—274页。
② 蔡元培:《学堂教科论》(1901年10月),中国蔡元培研究会编:《蔡元培全集》第一卷,第337页。
③ 蔡元培:《佛教救国论》(1900年3月),中国蔡元培研究会编:《蔡元培全集》第一卷,第274页。
④ [美]列文森:《儒教中国及其现代命运》,郑大华、伍菁译,第94页。
⑤ 蔡元培:《哲学总论》(1901年10—12月),中国蔡元培研究会编:《蔡元培全集》第一卷,第354—355页。

理学者,实验有形之物质。哲学者,论究无形之心性,其想定物质、心性之本原实体之天神,而应用其规则于事物之上,神学也。要之理学及哲学者,以发明存于事物中之道理规则为目的;神学者,以解说天神所定之命令法律,而实地应用为目的,有究理发明之学与实地应用之学之异同。故神学者,与其称学,不如称教也;而实践此神学之规则者,则世俗之宗教是矣。①

广义的哲学分有形之学和无形之学,有形之学即是理学,无形之学分有象之学和无象之学,区分的标准乃是基于"现象与实体之别"。有象之学研究心性,无象之学研究天神。天神只有实体而无现象:"天神其本体远在现象之外,我所认为天神之现象,非天神之本体,而物、心之诸象也,故神体属无象,而以论究神体之纯正哲学为无象哲学。"②有现象必有本体(心、物);有本体不必有现象(神)。心性之现象,如知、情、意三者,为心象。心体非已知者,据有现象必有本体的推论,知道心象必有心体。天神有体而无象,"通常世人所认为神体者,非真之神体,而被物、心之诸象于神体之上者也。以其神即情感之神,有志意,有思想,甚至有形实也,故当知天神亦有现象与实体之二者。其一云神象,其二云神体。而恐神体之名称,与通俗之神混同,哲学上用理(此处'理'疑为'神',引者注)若理体之名。故情感之神为神象,而智力之神为理体。"③通常所谓神体,非真正之神体,乃是人把物、心之象置于神之上的结果。所以世人谓神有体有象,有智、情、意三者,神象乃为情感之神。

在哲学上,神体即理体,故智力之神即为理体。宗教学可分为智力的宗教学和情感的宗教学。神体即理体,所以无象哲学即纯正哲学的应用者就是智力的宗教学。情感的神乃是人将物、心之象投诸神体之结果,所以成为情感的宗教学。故论究情感之神的宗教学,只能是有象哲学的应用者。基督教乃是情感之宗教,具有神子(圣子)、神父(圣父)之神象。但基督教中亦有神体之探究,此神体非情感之神象,乃是理体,所以基督教具有转化为

---

① 蔡元培:《哲学总论》(1901年10—12月),中国蔡元培研究会编:《蔡元培全集》第一卷,第354—355页。
② 蔡元培:《哲学总论》(1901年10—12月),中国蔡元培研究会编:《蔡元培全集》第一卷,第355页。
③ 蔡元培:《哲学总论》(1901年10—12月),中国蔡元培研究会编:《蔡元培全集》第一卷,第356页。

智力的宗教的潜质。但今日的基督教纯粹只是情感的宗教,对于理体(神体)之探究,仅限于理论层面,而未能在实际的宗教中应用。纯正哲学研究对象既为物体、心体和理体,则纯正之宗教学(智力的宗教学)须包含此三者。以此标准衡量世界上的宗教,则只有佛教为智力的宗教,其中有宗、空宗、中宗就恰好对应于物体、心体和理体,所以是"世界不二、万国无比之宗教"①。蔡元培对于宗教的认识其实最终归结于智力的宗教,即纯正哲学的应用上,排除了属于情感宗教的西方"宗教"形式。这样,就以哲学取代了"宗教"(西方意义上的),故文中说:"宗教特有之性质,哲学中固有之。"②从这一角度上看,蔡元培的宗教思想中其实包含了反宗教的目的。

自学理上说,神学乃是哲学的应用者;就历史来说,"哲学与宗教,在历史中有迭为主客之关系"③。开化之前,各民族只有宗教而无哲学。哲学始于疑,是思想自觉之标志。希腊哲学家"欲以哲学求得正确之世界观,而据是以建设完全之宗教"④。中世纪,哲学隐匿于宗教之中,成为其"臣仆"。而文艺复兴特别是启蒙运动后,"拔哲学于神学之中,而复为独立之科学,且欲以哲学之理想,为信仰之标准,而建设智力之宗教,复以宗教为哲学之隶属焉"⑤。其后,康德为宗教和哲学划定了界限,"吾人据事物之经验,就论理之形式,而构成概念,皆感觉界以内之事,即哲学及科学之领域也。宗教则托始于超轶感觉之观念,而不以概念为根柢,故哲学与宗教,各有其范围,而不必互相干涉"⑥。故此,哲学应当就感觉界对象进行研究,形成系统知识,而不能逾界对宗教问题强为解释。而宗教也自当脱于感觉之外,而不要陷入对感觉界的解释之中。

康德之后,学界关于宗教的解释有两个路向,以施莱尔马赫为代表的二元论和以黑格尔为代表的一元论。前者承康德之二元论说;后者认为理性和宗教均是理性之表现,形式相异而内容实同。宗教虽然超轶于感觉界,但并非代表本体界之最高价值。蔡元培认为价值有相对价值和绝对价值之

---

① 蔡元培:《哲学总论》(1901年10—12月),中国蔡元培研究会编:《蔡元培全集》第一卷,第358页。
② 蔡元培:《哲学总论》(1901年10—12月),中国蔡元培研究会编:《蔡元培全集》第一卷,第361页。
③ 蔡元培:《哲学大纲》(1915年1月),中国蔡元培研究会编:《蔡元培全集》第二卷,杭州:浙江教育出版社,1997年,第305—306页。
④ 蔡元培:《哲学大纲》(1915年1月),中国蔡元培研究会编:《蔡元培全集》第二卷,第306页。
⑤ 蔡元培:《哲学大纲》(1915年1月),中国蔡元培研究会编:《蔡元培全集》第二卷,第306页。
⑥ 蔡元培:《哲学大纲》(1915年1月),中国蔡元培研究会编:《蔡元培全集》第二卷,第306页。

分,绝对价值,或有人认为是快乐、幸福、生存和威权者,但这些属于客观界,尚未达到最高价值。所以绝对价值只能从主观界考虑。就主观界来说,绝对价值有二:"一,人类以外之主宰者,如宗教家所谓上帝十诫是;二,吾人良心之命令,即所谓道德之意志是也。"但属于上帝的价值,因为科学的发达而渐趋失落,所以主观界之最高绝对价值,只能是良心。"人之思想不缚于宗教,不牵于俗尚,而一以良心为准。此真自由也。"①良心非人的意识本有的,乃是于实践中,从习惯到自然。此说近似于康德所说的"道德律令"。最高价值不在外在的神,而在于内在的良心,或可说在于人类的理性本身。宗教不是最高价值,而是要从属于理性。所以,蔡元培的宗教观,实质上是理性主义的宗教观,如同他所提及的黑格尔。

三、信仰心:真正的宗教

1915年,蔡元培在应商务印书馆之邀编译的《哲学大纲》一书中,提出了自己的宗教观,而在此前,他的宗教思想主要受井上圆了、康德等人的影响。《哲学大纲》除"历举各派之说"外,"亦有取之他书及参以己意者"②。而所参己意最著者即为关于宗教的看法。他在口述《传略》中说:"其时编《哲学大纲》一册,多采取德国哲学家之言,惟于宗教思想一节,谓'真正之宗教,不过信仰心。所信仰之对象,随哲学之进化而改变,亦即因各人哲学观念之程度而不同。是谓思想自由。凡现在有仪式有信条之宗教,将来必被淘汰'。是孑民自创之说也。"③又如在致许崇清的信中特别指出:"此鄙人对于宗教之观念也。与 Windelband 之说不同(鄙人于《哲学大纲》中略言之。又于《以美育代宗教》之演说中亦略言之)。"④另外,在他1924年编著的《简易哲学纲要》的"凡例"中特别说明:"是书除绪论及结论外,多取材于德国文得而班的《哲学入门》(W. Windelband: *Einleitung in die Philosophie*)。"⑤而该书的绪论及结论部分,恰是主要讲宗教的章节,主题即是蔡元培一贯的

---

① 蔡元培:《华工学校讲义》(1916年夏),中国蔡元培研究会编:《蔡元培全集》第二卷,第404页。
② 蔡元培:《哲学大纲》(1915年1月),中国蔡元培研究会编:《蔡元培全集》第二卷,第300页。
③ 蔡元培:《传略》(上)(1919年8月),中国蔡元培研究会编:《蔡元培全集》第三卷,杭州:浙江教育出版社,1997年,第669—670页。
④ 蔡元培:《与许崇清先生书》(又名《蔡元培致许崇清函》),《新青年》第3卷第3号,1917年5月。中国蔡元培研究会编:《蔡元培全集》第十卷,杭州:浙江教育出版社,1997年,第310页。
⑤ 蔡元培:《简易哲学纲要》(1924年3月15日),中国蔡元培研究会编:《蔡元培全集》第五卷,杭州:浙江教育出版社,1997年,第155页。

"美育代宗教"。为何偏偏修正关于宗教的思想,这是大可注意的地方。

蔡元培认为,宗教的根本思想,是信仰心。具体的宗教可以反对之,但是信仰心对人类来说,乃是不可缺少的。例如尼采提出"神死"之说,而提出"意志趋于威权"论,难道不是提出了一种新的信仰吗?就宗教的历史来说,最初宗教包罗一切,后因哲学、科学之进步,使得政治、教育、道德等渐次脱离宗教,"最后之宗教,其所含者,仅有玄学中最高之主旨,所谓超生死而绝经验者,其研究一方面,谓之玄学;其信仰一方面,则谓之宗教云尔"①。所以,反对宗教,不能只是单独反对之,而要使信仰心有一种新的安置,以取代宗教的地位。这才是反对宗教的真途。就趋势来说,附于宗教之上的芜杂的仪式习俗,逐渐失去神圣,而多神教渐归于一神教,一神教渐趋向"凡神教"。"欧美通行之退阿索斐会②,融合古今各大宗教之精义,而悉屏去其仪式,以文学美术之涵养,代旧教之祈祷,其诸将来宗教之畴范与。"③文学美术既能取代旧教之祈祷仪式,也使得信仰心有了新的落脚点。这段话中已经包含了蔡元培后来所提倡的"美育代宗教"思想的萌芽。

宗教的核心既在信仰心,其目的在于人类对生存现状的慰藉,信仰的对象不应再囿于一教一派之局限,应由人自主选择,此为信仰自由。宗教之起源,是对现世之不平的反应,初民所谓神话、创世之说,不合乎科学,但对于当时人类世界观至关重要。科学发展后的宗教解释,乃是人们对于世间现象所作的"假定答语":

> 不得此答语,则此问题终梗于吾心而不快。吾又穷思冥索而不得,则且于宗教哲学之中,择吾所最契合之答语,以相慰藉焉。孔之答语可也,耶之答语可也,其他无量数之宗教家、哲学家之答语亦可也。信仰之为用如此。既为聊相慰藉之一假定答语,吾必取其与我最契合者,则吾之抉择有完全之自由,且亦不能限于现在少数之宗教。故曰信仰期于自由也。明乎此,则可以勿眩于习闻之宗教说矣。④

---

① 蔡元培:《哲学大纲》(1915年1月),中国蔡元培研究会编:《蔡元培全集》第二卷,第339页。
② 退阿索斐,Theosophie。
③ 蔡元培:《哲学大纲》(1915年1月),中国蔡元培研究会编:《蔡元培全集》第二卷,第339页。
④ 蔡元培:《在清华学校高等科演说词》(1917年3月29日),中国蔡元培研究会编:《蔡元培全集》第三卷,第49页。

宗教的解说,不在于其是否合乎科学,而在乎其是否合乎人心;宗教之存在,不在其是否真实,在乎其是否必要。所以,对于"假定答语",是人们取其所需的结果,孔、耶、佛、道,无所谓最终真实,只要它们对一部分人能产生聊以慰藉的作用,就有存在之必要。具体选择哪一个宗教,因人而异,尊重各人之信仰自由。就社会来说,人们有选择不同宗教的自由;就个人来说,随着思想之进步,也有转换信仰之自由。宗教既是一种"假定答语",实则乃是一种从哲学上对人生的一种假说。"各人的哲学程度不同,信仰当然不一样,一人的哲学思想有进步,信仰当然可以改变,这全是个人精神上的自由,断不容受外界的干涉。我愿意称他为哲学的信仰,不愿意叫做宗教的信仰。"①因此,蔡元培对于宗教利用外在的仪式和手段干涉个人信仰十分反感:"现今各种宗教,都是拘泥着陈腐主义,用诡诞的仪式,夸张的宣传,引起无知识人的盲从的信仰,来维持传教人的生活。这完全是外力侵入个人的精神界,可算是侵犯人权的。"②他一直倡言教育独立、不要开设宗教学校、学校中不必开设神学科、教士不必参与教育事业等,希望以此达到个人信仰的完全自由。

　　所以,在非宗教运动中,蔡元培并非反对宗教的存在,相反,他认为智力的宗教还是有其存在的必要性,但又觉得,宗教同盟有干涉信仰自由的倾向。"有了宗教同盟的运动,一定要引出非宗教同盟的运动,这是自然而然的。有人疑惑以为这种非宗教同盟的运动,是妨害'信仰自由'的,我不以为然。信教是自由,不信教也是自由,若是非宗教同盟的运动,是妨害'信仰自由',他们宗教同盟的运动,倒不妨害'信仰自由'么? 我们既然有这'非宗教'的信仰,又遇着有这种'非宗教'运动的必要,我们就自由作我们的运动。用不着什么顾忌呵!"③并非是要通过非宗教同盟去反对宗教,而是针对宗教同盟的举动而提醒大家要追求信仰的自由。

---

① 蔡元培:《非宗教运动——在北京非宗教大同盟讲演大会的演说词》(1922 年 4 月 9 日),中国蔡元培研究会编:《蔡元培全集》第四卷,杭州:浙江教育出版社,1997 年,第 591 页。
② 蔡元培:《非宗教运动——在北京非宗教大同盟讲演大会的演说词》(1922 年 4 月 9 日),中国蔡元培研究会编:《蔡元培全集》第四卷,第 591 页。
③ 蔡元培:《非宗教运动——在北京非宗教大同盟讲演大会的演说词》(1922 年 4 月 9 日),中国蔡元培研究会编:《蔡元培全集》第四卷,第 592 页。

第二节 教育、政治与文化:"美育代宗教"说探析

一、蔡元培有关"美育代宗教"的论述

蔡元培在《传略》(上)(1919年8月)中说:

> 孑民对于宗教,既主张极端之信仰自由,故以为无传教之必要。或以为宗教之仪式及信条,可以涵养德性,孑民反对之,以为此不过自欺欺人之举。若为涵养德性,则莫如提倡美育。盖人类之恶,率起于自私自利。美术有超越性,置一身之利害于度外。又有普遍性,独乐乐不如与人乐乐,与寡乐乐不如与众乐乐,是也。故提出以美育代宗教说,曾于江苏教育会及北京神州学会演说之。①

他所提到的《教育界之恐慌及救济方法——在江苏省教育会演说词》中有这样一句话:"宗教为野蛮民族所有,今日科学发达,宗教亦无所施其技,而美术实可代宗教。"②论者一般都将这一演说视为蔡元培首次提出"美育代宗教"学说之处。其实在此前的著述中,他已经有这方面的思想流露。1912年1月,蔡元培出任中华民国临时政府教育总长,并着手制订教育方针,进行教育改革。2月,蔡元培发表《对于新教育之意见》一文,全面阐述其关于新教育的基本理论,提出了美育的思想主张。在介绍画家赖斐尔的文章中,蔡元培说,赖斐尔的图画"虽托像宗教,而绝无倚赖神佑之见参杂其间。教力既穷,则以美术代之。观于赖斐尔之作,岂不信哉!"③他认为赖斐尔的画作虽以宗教为象,但并无神理在焉,其实已经用美术取代了宗教对于超越价值的追求。

---

① 蔡元培:《传略》(上)(1919年8月),中国蔡元培研究会编:《蔡元培全集》第三卷,第674页。
② 蔡元培:《教育界之恐慌及救济方法——在江苏省教育会演说词》(1916年12月11日),中国蔡元培研究会编:《蔡元培全集》第二卷,第486页。
③ 蔡元培:《赖斐尔》(1916年8月10日),中国蔡元培研究会编:《蔡元培全集》第二卷,第454页。

1917年4月8日,任北大校长后蔡元培在北京神州学会发表演说《以美育代宗教》,正式提出"美育代宗教"的主张①。其后,在1930年12月、1932年发表同名论文②,深入探讨这一问题。在1930年12月,蔡元培在上海中华基督教青年会发表《以美育代宗教》的演说③。蔡元培曾说这一问题还"在研究中,希望将来有具体的计划出来"④。但由于繁忙的事务,他终没有据此成著,晚年还对此表示遗憾。1938年2月8日,他在为萧瑜编著的《居友学说评论》一书撰写的序文中说:

> 余在二十年前,发表过"以美育代宗教"一种主张,本欲专著一书,证成此议。所预拟的条目有五:(一)推寻宗教所自出的神话;(二)论宗教全盛时期,包办智育、德育与美育;(三)论哲学、科学发展以后,宗教对于智育、德育两方面逐渐减缩以至于全无势力,而其所把持、所利用的,惟有美育;(四)论附宗教的美育,渐受哲学、科学的影响而演进为独立的美育;(五)论独立的美育,宜取宗教而代之。此五条目,时往来于余心,而人事牵制,历二十年之久而尚未成书,真是憾事。⑤

从中可以看出这一学说在蔡元培心中的地位,以上这段话也是他研究这一问题的纲领。刘小枫说:"蔡元培的'美育代宗教'论的理论蕴含相当单薄,而且表述也十分含混。这主要因为其论说是政治文化论争性的讲辞,而非理论建构性论述。"⑥尽管对这一问题蔡元培没有专门的著作加以论析,但从他的著述中还是可以看出这一学说背后包含着缜密的思考痕迹和深厚的理论内涵。

---

① 蔡元培:《以美育代宗教说——在北京神州学会演说词》(1917年4月8日),中国蔡元培研究会编:《蔡元培全集》第三卷。
② 蔡元培:《以美育代宗教》(1930年12月),中国蔡元培研究会编:《蔡元培全集》第六卷,杭州:浙江教育出版社,1997年;蔡元培:《美育代宗教》(1932年),中国蔡元培研究会编:《蔡元培全集》第七卷,杭州:浙江教育出版社,1997年。
③ 蔡元培:《以美育代宗教——在上海中华基督教青年会的演说》(1930年12月),中国蔡元培研究会编:《蔡元培全集》第六卷。
④ 蔡元培:《美育代宗教》(1932年),中国蔡元培研究会编:《蔡元培全集》第七卷,第375页。
⑤ 蔡元培:《〈居友学说评论〉序》(1938年2月8日),中国蔡元培研究会编:《蔡元培全集》第八卷,杭州:浙江教育出版社,1997年,第516页。
⑥ 刘小枫:《现代性社会理论绪论》,上海:上海三联书店,1998年,第313页。

人类的精神结构包含知、情、意三者,而宗教乃是人类最初的文化创造,在宗教中就包含了知、情、意三种要素。"宗教之原始,不外因吾人精神作用而构成。吾人精神上之作用,普通分为三种:一曰知识;二曰意志;三曰感情。最早之宗教,常兼此三作用而有之。"①其实,蔡元培最为着意的是宗教所包含的教育功能,"在最初的时候,宗教完全是教育"②。宗教也就包括了智育、美育和德育。分而述之:

> 盖以吾人当未开化时代,脑力简单,视吾人一身与世界万物,均为一种不可思议之事。生自何来?死将何往?创造之者何人?管理之者何术?凡此种种,皆当时之人所提出之问题,以求解答者也。于是有宗教家勉强解答之。如基督教推本于上帝,印度教则归之梵天,我国神话则归之盘古。其他各种现象,亦皆以神道为惟一之理由。此知识作用之附丽于宗教者也。且吾人生而有生存之欲望,由此欲望而发生一种利己之心。其初以为非损人不能利己,故恃强凌弱,掠夺攫取之事,所在多有。其后经验稍多,知利人之不可少,于是有宗教家提倡利他主义。此意志作用之附丽于宗教者也。又如跳舞、唱歌,虽野蛮人亦皆乐此不疲。而对于居室、雕刻、图画等事,虽石器时代之遗迹,皆足以考见其爱美之思想。此皆人情之常,而宗教家利用之以为诱人信仰之方法。于是未开化人之美术,无一不与宗教相关联。此又情感作用之附丽于宗教者也。③

所以,宗教能在早期社会中占据独尊的地位。其后,随着科学的发达,"学者遂举古人所谓不可思议者,皆一一解释之以科学"④。知识因科学而首先脱离宗教。科学之归纳法,逐渐应用于人文科学界,由此,"近世学者据生理学、心理学、社会学之公例,以应用于伦理,则知具体之道德不能不随时随地而变迁;而道德之原理则可由种种不同之具体者而归纳以得之;而宗

---

① 蔡元培:《以美育代宗教说——在北京神州学会演说词》(1917年4月8日),中国蔡元培研究会编:《蔡元培全集》第三卷,第58页。
② 蔡元培:《美育代宗教》(1932年),中国蔡元培研究会编:《蔡元培全集》第七卷,第370页。
③ 蔡元培:《以美育代宗教说——在北京神州学会演说词》(1917年4月8日),中国蔡元培研究会编:《蔡元培全集》第三卷,第58页。
④ 蔡元培:《以美育代宗教说——在北京神州学会演说词》(1917年4月8日),中国蔡元培研究会编:《蔡元培全集》第三卷,第59页。

家之演绎法,全不适用"①。所以,原由神定的道德规范,被视作并非具有天经地义的合法性,遂使得意志脱离宗教而获得独立。

知识、意志既已脱离宗教,宗教此时所能把持的只能是情感了,也就是美感。"现代宗教,除美育成分以外,别无何等作用。"②但"美术之进化史,实亦有脱离宗教之趋势"③。主要原因乃是,美育之与宗教结合,以激刺感情、扩张己教、攻击异教为要务,而失去陶冶性情的本义。所以,"鉴激刺感情之弊,而专尚陶养感情之术,则莫如舍宗教而易以纯粹之美育。纯粹之美育,所以陶养吾人之感情,使有高尚纯洁之习惯,而使人我之见、利己损人之思念,以渐消沮也。盖以美为普遍性,决无人我差别之见能参入其中"④。所以,以"纯粹之美育",而取代宗教之美育功能,乃是我们应该追求的。

可见,蔡元培划分了两种美育:一为"纯粹之美育",一为"宗教中的美育原素"。最初美育完全囿于宗教的范畴,随着现代世界的兴起,宗教所代表的一体化的世界图景分裂,知、情、意三界获得"自律"之独立价值。知识和意志的领域,全然没有了宗教的立足之地。宗教因涉及人类的情感世界而固守于美育的最后领地。有论者认为宗教因为具有慰情之功能而具有存在之价值,在蔡元培看来,这一看法颠倒了历史和逻辑的顺序:

> 无论信仰宗教或反对宗教的人,对于宗教上的美育都不反对,所以关于美育一部分宗教还能保留。但是因为有了美育,宗教可不可以代美育呢?我个人以为不可。因为宗教上的美育材料有限制,而美育无限制。美育应该绝对的自由,以调养人的感情。……宗教常常不许人怎样怎样,一提起信仰,美育就有限制。美育要完全独立,才可以保有它的地位。在宗教专制之下,审美总不很自由。所以用宗教来代美育是不可的。⑤

---

① 蔡元培:《以美育代宗教说——在北京神州学会演说词》(1917年4月8日),中国蔡元培研究会编:《蔡元培全集》第三卷,第59页。
② 蔡元培:《以美育代宗教——在上海中华基督教青年会的演说》(1930年12月),中国蔡元培研究会编:《蔡元培全集》第六卷,第588—589页。
③ 蔡元培:《以美育代宗教说——在北京神州学会演说词》(1917年4月8日),中国蔡元培研究会编:《蔡元培全集》第三卷,第59页。
④ 蔡元培:《以美育代宗教说——在北京神州学会演说词》(1917年4月8日),中国蔡元培研究会编:《蔡元培全集》第三卷,第60页。
⑤ 蔡元培:《美育代宗教》(1932年),中国蔡元培研究会编:《蔡元培全集》第七卷,第375页。

第九章 宗教审美化批判:"以美育代宗教"说再探讨

宗教之所以还具有美育功能,恰恰是在"纯粹之美育"还没有完全取代宗教的过渡时期的一时现象,此后"纯粹之美育"必将取而代之。原因无他,乃是因为"美术、文学乃人为的慰藉,随时代思潮而进化,并且种类杂多,可任人自由选择。其亲切活泼,实在远过于宗教之执着而强制"①。

蔡元培在另一篇文章中比较美育和宗教之别,实则就是关于"纯粹之美育"和"宗教中的美育原素"之比较:"一、美育是自由的,而宗教是强制的;二、美育是进步的,而宗教是保守的;三、美育是普及的,而宗教是有界的。"②这一思想在另一处被表述为:"美育是超越的,而宗教则计较的;美育是平等的,而宗教则差别的;美育是自由的,而宗教则限制的;美育为创造的,而宗教是保守的。所以到现时代,宗教并不足为美育之助而反为其累。"③

纯粹之美育何以能够取代宗教之美育功能?前已论及,蔡元培把知、情、意分立和现象-本体范畴,作为建构自己哲学、美学思想的基础,从而使得哲学、美学作为学科在中国得以确立。在《对于新教育之意见》一文中,蔡元培又把现象-本体的范畴对应于政治(现世)-宗教(彼岸),以此说明教育须以现世幸福为目的,而不可追求宗教的超越价值。"盖世界有二方面,如一纸之表里:一为现象,一为实体。现象世界之事为政治,故以造成现世幸福为鹄的;实体世界之事为宗教,故以摆脱现世幸福为作用。"④政治追求现实价值,宗教追求彼岸价值,都囿于一端而不能涵盖人类精神之全部。人类生存于现世,故有现世幸福之营求;人有形而上之倾向,故有对超越价值之追求。政治和宗教既不能完成此任务,教育则承担起了这种联结。

宗教明确分开现象与本体、世俗与神圣、俗世与天国,现代性追求世俗价值,否弃彼岸。这样就导致了悲观厌世的精神,而妨害现世人类的精神追求,使得文化之活力丧失。"世固有厌世派之宗教若哲学,以提撕实体世界观念之故,而排斥现象世界。因以现象世界之文明为罪恶之源,而一切排斥之者。"⑤其实,现象与本体,并非截然分开、非此即彼,而是一体之两面,浑

---

① 蔡元培:《关于宗教问题的谈话》(1921年8月1日),中国蔡元培研究会编:《蔡元培全集》第四卷,第381页。
② 蔡元培:《以美育代宗教》(1930年12月),中国蔡元培研究会编:《蔡元培全集》第六卷,第586页。
③ 蔡元培:《以美育代宗教——在上海中华基督教青年会的演说》(1930年12月),中国蔡元培研究会编:《蔡元培全集》第六卷,第588—589页。
④ 蔡元培:《对于新教育之意见》(1912年2月8日),中国蔡元培研究会编:《蔡元培全集》第二卷,第12页。
⑤ 蔡元培:《对于新教育之意见》(1912年2月8日),中国蔡元培研究会编:《蔡元培全集》第二卷,第12页。

然难分。现象以实体为根源,本体以现象而显现。世人认为现象世界是实体世界之障碍的原因是:"一、人我之差别,二、幸福之营求是也。"①然此二者都是现世中诸多不平等引起的,今日通过倡导军国民教育、实利主义教育,以消除自存力上之不平等,通过道德教育,以泯人我之别,则可在现象世界中达到对实体世界的追求。所以说,"教育者,则立于现象世界,而有事于实体世界者也。故以实体世界之观念为其究竟之大目的,而以现象世界之幸福为其达于实体观念之作用"②。

对于实体世界追求的教育可称之为世界观教育。宗教悬"一宗门之教义"来约束思想,实应遵循"思想自由言论自由之公例"而"悬一无方体无始终之世界观以为鹄的"③。仅是以真理营求为目的,而非固守某一思想派别。但世界观教育稍显空泛,具体能承担联结现象界与实体界的应属美育(美感之教育)。"美感者,合美丽与尊严而言之,介乎现象世界与实体世界之间,而为之津梁。"④人世之"离合生死祸福利害之现象",在美术中成为脱离利害关系之对象,在美感世界中,"人既脱离一切现象世界相对之感情,而为浑然之美感,则即所谓造物为友,而已接触于实体世界之观念矣"⑤。宗教的美育功能,乃是使人脱离现世而追求彼岸世界,具有消极避世的倾向:

> 宗教注意教人,要人对于一切不满意的事能找到安慰,使一切辛苦和不舒服能统统去掉。但是用什么方法呢?宗教不能用很严正的话或很具体的话去劝慰人,它只能利用音乐和其他一切的美术,使人们被引到别一方面去,到另外一个世界上去,而把具体世界忘掉。这样,一切困苦便可以暂时去掉,这是宗教最大的作用。所以宗教必有抽象的上帝,或是先知,或是阿弥陀佛。这是说到宗教和美育的关系。⑥

---

① 蔡元培:《对于新教育之意见》(1912年2月8日),中国蔡元培研究会编:《蔡元培全集》第二卷,第13页。
② 蔡元培:《对于新教育之意见》(1912年2月8日),中国蔡元培研究会编:《蔡元培全集》第二卷,第12页。
③ 蔡元培:《对于新教育之意见》(1912年2月8日),中国蔡元培研究会编:《蔡元培全集》第二卷,第12页。
④ 蔡元培:《对于新教育之意见》(1912年2月8日),中国蔡元培研究会编:《蔡元培全集》第二卷,第13页。
⑤ 蔡元培:《对于新教育之意见》(1912年2月8日),中国蔡元培研究会编:《蔡元培全集》第二卷,第14页。
⑥ 蔡元培:《美育代宗教》(1932年),中国蔡元培研究会编:《蔡元培全集》第七卷,第372—373页。

宗教的追求在于彼岸,而纯粹之美育,则是立足于现世而接引彼岸,以"有穷"联结"无穷"。蔡元培在提及谢林的美学思想时说:"宗教的最高义,在乎于有穷世界接触无穷世界。"①"有穷世界"接触"无穷世界",就要以舍弃"有穷世界"即现实世界为前提。但宗教对于世俗生活的否弃,忽略了人的生存本身,成为虚幻的麻醉剂。人生活在此世,首先应该是一种有限的存在,在有限中把握无限,才是对意义追寻的正途。而美育恰好能够满足这一愿望:"美的观照,是把观念完全的映在官觉的现象上。这是'无穷的'完全进入于'有穷的';这是'有穷的'完全充满着'无穷的'。"②要之,"所谓无穷的完全进入于有穷的,有穷的完全充满着无穷的,乃正是这种作用。所以宗教的长处,完全可以用美术替代他"③。

二、教育权之争

蔡元培提出"美育代宗教",在引用中,常被替换为"美术代宗教"。为此他专门进行了辨析:"我向来主张以美育代宗教,而引者或改美育为美术,误也。"④这样的话他不止一处提到:"我所说的美育,并不能易作美术。"⑤"有的人常把美育和美术混在一起,自然美育和美术是有关系的,但这两者范围不同,只有美育可以代宗教,美术不能代宗教,我们不要把这一点误会了。"⑥原因何在?蔡元培曾说:

> 我所以不用美术而用美育者:一因范围不同,欧洲人所设之美术学校,往往止有建筑、雕刻、图画等科,并音乐、文学,亦未列入。而所谓美育,则自上列五种外,美术馆的设置,剧场与影戏院的管理,园林的点缀,公墓的经营,市乡的布置,均在所包,而自然之美,尤供利用,都不是

---

① 蔡元培:《简易哲学纲要》(1924年3月15日),中国蔡元培研究会编:《蔡元培全集》第五卷,第237页。
② 蔡元培:《简易哲学纲要》(1924年3月15日),中国蔡元培研究会编:《蔡元培全集》第五卷,第232页。
③ 蔡元培:《简易哲学纲要》(1924年3月15日),中国蔡元培研究会编:《蔡元培全集》第五卷,第237页。
④ 蔡元培:《以美育代宗教》(1930年12月),中国蔡元培研究会编:《蔡元培全集》第六卷,第585页。
⑤ 蔡元培:《以美育代宗教——在上海中华基督教青年会的演说》(1930年12月),中国蔡元培研究会编:《蔡元培全集》第六卷,第588页。
⑥ 蔡元培:《美育代宗教》(1932年),中国蔡元培研究会编:《蔡元培全集》第七卷,第370页。

美术二字所能包举的。二因作用不同,凡年龄的长幼,习惯的差别,受教育程度的深浅,都令人审美观念互不相同。①

在另一处他也提到:

> 就视觉方面而言,美术包括建筑、雕刻、图画三种,就听觉方面而言,包括音乐。在现在学校里,像图画、音乐这几门功课都很注意,这是美术的范围。至于美育的范围要比美术大得多,包括一切音乐、文学、戏院、电影、公园、小小园林的布置、繁华的都市(例如上海)、幽静的乡村(例如龙华)等等,此外,如个人的举动(例如六朝人的尚清谈)、社会的组织、学术团体、山水的利用,以及其他种种的社会现状,都是美育。美育是广义的,而美术则意义太狭。②

需要指出的是,蔡元培此处使用的"美术",乃是现代的"艺术"概念。他的论述,要而言之,美术和美育的范围和作用不同,美术只是一些具体的艺术门类,而美育则是一种更为广泛的感情陶冶教育:"美育者,应用美学之理论于教育,以陶养感情为目的者也。"③他的重心在"育",即教育上。

"要有勇气运用你自己的理智!"④康德以此作为启蒙运动的口号。尽管在《系科之争》中,康德仍旧认为哲学是神学的婢女,但较之中世纪的说法,无疑具有完全不同的含义:哲学乃是"举着火炬走在这位尊贵夫人前面",而非"提着她的拖裙跟在后面"的婢女了⑤。康德提出了理性的"自律",认为在学科之中,亦要保持理性本身的自由:"理性按其本性应该是自由的,不接受任何要求它把某种东西当作是真的的命令。"⑥以康德为代表的启蒙思想家,为现代教育观念的起源奠定了根基。

1810 年,以洪堡(Wilhelm von Humboldt,1767—1836)为主导开办的柏

---

① 蔡元培:《以美育代宗教》(1930 年 12 月),中国蔡元培研究会编:《蔡元培全集》第六卷,第 585 页。
② 蔡元培:《美育代宗教》(1932 年),中国蔡元培研究会编:《蔡元培全集》第七卷,第 370 页。
③ 蔡元培:《美育》(1930 年),中国蔡元培研究会编:《蔡元培全集》第六卷,第 599 页。
④ [德]康德:《答复这个问题:"什么是启蒙运动?"》,见[德]康德:《历史理性批判文集》,何兆武译,北京:商务印书馆,1990 年,第 22 页。
⑤ [德]康德:《论教育学》,赵鹏、何兆武译,上海:上海人民出版社,2005 年,第 69—70 页。
⑥ [德]康德:《论教育学》,赵鹏、何兆武译,第 69—70 页。

林大学,成为现代大学的典范①。而洪堡提出的大学三原则:大学自治、学术自由、教学与科研相统一②,也被视作是现代大学的基本原则。蔡元培留学德国多年,他的教育思想深受德国大学观念的影响,对蔡元培了解甚深的罗家伦就说,蔡元培"对于大学的观念,深深无疑义的是受了十九世纪初建立柏林大学的冯波德(Wilhelm Von Humboldt)和柏林大学那时代若干大学者的影响(英国著名史学家谷趣 G. P. Gooh 称,当时柏林大学的建立,是十九世纪一件大事)。蔡先生和他们一样主张学术研究自由,可是并不主张假借学术的名义,作任何违背真理的宣传;不但不主张,而且反对"③。对于思想和学术来说,"不自由"的干扰主要来自政治和宗教。教育权,脱离政治和宗教,回归理性本身,就成了蔡元培终生为之努力的事业。关于教育权之争,蔡元培在理论和实践中都进行了不懈的努力。

在理论上,蔡元培以进化观为中心,参照孔德的社会发展阶段论,说明宗教在今日的衰落,是无可避免的事实。宗教最初掌控人类精神世界的全部,包括教育。随着哲学、科学的发展,宗教中各种附丽要素渐趋分离,教育从宗教中脱离乃是现代教育发展的主要趋势之一:

> 自一九〇〇年以来,仅历十五年耳,而其间可为教育界进步之标识者,有二大端:一在学理方面,为试验教育学之建设。盖教育学之所以不成为科学者,以其所根据者,为哲学家之理想,而不本诸试验也。……二在事实方面,为教育之脱离于宗教。④

就中国的情况来说,"孔教"与西方宗教概念不同,但对于教育的掌控,对于精神教条式的影响,则和西方宗教一致。所以废科举、去读经,乃是中国现代教育的进步表现之一。

在实践上对于教育权的争夺,体现在蔡元培所倡导的收回教育权运动。

---

① 陈洪捷:《德国古典大学观及其对中国大学的影响》,北京:北京大学出版社,2002 年,第 28—33 页。
② [德] 托马斯·埃尔温:《德意志的大学,从中世纪到现在》,转引自李工真:《德国大学的现代化》,侯建新主编:《经济-社会史评论》第三辑,北京:生活·读书·新知三联书店,2007 年,第 8—9 页。
③ 罗家伦:《蔡元培先生与北京大学》,《传记文学》第 10 卷第 1 期,1967 年 1 月,转引自陈平原、郑勇编:《追忆蔡元培》,北京:中国广播电视出版社,1997 年,第 194 页。
④ 蔡元培:《一九〇〇年以来教育之进步》(1915 年),中国蔡元培研究会编:《蔡元培全集》第二卷,第 369 页。

蔡元培在刚刚入主教育部后,即提议把负责宗教、礼俗事宜的内务部并入教育部①。他说:"宗教为国民精神界之事,占社会教育之一大部分,故欧洲各国,间有名文部为宗教及教育部者,礼俗所含之分子,亦多隶于宗教。二者皆教育之事也。"②宗教观念复杂,且"种种妄诞鄙陋之事,淆杂其间,于宗教之本质,实相刺谬"③,礼俗亦与共和时代不相和合。所以国家必须对宗教、礼俗加以厘定,以促进新教育之发展。此举是否有违信仰自由之原则,蔡元培解释说,西方宪法规定信仰自由,是指人们有选择信仰何种宗教的自由,而非谓宗教范围内政令不能进入。他希望用体制的力量来实现教育权掌握在科学与理性手中。

1922年3月,蔡元培发表《教育独立议》。教育独立,是蔡元培为之终生努力的工作,它体现了德国大学的精髓,也是现代性的重要内涵之一:

> 教育是帮助被教育的人,给他能发展自己的能力,完成他的人格,于人类文化上能尽一分子的责任;不是把被教育的人,造成一种特别器具,给抱有他种目的的人去应用的。所以,教育事业当完全交与教育家,保有独立的资格,毫不受各派政党或各派教会的影响。教育是要个性与群性平均发达的。政党是要制造一种特别的群性,抹杀个性。……教育是求远效的;政党的政策是求近功的。……教育事业不可不超然于各派政党以外。④

蔡元培针对的就是政治和宗教对于教育的干预,主张教育独立,人不能成为工具,而应成为自身的目的。这种思想和康德的启蒙精神一脉相承。康德在论及人的个体本质与教育的关系时指出:

> 人不应被作为手段,不应被看做一部机器上的齿轮。人是有自我目的的,他是自主、自律、自决、自立的,是由他自己来引导内心,是出于

---

① 蔡元培:《提议以内务部之礼教司移入教育部案》(1912年5月),中国蔡元培研究会编:《蔡元培全集》第二卷,第72页。
② 蔡元培:《提议以内务部之礼教司移入教育部案》(1912年5月),中国蔡元培研究会编:《蔡元培全集》第二卷,第72页。
③ 蔡元培:《提议以内务部之礼教司移入教育部案》(1912年5月),中国蔡元培研究会编:《蔡元培全集》第二卷,第72页。
④ 蔡元培:《教育独立议》(1922年3月),中国蔡元培研究会编:《蔡元培全集》第四卷,第585页。

他自身的理智,并按自身的意志来行动的。而教育的实质,就在于如何使人们能去理智地引导内心,理智地采取行动。①

蔡元培在《对于新教育之意见》一文中,区分教育为"二大别:曰隶属于政治者,曰超轶乎政治者"②。同时主张以教育,特别是教育中的美育代替宗教完成"由现象世界而引以到达于实体世界之观念"③的任务,都是这一思想的一贯体现。1922年至1927年,中国出现了非基督教运动,这是一场用理性的态度反思基督教在中国传播的思想运动。有学者评价道,较之以前诸多反宗教运动,"真正明显的张起非宗教之旗帜,而作理性的批评与攻击者,自唐韩愈非佛教以后,怕要算最近两三年的非基督教运动了"④。非基督教运动的中心议题之一,便是收回教育权。蔡元培是非基督教运动的领导人之一,他之提出"美育代宗教",就是希望能以美育而取代宗教的功能,实质上就是夺回了宗教所占据的教育权。这一思想在以下的文字中体现得很明显:

> 教育是进步的:凡有学术,总是后胜于前,因为后人凭着前人的成绩,更加一番功夫,自然更进一步。教会是保守的:无论什么样尊重科学,一到《圣经》的成语,便绝对不许批评,便是加了一个限制。教育是公同的……教会是差别的……彼此谁真谁伪,永远没有定论,止好让成年的人自由选择。所以各国宪法中,都有"信仰自由"一条。若是把教育权交于教会,便恐不能绝对自由。所以,教育事业不可不超然于各派教会以外。……大学中不必设神学科,但于哲学科中设宗教史、比较宗教学等。……各学校中,均不得有宣传教义的课程,不得举行祈祷式。……以传教为业的人,不必参与教育事业。⑤

---

① [德]托马斯·尼佩代尔:《德意志史,1800—1866》,转引自李工真:《德国大学的现代化》,侯建新主编:《经济-社会史评论》第三辑,第8页。
② 蔡元培:《对于新教育之意见》(1912年2月8日),中国蔡元培研究会编:《蔡元培全集》第二卷,第9页。
③ 蔡元培:《对于新教育之意见》(1912年2月8日),中国蔡元培研究会编:《蔡元培全集》第二卷,第14页。
④ 谢扶雅:《近年来宗教及非宗教运动概述》,《中华基督教会年鉴》第10期,1928年,第17页。转引自杨天宏:《基督教与民国知识分子:1922年—1927年中国非基督教运动研究》,北京:人民出版社,2005年,第2页。
⑤ 蔡元培:《教育独立议》(1922年3月),中国蔡元培研究会编:《蔡元培全集》第四卷,第585—587页。

究其实质,"美育代宗教"实则是用"纯粹之美育"取代宗教残留的美育功能,以现代教育取代宗教教育。"美育代宗教"实为教育权之争,这一理论乃是蔡元培关于教育独立思想的具体体现,也是其在收回教育权运动中的主要理论武器。只有在这一思想背景中,才能把握到蔡元培提出"美育代宗教"的真义所在。

三、传统的价值

在论述"美育代宗教"时,首先要弄清的一点是蔡元培对于宗教的态度如何。通过前文对蔡元培宗教思想的考察,可以看出,他有两个宗教概念:智力的宗教和情感的宗教,前者是理性的宗教、未来的宗教;后者是以基督教为代表的现实的宗教,以统治人的情感为基本手段。蔡元培还认为宗教的核心在于信仰心,信仰心乃是人类不可或缺的精神需求之一,所以宗教(智力的宗教)是人类所必需的。

问题在于情感的宗教。西方基督教进入中国,对中国传统文化造成了强大的冲击。或有人认为,西方的强大,以及西方社会"道德高尚",主要是因为基督教。反之,中国因为没有基督教,而致国衰民弱。因此,提倡基督教救中国的说法甚嚣尘上。蔡元培对此的反驳,除上述以"智力的宗教"理论反对基督教外,还用进化观来说明宗教已是昔日的事实。蔡元培使用孔德社会阶段论,认为如今已经进入科学时代,宗教为过去之物。如今西方人进教堂,完全是历史的习惯使然,而非宗教势力的号召。国人见西方社会之进步,遂将原因归之于宗教,希望以基督教教导国人,或改造中国儒学为孔教。此举实质上是"以彼邦过去之事实作为新知"①。他批评道:

> 由于留学外国之学生,见彼国社会之进化,而误听教士之言,一切归功于宗教,遂欲以基督教劝导国人。而一部分之沿习旧思想者,则承前说而稍变之,以孔子为我国之基督,遂欲组织孔教,奔走呼号,视为今日重要问题。②

柳诒徵在论及当时情形时曾说:"盖国事不宁,社会紊乱,国外之宗教,

---

① 蔡元培:《以美育代宗教说——在北京神州学会演说词》(1917年4月8日),中国蔡元培研究会编:《蔡元培全集》第三卷,第57页。
② 蔡元培:《以美育代宗教说——在北京神州学会演说词》(1917年4月8日),中国蔡元培研究会编:《蔡元培全集》第三卷,第57—58页。

既挟其国力与其文化,乘我之隙而得我之民心。而迷信中国旧日之神教者,亦窃其法,欲假宗教之力,以弭人心之不安,是皆时势之所造成也。"①

所以,蔡元培对宗教的反对,基本的着眼点是以基督教为代表的西方文化对于中国文化的"野蛮"入侵,希图中华归主,特别是希望通过教育来改变中国人的信仰,以此改变中华文化。而他之所以要提出"代宗教",实则希望以传统文化化解西方文化进入而带来的被动局面。蔡元培终生提倡美育,并多次提及先秦礼乐并重为完善的教育理念。在他看来,中国的美育(美学)思想早已"卓著",只是"好久没人注意,不能尽量发展":

> 美术所以为高尚的消遣,就是能提起创造精神。……美术一方面有超脱利害的性质,一方面有发展个性的自由。所以沉浸其中,能把占有的冲动逐渐减少,创造的冲动逐渐扩展。美术的效用,岂不很大么?中国美术早已卓著,不过好久没人注意,不能尽量发展。②

所以,蔡元培对美育的提倡,含有挖掘先秦礼乐思想以对抗西学的意味。其指出"孔子的精神生活……有两特点:一是毫无宗教的迷信,二是利用美术的陶养"③。这明显含有以中国传统文化吸纳西方文化的意味。这一论点很近似于梁漱溟在《东西方文化及其哲学》中以中国礼乐文化取代西方文化的主张。其实,蔡元培曾经明确表达过他对梁漱溟观点的支持:"文化问题,当然不但是哲学问题,但哲学是文化的中坚。梁氏所提出的,确是现今哲学界最重大的问题;而且中国人是处在最适宜于解决这个问题的地位。"④

所以,对蔡元培"以美育代宗教"说的理解,还要考虑东西方文化接触的背景,体会蔡元培对中国文化未来发展方向的思索。就如李泽厚所说:

> 以美育代宗教,以审美超道德,从而合天人为一体,超越有限的物欲、情思、希望、恐怖、人我、利害……以到达或融入真实的本体世界,推及社

---

① 柳诒徵:《中国文化史》,上海:东方出版中心,1988 年,第 874 页。
② 蔡元培:《在爱丁堡中国学生会及学术研究会欢迎会演说词》(1921 年 5 月 12 日),中国蔡元培研究会编:《蔡元培全集》第四卷,第 341 页。
③ 蔡元培:《孔子之精神生活》(1935 年 8 月 17 日),中国蔡元培研究会编:《蔡元培全集》第八卷,杭州:浙江教育出版社,1997 年,第 362 页。
④ 蔡元培:《五十年来中国之哲学》(1923 年 12 月),中国蔡元培研究会编:《蔡元培全集》第五卷,第 137 页。

会而成"华胥之国"、理想之民……这似乎再一次证实着中国古典传统（主要又仍然是以孔子为代表的儒学传统）的顽强生命，以及它在近代第一次通过美学领域表现出来的容纳、吸取和同化近代西学的创造力量。①

第三节　阐释与误读：接受史的视野

蔡元培的"以美育代宗教"在现代中国思想界，确实显得有些突兀。鲁迅就曾说过：

> 中国社会上的状态，简直是将几十世纪缩在一时：自油松片以至电灯，自独轮车以至飞机，自镖枪以至机关炮，自不许"妄谈法理"以至护法，自"食肉寝皮"的吃人思想以至人道主义，自迎尸拜蛇以至美育代宗教，都摩肩挨背的存在。②

中国现代社会中，对于西方浓缩式的演绎层出不穷，西方各色思想都能在中国找到拥趸，各自标榜为救世良方。由于过于急迫的实用心理，思想界以至社会大众，对于西方思想的理解往往显得肤浅而隔膜较深。"以美育代宗教"，命运亦是如此。对于"以美育代宗教"的隔膜理解的另一表现是，论者常肯定其中的"美育"之功，而对其他部分存而不论。譬如朱自清说：

> "美育代宗教说"只是一回讲演；多少年来虽然不时有人提起，但专心致志去提倡的人并没有。本来这时代宗教是在"打倒"之列了，"代替"也许说不上了；不过"美育"总还有它存在的理由。③

朱自清的话虽稍有不实之处，但也大概符合历史实情。"专心致志"研究者甚少，被"不时有人提起"，却常是作为另外的话头。对于"以美育代宗教"，支持和反对者均有之。要而言之，支持者多为教育界和艺术界人士，以

---

① 李泽厚：《华夏美学》，氏著：《美学三书》，合肥：安徽文艺出版社，1999年，第420页。
② 鲁迅：《〈随感录〉五十四》，《鲁迅全集》第一卷，北京：人民文学出版社，2005年，第360页。
③ 朱自清：《朱光潜〈文艺心理学〉序》（1932年），开明书店，1936年，见《朱光潜全集》第一卷，合肥：安徽教育出版社，1987年，第522页。

此为"美育"张目;反对者多为哲学界和宗教界人士,不甘宗教衰落的运命。

一、"美育代宗教"的支持者

林风眠可说是艺术界支持这一学说的代表。林风眠与蔡元培渊源甚深,蔡元培曾推举林出掌北京国立艺术专科学校,后委任其任大学院艺术教育委员会主任委员。除去林风眠在艺术创作和理论上的成绩外,是否有意气相投之意在?林风眠基于现代社会理性主义发达、宗教没落的事实,认为宗教只是人类历史中某一阶段的现象,随着宗教的"破产",艺术起而"替代"宗教,不但是理论也是事实之必然:

> 宗教只能适合于某时代,人类理性发达后,宗教自身实根本破产。某时代附属于宗教之艺术,起而替代宗教,实是自然的一种倾向。蔡元培先生所论以美育代宗教说,实是一种事实。①

林风眠立论基础,同蔡元培相近,亦是认为宗教与艺术同为人类感情之安慰者,只是宗教的安慰有过多的束缚与牵制。现代以来艺术足可代宗教而兴,称为感情安慰的唯一手段。这一思想在《致全国艺术界书》中有集中体现。林风眠首先论述了艺术与感情的紧密关系,认为艺术根本上就是感情的产物,没有感情,何有艺术?

> 依照艺术家的说法,一切社会问题,应该都是感情的问题。……人类为求知识的满足,所以有哲学之类的科目;为求意志的满足,所以有政治之类的方法;为求感情的充实,故于文哲政法之外,又有艺术——艺术,一方面创作者得以自满其情感之欲,一方面以其作品为一切人类社会的一切事物之助!艺术是情感的产物,有艺术而后感情得以安慰!②

尽管林风眠并不截然认为理智(科学)与情感(艺术)之间存在冲突③,但对

---

① 林风眠:《东西艺术之前途》,《东方杂志》第23卷第10号,1926年5月25日,林风眠:《林风眠艺术随笔》,上海:上海文艺出版社,1999年,第7—8页。
② 林风眠:《致全国艺术界书》,世界书局编:《现代艺术评论集》,世界书局,1930年,《民国丛书》第三编第58种,上海书店,1991年。
③ 林风眠说:"人们怀疑科学发达后,与艺术发生不幸之绝大的影响,根本怀疑理智与情感的冲突,其实事实上并没有这种现象。"这是一种较为公允的意见。林风眠:《东西艺术之前途》,《东方杂志》第23卷第10号,1926年5月25日,林风眠:《林风眠艺术随笔》,第7页。

于艺术价值的确立,仍旧要按智、情、意分立的论析框架来证明。感情的安慰虽为艺术的特质,但就历史言,人类感情的安慰者,首先是宗教,然后才是艺术:"安慰为人类第一生命的感情者,艺术却是后起之秀,最初的方法是对于宗教的信仰。"①宗教是为了安慰人类而兴起的,安慰的中心乃是感情,所以宗教就利用了艺术的这一功能,以完成自己的目的:

> 宗教为安慰人类而起,藉了感情的方法,增加了他的力量,以求满足感情之终极。……人类是感情特胜的,安慰感情的第一工具是宗教,维持宗教的信仰者,第一个利器是艺术。②

在原初时代,宗教与艺术的关系密不可分:"原始的宗教,便是原始的艺术;可以说宗教因艺术而起,也可以说艺术因宗教而起;或说,在人类的初期,艺术与宗教是相因而生的。"③可以说原始时期,艺术借助宗教而占有重要地位,而宗教借助艺术而牢牢掌握人之情感世界。文艺复兴之后,随着理性和科学的发达,艺术逐渐走向了自觉,具备了"自立能力"。"艺术脱离宗教而趋于人生的表现,独当一面,直接满足人类的感情。例如西洋艺术,在文艺复兴之前,充满着神秘与宗教的意味;文艺复兴之后,多描写人生的故事,而倾向于普遍的人生的方面。艺术其初与宗教相因而生,继与宗教同时发展,再进而与宗教分化,终则代宗教而起矣。"由此,林风眠提出了"艺术代宗教"的命题。

蔡元培一再辨析不要把"美育代宗教"说成"美术代宗教",此处之"美术"亦即现代"艺术"概念。林风眠的命题其实就是"美术代宗教"的典型例证之一。蔡元培的本意,如前所述,是因为"美育"和"美术"的范围、作用不同,更为深刻的用意是,"美育"代表了一种广泛的对精神的教化,接洽的是一种高尚的人生境界和道德修养,而艺术往往被狭隘化为个体化的创造和精英化的鉴赏。

所以,"艺术代宗教"的论点,往往从宗教的在科学发现中逐渐丧失对自然界的说服力,教会的专制被世俗国家所取代而势力衰落的事实出发,认为人类情感的载体转向了独立的艺术。林风眠就说:

---

① 林风眠:《致全国艺术界书》,世界书局编:《现代艺术评论集》。
② 林风眠:《致全国艺术界书》,世界书局编:《现代艺术评论集》。
③ 林风眠:《致全国艺术界书》,世界书局编:《现代艺术评论集》。

> 宗教所用的方法,是用种种无何有的欺骗的手法,造出种种蒙蔽人的智慧的谣言,期以瞒过人的理知,以导入于正当之途。此种办法,在科学发达,科学方法日见高强之下,便不免一天天露出破绽;终以科学益形进步之后,凡宗教昔之用以欺人的手法,多半被科学家用事实同人工证出了错误——于是宗教的信仰,便已日见堕落。……文艺复兴的主要意义,是希腊思想之复活,所谓人的发现,实际生活的发现是领导这个复兴的高潮者,如万西,如拉发儿,如米克朗,却又都是些艺术家——艺术的魔力,已竟能把活泼泼的人,从神的铁掌下拖了出来,使他们走上活的路,便是艺术从宗教下解放出来的原力了。——据此,我们又可以知道,艺术在文艺复兴之初,是同宗教已经分家的时候。此后,维持人类感情的重责,便不得不由宗教的手里,接收到艺术家的肩上来了。①

虽然在某种程度上指出了现代艺术起兴的事实,但却显得过分夸大。由于其艺术家的立场,使得论述过程中为艺术张目的痕迹过于明显,在参照蔡元培的理论时,有意无意地进行了一些误读。最为明显的是,蔡元培著名的论文《文化运动不要忘了美育》,在林风眠的论述中变成了"文化运动不要忘了美术"②。这种误读虽起到了提倡艺术的作用,但无疑化简了蔡元培学说的丰富含义。

还有一些艺术家提到了蔡元培的"以美育代宗教"理论。如蔡元培的女婿林文铮,在回忆早年在法国留学时说,正是因为蔡元培的影响才坚定了他从事艺术活动的信念:

> 在五四运动之前,1917 年 8 月《新青年》杂志发表了蔡先生《以美育代宗教说》的论文,把善美浑然化为一体,唤起了不少青年向往祖国文艺复兴活动。在留法勤工俭学学生中,如林风眠和我等于 1923 年在巴黎组织了一个海外艺术运动社。1924 年 5 月间,海外艺术运动社在法国阿尔萨斯省首府史太斯堡举行首次"中国美术展览会"。当时蔡先生在巴黎,亲自前来主持开幕典礼,该省总督设盛大宴会表示欢迎,巴黎各大报亦纷纷发表颂词。同时该社同人如林风眠、刘既漂、王代之、

---

① 林风眠:《致全国艺术界书》,世界书局编:《现代艺术评论集》。
② 林风眠:《致全国艺术界书》,世界书局编:《现代艺术评论集》。

吴大羽和我,在史太斯堡大学宿舍客厅恭请蔡先生座谈艺术运动问题,特别是他的以美育代宗教的学说。在两小时的座谈中,他给予我们极其深刻的启示和鼓舞,坚定了大家从事艺术运动的决心。①

可见,蔡元培的"以美育代宗教"思想,对艺术界的影响巨大。另如刘海粟,也是因为蔡元培的这一理论才得以和蔡元培开始了终生的交往:"1917年,蔡先生在《新青年》杂志上发表了《以美育代宗教说》,我对'舍宗教而易以纯粹之美育'的论点表示赞同,便给他去信,希望他对上海美专给以支持。他很快寄来了亲笔复信。"②

如果说林文铮、刘海粟看到的是"以美育代宗教"说对于社会艺术运动的作用,那么曾任南京高等师范艺术系主任的周玲荪在《新文化运动和美育》一文中,则看到了这一理论对于社会实利主义泛滥的唤醒作用:

> 欧美各国对于耶稣教所以竭力提倡,就是要唤醒社会上一般知识浅薄的人,不要专讲实利主义,以自讨苦吃,并且妨碍合群互相的精神。我国如能以美育来替代宗教,岂不是一种极好的法子吗?③

相比较而言,潘天寿对于这一理论的理解更接近蔡元培的本意。他看到了蔡元培提倡此说的道德含义:"艺术原为安慰人类精神的至剂,其程度愈高,其意义愈甚,其效能愈宏大。艺术以最纯静的、至高、至深、至优美、至奥妙的美之情趣,引人入胜地引导人类之品性道德达到最高点,而入艺术极乐的王国。蔡孑民先生主张以美育代宗教,亦就是这个意思。"④李石岑对美育以及其代宗教之精神亦有较为深入之了解:"宗教乃予吾人以精神上之安慰者也。换言之。即启示一种最高之精神生活。而美育所以启示吾人最高之精神生活者,殆随处遇之。吾人赏览山光水月之时,吾人之心魂,殆与山俱高,与水俱远,是可见美育之精神足以代宗教之精神。至其他精神界之

---

① 林文铮:《蔡元培对我国艺术教育的贡献》,《光明日报》1980年3月6日。中国蔡元培研究会编:《蔡元培纪念集》,杭州:浙江教育出版社,1998年,第471—472页。
② 刘海粟:《忆蔡元培先生》,《艺苑》1983年第1期。中国蔡元培研究会编:《蔡元培纪念集》,第436页。
③ 周玲荪:《新文化运动和美育》,《美育》第3期,1920年6月。俞玉滋、张援编:《中国近现代美育论文选》,上海:上海教育出版社,1999年,第68页。
④ 《潘天寿谈艺录》,杭州:浙江人民美术出版社,1985年,第3页,转引自杨平:《康德与中国现代美学思想》,北京:东方出版社,2002年,第156页。

最高暗示力,均舍美育莫属。"①

相比较而言,作为著名宗教学者的许地山,对于蔡元培的"以美育代宗教"思想也有十分深刻的认识。他说:

> 蔡先生是提倡以美育代宗教的。这是他对于信仰底态度。从他底言论看来,他是主张理信的,他信人间当有永久的和平与真正的康乐。要达到这目的,不能全靠知,还要依赖对于真理底信仰。能知能行,不必有什么高尚的理想,要信其所知底真理与原则,必能引人类达到至善,诚心尽力地去实现它,才是真正实行。所以知与行还不难,信理才是最难的事。蔡先生是个高超的理想家,同时又是个坦白的实践家,他底学问只这一点,便可以使景仰他底人们,终生应用。世间没有比这样更伟大、更恒久的学问。②

许地山没有对蔡元培的"代宗教"思想表示出反感,反而认识到这是蔡元培对信仰的态度。其实,蔡元培认为,宗教本身其实是无法取代的,宗教的内核是"信仰心",宗教的本质是"智力的宗教",其实也就是对真理的信仰。"代宗教",实则是取代宗教的某些功能而已。为何要"代宗教"?是因为宗教的这些功能不便于达到对真理本身的信仰。故提倡"以美育代宗教",不但在知,亦要靠行。由己及人,由人及社会,推而广之,才能造就文化之再兴。许地山由此表示了对蔡元培良苦用心的敬佩。

此外,蔡元培去世后,同人故好的追思文字中,对于蔡元培倡导"以美育代宗教"思想,都予以了较高评价。如王云五把这一学说作为蔡元培在学术上的两大贡献之一,可谓知心之言:"蔡先生在学术上的独特创见甚多,最显著为:(一)以科学方法整理国故;(二)以美育代宗教。其说影响于学术界至为深远。"③陈良猷认为此说足以称为"元培哲学"之核心见解:

> 先生对于宗教,主张极端的"信仰自由",认宗教的仪式和信条,在他人以为可以涵养德性者,先生则以为此不过及自欺欺人之举。并认

---

① 李石岑:《美育之原理》,《教育杂志》第14卷第1号,1922年1月20日。
② 许地山:《蔡孑民先生底著述》,《珠江日报》1940年3月24日,中国蔡元培研究会编:《蔡元培纪念集》,第539页。
③ 王云五:《蔡孑民先生的贡献》,《东方杂志》第37卷第8号,1940年4月16日。中国蔡元培研究会编:《蔡元培纪念集》,第536页。

定美育可以涵养德性,此即为先生以美育代宗教的主张。先生以为"真正的宗教,不过是一种信仰的心情。而所信仰的对象,常随哲学的进化而改变,亦即因各人对于哲学观念的程度而有不同,这就是'信仰自由',凡现在一切有仪式有信条的宗教,将来一定会被淘汰。"此乃先生独创之说,也就是"元培哲学"的特殊见解。①

章力生把蔡元培推广美学的精神,视作另一种宗教热忱:"蔡先生虽提倡美学,不言宗教,但他的忠恕精神,实为其贯彻全人格,实为其推动全社会,实为其爱护全民族,乃至人类的伟大无比的宗教热忱!"②

蔡元培逝世后,有一副挽联曰:"打开思想牢狱,解放千年知识囚徒,主将美育代宗教;推转时代巨轮,成功一世人民哲匠,却尊自由为学风。"③用最为简洁的文字,对蔡元培的"以美育代宗教"说进行了最为精辟的评价。

二、反对者

相较于赞成者,反对者的声音似乎被历史湮没了。比较明确提出反对意见的有杨鸿烈和许崇清,从吕澂的论述中,亦可以看出对这一理论的反对。

杨鸿烈在对"以美育代宗教"的批驳中,首先谈到:

> 蔡孑民先生说:"纯粹之美育,所以陶养吾人之感情,使有高尚纯洁之习惯,而使人我之见,利己损人之思念以渐消阻者也;盖以美为普遍性,决无人我差别之见,能参入其中。"正因宗教也是有这种功能,所以拿美育代替宗教是可以的;这番话要是拿吕澂先生的话来说,就有些不可靠了!他说得好:"人生是种求知的,同时也是种实践的,那求知是无尽的,实践也是无尽的。一方面要明白,一面去解释,这样使我们人生不绝地向上……所以艺术的活动,直观的去求知同时表现的去求解释,自好概括人生的全部;还有宗教的活动信解行证,一时圆融,也自概括

---

① 陈良猷:《追悼蔡先生我们应有的认识》,《东方杂志》第37卷第8号,1940年3月。中国蔡元培研究会编:《蔡元培纪念集》,第561—562页。
② 章力生:《蔡先生的不朽精神》,《大公报》(香港)1940年3月14日。中国蔡元培研究会编:《蔡元培纪念集》,第614页。
③ 芝翁:《蔡孑民的襟抱与风格》,《新生报》(台湾)1965年3月10日。中国蔡元培研究会编:《蔡元培纪念集》,第580页。

人生的全部。但艺术的极致是认明各个分离独立的我,宗教的极致是舍去一切我的执著;一是人生的正面,一是人生的反面,正当的人生,便只曰有这两面,我始终不敢赞同美育代宗教的话,也是这种理由……"这是从美育和宗教的功能方面去否认以美育代替宗教。①

杨鸿烈用吕澂的话作论据,认为艺术之极致在于彰显各别之自我,宗教之极致在于舍弃我执。前者追求的是现实中自我的完善,而后者则是对于现实自我的离弃。它们代表了人生的不同路向,不属于一个价值范畴,故无所谓"取代"之说。

且看吕澂自己的论述。美术为一种社会的精神生活现象,即文化之一种。美术来源于人的本能冲动,"人类本能的原因只用一句话可概括个干净,便都是为着个'生'字。……所以现在的问题为甚发生美术的活动,也只是问这样活动的发动对着人们的'生'是有怎样的意义"②。"生"有两种途径:

> 一种是要求"生"的永久——免去无常苦痛的永久——最初的形式是将自我依附到自己思惟表象解释的实在——便是神——上面去,这样使"生"安稳地继续下去。平常所说的宗教的活动就从此发源。一种便是美术的活动,要求"生"的扩充,就不像宗教的活动里那样模糊的态度,却弃绝一切概念的思惟,直观到实在的底里,使他的真相赤裸裸显露出来。这时候要是判别这样的实在是对于自我的"生"有肯定的意义——就是"美"——便包含到"生"的范围以内,从创造的方面,将他构成"生"的一部分,这样使"生"的范围不绝地扩张。③

将宗教和艺术分别总结为"生之永久"和"生之扩充"。前者将自我依附于神,希望由此达到"永生";后者弃绝所有理性概念,直接与现实生活联结,希望通过艺术活动之美的追求,以扩充"生"之范围,达到精神自我的满足。吕澂此说,富于新意,且深刻地揭示出宗教和艺术对于人生意义之不同。吕澂早年曾在金陵刻经处佛学研究部随欧阳竟无研习佛学,1915年赴日留学,专攻美学。1916年回国后受聘于上海图画美术学校,而1918年后,

---

① 杨鸿烈:《驳以美育代宗教说》,《哲学》第8期,1923年12月,见于郎绍君、水中天编:《二十世纪中国美术文选》上卷,上海:上海书画出版社,1999年。
② 吕澂:《美术发展的途径》,上海图画美术学校编:《美术》第3卷第2期,1922年5月。
③ 吕澂:《美术发展的途径》,上海图画美术学校编:《美术》第3卷第2期,1922年5月。

则受欧阳竟无之邀回金陵刻经处,兴趣渐归于佛学。从此以后,吕澂悉废原有旧学,专心佛学研究,终生不渝①。吕澂一生学术志趣跨越美学和宗教,对二者均有深入之研究,故他探究宗教和美术的论述自是卓然而成一家言。他不满于"代宗教"之说,是否可以视作日后思想转型的契机?虽不敢轻言是,但怕也难以说非。

此外,杨鸿烈还从"美和宗教的本质及其范围"以及宗教和艺术之各自独立性来否认以美育代宗教②。作为蔡元培为数不多的论敌之一的许崇清③,亦有专文对"以美育代宗教"说予以批判④。他对蔡元培等人以美之"普遍性"和"静观性"为依据提倡"以美育代宗教"十分不满,认为此说:

> 混淆美之意识与宗教意识,又复混淆美之意识与道德意识。既主以艺术代道德之论,复以美术代宗教之说。论者视人性则太简,视道德又太轻矣。⑤

其实,无论是杨鸿烈还是许崇清,都缺乏对蔡元培"以美育代宗教"思想现实用意的理解,仅从字面上论析此说,论证其在学理上难以成立。其实,就宗教观念来说,许崇清和蔡元培有十分相似的看法,如许崇清认为:"人格之超经验的生活关系而以神名,则神之实在可谓与良心自体同为所与(gegeben),神之实在如良心之实在也。是以意识此关系之价值生活,即是神人和合之生活,是即谓之宗教。"⑥同样使用"良心"之概念,同样认为宗教

---

① 参见《吕秋逸先生小传》,《中国现代学术经典·杨文会、欧阳渐、吕澂卷》,石家庄:河北教育出版社,1996年,第473—474页。
② 杨鸿烈:《驳以美育代宗教说》,《哲学》第8期,1923年12月,见于郎绍君、水中天编:《二十世纪中国美术文选》上卷。
③ 1916年12月26日,信教自由会在北京中央公园举行新年同乐会,讨论国教问题。蔡元培应邀到会并发表演说。蔡元培的演说由《新青年》记者记录,并以"蔡子民先生在信教自由会之演说"为题发表于《新青年》第2卷第5号(1917年1月1日),后复载于《东方杂志》第14卷第3号(1917年3月15日)。这篇未经蔡元培审阅的文章发表后即引起许崇清的批判,许在《学艺》杂志第1卷第1号(1917年4月)上发表《批判蔡子民在信仰自由会之演说并发表吾对于孔教问题之意见》一文。许文称蔡元培的文章"究其词理,纷纭淆杂,意旨难晓"。此后,两人往复论战几个回合,谈论宗教问题。
④ 许崇清:《美之普遍性与静观性——主张以美育代宗教说者之二大谬误》,《学艺》第1卷第3号,1917年。许锡挥编:《许崇清文集》,广州:中山大学出版社,2004年。
⑤ 许崇清:《美之普遍性与静观性——主张以美育代宗教说者之二大谬误》,《学艺》第1卷第3号,1917年。许锡挥编:《许崇清文集》,第25页。
⑥ 许崇清:《批判蔡子民在信仰自由会之演说并发表吾对于孔教问题之意见》,《学艺》第1卷第1号,1917年4月。许锡挥编:《许崇清文集》,第10页。

之不可少,同样认为神之存在近于人类内心之理性("良心之实在")。但由于他们采用不同话语系统来论证自己的观点,使得论战在表面上显得热闹,实则分歧并非如表面上那么大。

由于"以美育代宗教"独特的思想背景和现实取向,其历史命运或可用李泽厚的话来概括:"自二十年代以后,随着政治斗争的激剧紧张,救亡呼声盖过一切,美学早被压缩在冷落的角色里,纯粹的哲学也是这样。王、蔡这种'以美育代宗教'的观念更被搁置一旁,无人过问。"①

在中国现代美学史上,蔡元培的"美育代宗教"说甫一提出,便引起极大的关注,支持者和反对者兼而有之。自蔡元培的文本语境可以看出,他所理解的宗教是一种智力的宗教、理性主义的宗教,其核心在于信仰心,而非具体的宗教形式。蔡元培提出对于宗教的"取代",并非是要取消宗教,而是要取代宗教的一些功能。在收回教育权运动和非基督教运动背景下,蔡元培"美育代宗教"思想的要点在于教育权之争,他希望用"纯粹之美育"取代宗教所残留的美育功能,以现代教育取代宗教教育。同时,这一理论亦有化解中西文化间存在的矛盾和冲突之考量。"美育代宗教"说自学理上看,或有缺陷和偏颇之处,但其引发的诸多讨论,至今仍有反思之必要。

---

① 李泽厚:《华夏美学》,见氏著:《美学三书》,第420页。

参考文献

一、史料类

（一）报刊类

《察世俗每月统记传》

《东西洋考每月统记传》

《东方杂志》

《国粹学报》

《国立中央大学教育丛刊》

《教育世界》

《教育杂志》

《六合丛谈》

《美育》

《民铎杂志》

《万国公报》

《遐迩贯珍》

《学艺》

《哲学》

（二）书目类

《中国译日本书综合目录》，[日] 实藤惠秀监修，谭汝谦主编，[日] 小川博编辑，香港：香港中文大学出版社，1980年。

阿英：《晚清文艺报刊述略》，上海：古典文学出版社，1958年。

北京图书馆编：《民国时期总书目（1911—1949）》（哲学、心理学），北京：书目文献出版社，1991年。

丁守和主编：《辛亥革命时期期刊介绍》，北京：人民出版社，1982—

1983年。

三联书店编辑部编:《东方杂志总目(一九〇四年三月——一九四八年十二月)》,北京:生活·读书·新知三联书店,1957年。

上海图书馆编:《中国近代期刊篇目汇录》(三卷六册),上海:上海人民出版社,1965—1981年。

上海图书馆编:《中国近代现代丛书目录》,上海图书馆编印,1979年。

王韬、顾燮光等编:《近代译书目》,北京:北京图书馆出版社,2003年。

魏绍昌主编:《中国近代文学大系史料索引》(第12集,第29、30卷),上海:上海书店出版社,1996年。

温肇桐编:《1912—1949年美术理论书目》,上海:上海人民美术出版社,1965年。

吴美瑶、刘子菁、丁千恬、林嘉瑛编:《教育杂志(1909—1948)索引》,台北:心理出版社,2006年。

谢巍:《中国画学著作考录》,上海:上海书画出版社,1998年。

熊月之主编:《晚清新学书目提要》,上海:上海书店出版社,2007年。

中共中央马克思恩格斯列宁斯大林著作编译局研究室编:《五四时期期刊介绍》(三集),北京:生活·读书·新知三联书店,1959—1978年。

中国艺术研究院音乐研究所资料室编:《中国音乐期刊篇目汇录(1906—1949)》,北京:文化艺术出版社,1990年。

周振鹤编:《晚清营业书目》,上海:上海书店出版社,2005年。

(三) 资料汇编

蒋红、张唤民、王又如编著:《中国现代美学论著译著提要》,上海:复旦大学出版社,1987年。

胡经之编:《中国现代美学丛编(1919—1949)》,北京:北京大学出版社,1987年。

叶朗主编:《中国历代美学文库》(近代卷),北京:高等教育出版社,2003年。

俞玉滋、张援编:《中国近现代美育论文选》,上海:上海教育出版社,1999年。

俞玉滋、张援编:《中国近现代学校音乐教育文选(1840—1949)》,上海:上海教育出版社,2000年。

王佩雄、黄河清选编:《教育学文集·美育》,瞿葆奎主编:《教育学文集》第

8卷,北京:人民教育出版社,1989年。

章咸、张援编:《中国近现代艺术教育法规汇编》,北京:教育科学出版社,1997年。

世界书局编:《现代艺术评论集》,世界书局,1930年,《民国丛书》第三编第58种。

郎绍君、水中天编:《二十世纪中国美术文选》(上、下卷),上海:上海书画出版社,1999年。

赵立、余丁编:《中国油画文献(1542—2000)》,长沙:湖南美术出版社,2003年。

《上海美术志》编纂委员会编:《上海美术志》,上海:上海书画出版社,2004年。

周积寅、史金城编纂:《近现代中国画大师谈艺录》,长春:吉林美术出版社,1998年。

王宁一、杨和平主编:《二十世纪中国音乐美学文献卷》(四卷),北京:现代出版社,1999年。

张静蔚编选:《中国近代音乐史料汇编(1840—1919)》,北京:人民音乐出版社,1998年。

蔡仲德:《中国音乐美学史资料注译》,北京:人民音乐出版社,1990年。

魏绍昌主编:《中国近代文学大系·史料索引集》(二),上海:上海书店出版社,1996年。

吴相湘主编:《天主教东传文献》,台北:学生书局,1964年。

〔明〕李之藻辑刻:《天学初函》,台北:学生书局,1965年。

徐宗泽:《明清间耶稣会士译著提要》,上海:上海书店出版社,2006年。

〔法〕费赖之:《在华耶稣会士列传及书目》,冯承钧译,北京:中华书局,1995年。

中华续行委办会调查特委会编:《1901—1920年中国基督教调查资料》(原《中华归主》修订版),蔡咏春、文庸、段琦、杨周怀译,北京:中国社会科学出版社,2007年。

朱有瓛主编:《中国近代学制史料》,上海:华东师范大学出版社,1983—1992年。

陈元晖主编:《中国近代教育史资料汇编》,上海:上海教育出版社,2007年。

舒新城编:《中国近代教育史资料》,北京:人民教育出版社,1961年。

［日］多贺秋五郎：《近代中国教育史资料·清末编》，台北：文海出版社，影印本。

李楚材编著：《帝国主义侵华教育史资料——教会教育》，北京：教育科学出版社，1987年。

北京大学校史研究室编：《北京大学史料》（第一卷，1898—1911），北京：北京大学出版社，1993年。

教育部编：《第一次中国教育年鉴》，上海：商务印书馆，1934年。

教育部教育年鉴编纂委员会编：《第二次中国教育年鉴》，上海：商务印书馆，1948年。

王宝平主编，吕顺长编著：《晚清中国人日本考察记集成：教育考察记》，杭州：杭州大学出版社，1999年。

中国第二历史档案馆编：《中华民国史档案资料汇编》（第三辑，教育），南京：江苏古籍出版社，1991年。

张枬、王忍之编：《辛亥革命前十年间时论选集》，北京：生活·读书·新知三联书店，1977年。

中国社会科学院近代史研究所编：《五四运动文选》，北京：生活·读书·新知三联书店，1959年。

钟离蒙、杨凤麟主编：《中国现代哲学史资料汇编》，沈阳：辽宁大学哲学系，1981年。

陈崧编：《五四前后东西文化问题论战文选》（增订本），北京：中国社会科学出版社，1989年。

张允侯、殷叙彝、洪清祥、王云开主编：《五四时期的社团》，北京：生活·读书·新知三联书店，1979年。

张静庐辑注：《中国近现代出版史料》，上海：上海书店出版社，2003年。

北京大学哲学系美学教研室编：《西方美学家论美和美感》，北京：商务印书馆，1980年。

陈燊、郭家申编选：《西欧美学史论集》，北京：中国社会科学出版社，1989年。

张援、章咸编：《中国近现代艺术教育法规汇编（1840—1949）》（新版），上海：上海教育出版社，2011年。

二、文集、年谱、传记类（以文集作者或传主姓氏音序排列）

《蔡元培全集》，中国蔡元培研究会编，杭州：浙江教育出版社，1997—

1998年。
《陈独秀著作选编》，任建树主编，上海：上海人民出版社，2009年。
《邓以蛰全集》，合肥：安徽教育出版社，1998年。
《丰子恺文集》（艺术卷1—4），丰陈宝、丰一吟、丰元草编，杭州：浙江文艺出版社、浙江教育出版社，1990年。
《丰子恺文集》（文学卷1—3），丰陈宝、丰一吟编，杭州：浙江文艺出版社、浙江教育出版社，1992年。
《傅抱石美术文集》，叶宗镐选编，南京：江苏文艺出版社，1986年。
《黄宾虹美术文集》，赵志钧编，北京：人民美术出版社，1994年。
《蒋孔阳全集》，合肥：安徽教育出版社，1999年。
《李叔同集》，郭长海、郭君兮编，天津：天津人民出版社，2006年。
梁启超：《饮冰室合集集外文》，夏晓虹辑，北京：北京大学出版社，2005年。
梁启超：《饮冰室合集》，北京：中华书局，1989年。
《梁漱溟全集》第一卷，济南：山东人民出版社，2005年。
《林风眠艺术随笔》，上海：上海文艺出版社，1999年。
《刘海粟艺术文选》，朱金楼、袁志煌编，上海：上海人民美术出版社，1987年。
《刘师培辛亥前文选》，李妙根编，朱维铮校，北京：生活·读书·新知三联书店，1998年。
《马采文集》，徐文俊编，广州：中山大学出版社，2004年。
《倪贻德美术论集》，林文霞编，杭州：浙江美术学院出版社，1993年。
《王国维全集》，谢维扬、房鑫亮主编，杭州：浙江教育出版社，广州：广东教育出版社，2009年。
《吴汝纶全集》，施培毅、徐寿凯校点，合肥：黄山书社，2002年。
《徐悲鸿文集》，王震编，上海：上海画报出版社，2005年。
《许崇清文集》，许锡挥编，广州：中山大学出版社，2004年。
《严复集》，王栻主编，北京：中华书局，1986年。
《俞剑华美术论文选》，周积寅编，济南：山东美术出版社，1986年。
《美的人生观：张竞生美学文选》，张培忠辑，北京：生活·读书·新知三联书店，2009年。
《张之洞全集》，苑书义、孙华峰、李秉新主编，石家庄：河北人民出版社，1998年。
《朱光潜全集》，合肥：安徽教育出版社，1987年。

《宗白华全集》,合肥:安徽教育出版社,1994年。

三、**参考书目及论文**(以作者姓氏音序排列)

[美]威廉·巴雷特:《非理性的人——存在主义哲学研究》,杨照明、艾平译,北京:商务印书馆,1995年。

[德]鲍姆伽通:《美学》,李醒尘译,朱立人校对,收入刘小枫选编:《德语美学文选》上册,上海:华东师范大学出版社,2006年。

[德]鲍姆加登:《诗的感想——关于诗的哲学默想录》(1735),缪灵珠译,章安祺编订:《缪灵珠美学译文集》第二册,北京:中国人民大学出版社,1998年。

[德]鲍姆嘉藤:《美学》,简明、王旭晓译,北京:文化艺术出版社,1987年。

[英]鲍桑葵:《美学史》,张今译,桂林:广西师范大学出版社,2001年。

[美]丹尼尔·贝尔:《资本主义文化矛盾》,赵一凡、蒲隆、任晓晋译,北京:生活·读书·新知三联书店,1989年。

[英]克莱夫·贝尔(Clive Bell):《艺术》,薛华译,南京:江苏教育出版社,2005年。

[美]门罗·C.比厄斯利:《西方美学简史》,高建平译,北京:北京大学出版社,2006年。

[英]约翰·伯瑞:《进步的观念》,范祥涛译,上海:上海三联书店,2005年。

[德]卜松山(Karl-Heinz Pohl):《中国的美学和文学理论:从传统到现代》,向开译,顾彬主编:《中国文学史》第五卷,上海:华东师范大学出版社,2010年。

[德]卜松山:《与中国作跨文化对话》,刘慧儒、张国刚等译,北京:中华书局,2000年。

[法]布瓦洛:《诗的艺术》,任典译,北京:人民文学出版社,1959年。

蔡建国:《蔡元培与近代中国》,上海:上海社会科学院出版社,1997年。

蔡武:《谈谈〈东西洋考每月统记传〉》,《国立中央图书馆馆刊》第2卷第4期。

蔡仪:《蔡仪美学论文选》,长沙:湖南人民出版社,1982年。

蔡仪:《美学论著初编》(上下册),上海:上海文艺出版社,1982年。

蔡仲德:《中国音乐美学史》,北京:人民音乐出版社,2004年。

[德]E.策勒尔:《古希腊哲学史纲》,翁绍军译,贺仁麟校,济南:山东人民

出版社,2007 年。
陈惇、孙景尧、谢天振主编:《比较文学》(第二版),北京:高等教育出版社,
　　2007 年。
陈洪捷:《德国古典大学观及其对中国大学的影响》,北京:北京大学出版
　　社,2002 年。
陈洪捷:《中德之间:大学、学人与交流》,北京:北京大学出版社,2009 年。
陈怀宇:《赫尔德与中国近代美学》,《现代哲学》2008 年第 4 期。
陈惠民(Arthur H. Chen):《耶稣会透视法贯通东西方》,《文化杂志》1994
　　年第 2 辑。
陈嘉明:《现代性与后现代性十五讲》,北京:北京大学出版社,2006 年。
陈良运:《美的考索》,南昌:百花洲文艺出版社,2005 年。
陈平原:《中国现代学术之建立——以章太炎、胡适之为中心》,北京:北京
　　大学出版社,1998 年。
陈启伟:《"哲学"译名考》,《哲学译丛》2001 年第 1 期。
陈瑞林:《20 世纪中国美术教育历史研究》,北京:清华大学出版社,
　　2006 年。
陈望衡:《20 世纪中国美学本体论问题》,长沙:湖南教育出版社,2000 年。
陈望衡:《审美伦理学引论》,武汉:武汉大学出版社,2007 年。
陈望衡:《中国美学史》,北京:人民出版社,2005 年。
陈伟:《中国现代美学思想史纲》,上海:上海人民出版社,1993 年。
陈文忠:《美学领域中的中国学人》,合肥:安徽教育出版社,2001 年。
陈旭麓:《论"中体西用"》,《历史研究》1982 年第 5 期。
陈学恂主编,周德昌分卷主编:《中国教育史研究·明清分卷》,上海:华东
　　师范大学出版社,1995 年。
陈以爱:《中国现代学术研究机构的兴起——以北大研究所国学门为中心
　　的探讨》,南昌:江西教育出版社,2002 年。
陈翊林:《最近三十年中国教育史》,上海:太平洋书店,1930 年。
陈元晖:《王国维与叔本华》,北京:中国社会科学出版社,1981 年。
陈振濂:《近代中日绘画交流史比较研究》,合肥:安徽美术出版社,
　　2000 年。
陈子展:《中国近代文学之变迁·最近三十年中国文学史》,上海:上海古
　　籍出版社,2000 年。
程钢:《〈几何原本〉对儒家思想学术的影响:以徐光启与焦循为例》,彭林

主编:《清代学术讲论》,桂林:广西师范大学出版社,2005年。

[德]卡尔·达尔豪斯:《古典和浪漫时期的音乐美学》,尹耀勤译,长沙:湖南文艺出版社,2006年。

戴阿宝、李世涛:《问题与立场:20世纪中国美学论争辩》,北京:首都师范大学出版社,2006年。

[英]W. C. 丹皮尔:《科学史及其与哲学和宗教的关系》,李珩译,北京:商务印书馆,1975年。

[法]狄德罗:《狄德罗美学论文选》,艾珉译,北京:人民文学出版社,1984年。

丁伟志、陈崧:《中西体用之间:晚清中西文化观述论》,北京:中国社会科学出版社,1995年。

[美]杜威:《杜威全集》(早期著作,1882—1898,第二卷),熊哲宏、张勇、蒋柯译,上海:华东师范大学出版社,2010年。

杜卫:《审美功利主义:中国现代美育理论研究》,北京:人民出版社,2004年。

樊炳清编:《哲学辞典》,上海:商务印书馆,1926年。

方汉奇主编:《中国新闻事业通史》第一卷,北京:中国人民大学出版社,1996年。

方汉奇:《中国近代报刊史》,太原:山西人民出版社,1981年。

方豪:《中国天主教史人物传》,北京:宗教文化出版社,2007年。

方豪:《中西交通史》,上海:上海人民出版社,2008年。

[德]费路(Roland Felber):《蔡元培在德国莱比锡大学》,蔡元培研究会编:《论蔡元培》,北京:旅游教育出版社,1989年。

[美]费侠莉:《丁文江:科学与中国新文化》,丁子霖、蒋毅坚、杨昭译,北京:新星出版社,2006年。

冯天瑜:《新语探源:中西日文化互动与近代汉字术语生成》,北京:中华书局,2004年。

冯友兰:《中国哲学史》,见氏著:《三松堂全集》第二卷,郑州:河南人民出版社,2000年。

冯友兰:《中国哲学史新编》第七册,见氏著:《三松堂全集》第十卷,郑州:河南人民出版社,2000年。

佛雏:《王国维诗学研究》,北京:北京大学出版社,1987年。

佛雏:《王国维哲学译稿研究》,北京:社会科学文献出版社,2006年。

复旦大学历史学系、复旦大学中外现代化进程研究中心编:《中国现代学科的形成》(近代中国研究集刊3),上海:上海古籍出版社,2007年。

[葡]傅汎际译义、[明]李之藻达辞:《名理探》(四册),上海:商务印书馆,1935年。

傅铜(佩青):《科学的非宗教运动与宗教的非宗教运动》,《哲学》第6期,1922年。

[日]冈仓天心:《中国的美术及其他》,蔡春华译,北京:中华书局,2009年。

高觉敷:《心理学概论》,上海:商务印书馆,1929年。

[日]高山林次郎:《近世美学》,刘仁航译述,蒋维乔、黄忏华校订,上海:商务印书馆,1920年2月初版,1922年9月第三版。

郜元宝编:《尼采在中国》,上海:上海三联书店,2001年。

戈公振:《中国报学史》,上海:上海古籍出版社,2003年。

葛兆光:《穿一件尺寸不合的衣衫——关于中国哲学和儒教定义的争论》,《开放时代》2001年第6期。

葛兆光:《中国思想史》第二卷,上海:复旦大学出版社,2000年。

龚颖:《"哲学"、"真理"、"权利"在日本的定译及其他》,《哲学译丛》,2001年。

古风:《羊女为美:对"美"的另一种解读》,朱志荣主编:《中国美学研究》第一辑,上海:上海三联书店,2006年。

[德]沃尔夫冈·顾彬:《审美意识在中国的兴起》,王祖哲译,《中国美学》第二辑,北京:商务印书馆,2004年。

顾卫民:《基督宗教艺术在华发展史》,上海:上海书店出版社,2005年。

[日]关卫:《西方美术东渐史》,熊得山译,上海:上海书店出版社,2002年。

[美]郭颖颐:《中国近代思想中的唯科学主义》,雷颐译,南京:江苏人民出版社,1989年。

郭湛波:《近五十年中国思想史》,上海:上海古籍出版社,2005年。

[德]哈贝马斯:《哈贝马斯论现代性》(五篇),曹卫东选译,《学术思想评论》第三辑,沈阳:辽宁大学出版社,1998年。

[德]哈贝马斯:《现代性——未竟之功》,张锦忠、曾丽玲译,《中外文学》第24卷第2期,1995年7月。

[德]于尔根·哈贝马斯:《现代性的哲学话语》,曹卫东等译,南京:译林出版社,2004年。

[德]彼得·克劳斯·哈特曼(Peter C. Hartmann):《耶稣会简史》,谷裕译,北京:宗教文化出版社,2003年。

[德]海德格尔:《海德格尔选集》,孙周兴选编,上海:上海三联书店,1996年。

[德]马丁·海德格尔:《尼采》,孙周兴译,北京:商务印书馆,2002年。

[美]韩南:《中国近代小说的兴起》,徐侠译,上海:上海教育出版社,2004年。

何兆武:《明末清初西学之再评价》,见氏著:《历史理性的重建》,北京:北京大学出版社,2005年。

贺麟:《五十年来的中国哲学》,北京:商务印书馆,2002年。

[德]黑格尔:《美学》,朱光潜译,北京:商务印书馆,1996年。

[日]黑田鹏信:《艺术学纲要》,俞寄凡译,南京:江苏美术出版社,2010年。

[德]花之安:《自西徂东》,上海:上海书店出版社,2002年。

[美]华勒斯坦(Wallerstein, I.)等:《学科·知识·权力》,刘健芝等编译,北京:生活·读书·新知三联书店,1999年。

[美]华勒斯坦等:《开放社会科学:重建社会科学报告书》,刘锋译,北京:生活·读书·新知三联书店,1997年。

[美]伊曼纽尔·沃勒斯坦:《否思社会科学:19世纪范式的局限》,刘琦岩、叶萌芽译,北京:生活·读书·新知三联书店,2008年。

[英]怀特海:《科学与近代世界》,何钦译,北京:商务印书馆,1989年。

黄见德:《西方哲学东渐史》(上下册),北京:人民出版社,2006年。

黄可:《上海美术史札记》,上海:上海人民美术出版社,2000年。

黄时鉴主编:《东西交流论谭》第二集,上海:上海文艺出版社,2001年。

黄时鉴:《东西交流史论稿》,上海:上海古籍出版社,1998年。

黄兴涛:《"美学"一词及西方美学在中国的最早传播》,《文史知识》2000年第1期。

黄兴涛:《近代中国新名词的思想史意义发微——兼论对于"一般思想史"之认识》,杨念群、黄兴涛、毛丹主编:《新史学》(上),北京:中国人民大学出版社,2003年。

黄兴涛:《清代西方美学观念和知识在华传播考论》,黄爱平、黄兴涛主编:《西学与清代文化》,北京:中华书局,2008年。

黄兴涛:《明末清初传教士对西方美学观念的早期传播》,《文史知识》2008

年第 2 期。

［英］E.霍布斯鲍姆、［英］T.兰格：《传统的发明》，顾杭、庞冠群译，南京：译林出版社，2004 年。

霍有光：《西安交大馆藏江南制造局译印图书概貌及其价值》，《西安交通大学学报》1997 年第 1 期。

［美］凯·埃·吉尔伯特、［联邦德国］赫·库恩：《美学史》，夏乾丰译，上海：上海译文出版社，1989 年。

［日］榎本泰子：《乐人之都——上海：西洋音乐在近代中国的发轫》，彭谨译，上海：上海音乐出版社，2003 年。

江滢河：《清代洋画与广州口岸》，北京：中华书局，2007 年。

蒋孔阳、朱立元主编：《西方美学通史》，上海：上海文艺出版社，1999 年。

金公亮编：《美学原论》，上海：正中书局，1936 年。（哲学丛刊）

金观涛、刘青峰：《观念史研究：中国现代重要政治术语的形成》，北京：法律出版社，2009 年。

金观涛、刘青峰：《中国现代思想的起源：超稳定结构与中国政治文化的演变》，香港：香港中文大学出版社，2000 年。

金克木：《探古新痕》，上海：上海古籍出版社，1998 年。

金雅：《梁启超美学思想研究》，北京：商务印书馆，2005 年。

金耀基：《从传统到现代》，北京：法律出版社，2010 年。

［日］近代日本思想史研究会：《近代日本思想史》第一卷，马采译，北京：商务印书馆，1983 年。

［日］酒井直树：《现代性与其批判：普遍主义与特殊主义的问题》，白培德译，《台湾社会研究季刊》1998 年 6 月号。

［德］E.卡西尔：《启蒙哲学》，顾伟铭、杨光仲、郑楚宣译，济南：山东人民出版社，2007 年。

［德］恩斯特·卡西尔：《人论》，甘阳译，上海：上海译文出版社，1985 年。

［德］康德：《答复这个问题："什么是启蒙运动？"》，见［德］康德：《历史理性批判文集》，何兆武译，北京：商务印书馆，1990 年。

［德］康德：《纯粹理性批判》，邓晓芒译，杨祖陶校，北京：人民出版社，2004 年。

［德］康德：《判断力批判》，邓晓芒译，北京：人民出版社，2002 年。

［德］康德：《单纯理性限度内的宗教》，李秋零译，北京：中国人民大学出版社，2003 年。

［美］柯文:《在中国发现历史》,林同奇译,北京:中华书局,2002年。

［日］柯毅霖:《晚明基督论》,王志成、思竹、汪建达译,成都:四川人民出版社,1999年。

［美］保罗·奥斯卡·克里斯特勒:《文艺复兴时期的思想与艺术》,邵宏译,北京:东方出版社,2008年。

［意］克罗齐:《作为表现科学和一般语言学的美学的理论》,田时纲译,北京:中国社会科学出版社,2007年。

［意］克罗斯:《美学原论》,傅东华译,上海:商务印书馆,1931年。

劳思光:《新编中国哲学史》,桂林:广西师范大学出版社,2005年。

［美］T. H.黎黑:《心理学史:心理学思想的主要趋势》,刘恩久等译,上海:上海译文出版社,1990年。

李安源:《从上海美专到柏林中国美术展——刘海粟与蔡元培交往研究》,《二十一世纪》网络版,2007年11月号(总第68期)。

李安宅:《美学》,上海:世界书局,1934年。

李超:《中国现代油画史》,上海:上海书画出版社,2007年。

李超:《中国早期油画史》,上海:上海书画出版社,2004年。

李工真:《德国大学的现代化》,侯建新主编:《经济-社会史评论》第三辑,北京:生活·读书·新知三联书店,2007年。

李何林编著:《近二十年中国文艺思潮论(1917—1937)》,西安:陕西人民出版社,1981年。(1939年初版)

李华兴主编:《民国教育史》,上海教育出版社,1997年。

［德］H.李凯尔特:《文化科学与自然科学》,涂纪亮译,杜任之校,北京:商务印书馆,1986年。

李朴园:《中国艺术史概论》,长春:时代文艺出版社,2009年。

李庆本:《蔡元培:跨文化互释与审美拯救方案》,见汝信、王德胜主编:《中国美学》总第二辑,北京:商务印书馆,2004年。

李石岑:《李石岑哲学论著》,上海:上海书店出版社,2010年。

李时岳:《近代中国反洋教运动》,北京:人民出版社,1985年。

李奭学:《中国晚明与欧洲文学——明末耶稣会古典型证道故事考诠》,北京:生活·读书·新知三联书店,2010年。

［英］李斯托威尔:《近代美学史述评》,蒋孔阳译,《蒋孔阳全集》第二卷,合肥:安徽教育出版社,1999年。

李天纲:《从〈名理探〉看明末的西书中译》,见氏著:《跨文化的诠释:经学与神学的相遇》,北京:新星出版社,2007年。

李天纲:《中国礼仪之争:历史、文献和意义》,上海:上海古籍出版社,1998年。

李喜所:《近代留学生与中外文化》,天津:天津教育出版社,2006年。

李心峰主编:《20世纪中国艺术理论主题史》,沈阳:辽海出版社,2005年。

李咏吟:《审美与道德的本源》,上海:上海人民出版社,2006年。

李泽厚、刘纲纪:《中国美学史·先秦两汉编》,合肥:安徽文艺出版社,1999年。

李泽厚:《美学三书》,合肥:安徽文艺出版社,1999年。

李泽厚:《批判哲学的批判:康德述评》(修订第六版),北京:生活·读书·新知三联书店,2007年。

李泽厚:《实用理性与乐感文化》,北京:生活·读书·新知三联书店,2005年。

李泽厚:《中国思想史论》,合肥:安徽文艺出版社,1999年。

[意]利玛窦、[比]金尼阁:《利玛窦中国札记》,何高济、王遵仲、李申译,何兆武校,北京:中华书局,1983年。

[德]利奇温:《十八世纪中国与欧洲文化的接触》,朱杰勤译,北京:商务印书馆,1962年。

[日]笠原仲二:《古代中国人的美意识》,杨若薇译,北京:生活·读书·新知三联书店,1988年。

[美]列文森:《儒教中国及其现代命运》,郑大华、任菁译,北京:中国社会科学出版社,2000年。

[美]约瑟夫·阿·勒文森:《梁启超与中国近代思想》,刘伟、刘丽、姜铁军译,成都:四川人民出版社,1986年。

刘大椿、吴向红:《新学苦旅:中国科学文化兴起的历程》,桂林:广西师范大学出版社,2003年。

刘东:《西方的丑学:感性的多元取向》,北京:北京大学出版社,2007年。

刘放桐:《新编现代西方哲学》,北京:人民出版社,2000年。

刘国钧:《刘国钧图书馆学论文选集》,北京:书目文献出版社,1983年。

刘禾:《跨语际实践:文学、民族文化与被译介的现代性》(修订译本),宋伟杰等译,北京:生活·读书·新知三联书店,2008年。

刘龙心:《学术与制度:学科体制与现代中国史学的建立》,北京:新星出版社,2007年。

刘小枫:《国家权力与社会权利之间的个体学术》,刘小枫:《拣尽寒枝》(增订本),北京:华夏出版社,2007年。

刘小枫:《现代性社会理论绪论——现代性与现代中国》,上海三联书店,1998年。

刘悦笛:《美学的传入与本土创建的历史》,《文艺研究》2006年第2期。

刘再复:《李泽厚美学概论》,北京:生活·读书·新知三联书店,2009年。

柳诒徵:《中国文化史》,上海:上海古籍出版社,2001年。

楼宇烈、张西平主编:《中外哲学交流史》,湖南教育出版社,1998年。

卢善庆:《王国维文艺美学观》,贵阳:贵州人民出版社,1988年。

卢善庆:《中国近代美学思想史》,上海:华东师范大学出版社,1991年。

[法]让-雅克·卢梭:《论科学与艺术》,何兆武译,上海:上海人民出版社,2007年。

吕澂:《美学浅说》,上海:商务印书馆,1931年。

吕澂:《西洋美术史》,重庆:商务印书馆,1933年初版,1945年渝二版。

吕澂:《现代美学思潮》,上海:商务印书馆,1931年。

罗岗:《危机时刻的文化想像——文学·文学史·文学教育》,南昌:江西教育出版社,2005年。

马采:《艺术学与艺术史文集》,广州:中山大学出版社,1997年。

[意]马西尼:《现代汉语词汇的形成——十九世纪汉语外来词研究》,黄河清译,上海:汉语大词典出版社,1997年。

[法]孟德斯鸠原著,严复译述:《法意》,上海:商务印书馆,1931年。

敏泽:《中国美学思想史》,济南:齐鲁书社,1987年。

莫小也:《利玛窦与基督教艺术的入华》,黄时鉴主编:《东西交流论谭》第二集,上海:上海文艺出版社,2001年。

莫小也:《十七—十八世纪传教士与西画东渐》,杭州:中国美术学院出版社,2002年。

牟宗三:《宋明儒学的问题与发展》,上海:华东师范大学出版社,2004年。

牟宗三:《中国哲学的特质》,上海:上海古籍出版社,2007年。

[德]尼采:《权力意志——重估一切价值的尝试》,张念东、凌素心译,北京:商务印书馆,1991年。

[德]尼采:《悲剧的诞生:尼采美学文选》(修订本),周国平编译,太原:北岳文艺出版社,2004年。

[德]尼采:《希腊悲剧时代的哲学》,周国平译,北京:商务印书馆,1994年。

聂崇正:《清宫绘画与"西画东渐"》,北京:紫禁城出版社,2008年。
聂振斌:《蔡元培及其美学思想》,天津:天津人民出版社,1984年。
聂振斌:《王国维美学思想述评》,沈阳:辽宁大学出版社,1986年。
聂振斌:《中国古代美育思想史纲》,郑州:河南人民出版社,2004年。
聂振斌:《中国近代美学思想史》,北京:中国社会科学出版社,1991年。
牛宏宝、张法、吴琼、吴伟:《汉语语境中的西方美学》,合肥:安徽教育出版社,2001年。
潘耀昌编著:《中国近现代美术教育史》,杭州:中国美术学院出版社,2002年。
潘耀昌:《中国近现代美术史》(修订版),北京:北京大学出版社,2009年。
彭锋:《引进与变异:西方美学在中国》,北京:首都师范大学出版社,2006年。
戚印平:《远东耶稣会史研究》,北京:中华书局,2007年。
钱存训:《近世译书对中国现代化的影响》,戴文伯译,《文献》1986年第2期。
钱穆:《现代中国学术论衡》,北京:生活·读书·新知三联书店,2005年。
钱时惕:《科学与宗教关系及其历史演变》,北京:人民出版社,2002年。
秦家懿、孔汉思:《中国宗教与基督教》,吴华译,北京:生活·读书·新知三联书店,1997年。
邱明正、于文杰:《中华文化通志·美育志》,上海:上海人民出版社,1998年。
[美]任达(Douglas R. Reynolds):《新政革命与日本:中国,1898—1912》,李仲贤译,南京:江苏人民出版社,2006年。
任继愈主编:《儒教问题争论集》,北京:宗教文化出版社,2000年。
戎克:《万历、乾隆年间西方美术的输入》,《美术史论》1959年第5期。
汝信、王德胜主编:《美学的历史:20世纪中国美学学术进程》,合肥:安徽教育出版社,2000年。
[日]山田庆儿:《近代科学的形成与东渐》,《科学史译丛》1984年第2期。
尚小明:《留日学生与清末新政》,南昌:江西教育出版社,2002年。
[美]舍勒肯斯:《美学与道德》,王珂平、高艳萍、魏怡译,成都:四川人民出版社,2010年。
沈定平:《明清之际中西文化交流史——明代:调适与会通》,北京:商务印书馆,2007年。

沈福伟:《中西文化交流史》(第 2 版),上海:上海人民出版社,2006 年。
沈国威:《近代中日词汇交流研究:汉字新词的创制、容受与共享》,北京:中华书局,2010 年。
[日] 实藤惠秀:《中国人留学日本史》,谭汝谦、林启彦译,北京:生活·读书·新知三联书店,1983 年。
[德] 叔本华:《作为意志和表象的世界》,石冲白译,杨一之校,北京:商务印书馆,1982 年。
[美] 舒衡哲:《中国启蒙运动:知识分子与五四遗产》,刘京建译,丘为君校订,北京:新星出版社,2007 年。
舒新城编:《近代中国教育思想史》,福州:福建教育出版社,2007 年。
[英] C.P.斯诺:《两种文化》,纪树立译,北京:生活·读书·新知三联书店,1995 年。
[英] 迈克尔·苏立文(Michael Sullivan):《东西方美术的交流》,陈瑞林译,南京:江苏美术出版社,1998 年。
[美] 苏源熙(Haun Saussy):《中国美学问题》,卞东波译,南京:江苏人民出版社,2009 年。
苏云峰:《中国新教育的萌芽与成长(1860—1928)》,吴家莹整理,北京:北京大学出版社,2007 年。
孙尚杨:《基督教与明末儒学》,北京:东方出版社,1994 年。
孙世哲:《蔡元培鲁迅的美育思想》,沈阳:辽宁教育出版社,1990 年。
[法] 乔治·索雷尔:《进步的幻象》,吕文江译,上海:上海人民出版社,2003 年。
[美] 理查德·塔纳斯:《西方思想史》,吴象婴、晏可佳、张广勇译,上海:上海社会科学院出版社,2007 年。
[波] 瓦迪斯瓦夫·塔塔尔凯维奇:《西方六大美学观念史》,刘文潭译,上海:上海译文出版社,2006 年。
谭好哲、刘彦顺等:《美育的意义:中国现代美育思想发展史论》,北京:首都师范大学出版社,2006 年。
谭汝谦:《中日之间译书事业的过去、现在与未来》,见《中国译日本书综合目录》,[日] 实藤惠秀监修,谭汝谦主编,[日] 小川博编辑,香港:香港中文大学出版社,1980 年。
唐君毅:《文化意识与道德理性》,北京:中国社会科学出版社,2005 年。
唐君毅:《中国哲学原论·导论篇》,北京:中国社会科学出版社,2005 年。

陶飞亚：《边缘的历史——基督教与近代中国》，上海：上海古籍出版社，2005年。

陶亚兵：《明清间的中西音乐交流》，北京：东方出版社，2001年。

陶亚兵：《中西音乐交流史论稿》，北京：中国大百科全书出版社，1994年。

［美］梯利：《西方哲学史》（增补修订版），［美］伍德增补，葛力译，北京：商务印书馆，1995年。

田正平主编：《中国教育史研究·近代分卷》，上海：华东师范大学出版社，2001年。

田正平主编：《中外教育交流史》，广州：广东教育出版社，2004年。

［法］爱弥尔·涂尔干：《教育思想的演进》，李康译，渠东校，上海：上海人民出版社，2006年。

［俄］列夫·托尔斯泰：《论科学和艺术的价值》，黄琼岚、黄丽嫣译，南京：江苏教育出版社，2006年。

汪晖：《现代中国思想的兴起》，北京：生活·读书·新知三联书店，2004年。

汪荣祖：《康章合论》，北京：新星出版社，2006年。

汪向荣：《日本教习》，北京：中国青年出版社，2000年。

汪毓和编著：《中国近现代音乐史》（第二次修订版），北京：人民音乐出版社，2005年。

王德峰：《艺术哲学》，上海：复旦大学出版社，2005年。

王德峰：《哲学导论》，上海：上海人民出版社，2000年。

王德胜等：《创世之音：中国美学1900—1949》，北京：首都师范大学出版社，2006年。

王德威：《被压抑的现代性：没有晚清，何来五四？》，《学人》第10辑，南京：江苏文艺出版社，1996年。

王尔敏：《中国近代思想史论》，北京：社会科学文献出版社，2003年。

王尔敏：《中国近代思想史论续集》，北京：社会科学文献出版社，2005年。

王汎森：《中国近代思想与学术的系谱》，台北：联经出版事业股份有限公司，2003年。

王献唐：《释每美》，《中国文字》第35册（合订本第九卷，第3934—3941页）。

王晓秋：《近代中日文化交流史》，北京：中华书局，1992年。

王扬宗：《江南制造局翻译书目新考》，《中国科技史料》第16卷第2期，1995年。

王镛主编:《中外美术交流史》,长沙:湖南教育出版社,1998年。
王攸欣:《选择·接受与疏离:王国维接受叔本华、朱光潜接受克罗齐美学比较研究》,北京:生活·读书·新知三联书店,1999年。
王振复:《中国美学的文脉历程》,成都:四川人民出版社,2002年。
王振复:《中国美学思问录》,沈阳:沈阳出版社,2003年。
王中江:《进化主义在中国》,北京:首都师范大学出版社,2002年。
[英]雷蒙·威廉斯:《关键词:文化与社会的词汇》,刘建基译,北京:生活·读书·新知三联书店,2005年。
[德]文德尔班:《哲学史教程》,罗达仁译,北京:商务印书馆,1987年。
[英]亚·沃尔夫:《十六、十七世纪科学、技术和哲学史》,周昌忠、苗以顺等译,北京:商务印书馆,1985年。
吴梦非:《"五四"运动前后的美术教育回忆片段》,《美术研究》1959年第3期。
吴琦幸:《说美》,《华东师范大学学报》1988年第1期。
吴予敏:《美学与现代性》,北京:人民出版社,2001年。
[日]狭间直树编:《梁启超·明治日本·西方:日本京都大学人文科学研究所共同研究报告》,北京:社会科学文献出版社,2001年。
夏晓虹:《觉世与传世——梁启超的文学道路》,北京:中华书局,2006年。
向达:《明清之际中国美术所受西洋之影响》,《东方杂志》第27卷第1号,1930年,见氏著:《唐代长安与西域文明》,石家庄:河北教育出版社,2001年。
萧兵:《从"羊人为美"到"羊大为美"》,《北方论丛》1980年第2期。
萧树模:《美学纲要》,上海:世界书局,1948年。
肖朗:《王国维与西方教育学理论的导入》,《浙江大学学报》(人文社科版)2000年第6期。
肖万源:《中国近代思想家的宗教观和鬼神观》,合肥:安徽人民出版社,1991年。
[法]谢和耐:《中国与基督教》(增补本),耿昇译,上海:上海古籍出版社,2003年。
邢建昌、姜文振:《文艺美学的现代性建构》,合肥:安徽教育出版社,2001年。
熊月之:《西学东渐与晚清社会》,上海:上海人民出版社,1994年。
徐碧辉:《美学与中国的现代性启蒙:20世纪中国的审美现代性问题》,《文艺研究》2004年第2期。

徐复观：《中国艺术精神》，桂林：广西师范大学出版社，2007年。

徐海松：《清初士人与西学》，北京：东方出版社，2000年。

徐水生：《从"佳趣论"到"美学"——"美学"译词在日本的形成简述》，《东方丛刊》第3辑，桂林：广西师范大学出版社，1998年。

许纪霖、陈达凯主编：《中国现代化史（1800—1949）》第一卷，上海：学林出版社，2006年。

许纪霖编：《二十世纪中国思想史论》，上海：东方出版中心，2000年。

［古希腊］亚里士多德：《亚里士多德全集》第七卷，苗力田主编，北京：中国人民大学出版社，1993年。

阎国忠：《美学建构中的尝试与问题》，合肥：安徽教育出版社，2001年。

颜娟英主编：《上海美术风云——1872—1949申报艺术资料条目索引》，台北：台湾"中研院"史语所，2006年。

杨伯达：《十八世纪中西文化交流与清代美术》，《故宫博物院院刊》1998年第4期。

杨国荣：《科学的形上之维：中国近代科学主义的形成与衍化》，上海：上海人民出版社，1999年。

杨国荣：《善的历程：儒家价值体系研究》，上海：上海人民出版社，2006年。

杨河、邓安庆：《康德黑格尔哲学在中国》，北京：首都师范大学出版社，2002年。

杨平：《多维视野中的美育》，合肥：安徽教育出版社，2000年。

杨平：《康德与中国近代美学思想》，北京：东方出版社，2002年。

［美］杨庆堃：《中国社会中的宗教：宗教的现代社会功能与其历史因素之研究》，范丽珠等译，上海：上海人民出版社，2007年。

杨天宏：《基督教与民国知识分子：1922年—1927年中国非基督教运动研究》，北京：人民出版社，2005年。

姚全兴：《中国现代美育思想述评》，武汉：湖北教育出版社，1989年。

叶嘉莹：《王国维及其文学批评》，石家庄：河北教育出版社，1997年。

叶隽：《现代学术视野中的留德学人》，上海：同济大学出版社，2004年。

叶朗：《中国美学史大纲》，上海：上海人民出版社，1985年。

叶仁昌：《五四以后的反对基督教运动——中国政教关系的解析》，台北：久大文化股份有限公司，1992年。

余英时:《现代儒学的困境》,见氏著:《现代儒学的回顾与展望》,北京:生活·读书·新知三联书店,2004年。

余英时:《人文与理性的中国》,程嫩生、罗群等译,上海:上海古籍出版社,2007年。

袁济喜:《承续与超越:20世纪中国美学与传统》,北京:首都师范大学出版社,2006年。

袁进:《论中国近代审美意识的改变》,《江淮论坛》1996年第4期。

臧克和:《汉字单位观念史考述》,上海:学林出版社,1998年。

张本楠:《王国维美学思想研究》,台北:文津出版社,1992年。

张广达:《史家、史学与现代学术》,桂林:广西师范大学出版社,2008年。

张国刚、吴莉苇:《启蒙时代欧洲的中国观:一个历史的巡礼与反思》,上海:上海古籍出版社,2006年。

张灏:《危机中的中国知识分子:寻求秩序和意义》,高力克、王跃译,毛小林校译,北京:新星出版社,2006年。

张灏:《幽暗意识与民主传统》,北京:新星出版社,2006年。

张辉:《中国语境中审美独立与现代性问题溯源》,《学人》第十四辑。

张辉:《审美现代性批判——20世纪上半叶德国美学东渐中的现代性问题》,北京:北京大学出版社,1999年。

张汝伦:《现代中国思想研究》,上海:上海人民出版社,2001年。

张西平:《中国与欧洲早期宗教和哲学交流史》,北京:东方出版社,2001年。

张星烺:《欧化东渐史》,北京:商务印书馆,2000年。

章开沅:《传播与根植:基督教与中西文化交流论集》,广州:广东人民出版社,2005年。

章启群:《百年中国美学史略》,北京:北京大学出版社,2005年。

章清:《"采西学":学科次第之论辩及其意义——略论晚清对"西学门径"的探讨》,《历史研究》2007年第3期。

章清:《"中体西用"论与中西学术交流》,复旦大学历史学系、复旦大学中外现代化进程研究中心编:《中国现代学科的形成》(近代中国研究集刊3),上海:上海古籍出版社,2007年。

郑工:《论吕澂的"'生'之扩充"》,《美术观察》2006年第7期。

郑工:《演进与运动:中国美术的现代化(1875—1976)》,南宁:广西美术出版社,2002年。

郑红、陈勇:《释美》,《古汉语研究》1994年第3期(总第24期)。
郑匡民:《梁启超启蒙思想的东学背景》,上海:上海书店出版社,2003年。
郑元者:《20世纪中国美学:边际化及发展策略漫议》,见氏著:《美学与艺术人类学论集》,沈阳:沈阳出版社,2003年。
钟少华:《人类知识的新工具:中日近代百科全书研究》:北京:北京图书馆出版社,1996年。
钟少华:《中国近代新词语谈数》,北京:外语教学与研究出版社,2006年。
周锡山:《王国维美学思想研究》,北京:中国社会科学出版社,1992年。
周宪:《艺术自主性:一个审美现代性问题》,《中国美学》第一辑,北京:商务印书馆,2004年。
周宪:《审美现代性批判》,北京:商务印书馆,2005年。
朱立元:《美的感悟》,上海:华东师范大学出版社,2001年。
朱谦之:《日本哲学史》,北京:人民出版社,2002年。
朱谦之:《中国哲学对欧洲的影响》,上海:上海人民出版社,2006年。
朱维铮:《求索真文明:晚清学术史论》,上海:上海古籍出版社,1996年。
朱维铮:《走出中世纪》(增订本),上海:复旦大学出版社,2007年。
邹华:《20世纪中国美学研究》,上海:复旦大学出版社,2003年。
邹振环:《西方传教士与晚清西史东渐:以1815至1900年西方历史译著的传播与影响为中心》,上海:上海古籍出版社,2007年。
左玉河:《从四部之学到七科之学——学术分科与近代中国知识系统之创建》,上海:上海书店出版社,2004年。
左玉河:《中国近代学术体制之创建》,成都:四川人民出版社,2008年。

四、外文类

A Dictionary of the Chinese Language, Part Ⅲ, By R.Morrison, 1822.

Lobscheid, Wilhelm, *English and Chinese Dictionary*, with Punti and Mandarin Pronunciation, Hong Kong: Daily Press Office, 1866–1869.

Nicolas Standaert, "The Classification of Sciences and the Jesuit Mission in Late Ming China," in Jan A. M. De Meyer & Peter M. Engelfriet(eds.), *Linked Faiths: Essays on Chinese Religions and Traditional Culture in Honour of Kristofer Schipper*, (Leiden: Brill, 2000), pp.287–317.

P.Poletti, *Analytic Index of Chinese Characters: a List of Chinese Words with the concise meaning in English*, 1881.

William J. Duiker, *Ts'ai Yüan-pei: Educator of Modern China*, The Pennsylvania State University Press, 1977.

Robert Wardy, *Aristotle in China: Language, Categories and Translation*, Cambridge University Press, 2000.

Charles Taylor, *A Secular Age*, The Belknap Press of Harvard University Press, 2007.

The Routledge Companion to Aesthetics, 2nd edition, Edited by Berys Gaut and Dominic McIver Lopes, Routledge, 2005.

O. Briere, S. J., *Fifty years of Chinese Philosophy, 1898 – 1948*, Frederick A. Praegek Publishers, 1965.

Michele Marra, *Modern Japanese Aesthetics: A Reader*, University of Hawai'i Press, 1999.

A History of Modern Japanese Aesthetics, Translated and Edited by Michael F. Marra, University of Hawai'i Press, 2001.

The Oxford Handbook of Aesthetics, Edited by Jerrold Levinson, Oxford: Oxford University Press, 2003.

Theological Aesthetics After Hans Von Balthasar, edited by Oleg V. Byrchov and James Fodor, Oxford: Ashgate, 2008.

Anne Sheppard, *Aesthetics: An introduction to the philosophy of art*, Oxford: Oxford University Press, 1987.

Joseph Haven, *Mental Philosophy: including the Intellect, Sensibilities, and Will*, Boston: Could and Lincoln, 1862.

Lackner, Michael and Natascha Vittinghoff (eds.), *Mapping Meanings: The Field of New Learning in Late Qing China*, Leiden: Brill, 2004.

Lackner, Michael, Iwo Amelung and Joachim Kurtz (eds.), *New Terms for New Ideas: Western Knowledge and Lexical Change in Late Imperial China*, Leiden: Brill, 2001.

Joey Bonner, *Wang Kuo-wei: An Intellectual Biography*, Cambridge: Harvard University Press, 1986.

Ayers, W., *Chang Chih-Tung and Educational Reform in China*, Cambridge: Harvard University Press, 1971.

后　　记

　　这是一部被我搁置很久的书稿，若非项目结项的催逼，可能还要被我拖延下去。书稿的基础是我在2008年底完成的博士论文，写作中因时间所限，尚未把我查阅到的文献全部吸收进去。当时雄心勃勃地定下计划，在毕业后编校一套《中国现代美学文献汇编》，同时利用这些资料来完善书稿。论文答辩时，汪涌豪先生听闻此计划，就提醒我说一定要坚持完成，不要有头无尾。博士后出站后，我进入上海师范大学人文学院工作，上课占据了大部分的时间和精力，加之学术兴趣有些转移，博士论文所开启的相关研究并没有继续下去。如今十几年过去，这部资料汇编距离完成也遥遥无期，实有负老师们所望。十多年来，经常有师友问及我相关研究的进展，我也只能敷衍塞责，惭愧无以应对。后来在几位师友的建议下，决定先将此书稿刊行，其余工作再渐次推进。

　　是文之作，初启念于王振复师的教诲，在我攻读研究生之初，王老师的代表作《中国美学的文脉历程》刚刚出版，他计划延续古代美学的余脉，继续研究近现代美学，遂开设了一门研讨课程。我在课程中受到启发，打算从思想史的脉络去探究以蔡元培"美育代宗教"为代表的一些美学命题。王老师一直关心我的研究和生活，从他身上我体会到了洁净精微的人格境界。在王老师退休后，我得以入朱立元师门下攻读博士学位，朱老师是西方美学研究名家，治学宏阔博大，他对中西美学之交流和中国现当代美学亦有精深的见解，他鼓励我继续对这一课题进行扩展研究。全书的结构和框架，都是在朱老师的悉心指导下完成的。博士毕业后，得幸游艺于孙景尧师之门下，孙老师是中国比较文学学科的开创者之一，他比较的博识视野和细密的考索精神，令我获益终生。亲炙三位先生之道德文章，鲁钝如我者，不能得先生之万一。然时刻谨记三位先生澡雪精神、洞达学问之真言，虽不能至，心向往之。本文如稍有所得，即获之于三位先生。

　　在复旦求学过程中，我还受教于多位老师。吴金华先生虽非我的业师，但我和他交往甚多，从吴先生身上我见识到了一位最纯粹的学者凝思至极、浑然忘我的至高境界。我自研究生阶段就随李天纲老师上课、读书，李老师的学术思路和思辨精神，对我影响极大，至今还时时请益。王宏图老师在我求学的几个关节点上都给予我极大的鼓励和帮助。

美国加州州立大学洛杉矶分校的童明教授，清华大学的张卜天教授，南京大学的李昌舒教授，上海大学的刘旭光教授，苏州大学的王耘教授，上海师范大学的张洪彬、潘黎勇、纪建勋，以及多年来亦师亦友的岳继东老师，都是我生活和学术上的挚友，一直对我关怀有加，也对我启发甚多。

学界师友夏锦乾、朱志荣、刘成纪、刘彦顺、王德胜、林少雄、张宝贵、李钧、刘悦笛、陈勇、余开亮、谢金良、孙红卫、王启元、章可、朱生坚、詹丹、李贵、刘畅、刘辉等，亦对我有很多帮助和鼓励。与复旦学友王军君、黄飞立、郭公民、金理、徐樑、殷守艳、孙晨阳、沈从文之交游，令人常思求学生涯之乐。本书的部分内容，曾在《学术月刊》《江西社会科学》《中国美学研究》《美学与艺术评论》等刊物上发表，在此也对这些刊物表示感谢。

与担任此书责任编辑的文涛兄结识多年，与他有过多次的畅谈，一直服膺其博识洽闻、理思周密的专业能力。本书由他编辑，是我最放心的选择。在编校过程中，文涛兄多次与我商讨细节，他的专业、细致和高效，令我甚为感佩。

内子何凌霞，和我一起攻读了硕士和博士学位，也见证了此书的写作过程。犬子呦呦，在初稿完成时还未出生，而今已经到了能读懂书里内容的年纪。也感谢所有家人们多年来的支持和陪伴。

顾亭林言著书如铸钱，或采铜于山，或旧钱充铸。本书稿立意之初，我即以此语自醒。章实斋以"圆而神，方以知"论学，使我得悟"高明"与"沉潜"兼重之理。然"良医之用药也简，而其储药也备"，我深知为学不可一蹴而就，需经不断之觉悟，方能渐入臻境。今日之稿，虽是数年倾力以赴之所得，但距设想之标准，相差甚远，俟来日再做完善。

王宏超

2022 年 8 月于沪上

图书在版编目(CIP)数据

美学的发明:中国现代美学的学科制度与知识谱系/王宏超著.—上海:复旦大学出版社,2022.9
ISBN 978-7-309-16388-9

Ⅰ.①美… Ⅱ.①王… Ⅲ.①美学-学科建设-研究-中国-现代 Ⅳ.①B83

中国版本图书馆 CIP 数据核字(2022)第 158686 号

美学的发明:中国现代美学的学科制度与知识谱系
王宏超 著
责任编辑/宋文涛

复旦大学出版社有限公司出版发行
上海市国权路 579 号 邮编:200433
网址:fupnet@fudanpress.com   http://www.fudanpress.com
门市零售:86-21-65102580   团体订购:86-21-65104505
出版部电话:86-21-65642845
上海崇明裕安印刷厂

开本 787×1092 1/16 印张 18.75 字数 317 千
2022 年 9 月第 1 版
2022 年 9 月第 1 版第 1 次印刷

ISBN 978-7-309-16388-9/B·760
定价:85.00 元

如有印装质量问题,请向复旦大学出版社有限公司出版部调换。
版权所有 侵权必究